DARK EMBRACE

Une sombre étreinte vous attend, mes

chers lecteurs.

Dark Embrace

Kacie P.R

CONTENU RÉSERVÉ À UN PUBLIC ADULTE ET AVERTI

Harcèlement / Violence / Torture physique / Torture psychologique / Sexe / BDSM / Enlèvement d'enfants / Enlèvement / Torture / Meurtre / Meurtre d'enfants / Pédophilie / Armes à feu / Armes blanches / Domination / Alcool / Automutilation / Deuil / Langage grossier / Étranglement / Sang / Trouble mental.

© 2025 Kacie P.R
Édition : BoD · Books on Demand, 31 avenue Saint-Rémy,
57600 Forbach, bod@bod.fr
Impression : Libri Plureos GmbH, Friedensallee 273,
22763 Hamburg (Allemagne)
ISBN : 978-2-3225-5265-8
Dépôt légal : Mai 2025

Remerciements

Je tiens à remercier tous mes amis, ainsi que mes enfants, Ethan, Stécy et Chloé, qui ont toujours été là pour m'encourager. À mon compagnon Nicolas, ton soutien sans faille a été essentiel pour me permettre de mener ce projet à bien. À ma famille, merci pour votre amour inconditionnel.

Une mention spéciale à Angelina Buchi, ma grande amie de tant d'années, qui m'a toujours soutenue de tout cœur. Morgane et Lucie, votre amitié précieuse a également été une source de motivation. À Cindy, qui a été ma lumière tout au long de cette aventure littéraire, je veux exprimer ma profonde gratitude. Merci pour toutes ces heures passées à discuter de mes idées, à affiner mon histoire, et à croire en moi. Ta patience et ton enthousiasme ont été d'un soutien inestimable.

Et pour Melana, qui a sauté de joie lorsque je lui ai parlé de mon histoire, ta passion et ton impatience à lire ce roman m'ont vraiment réchauffé le cœur.

Je n'oublie pas le correcteur Mao ZAF, dont le travail et l'accompagnement sont d'une qualité exceptionnelle ; je recommande ses services les yeux fermés à quiconque recherche un correcteur de confiance.

Voici son mail : contact@maozaf.com

Un immense merci à la graphiste pour cette superbe couverture qui attire le regard. [cover.yout.dreams] ; n'hésitez pas à faire appel à ses services.

Enfin, un grand merci à mes lecteurs et lectrices, ceux qui me suivent depuis le début ainsi qu'aux nouveaux arrivants. Votre soutien me touche énormément et m'encourage à continuer.

Merci à tous !

Je vous aime !

Nos cauchemars peuvent inspirer des histoires.
KACIE P.R

☠ MICHEL-ANGE ☠

J'ai toujours aimé entendre cette douce mélodie macabre, ce cri de détresse. *Cours… cours… j'ai tout mon temps…*

Cette jeune femme s'époumone en continuant de fuir, trébuche et se relève péniblement. Je n'ai pas besoin de me hâter pour la rattraper, ma proie est épuisée, et la profonde blessure infligée par mon couteau entrave ses mouvements. *Pauvre âme. Désormais, elle m'appartient.*

Une seconde chute lui arrache une plainte. En découvrant l'énorme tronc au sol, je souris, satisfait qu'un bout de bois se soit enfoncé dans son corps. Mais ma joie est vite remplacée par de la déception ; elle tente encore de vivre et se relève, bien que cela lui soit extrêmement difficile.

Je m'approche davantage, mes pas faisant craquer les branches tombées des arbres environnants, ce qui l'a fait réagir, car elle sait que j'avance, que la mort lui colle à la peau.

Nous sommes sur mon territoire. Les entraîner dans les bois, dans la pénombre, les plonger dans la peur ; c'est un véritable péché mignon, surtout en cette saison. À l'approche de l'hiver, la forêt dégage une fragrance envoûtante. Le parfum divin de la terre retournée, du bois mouillé et de l'humidité laissée par la pluie.

— Pitié ! supplie-t-elle.

Elle est maintenant immobile, priant probablement pour que je la laisse partir. Ce qui n'arrivera pas.

— Elle est à moi, rétorqué-je à travers mon masque qui réchauffe ma peau.

— Qui ça ? murmure-t-elle en tentant de se retourner.

À ce moment, je remarque la balafre saignante sur sa joue. Elle est souillée, couverte de terre et de feuilles mortes, quelques branches s'étant glissées dans ses cheveux d'un noir corbeau.

Je m'approche encore de la jeune femme, morte de peur et essoufflée. Dès que je me retrouve à quelques centimètres d'elle, son instinct de survie refait surface. Elle recule, mais elle grimace en se heurtant à sa blessure, lâche un juron étouffé, et se met à pleurer, me suppliant de la laisser en vie.

— Je suis navré, mais elle n'appartient qu'à moi.

Malgré la douleur déformant ses traits, je vois qu'elle s'efforce de comprendre ce que je lui dis.

— De qui parlez-vous ? murmure-t-elle difficilement.

— Amber.

— Amber ? répète-t-elle d'un air incrédule, avant que ses yeux ne s'écartent. Amber Johnson ?

— Bingo !

Son visage pâlit et son souffle s'accélère. Ah, combien j'aime voir ça, la peur qui crée ses propres masques. C'est magnifique à observer.

— Mais… c'est vous, Michel-Ange ?

L'évocation de mon surnom me fait frissonner. Je ferme les yeux pour savourer cet instant, mais la joie s'évanouit rapidement lorsque je les rouvre et constate que ce n'est pas Amber qui se tient devant moi. *Elle n'est pas toi.*

— Mais oui ! essaie-t-elle de dire en haussant le ton. C'est vous ! Co… comment…

La douleur doit être insupportable pour qu'elle bégaie.

— Comment… je n'ai pas… je n'ai pas pu le voir ? Vous portez le masque Michel-Ange.

Malheureusement, prononcé par elle, il n'a pas le même effet, et une rage fulgurante bouillonne en moi.

— Rectification, c'est David de Michel-Ange, m'énervé-je.

Je lève ma main droite, tenant fermement mon couteau, prêt à l'abattre. Mais l'obscurité qui nous entoure se renforce ; un putain de nuage doit masquer la lune, gâchant mon petit plaisir. Cependant, ma peinture fluorescente éclaire davantage ma victime, la rendant encore plus visible dans cette obscurité totale.

Un léger désespoir gronde dans mon cœur : jusqu'à présent, aucune de mes proies n'a su faire preuve d'imagination pour tenter de se cacher. Je parviens toujours à les retrouver, peu importe où elles se dissimulent. C'est incroyablement décevant. Vraiment.

Lorsque j'enfonce la lame dans son ventre, elle perd instantanément son souffle. Ses yeux s'écarquillent tandis qu'elle ouvre grand la bouche, et ses deux mains se posent sur les miennes dans une tentative désespérée de m'arrêter. Mais c'est peine perdue. Ce geste provoque en moi de délicieux frissons le long de ma colonne vertébrale, amplifiant ma satisfaction.

— N'ose plus jamais prononcer mon surnom, la menacé-je.

Dès que je retire mon arme, elle se met à hurler le plus fort possible, un mélange entre peur, douleur et appels à l'aide. Malheureusement pour elle, il n'y a que nous deux ici. Nous sommes à des dizaines de kilomètres de toute habitation ; alors, je la laisse exprimer sa douleur pleinement avant de la poignarder une seconde fois, puis une troisième fois, laissant mon couteau dans son abdomen.

Il fait bien trop sombre pour que je puisse contempler correctement la terreur dans ses yeux, quelle déception. Mais malgré cela, je veux garder mes coutumes. Comme à chaque fois, avant que tous ne meurent, je soulève mon masque pour qu'ils voient mon visage avant de rencontrer celui de la mort. Et comme les autres, ses traits se déforment une dernière fois sous le coup de la surprise, tentant de prononcer mon vrai prénom. Mais elle s'étrangle dans son sang, ne laissant que des gargarismes sortir de sa gorge, et succombe avant de pouvoir en extirper un mot. Je retire complètement le masque, me penche et viens embrasser le front de ma belle victime endormie pour l'éternité. 💀

Chapitre un

Un mois plus tôt…
Septembre

🍁 Amber 🍁

Inspire, expire.

L'écart se creuse entre Stécy et moi. Elle me devance, mais j'essaie de maintenir mon rythme. La course à pied n'est pas pour moi, mais j'ai encore cédé pour elle. Madame ne voulait pas faire son jogging seule, et je sais qu'au fond, elle craint de se faire agresser, donc je l'ai accompagné.

Il y a deux semaines, on a retrouvé une femme morte en plein centre-ville de Salem, un couteau encore planté dans sa poitrine. Donc, même si ce n'est pas ma tasse de thé, je n'allais pas la laisser seule. Bien que son grand frère soit policier, il ne peut pas veiller sur elle chaque seconde.

Mes muscles commencent à faiblir, et, malgré ce stupide conseil sur une bonne respiration, je n'en peux plus. Je m'arrête brusquement, à bout de souffle, avec l'impression que mon cœur va me lâcher et me laisser là, comme un cadavre, sur ce trottoir humide, recouvert de quelques feuilles mortes.

Heureusement, le ciel de Salem est nuageux et la pluie a rafraîchi l'air. Bien que nous soyons à la fin septembre, les températures estivales tentent encore de s'accrocher. Si le thermomètre avait dépassé les trente degrés, je serais en train de mourir d'une insolation. *Il faut que je m'assoie !*

— Eh ! La petite joueuse ! s'exclame Stécy en trottinant vers moi.

— Je trouve que… (j'inspire et j'expire) je ne m'en sors pas si mal.

Son rire résonne, puis je sens une légère tape sur mon omoplate, alors que Stécy reprend, sous le ton de la plaisanterie :

— Je suis fière de toi, Amber. Très fière !

Avec joie, je parviens à retrouver mon calme et me redresse pour la regarder dans les yeux tout en lui rendant son sourire.

— D'ailleurs, tu as prévu de porter quoi pour demain ? me demande-t-elle.

Je prends une gorgée de la bouteille qu'elle me tend.

— Demain ?

Comme toujours, ses yeux noisette se lèvent au ciel tandis qu'elle commence à soupirer.

— L'anniversaire, chez Kate ! Ne me dis pas que tu as oublié ? s'exclame-t-elle, agacée.

— J'avais totalement oublié, lui avoué-je en lui rendant sa gourde.

— Comme toujours ! Dis-moi, est-ce qu'un jour tu réussiras à te souvenir de quelque chose ?

— Ne perds pas espoir, rétorqué-je en la taquinant.

Sa main s'enroule autour de mon bras, elle me serre contre elle et nous fait avancer en remontant le chemin.

❁ ❁ ❁ ❁ ❁ ❁ ❁ ❁ ❁ ❁ ❁ ❁

Le crépuscule s'installe alors que j'ouvre la porte d'entrée de chez moi. Une délicieuse odeur de frites embaume le hall, et je me hâte de retirer mes baskets, les rangeant soigneusement pour éviter les reproches de ma mère. C'est ce que signifie vivre chez ses parents à 23 ans : des avantages, comme pouvoir rentrer sans avoir à contribuer aux tâches ménagères, mais aussi des inconvénients, tels que des règles à respecter, comme ranger ses chaussures.

J'avance et dépose mon sac sur le meuble en bois où un beau tas de courriers est soigneusement empilé. Je me dirige directement vers la cuisine et découvre mon père en train de lutter avec l'huile qui crépite dans une poêle, au milieu des rires contagieux de ma mère. Ils ne m'ont pas encore remarqué, et j'en profite pour les observer. Trente années d'amour et une enfant. Ils sont si beaux ; j'espère un jour connaître un amour aussi fort que celui de mes parents.

Mon père gémit de douleur en saisissant maladroitement la poignée de la poêle, probablement brûlante. Il recule brusquement, se précipitant sous le robinet, tandis que ma mère s'approche pour examiner sa paume.

— Tout va bien, mon chéri, tu es juste un peu rouge. Mais pourquoi as-tu laissé la poêle ici ?

— Tu sais bien que la cuisine n'est pas vraiment mon domaine, Louise.

— C'est vrai, dis-je en m'approchant d'eux.

Ils se tournent vers moi, et je les embrasse tour à tour pendant que mon père confirme mes propos en soulignant qu'il préfère être assis dans son fauteuil, une bière à la main, à regarder un match à la télévision plutôt qu'être dans la cuisine.

La cuisine qui, en ce moment, est décorée de feuilles mortes, de champignons bruns, d'écureuils et de citrouilles, comme la devanture de la maison. Ma mère ne manque jamais de marquer les saisons et, dès le 1er octobre, elle ajoutera des éléments sanguinolents, remplaçant le petit renard par un squelette ou une horrible sorcière.

— Je suis déçue que tu ne m'aies pas attendue pour la décoration, dis-je avec un air taquin en observant la pièce.

— Comme si tu aimais encore faire ça.

— Là, tu me vexes maman, rétorqué-je en me servant un verre d'eau.

— Ma pauvre enfant, je suis une mère indigne.

Elle rit.

— J'aurais préféré garder une cuisine authentique, répond mon père. J'ai passé l'âge des décorations, tout cela m'importe peu.

— Allez, va t'asseoir, mon blessé, avant que je ne fasse comme Michael Myers[1].

— Oh mon Dieu, que j'ai peur ! s'exclame-t-il en levant les bras tout en quittant la pièce, nous laissant seules, ma mère, moi, avec le crépitement de l'huile qui cuit les steaks.

Je prends place en me hissant sur le comptoir, une habitude que j'ai gardée, et j'observe ma mère reprendre les fourneaux.

— Dis, tu n'as pas oublié que je vais chez Kate demain soir ?

— Non, tu sais que j'écris tout dans mon carnet, Amber, dit-elle en retournant la viande. J'imagine qu'il te faut un costume, comme à chaque fois ?

— Oui. Et j'avoue que ça m'est sorti de la tête avec la jeune fille retrouvée morte il y a deux semaines.

Ma mère s'arrête pour me regarder, et sans prononcer un mot, je ressens sa peur et sa tristesse. Elle connaît la mère de cette défunte jeune fille, Mélissa. Ma mère et la sienne vont dans le même club depuis deux ans. Cela lui a fait un choc d'apprendre cette horreur. Surtout que le tueur n'a toujours pas été retrouvé.

— Tant que tu as ton taser avec toi, je suis confiante.

Elle reporte son attention sur la viande qui commence à être bien trop cuite, éteint le feu et retire les steaks pour les mettre dans un des plats garnis de frites un peu plus loin.

— Et ta tenue de l'année dernière, pourquoi…

— J'ai envie de changer, la coupé-je. La pom-pom girl zombie, c'est un peu vu et revu. Mais si je ne trouve rien avant l'anniversaire, je resterai en zombie.

Elle hoche la tête, toujours dos à moi, lorsque je descends de l'îlot central. Je viens la serrer dans mes bras avant de l'embrasser. Son

---

[1] Personnage principal des films Halloween

doux parfum, celui qu'elle porte depuis tant d'années, m'apaise toujours autant.

Chapitre deux

Collée au mur adjacent au buffet garni, j'observe la scène avec un mélange d'amusement et d'appréhension. Les invités éclatent de rire, se trémoussant sur un rythme techno qui résonne si fort que je ressens les vibrations à travers le mur, comme une onde pulsante qui traverse mon corps. En attendant que mon amie revienne avec des boissons, je sors mon portable de mon sac à main pour consulter mes réseaux sociaux ; ici, les seules personnes que je connais vraiment sont Stécy et Kate ; mais cette dernière semble introuvable pour le moment, laissant Stécy prendre l'initiative d'aller chercher des verres d'alcool en attendant de retrouver notre amie.

Alors que je plonge dans une vidéo sur TikTok, une silhouette attire soudainement mon attention. Je lève les yeux juste au moment où mon amie me rejoint, les mains remplies de deux gobelets.

— Tiens, voilà du punch, à je-ne-sais-quoi, mais il est délicieux ! s'écrie-t-elle d'une voix perçante pour que je puisse l'entendre malgré le vacarme de la soirée.

Stécy — ou plutôt la dame blanche — est revêtue d'une robe de mariée couverte de fausses saletés et de faux sang, lui donnant un aspect sombre à un jour qui se devrait pourtant joyeux ; même si le mariage ne garantit pas toujours le bonheur. Son accoutrement est complété par un maquillage digne de la série *The Walking Dead* ; une de ses joues est marquée d'une cicatrice qui vire au vert, semblant infectée, et ses cheveux bruns en désordre sont parsemés de branches et de feuilles mortes.

Quant à moi, j'ai opté pour un grand changement : adieu, la pompom girl que je portais depuis quatre ans, et bonjour au costume de l'une des sœurs Dimitrescu du jeu *Resident Evil* : Cassandra. Je n'ai jamais joué à ce jeu, mais je connais bien son univers. La vendeuse m'a dit que ce costume était très prisé en ce moment.

Cassandra est une humaine infectée par un virus, retenue dans un manoir avec Lady Dimitrescu et ses deux sœurs, Bela et Carlosa.

Franchement, je fais une bonne impression, surtout auprès des fans de *Resident Evil* ! J'ai changé la couleur de mes yeux grâce à des lentilles jaunes, mes lèvres sont peintes de noir, et pour finir j'ai mis du faux sang autour de ma bouche pour faire croire que j'avais dévoré un être humain pendant la soirée.

Nous finissons par trinquer, et, dès que je prends une gorgée, une sensation de brûlure me saisit la gorge. Mes yeux s'écarquillent, surprise par cette intensité, et je me mets à tousser en comprenant que le punch est noyé dans la vodka.

— Tu es vraiment une chochotte, se moque-t-elle en avalant d'un trait tout le contenu du gobelet rouge orné de citrouilles. Moi, je le trouve parfait.

— En même temps, tu es plus habituée à boire que moi, c'est sûrement pour ça que tu le supportes mieux.

Un cri de surprise s'échappe de mes lèvres lorsqu'une silhouette, déguisée en vampire, me soulève brusquement dans les airs. J'essaie de maintenir mon verre en équilibre, malgré quelques gouttes qui tombent sur la cape noire de cet inconnu. Je suis prête à donner un coup de pied pour me défendre, mais ce dernier me repose au sol. Je recule par réflexe, tandis que mon amie entoure mon poignet de ses doigts pour me tirer vers elle jusqu'à ce que je le reconnaisse, soulagée.

— Alors, les filles, ça raconte quoi ?

— Malcolm ! Sérieusement ? Tu m'as fait une de ces peurs !

Ce crétin affiche un sourire encore plus large.

— Tu as vraiment eu si peur que ça ? me demande-t-il en prenant mon verre pour le boire cul sec sous mes yeux avant de l'écraser entre ses doigts gantés. Vu ton costume, c'est moi qui devrais avoir peur.

— Je bouffe des humains. Tout comme toi je te rappelle !

— Ouais, mais toi, tu es bien plus sexy là-dedans.

Je ne comprends pas le rapport, mais je préfère ne pas poser plus de questions et tout mettre sur l'alcool, étant donné son haleine.

Il se penche vers moi puis me chuchote.

— Tu ne veux pas qu'on aille s'amuser tous les deux ?

Je sais parfaitement comment il souhaite que l'on s'amuse et mon corps se couvre déjà de chair de poule rien qu'en y pensant. Je déglutis et ouvre la bouche en inspirant afin de lui répondre, mais je sais qu'avec Stécy cela va être difficile. Au même moment, celle-ci, qui a gardé ses doigts autour de mon poignet, me tire plus fort contre elle, m'éloignant ainsi de Malcolm.

— Éloigne-toi ! aboie-t-elle. Va voir ailleurs !

Surpris, Malcolm lève les bras en signe de reddition.

— D'accord, Hulk ! rétorque-t-il en reculant d'un pas. Je m'en vais, tu vois.

Il fait un deuxième pas en arrière, affichant un sourire moqueur, et disparaît parmi les autres invités qui dansent.

De nouveau seules, je me tourne vers mon amie. Je défais sa prise sur mon poignet et je croise les bras pour lui montrer ma frustration. Cette dernière roule des yeux, souffle, puis un rictus déforme son visage avant qu'elle ne prenne un bonbon dans le panier à côté de nous.

— Ça ne va pas te tuer de ne rien faire ce soir, Amber. Et puis, on ne laisse pas ses amies pour un homme, encore moins pour celui-là ! Il est affreux ! As-tu vu sa tête et ses vêtements ? se moque-t-elle la bouche pleine.

Mon cœur se serre, vexé par ses paroles, car Malcom n'est pas si mal que ça. D'accord, ce n'est pas un mannequin, mais il est gentil et je le connais depuis longtemps.

— Tu sais que tu me vexes parfois ?

— Mais non.

— Si, à chaque fois que je parle à un homme, tu le critiques ou alors tu viens m'arracher de…

— Te sauver, me coupe-t-elle en riant.

D'un regard noir, je la dévisage pour lui faire comprendre qu'elle m'agace un peu et que je suis sérieuse, ce qui fonctionne, car son rictus s'efface et elle croise les bras sur sa poitrine.

— Je vais finir par croire que tu as un faible pour moi.

— C'est sûrement ça, continue-t-elle de plaisanter. Bon, et si on jouait une partie de bière-pong ?

— Tu changes de sujet ?

— Oui ! Ce n'est pas vraiment le moment de se disputer, tu ne crois pas ?

— Tu as raison, allons faire cette partie. Mais la dernière fois qu'on a joué à ça, j'ai fini avec la tête dans la cuvette.

— Ah, mais oui ! s'exclame-t-elle alors que nous traversons la foule.

Sans une seule hésitation, elle nous entraîne rapidement à la table, remplie de gobelets rouges soigneusement disposés, scintillants sous les lumières colorées. À ma grande surprise, je découvre enfin Kate, une bière à la main, assise sur l'un des tabourets. Elle fixe intensément une femme blonde visiblement investie dans le jeu. Au moment où nous arrivons, la femme lance la balle avec une précision étonnante, et celle-ci atterrit dans le verre juste en face, déclenchant des cris d'excitation de la part des spectateurs.

Kate, vêtue d'une robe noire, arbore uniquement un serre-tête orné de deux cornes rouges. Malgré le fait qu'elle soit la reine des soirées à thème, elle est la seule à ne pas avoir pleinement joué le jeu.

Je pose ma main sur la sienne pour lui signaler ma présence et, avant que je ne puisse réagir, elle bondit vers moi en m'enlaçant brusquement. Dans son élan, elle renverse une bouteille qui se brise violemment contre le sol.

— Tu es enfin arrivée !

Elle se détache de moi, m'examine avec surprise, puis me félicite pour mon costume effrayant. Ensuite, Kate dirige son attention vers Stécy et l'enlace, la serrant fermement dans ses bras. Elle lui embrasse la joue, y laissant une traînée de rouge à lèvres.

— On se fait une partie ? nous demande-t-elle.

Sans attendre une seconde, Stécy attrape ma main et celle de Kate, nous tirant avec détermination pour nous positionner face aux gobelets. L'euphorie palpable s'intensifie alors que nous prenons place derrière la table, un sourire conquérant aux lèvres. L'excitation fait battre mon cœur plus vite.

L'équipe adverse lance la balle sans perdre de temps, mais, malheureusement pour eux, elle ricoche et tombe au sol. Un homme inconnu fait semblant d'être déçu en vidant un des verres avant de lever les bras en l'air, déclenchant les rires des autres. Kate s'avance et fait rebondir la balle sur la table avant de la lancer. Je retiens mon souffle sans la lâcher des yeux jusqu'à ce qu'elle atterrisse dans l'un des verres. Nous éclatons de joie en sautillant, c'est à l'équipe adverse de boire.

— Ne faites pas les malignes, les filles ! J'appelle David à venir nous rejoindre, dit le garçon se tournant vers quelqu'un derrière lui et l'invitant d'un geste de la tête.

L'individu s'avance lentement, et mon cœur s'arrête quelques secondes, de peur, ou je ne sais quoi, lorsque je découvre qu'il porte un masque. Il est plus grand que celui qui l'a convié, dans les 1m80 je dirais. Il a rabattu sa capuche sur sa tête, ce qui cache un peu son masque de David, de Michel-Ange. *David...* était-ce son prénom, ou faisait-il référence à son masque ?

Je pensais qu'il prendrait la parole, pour nous narguer ou nous saluer, mais il reste silencieux. Sans attendre, il attrape la balle, la lance, et la fait atterrir pile dans le gobelet devant Stécy, applaudit par son équipe. Mon amie prend le verre, mais l'homme lui fait signe que non, et me désigne du doigt. Je le prends des mains de Stécy et je bois ce que je supposais être de la bière, mais, réalise que c'est de la vodka pure, je recrache immédiatement le contenu sur Kate, qui se met à hurler de dégoût. Ma gorge me brûle pendant qu'ils éclatent tous de rire.

— Putain ! dis-je, essuyant ma bouche. Tu aurais pu me dire que ce n'était pas de la bière !

— Je pensais que tu le savais, rétorque Kate.

— Bon, les gonzesses ! On joue ? intervient celui qui a invité l'homme masqué.

Je serre les mâchoires en entendant le surnom affligeant qu'il vient de nous donner.

— Oui, oui ! Calme-toi, Éric ! répond Kate en lançant la balle.

Cette dernière ricoche et quelqu'un l'attrape dans sa main, ce qui nous fait râler, mais je remarque que celui qui l'a n'est autre que lui. *Michel-Ange*. Il me scrute de nouveau derrière son masque. Sa présence me perturbe. Il m'invite à jouer une nouvelle fois, tandis qu'Éric réplique d'une voix niaise :

— Si tu veux la baiser, il y a des chambres, David. Mais laisse les autres jouer !

Chapitre trois

Je termine le contenu de mon verre et le dépose sur la table avec la sensation que tout se déroule au ralenti et que je ne contrôle plus mon corps. *Putain !*

Je réalise qu'il n'y a plus aucun verre de mon côté, contrairement au sien. *Je n'ai réussi à lui faire boire que deux verres sur six ?* Michel-Ange se révèle être un bien meilleur joueur que moi, et me voilà donc complètement ivre.

Stécy me rattrape alors que je tangue, et bien que je l'entende me parler, je ne comprends ses mots qu'à moitié. Cependant, son ton me laisse deviner qu'elle me réprimande d'avoir accepté tous les défis lancés par cet inconnu.

— J'ai soif, murmuré-je.

Je veux un autre verre !

Elle ordonne à Kate de me rapporter une grande bouteille d'eau pendant que j'éclate de rire sans raison. Je lève la main en l'air, gesticulant au rythme de la musique.

— Je vais te faire vomir, me prévient-elle.

— Non, ka va. Je te ti ! lui dis-je en riant.

— Oui, peut-être pour le moment, mais là, tu as trop bu, et trop vite.

Elle m'entraîne dans une autre pièce, bousculant les autres invités au passage, dont certains qui râlent après nous.

Dans cet endroit, la musique devient lointaine, ce qui me fait un bien fou, j'en tressaille presque de plaisir. Stécy m'installe sur un fauteuil, puis recule et s'éloigne. J'entends le grincement d'une fenêtre et, soudain, l'air frais et humide de l'extérieur vient se coller à ma peau, me faisant lâcher un juron de satisfaction.

Je me cale contre mon dossier, fermant les yeux et me laissant aller à la détente, lorsque je perçois un raclement de gorge. J'ouvre les yeux en sursautant et me lève brusquement, titubant dans des bras musclés. *Est-ce que j'ai dormi ?*

Je lève la tête pour regarder la personne qui m'a attrapée, lorsque mon cœur rate plusieurs battements en découvrant Michel-Ange, dont le visage est toujours dissimulé sous le masque. Une vague d'émotions m'envahit sans que je puisse vraiment en comprendre la raison. Dans un geste presque instinctif, je me lèche les lèvres, le regard fixant ce mystérieux inconnu. Je murmure, d'une voix à peine audible :

— Michel-Ange ?

Je ne le lâche pas des yeux, espérant apercevoir la couleur de son iris, mais il est voilé par un tissu blanc cousu au masque.

Restant muet, il finit par me réinstaller doucement sur mon siège, et j'en profite pour essayer de humer son parfum, mais rien ne vient. Pas même du savon. *Ou suis-je bien trop ivre pour sentir quoi que ce soit ?*

Michel-Ange s'agenouille devant moi, remet une mèche rebelle derrière mon oreille ; ce geste me fait perdre complètement la tête. Puis, il ouvre la bouteille d'eau qu'il tenait dans son autre main et me la tend, hochant la tête pour m'indiquer que je dois boire. *Ou m'ordonner.*

Plutôt que de faire ce qu'il me suggère, je le fixe, la bouche à moitié ouverte, avant de me mettre à rire aux éclats, réalisant ce que j'ai envie de faire et je comprends mon état réel.

Mais en cet instant, je ne réfléchis pas et je me penche en avant et pose mes lèvres sur celles de son masque. Il recule immédiatement sans rien dire, il me scrute quelques secondes. Ce qui rend l'atmosphère, précédemment chaude, soudain très froide. Sans le voir venir, sa main saisit ma nuque dans un geste brusque, et il me rapproche de lui. C'est si inattendu que mon cœur s'emballe, et avant même de pouvoir réagir, je pousse un cri et ressens une vague de nausée.

Par réflexe, mes mains se posent sur sa veste, qui dégage une forte odeur de cuir. *En fait, si, il y a bien une odeur...*

— Ne joue pas avec moi, Amber, dit-il d'une voix robotisée, ce qui me glace le sang. Il y a des risques et des conséquences.

Il relâche son emprise, se redresse et quitte la pièce aussi vite, me laissant seule, essoufflée et effrayée. Pourtant, j'éprouve... je ne sais quoi. Une sorte de plaisir malsain.

Je pose la paume de ma main sur mon torse pour vérifier que je n'ai pas fait une crise cardiaque, juste au moment où Stécy et Kate reviennent en riant, tenant une bouteille d'eau. C'est seulement à ce moment-là que je réalise qu'elles n'étaient plus là, qu'elles m'ont laissée complètement seule dans mon état déplorable.

Mes amies s'agenouillent à la même place où *il* était, il y a à peine quelques secondes. *L'ont-elles vue ?*

Stécy ouvre la bouteille d'eau, mais s'arrête en voyant que j'en tiens déjà une dans ma main. Elle fronce les sourcils et me demande :

— Où l'as-tu trouvée ?

— On me l'a donnée.

Elles échangent un regard d'incompréhension avant de me dévisager à nouveau.

— Qui ça ? me questionne Stécy en me retirant la bouteille des mains. Tu ne l'as pas bu au moins ?

Je secoue la tête, perdue dans mes pensées. C'était si violent et... *mince. J'ai aimé ça !*

— Allô ? Amber ?

Je secoue la tête et l'observe attentivement.

— Oui ?

— La bouteille d'eau ? Qui te l'a donnée ? insiste Stécy.

— Michel-Ange, rétorqué-je avec un sourire aux lèvres.

— Michel-Ange ? C'est qui ? demande Kate.

— Le masqué du bière-pong.

— OK, poursuit Stécy en me soulevant. On va rentrer.

Une seconde fois, je perds le fil de mes pensées et me reconcentre sur lui. J'aimerais enlever son masque, voir son visage. *Il y a des risques et des conséquences.*

— Déjà ? s'exclame Kate, d'un ton surpris.

Elle fixe Stécy qui lui explique que, étant donné mon état, il est préférable que je rentre et que je dorme. Mais Kate ne l'entend pas de cette oreille et se plaint en me désignant du doigt, affirmant que je suis une grande fille et que, malgré tout, je peux finir la soirée sans boire un verre supplémentaire, tout en étant accompagnée d'une bouteille d'eau. Ses propos irritent encore plus Stécy, que j'observe malgré moi, et cette dernière en profite pour lui faire remarquer que c'est trop.

Je me libère de l'étreinte de mon amie, la contourne et retourne à la fête alors qu'elle ne l'a pas remarqué. Il y a une grande différence de température entre cette pièce bondée de monde et celle où nous étions. Je me rends compte que c'en est presque étouffant. *Mon Dieu !*

Je recule et opère un demi-tour pour me diriger vers les toilettes. J'emprunte le couloir vide ; complètement vide, pas une seule âme qui vive ici, ce qui diffère avec le reste de la maison de Kate. Je suis sur le point d'y arriver quand, une fois de plus, on m'étreint, me retourne et me pousse contre le mur avec brutalité. Je n'ai pas le temps de dire un seul mot qu'une paire de lèvres emprisonnent les miennes dans un baiser langoureux, dont j'essaie de me défaire.

— Nous sommes enfin débarrassés de ce Hulk, me murmure-t-on contre ma bouche. À nous l'amusement.

Je reconnaîtrais cette voix entre mille et, sans attendre, je prends son visage entre mes mains et lève une jambe qu'il saisit. Je ris avant de lui répondre.

— Malcolm… si tu savais comme j'ai envie de m'amuser.

— Tu t'amusais bien avec l'autre, souffle-t-il entre deux baisers.

Ses mots me heurtent, et je prends un moment pour lui répondre.

— De quoi parles-tu ?

— Du gars au masque.

À cette mention, sa poigne se resserre autour de moi, me faisant souffrir. J'essaie de me dégager, mais il est bien plus fort, et l'alcool dans mon sang rend mes mouvements plus lents. *Merde.*

— Lâche-moi.

— Tu sais que tu es à moi, Amber. On se l'est dit pourtant.

Il déplace sa main pour la poser sur ma hanche, exerçant une pression qui me coupe presque le souffle.

— Malcolm. Arrête… ça fait mal.

J'essaie d'articuler, mais la douleur combinée à l'alcool rend les mots difficiles à prononcer.

— Dis-toi que je ressens la même chose. Tu t'es vu…

Il enfonce ses ongles dans ma jambe, me faisant hurler de douleur, mais il étouffe rapidement mon cri avec sa bouche. Des larmes coulent le long de mes joues.

— Stécy, soufflé-je contre ses lèvres.

Un rire diabolique, semblable à celui d'un démon, résonne autour de nous, ce qui attire l'attention de Malcolm. Il retire sa main de ma cuisse, mais l'autre demeure toujours sur ma hanche. Nous regardons autour de nous sans voir personne.

Mon cœur bat tellement fort que c'en est douloureux. J'en profite pour lui donner un solide coup de pied dans les parties intimes et ce salaud se plie en deux, s'écroulant au sol. Je l'enjambe rapidement, traverse le couloir en courant, et me dirige vers la sortie quand je heurte Stécy, qui courait aussi dans ma direction.

Chapitre quatre

Paniquée, elle essaie de me rassurer en me parlant quand, brusquement, des hurlements stridents résonnent dans les pièces derrière nous. Soudain, un flot de personnes sort en courant du couloir où j'étais plus tôt. *Qu'est-ce que… ?* Stécy attrape quelqu'un et lui demande ce qui se passe.

— Appelle la police ! Police ! Mort ! hurle la fille au visage qui m'est familier.

— Quoi ? rétorque mon amie d'une voix étranglée.

— Quelqu'un… poignardé…

Mon sang se glace subitement et Stécy saisit ma main, puis nous entraîne vers la sortie, nous mêlant aux autres.

Dehors, la pluie mêlée aux tonnerres et aux éclairs crée une atmosphère étrange ; la soirée est devenue lugubre. *Quelqu'un s'est fait poignarder, bordel !*

Nous nous arrêtons au milieu de l'allée, échangeant un regard d'angoisse avant de nous retourner en direction de la maison de Kate. La scène est presque surréaliste. On dirait que la demeure vomit littéralement les invités, certains peinant à tenir debout, vacillant au gré de l'ivresse. *Putain !*

L'atmosphère est chargée d'une tension palpable, une peur sourde emprisonnant mon corps, nous empêchant de bouger aussi librement que nous le souhaiterions. Les cris s'élèvent en une mélodie chaotique dans l'air, ce qui me donne la nausée.

C'est à ce moment-là que je vois Kate sortir à son tour. Je me mets à courir vers elle, tant bien que mal, tandis que Stécy me hurle dessus. J'ai l'impression que des milliers de kilomètres la séparent de moi.

J'attrape mon amie au vol. Elle se débat et hurle, pensant probablement à quelqu'un d'autre, mais elle se calme aussitôt qu'elle comprend que c'est moi.

Je nous ramène auprès de Stécy, et là, j'écarquille les yeux. Les épaules de Kate — ainsi que son visage — sont couvertes d'un liquide rouge. Une sensation de froid m'envahit brutalement, et avant de m'en rendre compte, je vide le contenu de mon estomac à nos pieds.

— Qu'est-ce que c'est que ça ? demande mon amie à Kate.

— J'ai trébuché sur lui.

Je me redresse et scrute mon amie en reculant de deux pas, réalisant qu'elle a du sang humain sur elle.

— Il... il... (elle essuie ses larmes, secouée par des spasmes) il avait la gorge tranchée. Putain !

J'écarquille de nouveau les yeux, horrifiée par ce qu'elle vient de dire tandis que ses pupilles larmoyantes croisent les miennes.

— Il se tenait la gorge en entrant dans la pièce, raconte-t-elle en mimant. Son sang giclait de partout, sur les murs, le sol...

— Mon Dieu ! Mais qui c'était ? intervient Stécy.

— Malcolm.

— Quoi ?

Je prononce ce mot d'une voix étranglée et je sens mon estomac se retourner à nouveau.

— Malcolm ? Malcolm ?

Elle hoche la tête.

— Il est mort.

Soudain, des sirènes retentissent au loin, annonçant l'arrivée de la police, ce qui me soulage quelque peu. *Mon ami est mort.* Malgré ce qu'il a fait, il était celui avec qui je passais de bons moments. Mon ami depuis trois ans vient de rendre son dernier souffle et, le pire, c'est que c'est moi qui l'ai vu en dernier. Et je l'ai agressé. *Bon sang !*

Je me mets à trembler, un frisson glacé parcourt mon échine et je recule instinctivement. L'angoisse m'envahit, me poussant à fuir. *On va penser que c'est moi qui l'ai tué.* Je recule encore, le souffle court, les battements de mon cœur cognant contre ma poitrine. Puis, incapable d'en supporter davantage, je fais volte-face et me mets à courir en direction de la route plongée dans l'obscurité, tandis que les lumières bleues des gyrophares qui se rapprochent se projettent sur les arbres, créant des ombres terrifiantes. *Je vais finir en prison !*

Stécy et Kate hurlent derrière moi, leurs voix pleines d'inquiétude. En entendant le craquement des branches dans mon dos, je comprends qu'elles me suivent, m'implorant de m'arrêter. Mais la peur me pousse à continuer à courir.

— Je ne peux pas, je ne veux pas aller en prison !

— Quoi ? demande Stécy, l'incompréhension trahissant son ton.

Brusquement on m'attrape, me soulève comme un vulgaire grain de riz et je me retrouve bloquée contre un corps robuste. Je lâche un hurlement étouffé, coincé dans ma gorge, tandis que je me pétrifie de peur. Une voix douce et familière essaie de me ramener à la raison.

— Amber, ce n'est que moi, Geyden !

— Geyden ? répété-je doucement.

— Oui.

Une fois calmée, il finit par me lâcher. Je recule et l'observe quelques secondes pour me rassurer. C'est bien lui, dans son uniforme de policier, les gyrophares bleus illuminant son visage.

— Putain ! Geyden ! Quelqu'un est mort, crie Stécy à son arrivée.

— Je sais. Mes collègues sont à l'intérieur. Quand j'ai compris que c'était chez ton amie, je suis venu au plus vite pour vous retrouver. Et, Dieu soit loué, vous n'avez rien.

Il range son arme dans son étui.

— Et le meurtrier ?

Il est sur le point de répondre à Stécy quand un grésillement venant de son talkie-walkie l'interrompt. Un de ses collègues l'informe qu'ils ont fouillé la maison et qu'il n'y a aucune trace du meurtrier. Cette nouvelle me fait froid dans le dos. Je commence à scruter les alentours, la peur au ventre.

Alors que mes deux amies se mettent à pleurer, Geyden essaie de les rassurer comme il peut. Il nous invite à monter dans sa voiture le temps de la procédure, avant de pouvoir nous emmener au poste de police. Cela me donne la nausée, et encore une fois, je vide mon estomac sur la route. *Je vais finir la soirée derrière les barreaux, c'est certain.*

La pluie a cessé, mais l'orage gronde toujours. À chaque éclair, j'ai l'impression qu'une silhouette s'approche de moi. Je me redresse brusquement en criant, ce qui fait sursauter les autres. Geyden s'approche à grands pas, entoure mes épaules de ses mains et me secoue doucement, m'assurant qu'il n'y a personne. Comment peut-il le savoir ? La maison de Kate est entourée d'une forêt dense. Il pourrait être là, en train de nous observer, et rire de nous. En y réfléchissant, il y a plus de chances pour qu'il se soit enfui, comme n'importe quel meurtrier, pour éviter de se faire prendre.

— J'ai froid.

Il opine du chef et nous ordonne d'entrer dans sa voiture tout en prévenant ses collègues qui s'occupent des autres invités de Kate. À ce moment-là, une nouvelle alarme résonne et des gyrophares nous éblouissent. Une ambulance ainsi que deux autres voitures de police arrivent à vive allure.

Assise à l'arrière, j'observe Kate qui scrute à travers la vitre l'horreur qui se trouve devant sa maison. C'est à ce moment-là que je regarde la foule à la recherche de l'homme masqué, tentant de voir s'il ne se trouve pas parmi les personnes prises en charge par la police. Mais ce n'est pas le cas. Ou peut-être a-t-il simplement enlevé son masque sans que je le remarque. Je me rends compte que je ne sais même pas à quoi il ressemble.

Tout en inspirant et expirant profondément, je me cale contre le siège, et resserre mes bras autour de ma poitrine, comme si cela pouvait me protéger.

— C'est une horreur… pauvre Malcolm, murmure Stécy en posant sa tête contre mon épaule. On l'a assassiné… Même si c'était un sale con, il ne méritait pas ça.

Mon cœur se serre, de nouvelles larmes se forme au coin de mes yeux. *Putain…*

— Non, mais je dois admettre que pour un salaud, c'était un vrai salaud ! répond Kate. Ce mec a essayé de m'embrasser l'année dernière et, comme j'ai refusé, il a lancé la rumeur qu'on avait couché ensemble et que j'avais (elle mime des guillemets avec ses doigts) joui comme un chaton. Franchement, quel type fait ça ?

— Un connard, répond Stécy, finissant par rire, ce qui entraîne Kate dans son hilarité.

Je serre les mâchoires pour me retenir de leur rappeler qu'elles rient d'un mort qui était mon ami. Je reconnais qu'il pouvait-être insupportable, mais il avait aussi ses moments de gentillesse. À part tout à l'heure, il s'est toujours bien comporté avec moi, mais je sais que ce n'était pas forcément le cas avec les autres.

Je sursaute lorsque la portière du côté conducteur s'ouvre brusquement et que Geyden monte à bord.

— Bon, finalement, vous n'irez pas au poste de police. Je vous ramène chez toi, Amber, c'est bon ?

— Oui, très bien.

— Papa et maman ne sont pas à la maison Stécy, poursuit-il, donc je préfère vous savoir chez les Johnson.

Alors qu'il démarre, je lui demande :

— Tu penses que c'est le même qui a tué Mélissa ?

Je retiens mon souffle, une boule se forme dans ma gorge en repensant à elle.

— Je ne peux pas le dire, nous n'avons pas encore examiné le corps de ce jeune homme. Mais franchement… (Il regarde la route avec sérieux) j'espère que non. Halloween approche, et on sait qu'à cette période les touristes vont venir en ville pour le défilé de l'horreur la semaine prochaine, ainsi que pour l'histoire de Salem avec les trois sorcières, donc j'espère que ce n'est pas le même, sinon ça voudrait dire que c'est un tueur en série. Si c'est le cas, il va falloir sécuriser la ville et vous confiner chez vous.

Cet aveu me refroidit davantage, et ne me rassure guère. ⚜

Chapitre cinq

💀 Michel-Ange 💀

Je suis ravi de te voir d'aussi près sans que tu te doutes de ma présence, Amber.

Tu es là, à quelques pas de moi, te dirigeant vers ton travail. Aujourd'hui, tu as opté pour un jean simple et un pull quelconque, probablement parce que tu cherches à passer inaperçue. C'est compréhensible, vu les récents événements. Personne n'a encore réussi à me démasquer. Ils ne pourront pas m'arrêter, je suis trop rusé pour les policiers de Salem.

La pluie a cessé. Sans ralentir, tu ranges ton parapluie et accélères le pas avant de bifurquer à droite. Tu ouvres la porte du café où tu prends ton service dans dix minutes, pour financer tes études dans l'édition.

Je trouve cela séduisant, une femme avec un livre à la main. Ça fait une semaine que je me poste devant ta maison, à t'observer, assise sur le canapé de tes parents, plongée dans ta lecture, le téléphone à la main ou regardant la télévision.

Malheureusement, tu ne m'as pas encore remarqué, ce qui me peine un peu. Je veux que tu saches que ton baiser a éveillé en moi une folie que j'essayais d'enterrer, mais toi, tu l'as activé.

Tu me rends fou, Amber. Fou d'amour. Avant, je n'avais qu'une attirance innocente envers toi. Mais tu as attisé la flamme enfouie en moi grâce à ce baiser, et je t'en remercie.

Je suis presque désolé d'avoir mis fin aux jours de cet ignoble Malcolm. Je serre le poing en repensant à cette soirée où il t'a traité avec mépris, te brisant le cœur. On ne touche pas à ce qui m'appartient. Tu es à moi, même sans que tu le saches. Mais ça ne va pas durer.

Les journaux ont parlé de mon *exploit*, et y ont aussi associé le meurtre de cette jeune fille. Elle, pourtant, ce n'est pas moi qui l'ai tué. Mais ça, tu ne le sais pas encore. Je te le dirai un jour.
Mon cœur s'emballe en te voyant à travers la vitrine. Je me recule et me mets contre l'arbre. De là, tu ne me verras pas. Et tant mieux, car je n'ai pas mon masque.

Je remarque que tu t'es changée, tu es si belle dans cette robe bleu marine représentant ton établissement. Elle te donne un côté femme fatale alors que ça ne devrait pas être le cas.

Je vois tes cheveux roux onduler au rythme de tes mouvements pendant que tu mets en place les tables pour tes futurs clients.

Je meurs d'envie de te toucher, de t'embrasser avec passion. T'étendre sur cette table, dans cette tenue. Ressentir la chaleur de ton corps autour de moi et entendre tes gémissements.

Que m'as-tu fait, Amber ? Je suis devenu un obsédé. Tu m'obsèdes.

Je vais devoir trouver un moyen de canaliser cette intensité pour pouvoir m'approcher de toi.

Serais-tu prête à jouer avec moi ? Je pense que oui, alors, que la partie commence Amber Johnson. 💀

Chapitre six

J'observe le liquide noir qui remplit la tasse en porcelaine, tandis que l'odeur du café me chatouille les narines ; j'adore cette fragrance, même si je n'en ai pas encore bu. Je suis plutôt une adepte du thé noir.

Je me penche pour attraper le lait dans le frigo et me redresse, mais je sursaute en apercevant le grand frère de Stécy, posté devant le comptoir avec un large sourire.

— Salut ! Tu m'as fait peur, dis-je en reprenant ce que j'étais en train de faire.

— Désolé, je me suis arrêté pour prendre de tes nouvelles. Comment ça va depuis…

Il marque une pause, cherchant probablement les bons mots.

— Depuis la mort de Malcolm ? demandé-je à sa place, sans le regarder. Eh bien, on fait avec. Mais ça va.

— Tu sais qu'on ne l'a pas retrouvé, je suppose ?

Mon corps se couvre de chair de poule même si je sais depuis longtemps qu'il est toujours dans la nature.

— Oui, ma mère me l'a dit. Et… je travaille dans un café où les gens se réunissent autour d'une bonne boisson chaude pour discuter de ce qui se passe ici, lui dis-je en le regardant cette fois-ci droit dans ses yeux bleu azur. Donc, forcément, je suis vite au courant des dernières nouvelles.

Ce serait mentir que de dire que le frère de mon amie n'est pas du tout séduisant, surtout que l'uniforme lui va à ravir. Les regards que lui lancent les autres femmes lorsqu'il passe à côté d'elles en témoignent. Je suis persuadée que beaucoup de femmes à Salem rêvent d'un tout autre service avec lui, laissant entendre que son charme ne laisse personne indifférent. Il est gentil, la trentaine, sportif, et il arrête les méchants. Quelle fille ne succomberait pas à un type comme Geyden ?

— Tu veux ton café ?

— S'il te plaît, mais ce n'est pas pour moi. C'est pour un collègue.

— Donc, ce n'était pas juste pour savoir comment je vais ? dis-je avec un sourire.

— Les deux, Amber. Fais-lui un expresso, s'il te plaît. As-tu revu Stécy ?

Je fais le tour du comptoir pour apporter le café à mon client qui lit le journal du jour. Je résiste à l'envie de jeter un œil aux titres, puis j'opère un demi-tour en lui répondant :

— Oui, hier, nous avons passé la journée ensemble.

— Et elle, comment va-t-elle ?

— Plutôt bien. Elle ne l'aimait pas vraiment, donc elle a été choquée sur le moment, mais elle a vite tourné la page. En même temps, tu connais ta sœur.

Il sourit en réponse. Je retourne derrière le comptoir et prépare le café de son coéquipier dans un gobelet où figure le nom de l'établissement : « Lily & coffee shop ».

— Tu ne veux pas quelque chose à manger ? demandé-je en l'observant.

— Non, merci.

Une fois prêt, je lui donne l'expresso. Lorsque Geyden dépose avec un clin d'œil un billet de dix dollars sur le comptoir, j'aperçois à peine l'encre sur son poignet, me plongeant immédiatement dans le souvenir de mes 15 ans, lorsque j'ai découvert que son corps était pratiquement couvert de tatouages et je me souviens avoir été fascinée par ça.

— C'est le pourboire.

Il recule, retourne sur ses pas et s'arrête devant la porte, puis m'observe et rétorque :

— Si tu as besoin de quoi que ce soit, téléphone-moi.

— Je n'ai pas ton numéro.

— Ce que je veux dire, c'est d'appeler le centre.

Mon cœur se serre. *Je suis vraiment stupide !*

Dès qu'il ouvre la porte, le vacarme de l'extérieur envahit la pièce. Son collègue le réprimande en lui disant qu'il a mis du temps, puis la porte se referme. Je ne le quitte pas des yeux et le vois monter dans la voiture qui démarre sans attendre.

— Ah, les policiers, ça fait toujours son effet, ma grande ! me dit ma collègue Lucie.

Je tourne mon attention vers elle en riant.

— Pas tous. Je le connais depuis longtemps. Il est beau, mais il est déjà pris, malheureusement.

— Peut-être, mais j'ai vu comment il te regardait quand tu as servi le café à la table 10, ma belle. Cet homme t'aime bien.

Mon cœur chavire. Je sais qu'elle raconte des bêtises ; Geyden ne peut pas avoir d'intérêt pour moi. Il est bien trop vieux et, de plus, je suis la meilleure amie de sa sœur. Qui voudrait cela ?

— Tu en dis des absurdités parfois.

Lucie est le genre de collègue avec qui on passe de bons moments au travail. Elle est marrante, intelligente, et elle adore voyager. Elle a donc plein d'anecdotes à me raconter. D'ailleurs, il y a deux semaines, elle m'a ramené un porte-clés en forme de montagne du Grand Canyon et m'a raconté qu'elle avait croisé un mec en auto-stop sur la route. Un beau gosse musclé, exactement ce qu'elle aime. Elle l'a aidé et l'a pris avec elle, mais elle a découvert qu'il couchait avec sa propre sœur, ce qui lui a donné envie de vomir. Elle l'a laissé sur le bord de la route, sans un regard en arrière.

Lucie a un an de plus que moi, des cheveux noirs et des yeux verts. Je sais que les hommes aiment la regarder quand ils viennent au café. C'est normal, elle est vraiment très belle ; qui n'aurait pas envie de l'admirer ?

— Ce ne sont pas des bêtises, Amber. Mais si tu ne me crois pas, tu finiras vieille fille avec des chats.

— Je n'aime pas les chats, mais j'aimerais avoir un chien, un spitz. Je les trouve tellement beaux !

Nous éclatons toutes les deux de rire, tandis que deux clientes pénètrent dans l'établissement, complètement trempées. Je jette un regard dehors et remarque que la pluie est repartie de plus belle.

Je gare ma voiture dans l'allée de la maison et réalise que cette dernière est dans le noir. *Oh, ils ne sont pas là ce soir.* J'éteins le moteur, attrape la télécommande accrochée à mon porte-clés pour allumer l'extérieur. En appuyant dessus, j'accueille avec joie la lumière qui éclaire l'entrée.

Je sors, ferme la voiture et prends mes clés rangées dans mon sac à main. En les tournant dans la serrure, je réalise que la porte d'entrée est restée ouverte, ce qui me surprend, car mes parents n'oublient jamais de fermer. Je m'arrête quelques secondes, réfléchissant. *Ils ont peut-être vraiment oublié, ça peut arriver.* Moi, ça m'est déjà arrivé, pas plus tard que la semaine dernière.

J'entre et je n'attends pas pour allumer le hall lorsque Pumpkin, notre labrador noir, me saute dessus. Il est beaucoup plus lourd que moi et me pousse contre la porte d'entrée en me faisant la fête.

— Pumpkin, tu es vraiment trop lourd, mon gros ! lui dis-je en l'incitant à s'asseoir, ce qu'il fait immédiatement.

Je suis fière qu'il soit bien dressé. Je le caresse et l'embrasse. Nous l'avons pris quelque temps après avoir emménagé à Salem. Lorsque j'avais 9 ans, nous vivions à New York et nous nous sommes fait cambrioler. En arrivant à Salem, ma mère voulait un chien pour nous protéger. C'est vrai que Pumpkin montre les crocs quand un inconnu apparaît, mais sinon, ce chien est une guimauve. Il n'attaque même pas les mouches.

Je continue d'allumer toutes les lumières des pièces, car j'ai horreur de vivre dans le noir. Pourquoi ? Je ne sais pas. Je finis par allumer la télévision pour donner un peu de vie à la maison et me dirige à l'étage en direction de ma chambre. *Prendre une douche ne sera pas de refus !* 🍁

Chapitre sept

☠ Michel-Ange ☠

J'aime l'odeur du savon que tu utilises, c'est devenu ma préférée.
J'ai même fini par m'acheter la même marque pour te sentir près de
moi. D'ailleurs, tu dois en mettre une tonne sur ta main, car je la sens
d'où je suis ; sous ton lit.

Il est pratique ton lit à baldaquin, avec de l'espace en dessous pour
pouvoir passer sans trop de difficulté, bien que le ménage n'y soit
pas souvent fait et qu'il y ait de la poussière. Ça ne me dérange pas,
tant que je peux venir t'observer dormir. Je ne demande rien de plus,
Amber.

J'entends l'eau s'arrêter, puis tes pas se rapprocher et la porte s'ouvrir, alors je tourne ma tête vers toi.

Tu es pieds nus ; sais-tu que tu as de très jolis pieds ? Je pourrais
les embrasser un à un.

Tu fais le tour de ton lit pour te placer devant ta commode, où j'ai
pris une de tes culottes en dentelle noire que j'ai longuement sentie
avant de la ranger dans ma poche. Mes doigts viennent toucher cette
dernière en y repensant.

Tu laisses tomber ta serviette par terre, ce qui signifie que tu es
nue. Rien que cette pensée fait grandir mon désir. *Oh ! Amber !*

Tu lèves une jambe pour enfiler un bas de pyjama noir, qui n'est
d'ailleurs pas très sexy. Puis, j'entends un tiroir s'ouvrir et se refermer.

Si tu savais que j'étais juste sous ton lit, que ferais-tu ? Crier ? Non, car tu m'aimes. Mais c'est encore trop tôt pour te surprendre comme ça.

Tu rejoins ton lit, qui s'affaisse légèrement sous ton poids, mais je peux encore respirer. Ce serait vraiment bête de mourir maintenant.

— Hé !

Je sursaute en entendant ta douce voix résonner. Pendant une seconde, je crains que tu m'aies découvert. Mais je réalise rapidement que tu es au téléphone avec ton amie.

Je serre les mâchoires instinctivement. Je sais qu'elle n'est qu'une amie, mais le fait d'imaginer d'autres personnes te toucher me met en colère. Je ne supporte pas ça. Le pire c'est quand je te vois sourire à d'autres hommes que moi.

Tu lui dis que tu as vu son frère tout à l'heure et qu'il demandait comment elle allait. Puis, silence. Tu écoutes sûrement ce qu'elle te dit, comme la bonne amie que tu es. Sais-tu à quel point ta voix est envoûtante, Amber ? J'ai hâte de t'entendre hurler de peur lorsque nous nous amuserons. Rien que d'y penser, un sourire se dessine sur mes lèvres, imaginant déjà ta réaction à cette frayeur ludique. J'espère que tu ne me décevras pas. Non, je n'en doute pas.

— Il est venu prendre un café, bref.

Je n'aime pas ta façon d'esquiver sa question, comme si tu cachais quelque chose. Tu aimes ce type ? Non, c'est impossible, il n'est pas fascinant comme moi. Ce n'est pas lui que tu as embrassé, mais moi, ton Michel-Ange.

— On y va à quelle heure, demain, au défilé de l'horreur ?

Je me réjouis d'avance à l'idée de pouvoir jouer avec toi. Ne t'inquiète pas, je serai là, dans mon costume, avec mon masque. Je ne t'abonnerai pas, moi, ton Michel-Ange.

Elle te donne l'heure, et tu finis par raccrocher en soufflant.

Ta réaction attise ma curiosité. Qu'est-ce qu'il y a ? Es-tu frustrée parce que nous ne nous sommes pas encore revus et que tu ne peux pas te confier à ton amie sur nous ? Rassure-toi, Amber, il ne nous reste que quelques heures avant de nous retrouver.

Je te vois te lever pour aller ouvrir la porte de ta chambre. J'ai compris, après quelques visites, que tu n'aimes pas dormir avec la porte fermée et que tu laisses toujours la lumière du couloir allumée lorsque tu es seule. Heureusement, tu n'autorises pas ton chien à entrer ici, sinon ce sale clébard, qui montre encore les dents, t'avertirait de ma présence, et ça, ce serait la galère.

Ça fait dix minutes que je suis installé dans ton fauteuil à t'observer dormir paisiblement. Tu es si belle, si sereine. J'en profite pour retirer mon masque afin de mieux te regarder sans être gêné par le tissu qui couvre mes yeux. Bien qu'il ne soit pas désagréable à porter, il me tient bien trop chaud.

Soudain, la poignée s'abaisse, me faisant me lever : alors que je ne l'ai pas entendu monter, ta mère entre dans ta chambre. Mon cœur fait un bond dans ma poitrine, et j'ai juste le temps de me cacher derrière la porte.

Par chance, elle s'arrête juste au seuil, te regarde quelques secondes et s'en va. Puis, le noir nous enveloppe à nouveau.

Je reprends doucement mon souffle, et me calme tandis que mon pouls résonne dans ma tête. *Merde ! Elle aurait pu me voir ! Cela aurait été fini ! Pourquoi sont-ils revenus si tôt ?*

J'avance vers toi, sors mon appareil photo de mon sac et te photographie. Merci à la technologie moderne qui me permet de prendre des clichés dans le noir avec une netteté parfaite. Je n'ai pas besoin d'utiliser le flash. Je vérifie la photo et mon cœur chavire. J'en prends une autre, puis je m'arrête et range l'appareil.

Je me penche pour embrasser ton front chaud.

Je recule et opère un demi-tour en direction du couloir. Mon rythme cardiaque s'accélère à nouveau, je retiens mon souffle, priant pour ne pas me faire attraper, mais j'aime tout de même ce que cela me procure.

En descendant, je contrôle le moindre de mes mouvements, l'oreille dressée, je suis à l'affût du moindre bruit. Je m'arrête à la dernière marche pour regarder autour de moi. Personne. Tout est plongé dans le noir ; ils sont sûrement partis se coucher. Cela devrait donc être un jeu d'enfant de sortir d'ici.

Je commence à avancer quand des grognements se font entendre derrière moi, me paralysant. *Merde, le chien !* Et comme si je ne manquais pas assez de chance, il se met à aboyer. *Non, non !* Je cours précipitamment vers la porte, tourne la clé et l'ouvre, déclenchant l'alarme. *Bordel !*

— Qui est là ? crie ton père.

Je me précipite à l'extérieur, mais des détonations retentissent. Je me baisse et trébuche sur votre pelouse.

— Fils de pute ! Reviens ici ! hurle-t-il.

Ce type tire à nouveau, et, cette fois, la balle atterrit à quelques centimètres de moi, me coupant la respiration. Mon instinct de survie me pousse à me relever et je poursuis ma fuite. *J'ai merdé ! Bordel !*

Un coup de feu de plus attire l'attention des voisins, qui éclairent leurs maisons l'un après l'autre. Je cours vers ma voiture garée plus loin en plongeant ma main dans ma poche pour sortir ma clé et l'ouvrir. Je me jette à l'intérieur, tremblant d'adrénaline. J'ai du mal à insérer la clé, mais finalement j'y arrive à temps. Le moteur démarre et je m'enfuis en trombe tandis que ton père me poursuit. *Si cet homme reconnaît ma voiture, je suis foutu.* Mais je crois que c'est impossible, je l'ai changé il y a à peine six mois. *Bordel !*

Je vérifie par-dessus mon épaule pour m'assurer qu'aucune voiture ne me suit, et, par chance, il n'y a personne. Je peux enfin souffler. *J'ai vraiment agi comme un imbécile !*

Je savais que tes parents étaient au restaurant et ensuite au cinéma ce soir, le film aurait fini plus tôt que prévu ? Ou je me serais trompé dans l'horaire de fin de séance ? J'ai failli tout gâcher à cause de mon désir de te toucher le plus vite possible. *J'ai vraiment fait le con.* J'aurais dû attendre d'être sûr que tout le monde soit couché avant de partir. Ils vont sûrement renforcer leur sécurité après ça.

Je frappe mon volant de toutes mes forces, me détestant d'avoir agi sans réfléchir. *Et ce fichu chien !* Je dois absolument me débarrasser de cet obstacle au plus vite. 💀

Chapitre huit

🍁 Amber 🍁

Mon père marche de long en large dans le salon tandis que l'officier en charge de l'enquête lui demande de décrire le suspect.

— Il portait un sweat-shirt à capuche noir et un jogging assorti, mais c'est tout. Je n'ai rien vu d'autre, explique-t-il. Ah ! Si ! Il avait un sac à dos. Pourtant, j'ai fait le tour de la maison et rien n'a l'air d'avoir disparu.

— Vous l'avez peut-être arrêté avant qu'il ne puisse voler quoi que ce soit. Vous m'avez dit qu'il avait une Dodge noire, c'est ça ?

— Oui, c'est ce qu'il avait quand il est parti. Mais je n'ai pas eu le temps de mémoriser la plaque complète. Seulement qu'elle venait du Maine et qu'elle commençait par 63. C'est tout.

L'officier aux cheveux blonds hoche la tête, note les informations et referme son carnet en soupirant.

— Je ne dis pas qu'on ne va pas le retrouver, mais, pour être honnête, ça va être difficile.

Cette annonce me fait froid dans le dos. Nous avons de nouveau été victimes d'une tentative de cambriolage, comme à New York.

Je tremble, et ma mère le remarque. Elle me serre dans ses bras. Les coéquipiers de l'officier descendent au même moment de l'étage alors qu'ils vérifiaient si tout allait bien, quand le frère de Stécy apparaît derrière l'une des policières. Il a l'air épuisé, comme si on venait de le réveiller. Je suppose qu'il n'était pas de service, mais, comme Salem est une petite ville et qu'ils n'ont pas une grande unité, ils ont dû faire appel à lui.

Il croise mon regard, une grimace crispée se dessine sur son visage, et ce geste me fait frissonner, ajoutant une couche d'intensité à l'atmosphère. *Il a une mauvaise nouvelle à nous annoncer.* La jeune femme s'assoit en face de nous, puis Geyden fait de même, s'installant juste devant moi. Avant de prononcer quoi que ce soit, ses lèvres se pincent et ses mâchoires se serrent pendant une nanoseconde. Ce moment de silence crée une tension dans l'air, comme s'il pesait chaque mot qu'il s'apprête à dire, rendant l'attente presque insupportable.

— Nous avons retrouvé des empreintes de boue dans ta chambre, Amber, uniquement dans ta chambre.

Mon sang se glace brusquement, je retiens mon souffle, trop effrayée pour comprendre ce que cela signifie. Mon père nous rejoint et s'exclame d'une voix nouée :

— Que veux-tu dire par « dans sa chambre », Geyden ?

— Que la personne qui est entrée est venue spécialement pour votre fille, Monsieur Johnson, dit-il en l'observant.

Ma mère me serre encore plus fort contre elle, et mon père se raidit à mes côtés. Là, j'ai vraiment peur.

— Ça veut dire qu'il n'est pas venu pour nous voler ? demande-t-il.

— Non, intervient la policière d'un ton neutre. Nous avons fait le tour de la maison, et il n'y a des traces de pas que dans l'entrée, l'escalier, le couloir et dans sa chambre. Il s'est consciemment dirigé dans la chambre d'Amber.

Mon père se lève brusquement, nous faisant sursauter, ma mère et moi. Il recommence à faire les cent pas, tel un lion en cage, ruminant des injures contre cet homme qui est entré chez nous pour... moi.

Mon Dieu ! L'angoisse me serre la poitrine en voyant son agitation, et je réalise l'ampleur de la situation.

— Pourquoi n'ai-je pas pu le toucher ? Bon sang !

Il s'approche de Geyden, le visage rougi par la rage, tandis que, moi, je n'ai qu'une envie : vomir.

— J'ai raté ce fils de pute, Geyden ! J'ai tiré trois fois et je l'ai raté !

Ce dernier reste silencieux, ne sachant quoi dire.

— Je vous conseille de changer les serrures et d'installer des caméras chez vous, dit la policière en se levant avant de m'observer attentivement. Jeune fille, je te conseille d'avoir un spray au poivre avec toi.

— Elle en a déjà un, intervient ma mère d'une voix tremblante.

— C'est bien. Amber, sachant qu'il en avait spécialement après toi, je vais devoir te poser quelques questions. Tu veux bien ?

Je hoche la tête.

— As-tu un petit ami en ce moment ?

— Non.

— Est-ce que quelqu'un t'a fait des avances récemment ?

— Non, ça ne me dit rien. Vous pensez que je connais ce malade ?

— Il y a de fortes chances, mais peut-être qu'il t'a simplement repéré de loin et qu'il est très discret. Tu n'as pas remarqué quelqu'un d'étrange au café où tu travailles ? Quelqu'un qui serait là souvent, qui t'observerait ?

— Non, je ne crois pas.

— Aucun de tes amis n'a un comportement bizarre en ce moment ?

— Quoi ? Non ! m'offusqué-je par cette accusation.

— Nous sommes obligés de penser à toutes les éventualités. Tu devrais prendre des cours d'autodéfense, poursuit-elle. D'ailleurs, sa sœur en prend (elle désigne Geyden d'un mouvement de tête), tu es bien sa meilleure amie ? Tu devrais la rejoindre.

Je tremble encore tellement que je ne sais plus quoi répondre, si ce n'est hocher la tête. *J'ai froid, bon sang !*

— Si tu te souviens de quoi que ce soit qui te paraît étrange, continue-t-elle, même si ça te paraît idiot, n'hésite pas et préviens-nous.

Geyden se lève, suivi par le troisième officier qui prenait la déposition. Les trois quittent notre maison, nous laissant seuls dans ce silence oppressant. Je me mets à pleurer pendant que mes parents me prennent dans leurs bras pour essayer de me rassurer.

— Que se passe-t-il ici, sérieusement ? s'exclame mon père.

— Pourquoi dis-tu ça ? demande ma mère.

— Il y a eu deux morts et maintenant un homme entre chez nous, sans effraction d'ailleurs, ce qui signifie qu'il a les clés. C'est cette ville qui est maudite !

— Arrête de dire des sottises, ça fait plus de dix ans qu'on vit ici et il ne s'est jamais rien passé. C'est la première fois.

— Ce sont les sorcières qui viennent nous hanter ou quoi ?

— Arrête de dire des bêtises, je te le répète. On va renforcer la sécurité de la maison. Et toi, Amber, tu vas prendre une arme et suivre les mêmes cours que Stécy.

Je reste muette, l'écoutant simplement et hoche la tête. Une peur sourde m'envahit en m'imaginant, une silhouette postée sur moi, endormie. L'idée de sa présence dans l'ombre, qui observe ma vulnérabilité, me glace davantage. Mais, dans un sens, je me dis que s'il me voulait vraiment du mal, il aurait pu le faire. Cet homme a été pris sur le fait en bas des marches, cela signifie qu'il partait, et non qu'il venait me rejoindre. Je frissonne en réalisant qu'il était venu me voir dormir. *Putain !* Qui es-tu ?

❀ ❀ ❀ ❀ ❀ ❀ ❀ ❀ ❀ ❀ ❀

— Tu viens toujours ce soir ? me demande Stécy, collée à mon bras.

— Oui, je prendrai mon spray, dis-je avec un ton sarcastique.

— Et puis, je serai là, et il y aura aussi Kate. Apparemment, mon frère est de service de surveillance ce soir. Il me l'a dit tout à l'heure au téléphone.

— C'est rassurant, soufflé-je en jouant avec le lacet de ma veste.

Ne t'inquiète pas, me rassure-t-elle alors qu'elle attrape une de mes mèches de cheveux. La police va le retrouver.

— Hum…

Et s'ils ne l'arrêtent pas et qu'il revient me voir, cette fois avec la lame de son couteau appuyée contre ma carotide lorsque je me réveillerai ? Mon ventre se tord d'effroi à cette idée, et une nausée me prend. Je ferme les yeux, et inspire profondément pour chasser cette vision terrifiante.

— Tu sais qu'il n'est plus avec Jessica ?

Je sors de mes rêveries et je relève la tête pour la regarder, mon cœur s'emballe soudainement.

— Apparemment, il l'a quitté il y a deux semaines au moins. Je n'écoutais pas vraiment. Il l'a annoncé aux parents. Ça n'allait plus trop dans leur couple. Moi, je dis tant mieux, je ne l'aimais pas ! Trop superficielle. Mon frère est bien plus simple. Et puis, les horaires de son travail, c'était difficile à gérer pour elle, apparemment. Comme il était souvent absent.

— Désolée pour lui.

Elle se détache brusquement de moi pour me regarder droit dans les yeux, avec un sourire moqueur.

— Arrête de mentir, je sais que tu as un faible pour lui.

J'écarquille les yeux en m'étouffant avec ma salive.

— Pas du tout !

— Arrête, j'ai vu comment tu le regardes quand il est à la maison, coquine, surtout quand il est torse nu. Si ton corps était fait de glace, tu serais morte depuis longtemps.

— Je…

Je n'arrive pas à trouver les mots justes et me sens gênée, même si nous sommes assises à une des tables extérieures du campus. L'air frais de ce matin ne m'aide pas à atténuer la chaleur qui monte brusquement en moi.

— Tu sais, je ne t'en veux pas. Ça me ferait bizarre s'il se passait un jour quelque chose entre vous (je m'étouffe à nouveau avec ma salive, ce qui la fait rire encore plus). Cela étant, tu ne serais plus ma meilleure amie, mais ma belle-sœur. En vrai, ce serait cool !

— Arrête de dire des bêtises, je te jure que je ne ressens rien pour Geyden !

— J'adore ta façon de mentir, Amber ! Au moins, lui, ce n'est pas un bon à rien comme Malcolm.

Là, c'est déplacé. Je la fusille du regard.

— Tu vas un peu trop loin, il est mort, je te rappelle.

— Oui, pardon. Écoute, des gens meurent tous les jours dans le monde, on ne va pas pleurnicher pour lui.

— Stécy ! m'offusqué-je. Parfois, tu ne sais vraiment pas tenir ta langue ! C'est grave, quoi !

— OK, OK ! Pardon ! Paix à son âme, ça te va ?

— Mouais.

— Malgré le fait que c'était un gros con, murmure-t-elle.

— Arrête !

Elle éclate de rire. Parfois, son manque d'empathie me déroute vraiment. Au même moment, la sonnerie retentit et je me lève pour retourner en cours sans l'attendre. Je veux qu'elle comprenne que, quelquefois, elle va trop loin. Je l'entends me rattraper.

— Hey ! Attends, désolée ! Je n'aurais pas dû parler de lui comme ça. Je m'excuse. Mais ce n'était pas un mec bien, reconnais-le ! Il avait une réputation de violeur aussi.

— Avec moi, il a toujours été sympa.

— Oui ! Sauf ce fameux soir. Juste avant, non ? Tu nous as bien dit qu'il était devenu jaloux et violent avec toi ?

Oui... J'inspire profondément. Elle me rend folle. Je pénètre dans l'établissement et traverse le couloir bondé d'élèves se dirigeant vers leurs casiers. Je sais qu'elle a raison, il s'est comporté comme un vrai connard à ce moment-là.

— Je sais que tu passais de bons moments avec lui, mais imagine si tu n'avais pas réussi à le repousser, qu'est-ce qu'il t'aurait fait ? me demande-t-elle.

Je ne m'arrête pas et emprunte les escaliers. Mon comportement l'irrite, et elle me saisit le bras en bousculant une jeune fille qui passe à côté de nous. Je m'excuse auprès d'elle et observe mon amie.

— Et si c'était ce soir-là qu'il comptait te violer ? Tu étais ivre à cause de cet autre gars ! vocifère-t-elle.

Ma vue se brouille sous l'effet des larmes, tout ce qu'elle dit est vrai, et ça me fait un mal de chien. Je fuis son regard en essayant de cacher mes yeux mouillés.

J'affronte trop de choses ces derniers temps : la mort de Malcolm et le type qui est entré dans ma chambre cette nuit.

Stécy attrape ma main et la serre fort contre sa poitrine, m'implorant de la regarder et de lui pardonner.

— Peut-être qu'il m'aurait violé, ou pas. Nous ne le saurons jamais, finis-je par lui dire.

— Oui... Désolé, je sais que tu as passé une nuit pourrie à cause de ce mec bizarre. Mais il fallait que je crève l'abcès. Désolée, Amber. Vraiment désolée.

Je ne réponds rien et la serre simplement dans mes bras.

— Ce soir, on va s'éclater ! clame-t-elle en passant à autre chose pour atténuer la colère.

— Jeunes gens ! rétorque une voix sévère. Vous comptez sécher vos cours ?

Nous nous séparons pour faire face à Madame Breasse, la directrice, qui nous dévisage avec sévérité. Comme toute personne de son rang, elle arbore un tailleur gris, et ses cheveux sont tirés en un chignon strict. Je me demande même si cela ne lui tire pas trop sur le visage, ce qui pourrait expliquer sa mauvaise humeur.

Chapitre neuf

Le défilé de l'horreur

L'ambiance est à son comble. La ville a installé des fumigènes et des spots lumineux suspendus à des fils pour créer une atmosphère à la fois angoissante et sombre. Un fond sonore de bruits métalliques résonne, comme si quelqu'un traînait une hache sur le sol.

Cela me donne la chair de poule, mais j'aime cette sensation. Je tiens fermement la main de Stécy, qui s'accroche à Kate, tandis que nous avançons dans le défilé de l'horreur qui attire toujours la foule.

Cet événement se déroule pendant une semaine, tous les soirs à partir de dix-neuf heures. Des acteurs sont déguisés en monstres, créatures horribles, vampires et zombies. Nous approchons d'ailleurs d'un immense individu, mi-zombie, mi-lapin.

La chimère s'élève vers le ciel, perchée sur des échasses, ce qui lui donne un aspect gigantesque, nous faisant nous sentir petites et fragiles. Ces sentiments s'amplifient lorsqu'elle se rue brusquement sur nous. Ça nous fait hurler, nous faisant fuir dans la direction opposée. Mon cœur bat la chamade, mais c'est tellement agréable... C'est de cette adrénaline que j'ai besoin pour oublier mes soucis du moment.

Je me tourne vers mes amies, tandis qu'un groupe de femmes devant nous sursaute et s'éparpille en hurlant lorsqu'un zombie boitant se met à courir pour en toucher une. Il tourne la tête et nous aperçoit. Mon cœur s'arrête lorsqu'il vient vers nous, les mains en l'air, reproduisant les mêmes bruits que dans les films.

— Oh mon Dieu ! s'exclame Kate en courant de l'autre côté.

Les lumières changent de couleur et passent au rouge quand je m'accroche au bras de Stécy. Et dire que nous craignions d'avoir froid ! Je peux enfin me rassurer ; j'ai tellement peur que je bouillonne.

D'autres personnes autour de nous commencent à crier en sursautant lorsqu'un autre acteur surgit pour les surprendre. Avec les filles, nous essayons de nous cacher derrière des arbres pour l'éviter, tout en avançant. Cela fonctionne, car l'acteur se concentre sur un groupe derrière nous. Quelques pas plus loin, nous entrons dans une partie de la fête où d'autres monstres essaient de m'attraper. Je fais sursauter tout le monde autour de nous avec mes hurlements. Stécy me tire pour que nous continuions à avancer. Heureusement que je porte des baskets ; je peux courir facilement.

Dans cette rue de Salem, tout a été organisé pour nous effrayer. Même les façades des appartements sont inquiétantes. Nous dépassons trois autres monstres qui nous ignorent, ce qui est tant mieux, car l'un d'eux fait vraiment peur. Certains sont aussi effrayants que ceux des films d'horreur.

Nous rejoignons un attroupement où, soudain, la musique *Sweet Dreams*, interprétée par Marilyn Manson, résonne dans les enceintes mises à disposition. J'en frémis ; cela fait longtemps que je n'ai pas écouté cette chanson. Nous nous approchons encore pour découvrir deux femmes déguisées en pom-pom girls, couvertes de sang. Lorsque l'une d'elles tourne la tête dans notre direction, je découvre une brûlure qui défigure la moitié de son visage. C'est tellement réaliste que ça me retourne l'estomac. Elles dansent toutes les deux au même rythme, et lorsque le refrain résonne, elles exécutent des sauts périlleux en arrière et atterrissent au sol en faisant le grand écart, laissant leurs corps flasques comme des pantins. Celle de gauche bascule la tête en arrière, plie sa jambe et relie tête et pied pour former un « O », puis se redresse en un instant. J'écarquille les yeux, impressionnée.

Mais juste derrière elle, quelque chose attire mon regard et mon cœur s'emballe. Je déglutis en reconnaissant la silhouette. Il porte le même masque, avec sa capuche relevée sur sa tête. Il se tient dans la foule, juste derrière deux personnes. Il ne regarde pas les danseuses ; son regard est fixé sur moi. Je me tourne vers Stécy et Kate pour leur dire :

— Il est là, le gars de la soirée !

— Qui ? demande Kate.

— Celui de la partie de bière-pong !

— Où ? demande Stécy, scrutant la foule.

Je pointe la direction où il se trouvait avant que je ne détourne le regard, mais je ne parviens plus à le retrouver. Je n'ai pas rêvé pourtant ! Je le cherche de gauche à droite, mais il semble avoir disparu.

— Tu es sûre ?

— Oui ! Il avait rabattu sa capuche sur sa tête, avec le même masque, celui représentant David, de Michel-Ange.

Nous continuons à scruter, mais, malheureusement, il n'est plus là. Je suis certaine de ce que j'ai vu. J'ai bien vu qu'il m'observait.

Je sursaute soudain en sentant une main sur mon épaule. Je me retourne, croyant que c'est lui, mais c'est en fait une personne qui me demande si je peux me pousser pour les laisser passer, elle et ses amis, puisqu'ils sont plus petits que nous. Quelle déception.

— Bon, et si on avançait ? propose Kate.

— OK, dis-je, accompagnée de Stécy qui acquiesce.

Nous contournons le rassemblement pour remonter l'allée, nous plongeant davantage dans l'obscurité.

Pourquoi est-ce que je pense à lui ? Je ne le connais même pas.

Je pousse un cri de surprise lorsque Stécy glisse sa main entre mes doigts, l'ambiance générale m'ayant stressée.

— Du calme, ce n'est que moi ! s'exclame-t-elle en riant à ma ré-action.

Au fur et à mesure que nous avançons, la musique s'estompe et le silence commence à m'angoisser, ce qui est compréhensible, après tout.

Je ne sais pas si c'est parce que j'ai vu une personne porter le même costume que lui, mais j'ai l'impression d'être épiée. Je jette un coup d'œil par-dessus mon épaule et, sans l'ombre d'un doute, je sais que quelqu'un m'observe, même si je ne vois qu'une foule indifférente.

Nous approchons d'un endroit où la lumière est plus faible, rendant les acteurs moins visibles. Mon cœur commence à s'emballer, de même que mon souffle. Mon corps entre en mode survie. Main dans la main, nous suivons le mouvement tandis que des cris stridents résonnent de partout, augmentant notre adrénaline. Je flippe tellement à l'idée que l'on nous attrape.

— J'ai vraiment peur, les filles, murmuré-je.

— Moi aussi, répond Stécy.

Soudain, elle s'arrête, retenant son souffle, et chuchote :

— C'est quoi, là-bas ?

Elle désigne un coin d'ombre sur notre chemin. Je sursaute lorsque le groupe devant nous se met à crier et s'enfuit. Honnêtement, j'ai envie de faire demi-tour. Nous avons toutes les trois très peur.

Brusquement, quelqu'un bondit sur nous, faisant vrombir une tronçonneuse. Je lâche Stécy en reculant et trébuche sur le sol, hurlant de toutes mes forces, les yeux fermés, alors que le vrombissement se fait de plus en plus fort, signalant qu'il s'approche. Sous la peur, mon corps se crispe et je me love davantage contre le bitume, hurlant à pleins poumons. Puis, brusquement, plus rien. Le silence s'installe. Mes cris se sont éteints, et je peine à comprendre ce qui se passe. *A-t-il eu pitié de moi ?*

Essoufflée, j'ouvre lentement les yeux pour voir ce qui se passe, mais il n'y a plus personne.

Une angoisse soudaine m'envahit, et je me lève en appelant mes amies, mais aucune réponse ne vient. Je scrute les alentours ; des groupes continuent de progresser, la peur au ventre. Je me retourne sur moi-même et perds ma respiration en tombant nez à nez avec un masque blanc. *Michel-Ange.*

— Je t'avais bien dit qu'il y avait des risques et des conséquences, Amber, dit-il d'une voix robotisée.

Chapitre dix

Je tremble. Est-ce à cause du froid ou de la peur ? Peut-être les deux.

Il est là, devant moi, bien plus grand que dans mes souvenirs. Et comme la dernière fois, il ne porte aucun parfum, excepté celui du cuir.

— Quels sont les risques et les conséquences ?

Il s'approche encore, réduisant l'espace entre nous, et je sens mon corps réagir. Ce soir, mes émotions font des montagnes russes entre le défilé et sa présence.

— Tu les apprendras par toi-même, rétorque-t-il.

— Ta voix fait peur.

Elle me fait également frissonner, mais je m'abstiens de lui avouer ce détail.

— Je suis navré. Mais tu vas devoir t'y habituer.

— Pourquoi ?

Alors qu'il effleure mon visage avec ses doigts gantés, des personnes courent en hurlant, l'acteur qui les poursuit se dirigeant vers nous. Une sorte de vampire attrape mon bras.

— Ne la touche pas, le prévient-il. Elle joue déjà avec moi.

L'inconnu recule immédiatement et disparaît dans l'ombre. Soudain, il empoigne ma main et m'entraîne plus loin. Je réalise alors que je suis avec un inconnu et, étrangement, je n'ai pas peur. Pas du tout.

— Tu comptes nous emmener où ?

— Dans un endroit où nous serons tranquilles.

Je n'arrive pas à m'habituer à cette voix trafiquée.

— Tu comptes me tuer ? dis-je alors qu'il sort une lampe torche de sa veste pour nous éclairer en traversant une rue déserte qui ne figure pas sur le plan de la fête.

— Non. Tu sais, tu es plus en sécurité avec moi qu'avec tes propres amies.

— C'est à moi d'en juger.

Il laisse échapper un ricanement pendant que nous bifurquons à droite dans une autre ruelle, tout aussi déserte et plongée dans l'obscurité. Cette ambiance me fait plus peur que lui.

— Que fais-tu dans la vie ? lui demandé-je.

Un second rire résonne.

— C'est bien trop tôt pour parler de ça. À toi de l'imaginer toute seule.

— J'aime bien imaginer. Comme j'essaie d'imaginer ton visage ou ton prénom.

— Fais-toi plaisir.

Il s'arrête soudainement, sort une clé de sa poche et une voiture s'allume devant nous. Michel-Ange s'avance et m'ouvre la portière, mais je refuse.

— Non. Là, j'ai peur. Je ne te connais pas, je ne vais certainement pas monter avec toi.

Sans prononcer un mot, il la referme, puis il reprend ma main et nous continuons d'avancer. Je regarde quand même par-dessus mon épaule pour voir s'il n'y a pas une autre personne qui nous suit, mais non.

— As-tu peur de ne pas pouvoir m'échapper ? prononce-t-il enfin.

— Oui, je ne te connais pas.

— Pourtant, tu me suis docilement, n'est-ce pas ? Si j'avais voulu te faire du mal, je pourrais le faire, et maintenant.

À ces mots, il se met brusquement devant moi et place sa main sous ma mâchoire et lève légèrement ma tête, me permettant de voir son masque grâce à la lampe torche.

— Je pourrais te tuer, ici, et personne ne t'entendrait.

Je déglutis, sentant l'angoisse s'intensifier tandis que ma respiration ralentit.

— Tu as peur ? me questionne-t-il.

— Je n'en sais rien.

Et c'est vrai ! C'est ça le pire : j'ai peur, il me terrifie, mais j'aime cette sensation qu'il réveille en moi.

Ses doigts glissent le long de ma gorge avec une lenteur calculée.

— Je pourrais sortir mon couteau et te trancher la gorge.

Le tissu de ses gants s'accroche à ma peau lorsqu'il mime cet acte, barrant ma trachée de son pouce.

— Tu te viderais de ton sang, allongée sur le goudron froid, murmure-t-il.

Son visage s'incline, comme s'il analysait la situation.

— Mais ce n'est pas mon intention, Amber.

Je déglutis, essayant d'avaler la salive qui s'est formée dans ma gorge, mais en vain. Michel-Ange se retourne et nous reprenons notre chemin. C'est seulement au moment où je manque de trébucher que des voix résonnent au loin, me faisant m'arrêter d'un coup. Elles sont distantes, mais je les reconnais : c'est Kate et Stécy.

— Je ne peux pas, elles vont me chercher partout, Michel-Ange, lui dis-je en regardant derrière moi.

Avec sa lampe torche, il éclaire l'endroit d'où proviennent leurs appels. Il souffle de frustration puis m'empoigne violemment, me faisant crier de surprise. Il me bloque contre un mur et éteint sa lampe, nous plongeant dans le noir complet.

— Tu me vois ? me demande-t-il.

— Non, je…

Je n'ai pas le temps de finir ma phrase qu'il s'empare de mes lèvres, pendant qu'une de ses mains se pose sur mon cou, exerçant une légère pression sur ma gorge. Il a retiré son masque et je ne peux même pas le voir ! *Putain !* J'ouvre quand même les yeux, mais c'est peine perdue, je ne discerne même pas une ombre, rien. Mais cela ne m'empêche pas de savourer son baiser langoureux.

Les voix de mes amies se rapprochent, et, à contrecœur, il se retire et remet son masque, son souffle chaud ne caressant plus ma peau.

— Je te devais un vrai baiser, rétorque-t-il.

Puis il recule, et je l'entends s'éloigner avant de rallumer sa lampe torche quelques pas plus loin. Je suis étourdie, hors d'haleine et en extase. Ce qu'il vient de faire est tellement sexy ! *Mon Dieu !* C'est le paradis. Je l'observe disparaître derrière un mur, se laissant engloutir dans l'obscurité, tandis qu'elles m'appellent encore. Cette fois, leurs voix s'éloignent. Elles ont fait demi-tour. *Mince !*

Dans la précipitation, je ne remarque pas le bord du trottoir et trébuche, m'égratignant la peau contre le sol. *Merde*, ça fait un mal de chien. Je sors mon téléphone de la poche de mon jean, et appelle Stécy, qui répond immédiatement.

— Putain ! Tu es où ? me réprimande-t-elle, essoufflée ; elles doivent courir.

Je me relève péniblement.

— Derrière vous. Je vous ai entendu.

❁ ❁ ❁ ❁ ❁ ❁ ❁ ❁ ❁ ❁ ❁ ❁

Je prends un des bonbons que Stécy a apporté et le glisse dans ma bouche en éclatant de rire.

— Sérieusement… madame prend du bon temps, tandis que nous, on panique pour elle ! rigole Kate en se versant un autre verre de vin.

Nous avons terminé la soirée chez Stecy, enfermées dans sa chambre, au décor luxueux sans être tape-à-l'œil. Ses murs sont blancs, ornés de quelques œuvres d'art, et la pièce possède un grand lit en bois massif, recouvert de housses de couette dans des teintes mauves. Des bouquets de jonquilles sont disposés un peu partout, ajoutant une touche de couleur à l'ensemble.

— Je n'ai pas pris du bon temps comme vous le dites ! Il m'a juste embrassée, ce n'est rien. En plus, je ne sais même pas à quoi il ressemble en vrai.

— J'avoue qu'il doit être moche, genre un 3/10, avec des dents pourries, d'où le fait qu'il se cache.

Je regarde Stécy, allongée à côté de moi. Elle se redresse et poursuit :

— Tu as touché son visage ?

— Non, je n'y ai même pas pensé.

— Tu sais que j'ai essayé de me renseigner ? m'avoue Kate. Personne ne savait qui il était. Ils l'appelaient tous David juste à cause de son masque.

Mon cœur rate plusieurs battements, et mon souffle se bloque dans ma gorge.

— Là, ça devient moins sexy. Tu es sûre que personne ne le connaissait ?

Elle hoche la tête en haussant les épaules avant de boire une gorgée.

— Mais il était là avant qu'on arrive, non ? demande Stécy, une pointe d'inquiétude dans sa voix.

— Oui, oui. Il mettait même l'ambiance. Il ne parlait pas, ça, c'est sûr, mais tout le monde plaisantait avec lui jusqu'à ce que le drame arrive. Au début, je pensais que c'était quelqu'un qui l'avait ramené. Mais apparemment, non. Enfin, il y a eu d'autres gens qui étaient venus, puis ils sont partis avant même que vous n'arriviez. Donc je pense qu'il aurait pu venir avec l'un d'eux, mais je ne peux pas le confirmer.

— Mouais, répond Stécy.

— Mais s'il était méchant, ajoute Kate, il t'aurait fait du mal tout à l'heure, donc bon. Je pense que tu n'as pas à t'inquiéter plus que ça. Tu es tombée sur lui par hasard. Beaucoup de personnes viennent pendant la semaine du défilé de l'horreur. Je la regarde, puis je regarde Stécy, qui relève les épaules, ne sachant pas quoi répondre.

— Je pense que tu as raison, et d'ailleurs, dis-je en changeant de sujet, c'était extraordinaire ! Ce type avec sa tronçonneuse m'a vraiment fait une peur bleue !

Chapitre onze

— Ça ne te dérange pas de fermer ce soir ? me demande Lucie en ajoutant la dernière goutte de lait dans la tasse.

— Non, mais à quelle heure comptes-tu partir exactement ?

— Vers 21 h. Le patron m'a donné son autorisation ce matin. Avec le service, j'ai oublié de te le dire.

— D'accord, pas de soucis.

Je prends une assiette dans le lave-vaisselle et la pose sur le comptoir pendant que Lucie sert le client de la table n°2. Elle revient après que j'ai déposé le croissant qu'un client a demandé et elle reprend :

— Tu sais le garçon dont je t'ai parlé la dernière fois ? me dit-elle en s'asseyant à côté de moi tandis que je prends un cookie.

— Lequel ? plaisanté-je. Tu en as tellement !

— Ahah ! Celui que j'ai rencontré au supermarché il y a un mois.

— Aaah ! Celui qui doit apprendre à partager ?

Elle éclate de rire en me donnant une petite tape sur le bras.

— Oui, celui-là. De toute façon, il n'a pas le choix, dit-elle. Je ne suis pas faite pour un seul homme.

— Attends, je reviens, l'informé-je en sortant du comptoir avec la commande pour me diriger vers l'une des tables au fond.

La nuit commence à montrer le bout de son nez. Cela fait deux jours que je ne l'ai pas revu. C'était probablement un hasard. Mais chaque fois que je repense à ce baiser qu'il m'a donné, je frissonne et mon corps fond. Je retourne près de Lucie, qui range les serviettes, maintenant.

— Je t'écoute, lui dis-je.

— Eh bien, il vient ce soir, c'est pour ça que je dois partir plus tôt. Il faut que je me prépare…

— Te raser pour la grande occasion, je la coupe en riant.

— Exactement ! sourit-elle.

Je me pose contre le comptoir en l'observant ranger le lave-vaisselle et je croise les bras. Je prends un moment de repos, car j'ai pratiquement tout fait depuis tout à l'heure.

— Que fait-il dans la vie ?

— Je crois qu'il est professeur à New York dans une école prestigieuse.

— Ah cool, tu vas pouvoir écrire sans faire de fautes.

Elle se redresse soudainement et me dévisage avec sévérité, mais je sais que c'est pour rire, je la connais bien.

— Tu es vache parfois, toi, rigole-t-elle.

— C'est ça que tu aimes chez moi.

La sonnette de la porte retentit et un groupe de quatre personnes entre pour s'installer au fond de la salle.

— Avec ce défilé de l'horreur, on a du monde, remarque-t-elle.

— Au moins, on a des pourboires.

— Si ça pouvait me payer une belle voiture ! Bon, allez, va prendre les commandes.

J'opine et reproduis les mêmes gestes.

Je soulève et pose la dernière chaise sur la table, puis je récupère mon balai et, avec une certaine horreur, je nettoie toute la salle. J'ai tellement hâte de rentrer chez moi. J'ai dû prévenir ma mère que je terminais le service seule, ce qui l'inquiète, mais j'ai réussi à la rassurer en lui rappelant qu'il y a le défilé de l'horreur à quelques rues, donc il y a toujours du monde dehors qui passe devant le restaurant. Même si cela ne m'a pas beaucoup rassuré, je pense que je ne crains rien ici. J'ai fermé la porte d'entrée ainsi que celle de l'arrière qui mène aux conteneurs à poubelles. Ce qui me fait froid dans le dos, c'est le silence qui m'entoure, seulement brisé par le bruit des machines à café que je dois éteindre avant de partir.

J'aime travailler ici ; je gagne bien et je peux rembourser mes études. Même si ma famille ne manque pas d'argent, je veux me débrouiller seule. Je recule et ramasse le dernier tas de poussière avant de l'éliminer.

Je me dirige vers l'arrière, où se trouve la cuisine, lorsque la sonnette retentit. Je me fige brusquement, incapable de bouger, et j'écoute pour voir si ce n'est pas mon imagination qui me joue des tours, car j'ai bien fermé la porte. Mais ce n'est pas un rêve, car elle sonne à nouveau. Mon cœur fait un bond dans ma poitrine, prêt à me quitter pour me laisser morte sur le sol carrelé de la cuisine. *Merde !* Il y a bien quelqu'un.

— Amber ! C'est moi ! me prévient Lucie.

J'inspire profondément, soulagée de constater que c'est elle. Je retourne dans la salle, munie de mon balai, et la découvre au milieu de la pièce, vêtue de son manteau. Dès qu'elle me voit, elle s'approche avec un grand sourire aux lèvres.

— Il est dehors. Mon rendez-vous, murmure-t-elle comme si nous n'étions pas seules. Tu veux le voir ?

— Tu es passée pour me le montrer ?

— Oui, en passant par-là, je me suis dit que je devais faire mon devoir de collègue, celui de présenter ses rencards.

— N'importe quoi ! dis-je alors qu'elle attrape ma main pour me ramener devant la vitrine qui donne sur la rue. Je remarque un homme, grand et mince, qui regarde autour de lui et semble s'impatienter.

— Alors ?

Je plisse les yeux pour mieux voir, mais, en vérité, cela ne sert à rien : je ne distingue pas grand-chose.

— Il fait bien trop sombre, Lulu, je n'arrive pas à le voir correctement.

— Tu as fini ? me demande-t-elle en scrutant les environs.

— Il me reste juste les machines à café à éteindre, et ce sera terminé.

Sans attendre, elle se dirige vers les cafetières et les éteint une à une avant de me regarder avec un grand sourire.

— Voilà ! Comme ça, on te ramène chez toi et tu rencontres Oliver.

Je lui souris à mon tour et me dirige vers les vestiaires, suivie par Lucie.

✿ ✿ ✿ ✿ ✿ ✿ ✿ ✿ ✿ ✿ ✿ ✿

Après m'être changée, nous finissons d'éteindre les lumières de toutes les pièces et de fermer la porte pour le retrouver, mais il a disparu

— Alors ? dis-je pendant qu'elle sort son portable de son sac.

— Attends, je l'appelle.

— J'espère qu'il n'en a pas eu marre d'attendre et qu'il n'est pas parti.

Je resserre mon blouson autour de moi, tant l'air frais me saisit. Je regarde tout autour de nous pour essayer de le repérer, mais parmi les gens qui marchent dans la rue, sûrement en route pour le défilé, je ne le vois pas.

— Ça fait chier, messagerie, lâche-t-elle. Il ne peut pas s'en aller comme ça, si ? me demande-t-elle en me regardant.

Gênée pour elle, je hausse les épaules en guise de réponse. Elle perd tout espoir et pousse un soupir de tristesse.

— Je suis déçue, il était vraiment beau. En plus, j'ai pris soin de moi, ça m'embête vraiment.

— Je te comprends, lui dis-je en essayant de la réconforter du mieux que je peux. Bon, viens, je te ramène chez toi.

— J'ai ma voiture.

— Alors, on va jusqu'à ta voiture.

Chapitre douze

Lorsque je franchis le hall d'entrée, je découvre ma mère debout, un verre d'eau à la main, visiblement bien habillée.

— Ce n'était pas trop dur de faire la fermeture toute seule ce soir ?

Je la rejoins et dépose un baiser sur sa joue, juste au moment où Pumpkin nous rejoint en me sautant dessus, me faisant presque trébucher comme d'habitude.

— Du calme, Pumpkin, gronde ma mère.

Il s'arrête et s'assoit, nous regardant attentivement.

— Non ça va, je l'ai déjà fait et Lucie est revenue dix minutes avant que je ferme. Elle voulait me présenter son rendez-vous, mais quand nous sommes sorties, il avait disparu.

— Aïe, mince.

— On pense qu'il a dû en avoir marre d'attendre et qu'il est parti.

J'observe sa tenue.

— Tu vas quelque part ?

— Ton père et moi allons au restaurant !

— Si tard ?

— Ton père a réservé à la dernière minute, il n'y avait plus de places plus tôt.

Elle sourit et mon père apparaît dans la cuisine, il m'embrasse sur le front, et prend ses clés de voiture, pressé.

— À demain !

Ma mère m'enlace, m'enveloppant de son doux parfum fruité, en m'ordonnant de bien fermer à clé et de bien enclencher l'alarme après eux, ce que je fais immédiatement. J'éteins les lumières et je monte d'un pas traînant, j'entre dans ma chambre et j'allume aussitôt la lumière, accueillie par mon petit cocon douillet. Je retire ma veste et la laisse tomber sur le dossier de mon fauteuil de couleur pourpre en forme de coquillage. J'essaie de chasser l'idée que quelqu'un s'est introduit ici pour m'observer dormir ; sinon, je n'aurai plus jamais envie de rentrer dans ma chambre. Je me dis que, comme il ne m'a rien fait, je n'étais pas en danger. Je me dirige vers ma salle de bain, et fais couler l'eau de la douche pour qu'elle se réchauffe. Je tressaille d'avance en imaginant ma peau sous le jet d'eau chaude. Ça va me faire un bien fou.

Une fois lavée, je retourne dans ma chambre, fouille dans la poche de mon jean pour retrouver mon téléphone, mais, avec maladresse, je le fais tomber accidentellement devant mon lit. *Et merde !* Je prie pour qu'il ne soit pas fissuré. Je me penche pour le ramasser et constate avec soulagement qu'il n'a rien. J'envoie un message à Stécy pour prendre de ses nouvelles, j'éteins la grande lumière de ma chambre, laissant la lampe de chevet pour garder un peu de lumière avant de m'endormir, puis je me glisse sous mes draps froids. *La vache !*

Mes yeux commencent à s'alourdir, accablés par les efforts de la journée ; de ma main droite, je viens les frotter et y laisse mes doigts glacés pour soulager la sensation de sécheresse. Mon portable émet un bip, je me penche pour le prendre sur la table de chevet blanche, impatiente de consulter son message, lorsque, soudain, le grincement de ma porte se fait entendre, brisant le silence de ma chambre. Ma respiration se bloque dans ma trachée, et mon cœur tambourine de plus en plus fort dans ma poitrine. Je tourne légèrement la tête vers la droite, dans sa direction, et je sens les pointes de mes cheveux encore humides frôler le haut de mon pyjama, déclenchant un frisson gelé le long de mes épaules.

Je scrute la porte avec intensité, réalisant que mon angoisse atteint des sommets, me demandant si c'est moi qui perds la tête. Mais mes yeux s'écarquillent de terreur lorsqu'elle pivote lentement, provoquant le même grincement, révélant Michel-Ange, debout contre le mur, en train de la fermer avec un calme déconcertant, puis de tourner la clé.

Mon cœur rate un battement, et une vague de tressaillements me parcourt davantage. Je reste pétrifiée, incapable de bouger, tandis qu'il me fixe. D'une voix robotique, il murmure :

— Surprise, Amber.

Une panique dévorante m'envahit. Je me précipite hors de mon lit et tente d'atteindre ma salle de bain pour m'enfermer. Mais, malheureusement il me rattrape, de justesse, et me bloque le passage. Je crie à pleins poumons pour alerter qui peut m'entendre, mais il couvre ma bouche de sa main gantée, tandis que l'autre se place derrière ma tête pour me maintenir. Par instinct, je joins les miennes sur ses avant-bras, appuyant de toutes mes forces pour qu'il me lâche, mais en vain. Je suis bien trop faible face à un type comme lui. En dépit du bourdonnement qui s'intensifie dans mes oreilles, je l'entends dire :

— Je ne vais pas te faire de mal, Amber. J'avais juste besoin de te voir.

Malgré ses mots, une envie irrépressible de fuir me submerge.

— Crois-moi, comme je te l'ai dit la dernière fois, tu es plus en sécurité avec moi qu'avec le reste du monde.

Des larmes commencent à perler aux coins de mes yeux, tandis que mon cœur s'emballe sous l'effet de l'adrénaline. Je suis à deux doigts de m'évanouir devant lui.

— Si j'enlève ma main, vas-tu hurler ?

Je ne réponds pas, et il répète la question. Mais n'ayant pas d'autre choix, car je sais qu'il ne lâchera pas l'affaire, je finis par secouer la tête en guise de réponse.

Comme convenu, Michel-Ange me lâche, et c'est avec soulagement que je peux enfin prendre une vraie respiration. Je recule de deux pas, tremblante, l'observant attentivement. *Comment a-t-il fait pour entrer ?* Mon père a fait venir des techniciens avec le matériel le plus sécurisé que les industries possèdent. Mon esprit s'éveille en comprenant que c'était lui la dernière fois.

— La dernière fois… c'est…

— Oui, c'était moi, me coupe-t-il. Et tu as bien vu que je ne t'ai pas fait de mal.

Il n'a pas tort, mais qu'est-ce qui me garantit qu'aujourd'hui ce ne sera pas différent ?

— Et maintenant ?

— Jamais, rétorque-t-il.

Il avance vers moi, et je reste immobile, ne sachant pas pourquoi. Mon cœur bat si fort que je crains de faire un malaise.

Une fois devant moi, il caresse doucement ma joue, signe affectueux auquel j'ai déjà eu droit deux fois depuis que je le connais. Cet homme que j'ai embrassé il y a quelques jours a jeté son dévolu sur moi et s'invite chez moi pour me surprendre. Ce n'est absolument pas normal ! *Putain !* Mais pourquoi je ressens soudain ce frisson, ce sentiment que je ne connais pas ?

— As-tu toujours peur ? me questionne-t-il alors qu'il penche la tête sur le côté.

Je secoue légèrement la tête, réalisant que c'est vrai, je me sens plus en confiance, même si je ne le devrais pas. Je ne le connais pas et je n'ai même pas vu son visage sous le masque. Soudain, une idée me traverse l'esprit. Je soulève ma main vers son masque, mais il m'arrête.

— Je t'interdis. Il y a des limites à ne pas franchir.

— Très bien, mais si je dois te faire confiance, j'aimerais savoir qui tu es.

— Tu le sauras, mais pas aujourd'hui.

— Peux-tu au moins répondre à certaines de mes questions ? demandé-je, un peu vexée.

— Je répondrai si j'en ai envie.

— Michel-Ange ! dis-je, désespérée.

Brusquement, il m'attrape par la taille avant que j'aie le temps de réagir et colle mon visage contre le sien. C'est si soudain que je suis à deux doigts de me faire dessus. Malgré la proximité, je n'arrive pas à distinguer la couleur de ses yeux, bien que je les perçoive légèrement à travers le tissu blanc spécialement cousu pour dissimuler son regard, ajoutant au masque un aspect terrifiant.

— J'aime mon surnom venant de ta bouche, il me fait bander, Amber !

Je déglutis, sentant une chaleur me gagner. Non, je ne vais pas me laisser emporter, c'est bien trop tôt, et c'est stupide. Vraiment. Vraiment stupide. Et ça ferait de moi une cinglée.

— Redis-le une fois de plus, poursuit-il en inclinant légèrement la tête. Je te ferai des choses que tu me supplieras de te faire à l'avenir.

Mon cœur s'emballe, entraînant mon corps à vibrer de désir. Sans vraiment m'en rendre compte, je murmure son nom :

— Michel-Ange.

Il lève sa main et frôle de la pulpe de ses doigts ma lèvre inférieure avant de la pincer entre son index et son pouce, tirant doucement dessus. Ce geste me déstabilise, et j'éprouve une pulsion intense pour cet inconnu. Lorsqu'il relâche ma lèvre, je ressens une chaleur monter en moi.

— Hmm. Je vois que tu aimes les défis.

Je lui souris, mais je suis déçue de comprendre qu'il ne va pas continuer. Il fait un pas en arrière et me contourne, prenant place sur mon fauteuil.

— Vas-y, demande-moi, et je répondrai si j'en ai envie.

Je vais me contenter de ça ? Oui, et c'est très bien ! Je me mords l'intérieur de la joue en réalisant dans quelle situation je m'engage. Ce n'est pas sain. Je dois me rappeler toutes les cinq minutes que cet inconnu est entré chez moi, dans mon intimité, sans autorisation. Sinon, je risque de perdre le peu d'estime que j'ai encore pour moi-même.

— Que fais-tu dans la vie ?

Attendant sa réponse, je le rejoins, me calant contre le petit rebord de la fenêtre où j'ai l'habitude de m'installer lorsqu'il pleut, et je l'observe. Il est fascinant tout en étant effrayant ; cet inconnu dégage quelque chose de singulier.

— Ça n'a aucune importance, rétorque-t-il en passant sa jambe gauche, vêtue d'un jean noir, par-dessus l'autre.

Je remarque alors ses Timberland dans les mêmes tons. En voyant de la terre collée sous la semelle, mon ventre se serre, me faisant repenser aux paroles de Geyden ce soir-là : *nous avons retrouvé des empreintes de boue dans ta chambre, Amber, uniquement dans ta chambre.*

La vérité me frappe alors que je réalise qu'il est là, dans ma chambre. Mais au fond de moi je me disais encore que ça pouvait être quelqu'un d'autre, pas l'homme masqué de la soirée d'anniversaire de Kate. *Stupide.*

— Donc, tu ne comptes pas répondre ? lui dis-je, m'efforçant de revenir à la réalité.

— Je suis électricien. Ça te plaît ? demande-t-il d'un ton sec.

Ça me plaît ? Comme si je devais me créer une image de lui. Il me ment. Et il adore me mener en bateau. Je sens que je vais affronter un véritable ouragan sur des planches de bois.

— J'aurais préféré avocat ou un métier d'homme d'affaires. Ça aurait ajouté un côté sexy à ta personnalité. Mais d'accord, va pour l'électricien. As-tu des frères ou des sœurs ?

Je gratte mon cuir chevelu, à cause de la transpiration qu'il me fait ressentir.

— Un frère. Ce sera la dernière question, Amber.

Je roule des yeux en soupirant, agacée par son attitude.

— Tu sais que ce geste est impoli, et j'aime bien infliger des punitions, me prévient-il en se levant et avançant d'un pas.

J'avale ma salive. Mes joues s'enflamment.

— Quel âge as-tu ? demandé-je en me forçant à avoir une voix normale alors que mon corps brûle.

Il rit, s'approchant encore.

— 25 ans, répond-il.

— 25 ? C'est trop jeune, je préfère plus. Dis-moi ton âge réel.

— Tu ne lâcheras pas, toi ! dit-il avec sarcasme, une pointe d'agacement dans la voix. Si je porte un masque, c'est pour que tu me ne reconnaisses pas pour l'instant.

Je me redresse légèrement, à l'affût de chaque réponse qui pourrait me donner une piste.

— Reconnaître ? répété-je. Ce qui veut dire que je te connais ?

— En quelque sorte, oui, tu me connais.

— Mais…

— Ça ne sert à rien, me coupe-t-il. Je te rappelle que tu connais pas mal de monde grâce à ton travail. Des hommes, tu en vois défiler tous les jours. D'ailleurs, je n'apprécie pas trop ça.

— Comment ça ?

— Les hommes qui t'approchent un peu trop. Je n'aime pas ça.

— À mon travail ? dis-je, surprise.

— Tous.

Je lâche un rire, pensant qu'il n'est pas sérieux, mais ce sourire s'efface rapidement en réalisant qu'il ne plaisante pas.

— Qu'est-ce que ça peut te faire si je vois d'autres hommes que toi ?

Brusquement, il se penche pour me prendre sur son épaule. J'essaie de retenir un cri de surprise et de douleur alors que l'os s'enfonce dans mon ventre.

— Je vais te montrer à qui tu appartiens.

À ces mots, il se déplace. À peine ai-je soufflé un « quoi » qu'il me jette sur le lit et s'installe sur moi sans attendre.

— Tu vas vite comprendre les conséquences de tes actes.

Je déglutis, essayant de calmer mon cœur qui s'est mis à cogner, autant de désir que de peur.

— C'est quoi la conséquence ? murmuré-je, le souffle court en le scrutant attentivement. Je remarque une petite fissure au niveau du nez de David.

— M'amuser avec ta chatte.

À cette évocation, un frisson me parcourt entre les cuisses. Je fais plusieurs mouvements de déglutition, essayant d'hydrater ma bouche devenue sèche à cause de la situation. *Putain !*

— Quoi ? dis-je d'une voix étranglée par l'excitation qu'il vient de faire monter en moi.

— Je vais te bander les yeux.

J'écarquille les yeux alors qu'il se relève et retourne près de la porte où il prend un sac à dos noir. Je pourrais en profiter pour m'enfuir, mais je ne le fais pas et Michel-Ange revient vers moi d'une démarche nonchalante. Il s'assoit à mes côtés, tandis que je commence à perdre la tête. *Qu'est-ce que je fais ici ?* Il ouvre le sac et en vide le contenu entre nous. Je vacille en découvrant tout ce qu'il a avec lui. Il me dit que tout vient à ceux qui savent attendre, en montrant les gadgets sexuels qu'il a ramenés chez moi. C'est incompréhensible. Un gode, deux paires de menottes, un tube de je-ne-sais-quoi, et un masque en tissu pour les yeux.

— Tu viens bien équipé quand même, lui fais-je remarquer d'une voix à peine audible, tant je suis perdue.

Ma remarque le fait rire. Il attrape les menottes et les passes à mon poignet avant que j'aie le temps de protester, ramenant mon bras au-dessus de ma tête.

— J'aime bien l'idée du lit à baldaquin, dit-il en m'attachant au pilier de mon lit.

Puis, Michel-Ange s'arrête, à califourchon sur moi, déclenchant des émotions que je ne connaissais pas. Je n'ose pas le toucher. Je pourrais hurler, mais je ne le fais pas, car je veux plus.

— Tu es vraiment obligé de m'attacher ?

— Oui, la curiosité est un vilain défaut chez toi, Amber, et je veux garder mon anonymat pour le moment.

Il empoigne ma deuxième main et reproduit les mêmes gestes, m'attachant au deuxième pilier avec l'autre paire de menottes. Il me rend folle, et j'apprécie cette sensation. J'ai peur, mais en même temps, je suis envoûtée.

Une fois mes bras attachés, je tire dessus, sentant le métal des menottes entrer en contact avec ma peau. Je comprends que je n'ai pas intérêt à bouger si je ne veux pas souffrir.

Michel-Ange se penche sur le côté pour saisir le masque en tissu brillant sous la lumière de la lampe de chevet, il soulève ma tête pour le mettre, le glisse et l'arrête à la lisière de mes yeux. Il m'observe quelques secondes avant de me couvrir complètement, me plongeant dans le noir. Mon corps réagit ; il tremble, ma tête commence à tourner, ma respiration devient haletante, mais ce n'est pas par peur, c'est par excitation. *Putain !* J'ai envie !

Je tressaute lorsque ses lèvres m'envoûtent dans un baiser fugace.

— Je veux te voir, s'il te plaît ! l'imploré-je.

Mais aucune réponse ne vient. Un frisson m'envahit alors qu'un baiser chaud et humide se pose sur mon cou, continuant sa descente le long de ma poitrine qu'il embrasse à travers mon t-shirt, puis sur mon ventre, pour s'arrêter devant ma partie intime. Son souffle chaud la frôle, me donnant un frisson, et je gémis me souvenant à l'instant que je ne porte qu'une culotte. *Bordel !* Qu'est-ce que je fais ?

— Essaie de ne pas trop crier, souffle-t-il d'une voix profonde, presque inaudible pour que je ne le reconnaisse pas.

Bon Dieu ! Ce qu'il est rusé ! Je me tortille quand sa langue se pose sur le tissu de mon sous-vêtement. À cet instant, je ne regrette pas de dormir légèrement vêtue, et j'entends les menottes cliqueter à chacun de mes mouvements. *Merde !*

De ses doigts, il écarte le tissu, dévoilant mon intimité, et je l'entends lâcher un juron.

— Putain, dis-je, imitant ses paroles, sentant l'air frais me caresser.

Lorsque sa bouche enveloppe soudainement mon sexe et l'aspire, mon bassin se tord en avant, lui facilitant l'accès et me faisant gémir. Je réalise que je souffre d'un vrai manque de sexe. Il aspire encore mon clitoris avant de se retirer. *Non, non, non !*

— Ne t'arrête pas ! l'imploré-je.

Son rire est magnifique, grave, mais sans excès. Bien que j'essaie de me concentrer, je ne parviens pas à reconnaître son identité. *Merde !*

— Tu en redemandes, hein ? susurre-t-il.

— Oui.

Son poids se déplace au-dessus de moi.

— Alors, à qui appartiens-tu ?

Mon cœur s'arrête quand j'entends à nouveau sa voix trafiquée. Il effleure mon visage avant de retirer mon masque.

— Pas à toi, c'est sûr, lui dis-je, alors qu'il se penche pour détacher mon poignet droit.

— Essaie de te convaincre, me répond-il en dévissant l'autre.

— Connard, susurré-je.

Une fois libérée, je réalise à quel point les menottes me faisaient mal. J'étais tellement absorbée par lui que j'en avais oublié la douleur qu'elles me procuraient.

Je m'assois pour remettre ma culotte en place, tout en le regardant ranger son matériel dans son sac. Il a même remis sa capuche, il veut vraiment rester anonyme.

— Je ne veux pas t'appartenir.

— Et pourtant, c'est déjà le cas, me dit-il en s'arrêtant juste devant mon visage et en posant les lèvres de son masque sur les miennes.

Je ne bouge pas et le laisse faire. J'ai bien une curiosité mal placée, très mal placée.

Une fois qu'il a tout rangé, il se tourne vers moi, s'approche de nouveau, caresse mon visage, puis contourne mon lit pour se mettre devant la fenêtre et l'ouvrir. J'écarquille les yeux et me lève pour l'arrêter.

— Attends ! Tu vas te blesser !

Il se stoppe et m'observe en riant.

— Je suis plus fort que tu ne le crois.

Il passe une jambe par l'encadrement, puis l'autre et s'agenouille pour descendre. Je me précipite vers lui, me penche en avant et le regarde s'accrocher au mur de briques.

Il saute, produisant un léger crissement en atterrissant sur les graviers, puis s'éloigne sous la lumière de la lune, disparaissant dans l'ombre comme un fantôme. Je pose ma main sur ma bouche, réalisant ce que je viens d'expérimenter. *Putain !*

Chapitre treize

J'enfile mes chaussures lorsque mon portable émet une sonnerie. Je me penche sur le côté sans lâcher les lacets de mes baskets. C'est un message de Stécy, qui me demande quand je termine ce soir. Elle souhaite retourner au défilé de l'horreur, pour la dernière soirée. Un sourire se dessine sur mes lèvres à l'idée de pouvoir enfin penser à autre chose qu'à Michel-Ange, mais, avec du recul, il y sera peut-être ? Ce qui ne me dérange guère. Car je voudrais qu'il revienne. Je lâche mes lacets pour lui répondre que j'ai fini depuis dix minutes et donc que je suis bientôt prête à y retourner.

Je reprends ce que j'étais en train de faire, essayant de chasser l'image de l'homme masqué de ma tête, mais c'est impossible. Ça fait trois jours qu'il est venu, et il ne s'est plus manifesté depuis.

Chaque jour, en rentrant dans ma chambre, je vérifie derrière la porte pour voir s'il n'est pas là, mais non. Il n'est pas revenu. C'est comme s'il n'était que le fruit de mon imagination. Et ce qui est plus que frustrant, c'est que je ressens un manque, et je me déteste pour ça.

Pourquoi je réagis ainsi ? C'est un inconnu qui s'introduit chez moi. N'importe quelle femme normalement constituée ne penserait pas à lui, ou serait plutôt en train de pleurer, paniquant à l'idée qu'il puisse revenir. Alors que moi, non. Je veux qu'il revienne.

Mon iPhone sonne à nouveau, ce qui m'aide à sortir de mes pensées. Je poursuis la conversation ; elle m'informe qu'elle est déjà devant le café. Je me lève brusquement, prends mon manteau dans mon casier et quitte le restaurant en saluant Lucie, qui fait la fermeture aujourd'hui.

En la regardant, je me rappelle qu'elle n'a pas eu de nouvelles de cet Oliver. Elle est quelque peu déçue, mais je sais que ça ne durera pas longtemps avant qu'elle ne passe à autre chose.

Je rejoins Stécy qui m'attend, le dos tourné, la tête rivée sur son portable. J'arrive à sa hauteur, essayant de ne pas l'effrayer. Elle me prend dans ses bras et me propose sa gourde, en m'indiquant qu'elle y a ajouté un ingrédient secret : de la vodka.

— C'est pour pimenter le jeu, dit-elle d'un air amusé.

Je prends une gorgée pour me réchauffer et gagner en courage avant d'affronter les monstres que nous allons voir dans peu de temps.

❀ ❀ ❀ ❀ ❀ ❀ ❀ ❀ ❀ ❀ ❀ ❀

Je me mets à hurler lorsque la créature aux dents acérées, à la peau blanche et avec un œil pendouillant, m'attrape pour me soulever dans ses bras. Je me débats autant que je peux, et il me repose enfin pour s'occuper d'un homme plus loin.

— C'est trop facile, là ! se plaint Stécy.

Le cœur battant, je la rejoins, qui a continué son chemin. Ce soir, nous sommes seules ; Kate est malade, elle a attrapé la grippe. C'est dommage qu'elle ne soit pas là, elle manque vraiment au groupe.

— Ça fait une heure qu'on est là, et je commence à avoir faim. Ça te dit une pause casse-croûte ? me demande Stécy, la tête encore rivée sur son portable, ce qui m'agace, car je ne la sens pas vraiment dans le jeu. Je ne sais pas pourquoi elle agit ainsi ; est-ce parce qu'il manque Kate ?

J'ai fini mon service sans avoir eu l'occasion de manger, donc je ne dirai pas non. Je hoche la tête et nous faisons demi-tour pour retourner à l'entrée du défilé, où se trouvent tous les stands de nourriture.

Soudain, une main se pose sur ma bouche et je suis brusquement tirée en arrière. Je tente de me débattre tout en hurlant, mais ma voix est étouffée par une main gantée. J'observe avec impuissance mon amie continuer son chemin sans se rendre compte que je ne suis plus à ses côtés. *Putain, Stécy !*

La personne me soulève davantage pour faciliter son déplacement, me faisant reculer. Je pivote la tête pour essayer de découvrir qui c'est, et mon cœur s'arrête de battre. Dans la pénombre, je perçois un masque blanc. *Michel-Ange !*

Je gesticule à nouveau pour me libérer, et enfin, il me lâche. Essoufflée, je le dévisage pendant un instant, ne sachant pas comment réagir face à cette situation. Il est toujours habillé de la même façon, sauf que du rouge couvre une partie du visage de David, lui conférant un air meurtrier.

— Je t'ai manqué ? murmure-t-il.

— Non, dis-je alors qu'il s'avance encore. Pas du tout, même.

Je me retourne et cours rejoindre mon amie, le laissant derrière moi. Malgré l'envie de me retourner pour voir sa réaction, je sais que je ne peux pas vraiment la voir, son visage étant dissimulé sous un masque.

Soudain, on me porte et je me retrouve suspendue dans le vide ; je pousse un cri de surprise, réalisant qu'il m'a mise sur son épaule comme un vulgaire sac de pommes de terre. Il a une force incroyable !

— Pose-moi tout de suite !

Il reste silencieux alors qu'il remonte l'allée.

— Je ne plaisante pas. Pose-moi au sol !

Silence, encore. Je commence à m'agiter pour qu'il me lâche, mais cela ne fonctionne pas. Mon téléphone sonne dans ma veste, ce qui indique que Stécy a remarqué mon absence.

— Mon amie va s'inquiéter, l'informé-je.

Mais c'est toujours la même chose ; il reste muet.

— Elle va appeler la police si tu ne me ramènes pas, dis-je pour essayer de lui faire peur, mais cela ne marche pas non plus. Putain ! Tu vas écouter, espèce de connard !

Brusquement, je reçois une claque, comme une mauvaise élève qu'on essaie d'éduquer. Ce geste me coupe le souffle, et je relève la tête tandis que les autres personnes présentes nous dévisagent. Ils doivent penser qu'il fait partie de la parade. D'ailleurs, c'est peut-être le cas. Les deux fois où je suis venue, il était là.

Il nous fait bifurquer dans une ruelle où de nombreuses personnes sortent d'une des maisons, puis me repose enfin. Je ressens un soulagement dans mon ventre et pose ma main dessus en reprenant une respiration normale.

— Qu'est-ce qu'on fait ici ? dis-je en scrutant autour de nous.

— Je veux que tu te cherches une arme.

Mon cœur s'arrête et mes yeux s'écarquillent.

— Comment ça ?

— Va te procurer quelque chose pour te défendre.

— Mais pourquoi ? lui dis-je d'une voix trahissant la peur qui s'installe en moi.

— Tu verras pourquoi. Entre.

Il me pousse à entrer dans la maison bondée de monde, dans une ambiance digne d'un film d'horreur. Je m'avance dans le couloir, en regardant par-dessus mon épaule ; lui, il reste là, immobile, et me fait signe de continuer. *Mais c'est quoi son délire ?*

J'inspire profondément et avance, me frayant un chemin parmi les gens. Le couloir est éclairé de faibles lumières rouges, les murs et les plafonds sont décorés de toiles d'araignées factices. Mon cœur tambourine dans ma poitrine ; en quelque sorte, il me demande de voler un couteau chez des gens que je ne connais pas. *Mais c'est un malade !*

Je commence à stresser en apercevant la cuisine du coin de l'œil. Elle est plongée dans le noir, et lorsque je la franchis, un homme déguisé en Dracula saisit mes deux mains et me tire en avant. Je hurle si fort qu'il me lâche immédiatement en parlant dans une langue que je ne comprends pas. Effrayée, je le regarde sans dire un mot, et il se retourne et reprend sa position. Un soulagement m'envahit lorsque je comprends que cela fait partie de la fête. *Putain !*

Je me retourne et repère un couteau planté dans son étui. Je m'en approche, regardant prudemment de chaque côté. *Mais qu'est-ce que je suis en train de faire ?*

D'une main tremblante, je prends celui qui est le plus accessible et le glisse immédiatement sous ma veste, retenant mon souffle par peur de me couper avec la lame. Je recule et fais demi-tour, veillant à ce que personne ne m'ait vue. Bien qu'il y ait du monde, je me dis que c'est beaucoup trop facile et qu'on m'a vu faire, que l'on va m'arrêter parce que j'ai voulu voler un couteau.

Retenant toujours mon souffle, je retourne à l'entrée et je sors, mais je réalise qu'il n'est plus là. *Quoi ?* Je me mets sur la pointe des pieds et le cherche, mais je ne le vois pas.

Mon téléphone sonne à nouveau. Je m'éloigne de la maison et me dirige vers la rue en consultant l'écran. Un numéro inconnu s'affiche. Je décroche.

— Garde-le bien avec toi, tu pourras retrouver ton amie, me dit-il avant de raccrocher.

Je m'arrête et scrute mon portable. *Quoi ?* Je me mets brusquement à sprinter, traversant le défilé pour la retrouver.

Elle avance dans ma direction, regardant autour d'elle, accompagnée par deux hommes qui, d'après leurs uniformes, semblent être de la sécurité. Lorsqu'elle me remarque, elle accourt vers moi, affolée, des larmes coulant de ses yeux rougis, ce qui me pince le cœur ; elle a eu peur.

— Putain ! Tu étais où ? me demande-t-elle en me prenant dans ses bras.

Je sens une légère douleur au niveau de mon ventre là où se cache le couteau. Mon souffle se coupe en essayant de ne pas trop bouger pour éviter de me blesser.

— Il était là, lui dis-je.

Elle recule pour me dévisager tandis que les deux hommes nous rejoignent.

— Vous êtes bien Amber Johnson ? demande le plus costaud des deux.

— Oui.

— Que s'est-il passé ? L'un des acteurs vous a-t-il fait du mal ? poursuit-il.

— Non. Je me suis perdu, je mens en les regardant, mal à l'aise, car je déteste faire ça.

— Pourquoi ne pas avoir demandé de l'aide ?

Je me sens comme une enfant qui se fait gronder.

— Je...

— C'est bon, intervient le deuxième homme, un peu plus petit. Elle a été retrouvée en bonne santé.

Les deux hommes nous scrutent une dernière fois, puis se retournent, nous laissant seules. Stécy essuie ses larmes en attrapant ma main alors qu'elle reprend notre conversation :

— Qui était là ?

Nous sortons de la fête et remontons une rue où elle s'était garée tout à l'heure.

— Michel-Ange.

Elle s'arrête et me regarde avant de poursuivre sa marche tout en me demandant :

— Tu n'as pas jugé bon de m'en informer ? Je ne me serais pas inquiétée comme ça.

— Je n'ai pas vraiment eu le choix, lui dis-je en sentant mon corps trembler, alors que nous marchons vers sa voiture qui n'est plus qu'à quelques pas. Il m'a attrapée.

Sa main se pose sur mon bras comme si elle voulait m'avertir, nous nous arrêtons, elle retient son souffle et fixe quelque chose devant nous. Je suis son regard et mon sang se glace en apercevant, à quelques pas de nous, à peine éclairée par le lampadaire, une silhouette.

Il est là.

Il nous observe sans bouger, et mon cœur se met à battre hâtivement tandis que Stécy s'agrippe à moi. Elle a peur, ce qui est compréhensible, d'autant plus qu'il n'y a personne dans cette rue alors qu'à deux pâtés de maisons, se déroule le défilé de l'horreur.

Du coin de l'œil, je vois mon amie mesurer la distance qu'il nous reste pour atteindre sa voiture avant qu'il ne nous attrape. Mais il ne nous ferait pas de mal… enfin, je ne peux pas l'affirmer. Je ne le connais pas.

Un rire résonne. Se moque-t-il de nous ?

— Laissez-nous ! hurle-t-elle soudainement.

— Je veux jouer, finit-il par dire.

— Espèce de malade ! poursuit-elle.

Elle attrape ma main et nous fait courir jusqu'à sa voiture qu'elle ouvre avec sa clé. Je grimpe sur le siège passager, le souffle court. Pourquoi ai-je peur ? Il ne m'a rien fait jusqu'à présent et il m'a lui-même dit que j'étais plus en sécurité avec lui qu'avec d'autres personnes. Stécy démarre et quitte sa place avec un coup de volant brusque, mais elle freine soudainement en découvrant la silhouette au milieu de la route. *Putain !*

— À quoi il joue ? demande-t-elle.

— Je n'en sais rien !

J'écarquille les yeux, me rappelant que j'ai un couteau sous mon blouson. Je défais la fermeture éclair pendant qu'elle met la marche arrière, soulevant mon pull pour attraper le couteau. Stécy freine à nouveau, si brutalement que je le perds et qu'il tombe entre mes pieds.

— Pourquoi tu as ça ? crie-t-elle.

Je me penche pour le ramasser.

— C'est lui qui m'a demandé de le voler, lui avoué-je en la regardant.

Là, tout semble se rassembler, ou du moins, je le crois. Il veut jouer avec moi, mais pourquoi ai-je besoin d'un couteau ? Une sonnerie retentit. Je prends mon portable ; c'est un appel masqué. Je décroche sans réfléchir et écoute, tandis que Stécy recule encore et tourne dans une autre ruelle.

— N'aie pas peur.

Il a raccroché.

Chapitre quatorze

Stécy bifurque à droite à toute allure, même s'il ne nous a pas suivi, nous sommes effrayées, autant l'une que l'autre.

Je ne comprends pas ce changement soudain ; à quoi joue-t-il ? Voulait-il vraiment me faire peur ? Si c'est le cas, cela fonctionne très bien. Maintenant, j'ai peur de lui.

Brusquement, la voiture émet un bruit étrange provenant de l'avant, puis elle s'arrête avec lenteur. *Putain !* C'est quoi ce bordel ? La maison de mes parents n'est pas très loin, mais nous mettrions plus de temps à arriver à pied qu'en voiture.

Nous nous regardons, inquiètes.

— Qu'est-ce qui se passe ?

— Je ne sais pas, répond-elle d'une voix paniquée. Il semblerait qu'elle n'ait plus d'essence. Dans la précipitation, je n'avais pas remarqué le voyant rouge. Merde !

Je me pince l'arête du nez en essayant de garder mon calme et de ne pas angoisser davantage.

— Bon, nous n'avons pas d'autre choix que de rentrer chez moi à pied. Heureusement, nous étions presque arrivées.

— Oui !

Nous sortons, et un long frisson me parcourt le corps. Il fait nuit noire, pas même une seule lumière. *Ce n'est rien. Ce n'est rien.*

— J'ai peur, Amber, dit Stécy d'une voix étranglée.

— Moi aussi, mais avec nos portables, nous pouvons utiliser la lampe torche.

Elle ferme sa voiture, laissant les warnings allumés pour avertir les autres usagers de la route. Nous commençons à avancer, bras dessus bras dessous, le cœur battant la chamade et la peur au ventre.

— Imagine qu'il soit là ? murmure-t-elle.

Ses mots me donnent froid dans le dos, et je me mets à regarder derrière moi. Mais à part le clignotement des warnings, il n'y a que de l'obscurité. *Mon Dieu.*

— Il ne nous fera rien.

— Tu as le couteau avec toi, n'est-ce pas ?

— Oui.

Je l'avais remis sous mon manteau, emmitouflé dans un torchon traînant sur la banquette arrière de sa voiture.

— Il veut peut-être que tu t'en serves pour le tuer ?

— Pourquoi voudrait-il mourir ?

— Je ne pourrais pas le dire, mais il a bien dit qu'il voulait jouer, non ?

Oui, c'est ce qu'il a dit. J'ai froid, il ne doit pas faire plus de dix degrés, et je commence à grelotter. Vivement que nous arrivions. Je regarde encore derrière moi, la voiture commence à devenir petite.

Pourquoi fait-il ça ? Et si elle a raison et qu'il voulait que je le tue ? J'en ai marre, je veux que tout ça s'arrête !

— On aurait pu demander à ton frère de venir nous aider.

— Impossible, il est de service dans une autre ville ce soir.

Je souffle de désespoir, nous sommes bien seules, marchant dans la nuit, au bord d'une route en dehors de Salem.

— Quelle heure est-il ? demandé-je.

Stécy allume l'écran de son téléphone et l'heure affichée indique 2 h du matin.

Nous ne sommes pas si loin de chez moi, mais suffisamment pour que je commence à en avoir marre de marcher. L'adrénaline que j'avais ressentie plus tôt diminue, et mes jambes deviennent molles, j'ai du mal à avancer correctement malgré mes efforts pour rester droite.

— Tu es sûre qu'il ne nous fera rien ?

— Je ne sais pas, dis-je. Mais il m'a dit que je ne devais pas avoir peur, et il répète toujours que je suis plus en sécurité avec lui qu'avec les autres.

Elle laisse échapper un rire amer, et je la comprends, ce sont vraiment des paroles insensées.

— Avec du recul, tu devrais prévenir la police, Amber.

— J'y ai pensé, mais je me suis dit que cela pourrait le mettre dans une colère incontrôlable, et qui sait comment il réagirait alors ?

— Tu n'as pas tort.

J'y pense chaque jour. Je me dis d'aller au commissariat, de porter plainte et de demander une protection rapprochée, mais, en même temps, je n'en veux pas. J'ai peur que cela le fasse fuir. J'ai aimé ce qu'il m'a fait, tout en le détestant.

Avec nos portables, nous tentons d'éclairer autant que possible, même si la portée de la lumière est limitée. Nous n'avons pas d'autre choix. Stécy oriente son portable droit devant elle, tandis que je dirige le mien vers le sol pour éviter de nous emmêler les pieds. Nous marchons encore et encore ; la maison où je vis est construite dans un lotissement entouré par la forêt. Nous suivons la seule route qui nous permet de rejoindre la maison depuis Salem. Les bruits de la nature nous entourent, comme le hululement d'un hibou qui me fait frissonner, le vent dans les feuilles des arbres, ou le craquement d'une branche que je viens d'entendre, faisant battre mon cœur à toute vitesse. *Putain !*

Stécy resserre sa prise sur ma main tandis qu'elle éclaire la direction de la branche que nous venons d'écraser. Nos respirations sont courtes, tendues, à l'affût du moindre bruit supplémentaire. Mais rien.

— Il faut qu'on se détende, on est dans la nature, bordel !

— Je vais appeler mes parents, dis-je d'une voix tremblante. Je ne voulais pas les déranger pendant leur sommeil, mais là, nous n'avons pas d'autre choix ; j'ai trop peur.

Elle hoche la tête en regardant autour d'elle. L'obscurité nous engloutit davantage, étant donné que j'ai éteint ma lampe pour pouvoir téléphoner à mon père. Une première tonalité, une deuxième, puis une troisième. Je prie pour qu'il se réveille, et mon cœur s'arrête lorsque j'entends sa voix ensommeillée :

— Qu'est-ce qui se passe ?

— Désolé Papa, mais on est tombées en panne d'essence avec Stécy. On n'est sur le chemin, pas loin, mais...

— J'arrive ! dit-il en raccrochant sans attendre.

Je me sens soulagée de savoir qu'il arrive bientôt. J'informe Stécy, qui reprend sa respiration en se mettant à pleurer.

Nous avons cherché de l'adrénaline avec la parade de l'horreur, et Michel-Ange nous a offert cet univers sur un plateau. Des larmes me montent aux yeux.

Nous reprenons notre marche en attendant que mon père nous rejoigne.

— Je suis désolée de t'avoir gâché la soirée, lui dis-je.

— Ce n'est pas ta faute. Mais ce tordu devrait vraiment consulter. D'accord, j'aime Halloween ! J'adore regarder des films d'horreur, mais le vivre ! Jamais !

— Qui aimerait vivre comme dans un film d'horreur, franchement ? Personne, je crois, lâché-je avec sarcasme.

Peut-être est-ce le fait que mon père vienne nous sauver qui me fait me sentir mieux. J'ai l'impression qu'on m'enlève un poids des épaules. Et savoir que mon amie sera en sécurité me soulage également.

Au loin, nous voyons deux phares se rapprocher. Je fais des gestes, suivie par Stécy. Nous nous mettons à crier de joie lorsque la voiture s'arrête à notre hauteur.

— Putain, les filles, sérieusement, nous réprimande-t-il en sortant de sa BMW. Vous n'avez rien ?

— Non, répondons-nous à l'unisson.

Il me prend dans ses bras et me serre fort.

— Avec l'autre qui est entré chez nous, j'ai peur qu'il t'arrive quelque chose, me dit-il d'une voix nouée.

— À ce sujet…

Je me tourne brièvement vers mon amie pour lui faire signe de se taire, et elle obéit, mais c'est trop tard. Mon père demande la suite, alors j'essaie de sauver la situation en disant qu'elle voulait parler de la voiture qui est tombée en panne.

— Amber, me caches-tu des choses que je devrais savoir ?

— Non, non ! Je te promets.

Il m'observe un instant, me dévisageant avec sévérité, puis sa douceur reprend le dessus. Il me serre à nouveau dans ses bras, puis nous invite à monter dans sa voiture. Nous rejoignons celle de Stécy, toujours garée sur le bas-côté avec les warnings allumés. Il nous demande de rester dans la voiture. Tandis que lui fait le tour pour ouvrir son coffre, sort un jerricane et remet de l'essence dans celle de Stécy. Nous descendons pour retourner dans sa voiture, suivant mon père.

— Quelle soirée de dingue, quand même, dit-elle en éclatant de rire.

— À qui le dis-tu ?

Je n'ai jamais autant ri de ma vie en cet instant. Est-ce parce que nous nous sentons en sécurité ? Ou alors parce que notre côté fou et insouciant refait surface ? 🍁

Chapitre quinze

Je m'accroche au bois de ton lit pour m'aider à m'extirper du dessous, tandis que tu dors paisiblement, accompagnée de ta copine. Je ne m'attendais pas à ce qu'elle passe la nuit ici. Peut-être que j'y suis allé un peu fort et que tu ne veux pas être seule. Dommage pour toi, j'étais déjà là avant que tu ne rentres.

Je m'avance près de toi et, du bout des doigts, j'effleure ton visage pour te réveiller. Cela fonctionne. Tu ouvres brusquement les yeux, inspire pour hurler, mais je pose ma main sur ta bouche pour étouffer ta voix. Tes mains se posent sur les miennes pour essayer de me repousser et tes ongles me griffent, mais tu ne forces pas plus que ça, je ne sens même pas de douleur.

— Chut, dis-je en désignant ta copine profondément endormie. Ne la réveille pas.

Ta respiration devient sifflante ; tu as peur, et j'apprécie ça.

— On va aller dans ta salle de bain. Tu vas te lever sans faire de bruit, d'accord ?

Tu ne réponds pas, alors j'insiste, et finalement, tu hoches la tête, des larmes commençant à couler au coin de tes yeux magnifiques. Ta réaction me serre le cœur ; tu n'es pas encore prête en fin de compte.

Je t'aide à te lever en empoignant ton bras. Le contact de nos corps l'un contre l'autre me rend fou. Tu portes un pyjama en coton à motifs de chats noirs, sûrement en référence à Halloween. Tu m'observes, les yeux écarquillés de peur.

— Je t'ai dit de ne pas avoir peur de moi, apparemment tu n'écoutes pas, dis-je en collant mon visage contre le tien.

Tu sens le gel douche à la guimauve et tes cheveux sentent un shampoing au parfum que je ne pourrais décrire.

— Tu sens si bon, Amber, murmuré-je.

Je fais un mouvement de recul pour nous diriger vers ta salle de bain. Une fois à l'intérieur, je ferme la porte à clé et allume la lumière sans retirer ma main de ta bouche. Tes larmes ne cessent de couler, ce qui me met mal à l'aise. Tu ne comprends pas que je ne veux pas te faire de mal, *bordel !* C'est toi qui m'as embrassé, c'est toi qui me rends comme ça, il faut que tu le comprennes rapidement.

— Si je retire ma main, est-ce que tu vas crier ?

Tu secoues la tête négativement, mais je sais que tu mens.

— Tu me mens, n'est-ce pas ? Quelle personne ne crierait pas à l'aide alors que son amie et ses parents dorment dans la même maison ?

Je passe mon pouce pour essuyer une de tes larmes.

— Si tu cries, je les tue tous.

Je suis un connard, je le sais. Ton corps se couvre de spasmes, et tu as de plus en plus de mal à respirer. Malgré la peur, je retire ma main pour que tu puisses reprendre ton souffle correctement. Je ne veux pas te faire de mal, je veux juste que tu apprécies ça, la douleur et la peur. Je veux que tu deviennes comme moi.

— Comment vas-tu ?

Les traits de ton visage se durcissent sous la rage, et ta peau devient rouge ; tu me fusilles du regard.

— Comment je vais ? murmures-tu amèrement. Tu joues à quoi ?

— À rien.

— Arrête ! dis-tu entre tes dents serrées.

Tu veux hurler, mais tu n'en as pas la force.

— Tu menaces de tuer les gens que j'aime ! Tu… tu…

Tu t'arrêtes pour inspirer et sûrement pour te donner du tonus.

— Tu t'es amusé à nous faire peur tout à l'heure, pourquoi ?

Je ne réponds pas et rigole à la place, ce qui t'énerve davantage. Je plonge ma main dans la poche de ma veste et en sors le couteau que tu as volé. Tu blêmis et recules brusquement, retenant ton souffle, puis je te tends l'objet. Tu l'avais laissé sur ta table de nuit. Était-ce pour que je puisse le trouver ? Ou parce que tu n'as pas voulu le ranger ?

Ton corps se couvre de chair de poule et tu commences à trembler.

— Prends-le, ordonné-je.

— Quoi ?

Ton regard se balade entre moi et le couteau que je tiens dans ma main ; j'insiste encore, et tu le prends violemment, toujours tremblante.

— Défends-toi, murmuré-je en avançant de deux pas.

Mon corps est parcouru d'un frisson, celui que l'adrénaline me procure. Je commence à être excité ; j'aime cette sensation de peur et cette angoisse qui va s'installer en moi.

— Qu… quoi ? bégayes-tu, submergée par la peur. Je… je… quoi ?

Tes yeux se remplissent de larmes.

— Je veux que tu te serves de cette arme contre moi, Amber.

C'est toi qui me rends ainsi ; c'est toi qui m'as fait découvrir cette facette de moi-même et tu dois continuer à la faire grandir. Il n'y a que toi qui peux repousser mes limites.

— Non ! hurles-tu.

Soudain, réalisant ce que tu viens de faire, tu places ta main sur ta bouche lâchant le couteau, qui tombe à nos pieds dans un bruit métallique.

Je comprends que tu ne veux pas que je parte. Ce qui veut dire que tu m'aimes. Tu crains que je ne parte si ton père arrive. *Oh, Amber !*

Soudain, quelqu'un frappe à la porte. Je me retourne et je vois la poignée s'abaisser, mon sang ne fait qu'un tour dans mes veines. *Merde !*

— Amber ?

C'est ton amie qui s'est réveillée. *Merde !*

— Ça va ? Pourquoi tu as fermé ?

— Ça va, je suis… je suis aux toilettes, informes-tu d'une voix contrôlée sans me quitter des yeux.

— C'était quoi ce bruit ? Et tu as crié ? Tu es sûr que ça va ? insiste-t-elle.

Tu ouvres le robinet et laisses l'eau s'écouler dans le lavabo en porcelaine. Puis, tu poses tes deux mains sur le meuble en marbre et te regardes dans le miroir. Tes yeux rougissent à cause des larmes, et je remarque les traces de mes doigts sur ta mâchoire. *Bordel !*

— Amber ?

— Ça va. J'ai juste mal au ventre. Va te recoucher, Stécy. Je reviendrai bientôt.

À ces mots, tu m'observes à travers le miroir, tandis qu'une larme roule le long de ta joue. Du revers de ta manche, tu l'essuies.

— D'accord, répond ton amie.

J'entends avec soulagement ses pas s'éloigner. Elle va tout faire foirer, cette idiote.

Je me penche et récupère le couteau. Comme tu n'as pas bougé, je le dépose dans le lavabo, juste sous ton nez. En me retournant, j'approche mon visage du tien et passe ma main sur ta nuque, le massant doucement pour te détendre et te mettre en confiance.

— Je veux que tu dépasses tes limites, susurré-je. Et les miennes. Tu vas retourner auprès de ton amie, t'endormir sans rien dire. Et demain matin, je ne serai plus là, mais je reviendrai, et je veux que tu l'utilises contre moi.

Tu secoues la tête et déglutis, visiblement troublée par l'anxiété que j'ai dû provoquer en toi.

Je souris, même si tu ne peux pas le voir.

— Pourquoi pas ?

— Je ne veux pas faire ça, murmures-tu, tandis que ton corps frêle recommence à trembler.

— Pourquoi ?

— Parce que je ne veux pas te faire de mal.

— Tu ne m'en feras pas, ne t'inquiète pas, j'aime ça.

Ta main essuie ta joue couverte de larmes, puis tu renifles et passes la manche de ton haut de pyjama sur ton nez rougi par les frottements.

— Qui aimerait se faire poignarder ? me demandes-tu d'une voix étranglée.

Je déteste te voir dans cet état, mais tu devras traverser cette phase pour gravir les échelons et atteindre le sommet que je souhaite.

— Si tu savais, dis-je.

— C'est dangereux.

Je ris en frôlant ta joue du bout des doigts, laissant mes mains descendre le long de ton cou.

— Rien n'est dangereux quand on sait ce qu'on fait. Et au fond de toi, tu aimeras ce que nous vivrons.

Tu secoues la tête négativement. Je sais que tu te mens à toi-même.

— Ce n'est pas une question.

À mes mots, je recule, éteins la lumière, et nous nous retrouvons plongés dans le noir complet. J'entends ton souffle se couper ; tu as peur. Je m'avance vers toi, ma main cherchant ton corps, et je t'attire dans mes bras dès que je te sens, caressant ta joue encore humide. Avant de retirer mon masque pour t'embrasser, je te dis de me faire confiance. Puis j'emprisonne ta bouche dans un baiser doux, mais tu ne me le rends pas, ce qui me surprend. Je n'insiste pas.

Je t'ordonne de retourner au lit en suivant bien mes consignes. Je t'entends ouvrir la porte, puis la refermer, et j'écoute tes pas. Le grincement des lattes résonne au loin ; tu es dans ton lit.

Je m'avance près de ta baignoire et m'assois sur le rebord. En attendant de pouvoir partir, je plonge ma main dans ma poche et consulte mon portable. J'ai de nombreux appels manqués. *Bordel.* La fenêtre de ta salle de bain donne sur le jardin arrière, et le mur n'a pas d'appui pour m'aider ; je risque de tomber. Je ne peux pas attendre, il faut que je parte immédiatement. 💀

Chapitre seize

🍁 Amber 🍁

Je déverse l'eau bouillante dans la théière, à l'intérieur de laquelle se trouve le sachet de thé choisi par la cliente. Je n'ai pas dormi de la nuit ; quand il est sorti de la salle de bain, je faisais semblant. Il est encore venu caresser ma joue avant de disparaître par la fenêtre.

J'ai trouvé étrange qu'il parte si vite, surtout avec Stécy à côté, mais elle s'est vite rendormie après être retournée se coucher. Elle a vraiment un sommeil très profond pour ne rien avoir entendu avant que je crie et ne fasse tomber le couteau.

Je frissonne encore en repensant à ce qu'il m'a demandé de faire avec ce couteau, que j'ai jeté à la poubelle. Il est hors de question que je le poignarde pour son plaisir. Qui fait ça ? C'est écœurant, et ce côté de lui ne me plaît pas du tout. Je me mentirais si je disais que je ne ressens rien quand il vient chez moi sans que je le sache, avec ce masque. Ça ajoute un peu de piment à la situation… *Mais ça ? Non !* C'est hors de question, et j'espère qu'il a compris quand je n'ai pas réagi à son baiser. *Espèce de barjo !*

Je fais le tour du comptoir pour déposer la commande de la table 5. La cliente me sourit en rangeant le livre qu'elle était en train de lire, dont j'ai eu le temps de voir le titre ; Salem de Stephen King. C'est sûrement une touriste.

J'opère un demi-tour et retourne aux fourneaux pour tenter d'oublier cette nuit, mais je n'y parviens pas. *Il m'obsède.* Mais visiblement pas comme je l'obsède.

Je bois une gorgée de mon café serré que je me suis servi pour rester éveillée.

En me retournant vers l'horloge au-dessus des machines, je constate qu'il est 15 h. Je suis ici depuis à peine une heure ; la journée va être longue. Mes cours de ce matin m'ont déjà paru interminables. J'ai tellement hâte d'être dans mon lit, barricadée chez moi, à l'abri du monde extérieur, même de lui. Je veux être tranquille et dormir sans avoir à me préoccuper de sa présence. *Je peux rêver...*

Aurait-il vraiment fait du mal à ma famille si j'avais crié ?

Je me pince l'arête du nez en soufflant. *Pense à autre chose, putain !*

Pourquoi l'ai-je embrassé à cette fête ? Pourquoi ?

La porte s'ouvre, déclenchant la clochette suspendue au-dessus. Je me retourne et découvre un homme grand et brun. Il porte un pull noir dont les manches sont retroussées jusqu'aux avant-bras, révélant une rose tatouée dont la tige est cachée par le tissu. Je regarde par la fenêtre ; aujourd'hui, il y a du soleil, mais nous ne sommes pas en été et le vent souffle fraîchement, je le trouve donc peu vêtu.

Il avance vers moi, avec un sourire dévoilant des dents parfaitement blanches. Il a une légère barbe de quelques jours, et lorsque je croise ses yeux, je suis frappée par leur couleur bleu clair et leurs cils épais. Même avec du mascara, je n'arrive pas à obtenir cet effet.

— Bonjour, dit-il d'une voix rauque. Je prendrais un café, s'il vous plaît.

Est-ce que c'est toi ?

Je déglutis et hoche la tête sans répondre, me méfiant de chaque homme qui entre dans l'enceinte de Lily & coffee shop. Peut-être que c'est lui. Cet homme pourrait bien être Michel-Ange. Mais je ne sais pas ; je ne peux même pas comparer leurs voix, puisque celle de mon harceleur est trafiquée. Cependant, il a la même carrure, ou alors c'est l'effet de sa capuche. *Putain ! Je n'en sais rien !*

C'est peut-être même ce vieux, assis depuis trente minutes à sa table, alors qu'il a terminé son café depuis longtemps. Il m'observe toutes les cinq secondes, un peu dissimulé derrière son journal. Pense-t-il que je ne l'ai pas remarqué ? *Vieux pervers !*

Si c'est lui, je meurs immédiatement ! Juste en imaginant que j'aurais laissé cet homme toucher mon intimité la plus profonde... De toute façon, il n'a pas la même posture ni le même corps, donc je suis sauvée.

Un raclement de gorge retentit et me ramène à la réalité.

— Mon café, réclame-t-il d'un ton froid.

Petit con, qu'est-ce qu'ils ont les mecs en ce moment ?

— Oui, pardon, lui dis-je en mettant la machine en route.

Je te déteste, Michel-Ange, qui que tu sois, je te hais et je donnerais tout pour que tu entendes mes pensées.

Une fois prêt, je lui tends et il sort sa carte de crédit pour payer c'est là que je remarque qu'il lui manque le petit doigt. J'en frissonne. Michel-Ange porte des gants non ? *Non... non... arrête.*

— Que faites-vous après votre travail ? me demande-t-il, me déstabilisant.

Je le dévisage, et il fronce les sourcils avant de répéter sa question.

— Je rentre chez moi.

— Puis-je vous inviter à boire un verre ?

— Je... je...

Putain ! Mais parle !

Ses lèvres s'étirent en un sourire séduisant ; mon bégaiement semble l'amuser.

— Elle dit oui, intervient Lucie derrière moi.

Oh mon Dieu ! Je vais la tuer.

Elle s'approche, pose ses deux avant-bras sur le comptoir à côté de la caisse et me scrute avec un grand rictus.

— Très bien, à quelle heure finit-elle ? demande-t-il à ma collègue plutôt qu'à moi.

— 19 h.

Je me retourne complètement vers Lucie, étonnée.

— Mais je finis mon service à 21 h ce soir, Lucie !

— Non, plus maintenant, déclare-t-elle fièrement. Je ferai la fermeture toute seule, et toi, tu vas faire de nouvelles rencontres.

— Je...

— C'est parfait, alors à tout à l'heure, me dit-il en me faisant un clin d'œil et en sortant.

Je le regarde passer devant la vitre, où la jeune femme avec son livre lève la tête pour le suivre des yeux jusqu'à ce qu'il traverse la rue.

Je croise les bras et me tourne vers ma collègue, la fusillant du regard, mais elle éclate de rire et hausse les épaules.

— Mais je ne le connais pas, imagine que c'est un taré ?

— S'il en est un, tu as ton spray, non ? De toute façon, il est bien trop beau pour que tu refuses cette invitation, ma chère.

Elle ne sait pas que j'ai déjà un malade mental qui me harcèle. Et si c'était lui, ce qui ne m'étonnerait pas, que penserait-il ?

Putain ! Je me casse la tête en pensant à ce détraqué qui souhaite que je le poignarde pour lui donner du plaisir. Je vous en prie, faites qu'il soit normal ! *Pitié !*

J'aimerais vivre une rencontre comme toutes les autres femmes, normalement et sans jeux de rôle.

Chapitre dix-sept

Je me réjouissais d'être enfermée chez moi, dans mon lit, et me voilà à l'arrière d'une voiture de luxe, conduite par un chauffeur, avec un inconnu. Ce dernier, prénommé Cameron, est riche et m'emmène boire au Rivalry qui est de l'autre côté de la ville.

Avant de terminer mon service, j'ai rapidement prévenu mes parents que je ne rentrerai pas directement et que j'étais en compagnie d'un homme. Mon père a refusé, me reprochant d'agir de manière irresponsable étant donné tout ce qui m'est arrivé. Michel-Ange a également mis ma famille à cran. J'ai essayé de les rassurer avec mes mots, même si je suis moi-même stressée d'être avec un inconnu.

Un silence pesant nous entoure, me rendant encore plus nerveuse que je ne le suis déjà, en plus, je n'ai pas eu le temps de me préparer correctement. Lucie a juste pu me remaquiller avec ce qu'elle garde dans son casier, sinon je ne suis pas très présentable. Je porte un jean, des Converses noires et un pull de la même couleur. Mais il a dit que c'était parfait et qu'il préférait les femmes simples. J'en doute.

La voiture s'arrête derrière une coccinelle bleu azur, et c'est avec joie que je sors dès que le chauffeur éteint le moteur. *Putain*, de l'air frais !

Nous sommes à deux pas de Rivalry. C'est agréable de venir ici de temps en temps, prendre un verre avec Stécy et Kate, j'adore ce restaurant et, surtout, ils font des hamburgers du tonnerre. J'en salive déjà, et le gargouillis remplace l'angoisse qui se trouvait dans mon estomac.

Cameron me rejoint, un grand sourire aux lèvres. Il m'invite de la main et j'accepte, mais un frisson désagréable traverse mon corps au moment où ma paume touche la sienne, comme s'il m'était interdit de le faire. Mon cœur bat plus vite, et, malgré moi, je jette un coup d'œil aux alentours, cherchant une silhouette avec un masque blanc.

— Il y a quelque chose qui ne va pas ?

Je regarde son chauffeur, l'âge ayant blanchi ses cheveux, il essaie de les cacher sous un képi noir assorti à son costume. Il se positionne à quelques mètres derrière Cameron, sur qui je reporte mon attention.

— Ça va, dis-je en m'éclaircissant la gorge. Je vais très bien, allons prendre ce verre.

Son sourire s'élargit, dévoilant davantage ses dents blanches, illuminées par les lumières de l'établissement et le lampadaire au-dessus de nous. *Ne panique pas.*

En avançant, il lâche ma main pour poser la sienne dans le bas de mon dos, m'incitant à continuer, tandis que je jette un œil par-dessus mon épaule. Des gens se prélassent après une journée de travail, ils se détendent en amoureux, entre amis ou en famille ; je ne pense pas que Michel-Ange se détende de cette manière. *Allez, ne pense pas à ce malade, pense à Cameron.*

Je reporte discrètement mon regard sur lui, l'examinant avec attention. Ses cheveux noirs de jais sont plus longs que je ne l'aurais cru. Au coin de son œil droit se trouve un tatouage : une larme que je n'avais pas remarquée auparavant. En même temps, il faisait sombre dans sa voiture, et il n'est pas resté assez longtemps au café pour que j'y fasse attention.

A-t-il fait de la prison ? La légende dit qu'un prisonnier porte autant de larmes sous l'œil qu'il a de victimes. La larme vide signifie l'envie d'homicide, la larme pleine signifie que le crime a été commis. La larme peut également symboliser le deuil d'un proche. Je ne me vois pas lui demander quelle signification ça a pour lui devant mon verre.

En continuant mon inspection, je remarque qu'il a une légère bosse sur le nez et des lèvres bien charnues, comme celle de Michel-Ange. J'arrive à le sentir lorsqu'il m'embrasse.

Et si c'était lui, cherchant une autre relation au-delà de l'anonymat, se montrant cette fois au grand jour ? Mais si c'est le cas, pourquoi ne me le dit-il pas ?

Et je ne peux pas lui demander directement : « hé, salut, dis-moi, es-tu le cinglé qui entre chez moi avec le masque de David de Michel-Ange ? » S'il s'avère que ce n'est pas lui, je passerais pour une folle.

Nous entrons dans l'enceinte du restaurant, accueillis par une vague de chaleur suivie de l'odeur de nourriture, ce qui me donne l'eau à la bouche. Il plonge ses doigts entre les miens. Je trouve cet homme un peu trop tactile. Si ce n'est pas Michel-Ange et que celui-ci nous observe, ce Cameron risque d'avoir des ennuis. Ou peut-être pas du tout. Après tout, c'est peut-être moi qui me fais des idées. Il ne m'a pas interdit de voir d'autres hommes. Mais il m'a quand même dit qu'il n'aimait pas ça…

Nous rejoignons une table un peu plus loin, tandis que des voix s'élèvent dans les airs. Un match de basketball occupe les écrans, et si j'ai bien compris, l'équipe adverse vient de marquer.

Je retire mon blouson et le plie sur le côté, suivi par mon sac à main, duquel je sors mon portable pour vérifier si j'ai manqué plusieurs appels de mon père, mais rien. Je décide néanmoins d'envoyer un message à Stécy et Kate, et aussi à Lucie grâce à (ou à cause de) qui me trouve attablée à une table pour un rendez-vous.

Je les informe de notre emplacement et j'ajoute que, pour l'instant, tout va bien. Je n'attends pas leurs réponses et range mon téléphone en me concentrant sur lui. C'est alors que je remarque qu'il me scrute ; mon cœur s'arrête brusquement, et le rouge me monte aux joues tellement je me sens gênée d'être observée de cette façon. *Ah bon ?* Cela dépend de qui me regarde de cette façon, non ?

— Tu préviens que tout va bien, j'imagine ? plaisante-t-il.

— Oui, c'est la procédure entre femmes.

Un rictus se dessine sur ses lèvres. J'ai soudainement chaud, non seulement parce que la salle est bien chauffée, mais aussi parce qu'il me fait perdre mes moyens. *Putain !* J'ai quel âge, sérieusement ?

Il lève la main pour appeler le serveur, qui est posté derrière le comptoir, afin de prendre notre commande.

— Veux-tu juste boire ou souhaites-tu un plat pour accompagner ta boisson ?

— Oh ! Je ne dirais pas non à un hamburger avec des frites.

— Parfait.

Le jeune serveur, aux cheveux blond miel et vêtu d'une chemise et d'un jean noirs, s'approche avec un grand sourire.

— Que désirez-vous ?

— La jeune dame ici présente prendra un hamburger avec des frites, et...

Il m'observe.

— Une bière, s'il vous plaît.

— Et vous, monsieur ? demande-t-il en se tournant vers Cameron.

— Un martini blanc.

Le jeune homme hoche la tête en nous informant qu'il nous apporte cela au plus vite, puis il s'éclipse, nous laissant seuls.

Cameron se penche en avant, appuyé sur ses avant-bras, recouverts cette fois par les manches de son pull, ce qui m'empêche de voir à nouveau la rose tatouée sur son bras.

— Que fais-tu dans la vie ? demandé-je trop rapidement.

— J'ai mon entreprise.

— D'accord, mais dans quel domaine ?

Il réfléchit un moment avant de répondre, ce qui me rend nerveuse. Lorsque j'avais interrogé Michel-Ange, il ne voulait pas que je sache quoi que ce soit sur sa vie. Mon cœur tambourine dans ma poitrine.

— Si je te l'annonçais maintenant, ça risquerait de te faire peur et de te pousser à partir, et je ne veux pas que ça arrive, me dit-il d'une voix aussi paisible qu'un lac.

On se méfie toujours de l'eau qui dort, n'est-ce pas ?

Je sens mes joues rougir tandis que le jeune homme revient avec nos boissons. Je le remercie et bois immédiatement une gorgée, appréciant ce liquide froid et pétillant dans ma bouche.

— Très bien, attendons le moment venu.

Même si, pour moi, il n'y aura pas d'autre moment.

Et si c'était toi, Michel-Ange ? Ça serait fini. Je me mords l'intérieur de la joue en pensant cela ; comme si quelque chose avait réellement commencé !

— C'est marrant.

— Comment ça ?

— Tu ne cherches pas à savoir ? Ça ne t'intrigue pas ?

Et merde !

Je gigote sur mon siège, la gêne de nouveau en moi. J'ai déjà eu ma dose de surprises pour le moment. Certes, c'est la période d'Halloween, mais quand même.

— Les surprises, très peu pour moi.

— Je sais que tu me mens.

Mon cœur tambourine dans ma poitrine, et je lâche un rire nerveux tandis que lui reste sérieux.

— Non, c'est juste que je n'ai pas envie d'apprendre que tu tues des gens ou que tu travailles pour quelqu'un de très mauvais comme John Wick[2].

Je dis la vérité. Et j'ai envie de partir finalement…

Il hausse un sourcil d'un air amusé et, de ses doigts, caresse sa barbe naissante.

— John Wick ? C'est marrant ça. Mais je suis un gentil garçon, et je ne fais pas de mal aux jeunes filles comme toi.

---

[2] Personnage principal du film d'action du même nom

— C'est drôle. C'est ce que disent beaucoup d'hommes.

— C'est vrai.

— Voilà votre hamburger, mademoiselle, nous interrompt le serveur en posant mon plat devant moi tandis que je n'avais pas remarqué son retour.

Je crie presque de joie devant le jeune serveur pour le remercier, lui rendant son sourire, puis il s'éloigne.

— Sinon, qu'aimes-tu faire de ton temps libre ?

— J'adore faire des randonnées en forêt, lui dis-je en croquant dans une frite. Comme beaucoup de femmes, j'aime aussi faire les magasins.

— Intéressant tout ça.

Je suis sûre qu'il se moque de moi. J'attrape mes couverts et commence à découper un morceau de mon hamburger quand quelque chose attire mon regard à travers la baie vitrée du restaurant. Je tourne la tête et manque de m'étouffer en le reconnaissant. *Il est là !*

Il nous observe, et je sens une tension palpable dans tout mon être. J'ai l'impression d'avoir merdé.

Mon cœur cogne contre ma cage thoracique, à deux doigts de faire un infarctus.

— Qu'est-ce qui se passe ? me demande Cameron.

Je quitte Michel-Ange des yeux à contrecœur pour le regarder, regrettant d'avoir pensé que c'était Cameron.

— Je… désolée…

Et si, à cause de moi, il lui fait du mal ? Je repose mon regard sur la vitre, retenant mon souffle en constatant qu'il n'est plus là. Je m'approche de la baie vitrée, pose ma main sur le verre et scrute les alentours, mais il a disparu. Peut-être que j'ai rêvé ?

Essoufflée, je demande à Cameron s'il aurait vu un homme avec un masque de Michel-Ange derrière la vitre, mais il me certifie que non. C'est moi qui déraille ? Je l'ai bien vu, non ?

Je frotte mes mains contre mon jean avant de boire une gorgée.

— Tu m'inquiètes, rétorque-t-il en fronçant les sourcils.

— Désolée, je...

Je ne peux pas lui expliquer ce qui me préoccupe.

— Désolée, dis-je en lâchant un rire nerveux. Excuse-moi, je vais aux toilettes, je reviens.

— Oui, vas-y.

Il se lève en même temps que moi, comme le ferait un gentleman, dans le temps. Je lui adresse un sourire avant de me diriger vers les sanitaires, le cœur battant la chamade. *Il ne l'a pas vu ?*

Je traverse le restaurant, ouvre la porte des toilettes et m'enferme dans l'une des cabines. Mon sang se glace lorsque j'entends un raclement de gorge suivi d'un sifflement, le bruit d'une porte de cabine qui s'ouvre, des démêlés de chaussures qui claquent doucement contre le carrelage.

Je regarde à travers l'espace du dessous et remarque des Timberland noirs qui se plantent devant ma porte. Je meurs de froid et de peur. *Pourquoi il fait ça ?*

Il reste là quelques secondes avant que quelqu'un pénètre dans la pièce, laissant entrer le brouhaha de la salle du restaurant jusqu'à ce que la personne referme la porte.

— Sympa ton déguisement, dit une femme. Mais ce sont les toilettes pour dames, ici, l'avertit-elle, avant de s'enfermer elle-même dans une cabine plus loin.

Je ne quitte pas ses chaussures des yeux, et prie pour qu'il l'écoute, et la joie s'insinue en moi alors qu'il recule et s'éloigne de la porte. Je retiens mon souffle et ferme les yeux jusqu'à entendre la porte s'ouvrir et se refermer à nouveau. *Bordel !*

Chapitre dix-huit

Je retourne à la table et découvre qu'elle est vide. Évidemment, il a dû me prendre pour une folle et filer à l'anglaise. Après tout, si j'avais su ce qu'il faisait dans la vie, ça aurait probablement été moi qui serais partie. Le souffle court, je m'approche rapidement pour récupérer mes affaires laissées sur le côté. Une fois devant, je suis soulagée de constater qu'il n'y a pas touché. Il ne manquerait plus qu'il fouille et vole le peu d'argent qu'il me reste. Ça aurait été la cerise sur le gâteau de cette soirée déjà folle. *Michel-Ange n'était pas dans les toilettes, Michel-Ange n'était pas dans les toilettes ; c'est mon imagination*, me répété-je.

En regardant mon hamburger à moitié mangé, je remarque un mot écrit au stylo sur un mouchoir : « Joue avec moi, Amber Johnson ». Je fronce les sourcils, perplexe. Jouer avec lui ? Pourquoi Cameron veut-il jouer avec moi ? Je ne comprends pas. Je n'ai pas envie de réfléchir, je laisse mon burger et je retourne au bar pour payer. Tout ça m'a coupé l'appétit. Le barman m'informe que l'homme qui était assis avec moi a été interrompu par un type portant un masque. Mon cœur flanche quand il me dit qu'ils sont partis ensemble. *Quoi ?* J'essaie de garder la face, Dieu merci, il me dévisage sans poser de questions. Je le remercie et appelle Stécy sans tarder pour lui raconter que mon rendez-vous est parti avec le mec qui me harcèle ; quittant le Rivalry à grands pas, j'attire l'attention des autres clients.

Au début, elle éclate de rire, disant qu'ils doivent m'avoir remplacée par des queues, que, sur un coup de cœur, ils ont dû partir baiser ensemble.

— Ce n'est pas drôle, lui dis-je en remontant la rue pratiquement déserte.

— Désolée, désolée. Écoute, ils se connaissent peut-être, se rattrape-t-elle.

— Ça pourrait être un coup monté par Michel-Ange ?

Je regarde à nouveau derrière moi, la peur m'agrippant à la gorge, telle une sangsue assoiffée de sang. J'accélère le pas pour rejoindre le plus rapidement possible mon travail où j'ai laissé ma voiture. Heureusement que je ne suis pas rentrée chez moi avant le rendez-vous. Ce Cameron m'a plantée sans savoir si j'avais une voiture ou non ; nous n'en avons pas discuté. L'air frais commence à me piquer, je grelotte et mes dents claquent.

— Pourquoi dis-tu ça ? me demande-t-elle.

— Je ne sais pas, j'ai trouvé un mot inscrit sur une serviette en revenant à la table avec écrit : joue avec moi.

Elle reste silencieuse, sûrement en train d'analyser la situation avec du recul plutôt qu'avec la peur.

— Peut-être un plan à trois ? Et quand tu les trouveras, ils te baiseront en sandwich.

— Putain, Stécy ! Peux-tu arrêter de toujours tout ramener au sexe ? la réprimandé-je. J'ai peur, là.

— Tu as peur pour rien.

J'écarquille les yeux ; ce que j'entends me laisse bouche bée. Ce n'est pas ce qu'elle disait lorsqu'elle était avec moi. Elle se sent en sécurité, il ne vient pas la voir, il ne joue pas avec ses nerfs. *Putain de Michel-Ange à la con !*

— S'il voulait te faire du mal, tu serais déjà blessée à cette heure, poursuit-elle.

Je m'arrête brusquement en entendant ces paroles insensées. J'ai l'impression de ne plus avoir la même amie que celle qui était avec moi il y a deux jours, lorsque nous sommes tombées en panne en pleine nuit, et qu'elle criait de peur d'être tuée par mon Michel-Ange.

— Je veux dire, reprend-elle en s'éclaircissant la gorge, c'est peut-être un jeu de séduction pour lui. Enfin, tu vois, tu es là, en vie, Amber.

Je me mords l'intérieur de la joue, réfléchissant à ce qu'elle dit sans lui répondre. Elle a peut-être raison. Comme je ne réponds pas, elle répète mon prénom.

— Oui. Je suis là.

Je reprends ma marche, accélérant le pas avant de bifurquer à droite. Avec un soulagement à moitié atteint, je vois ma voiture garée non loin du restaurant, dont les lumières sont éteintes. Cela me surprend : Il ne me semble pas qu'il soit passé 21 h.

— Après, si tu veux, on en parle à Geyden. Il peut effectuer des recherches sur lui.

— Sur Michel-Ange ? Un homme qui porte un masque ? dis-je avec sarcasme.

— Oui, c'est vrai qu'on ne sait rien de lui.

Je baisse mon téléphone pour vérifier l'heure : 20 h 36. Plus d'une heure et demie s'est écoulée avec Cameron, et je n'ai pas vu le temps passer. Mais cela n'explique pas pourquoi Lucie a déjà fermé le café. Je préfère ne pas m'attarder là-dessus.

— Je te laisse, j'arrive à ma voiture, l'informé-je.

— Tu es sûre que tu ne veux pas rester au téléphone avec moi ?

Et entendre tes jérémiades insensées ? Ça ne me donne pas envie de continuer la conversation.

— Ça va, je suis à ma voiture. Je te préviendrai quand je serai rentrée. À plus.

Je ne lui laisse pas le temps de répondre et raccroche. Je plonge ma main dans mon sac pour en sortir mes clés de voiture, j'ouvre la portière et je monte sans attendre. Je verrouille les portières et j'allume le contact immédiatement. Mais je m'arrête subitement de respirer, découvrant, à l'arrière de la voiture devant moi, un mot écrit en rouge sur la carrosserie : « Joue avec moi, Amber ». Des larmes brouillent ma vision alors que je quitte sur-le-champ ma place sans avoir mis ma ceinture de sécurité. *Putain !*

❀ ❀ ❀ ❀ ❀ ❀ ❀ ❀ ❀ ❀ ❀ ❀

Je me gare brusquement dans l'allée, juste derrière la voiture noire de mon père, je m'extirpe de ma voiture, et je marche rapidement vers l'entrée. J'ouvre la porte et la claque derrière moi, attirant l'attention de mes parents installés dans le salon.

— C'est toi, ma chérie ? me demande ma mère en se levant.

Je la rejoins, retenant mon souffle pour essayer de calmer les battements frénétiques de mon cœur. Je remarque que mon père m'ignore, les yeux rivés sur la télévision où un match défile. Ça fait mal.

— Oui, je viens de rentrer.

Elle s'approche, resserrant son peignoir autour de son corps avec un sourire complice, et je ressens déjà une douleur à l'idée de lui mentir.

— Alors, ton rendez-vous ?

— Super, vraiment super, lui dis-je. Il est très gentil. Nous sommes allés au Rivalry, comme je t'avais dit, papa, dis-je en me tournant vers lui, mais il ne réagit pas.

— Laisse tomber, murmure-t-elle en posant sa main chaude sur la mienne. Alors, raconte !

— Je n'ai pas grand-chose à dire, juste que c'était cool, mais je ne vais pas le revoir.

Et je ne lui dirai pas que celui qui est venu chez nous était là, et qu'ils sont partis ensemble, me laissant seule.

Ses sourcils se soulèvent avec étonnement, ses yeux trahissant son choc.

— Oui, il était sympa, mais… (je cherche les bons mots en me triturant discrètement l'index avec le pouce) il ne m'a pas plu plus que ça.

— Oh… bon, ce n'est pas grave. Des hommes, il y en a partout. Mais fais attention, ma chérie. Ton père a raison. Avec celui qui est entré chez nous, je ne veux pas qu'on m'annonce que tu as été tuée, comme cette jeune Mélissa.

Si elle savait qu'il est venu plusieurs fois ici, elle ferait une crise cardiaque. Ils ont beau avoir tout changé, il réussit quand même à entrer, et je ne sais même pas comment, surtout s'il passe par la fenêtre.

Je l'embrasse tendrement en lui souhaitant bonne nuit, tout comme à mon père, qui m'ignore toujours. C'est vraiment une tête de mule. Cependant, je ne lui dirai jamais, au grand jamais, qu'il avait raison de s'inquiéter.

Je me dirige vers les escaliers avec une lenteur atroce. Au fond de moi, je sais qu'il est déjà là. En montant progressivement, je scrute la porte, espérant pouvoir voir à travers pour vérifier s'il s'y trouve.

Une fois devant, je reste quelques secondes penchée, l'oreille collée contre la porte, à l'affût du moindre signe de vie. Mais je n'entends rien, pas un seul son. Ou alors, le bois de la porte est trop épais.

Tremblante, je pose ma main sur la poignée et l'abaisse doucement avant d'ouvrir violemment, regrettant mon geste, espérant qu'elle ne se cogne pas contre le mur. Ça aurait forcément attiré mes parents.

J'entre, le souffle court et le cœur en ébullition. J'allume et, sans bouger, j'inspecte chaque recoin de la pièce. Rien. Mise à part une boîte à musique colorée sur mon lit, comme celles qu'on donne aux enfants. Je referme la porte derrière moi, puis je me rapproche et la prends dans mes mains. Elle est en métal, le dessus est rouge tandis que le reste est jaune, orné de clowns dessinés avec de grands sourires. De leurs bouches sortent des notes de musique. Sur la droite se trouve une manivelle bleue. Je l'active avec une pointe de regret, sachant que je vais regretter de découvrir ce que cache cette boîte. Une mélodie en sort, semblable à celle des jouets interactifs pour bébés.

Je continue à tourner la manivelle jusqu'à ce que le couvercle s'ouvre brutalement, me surprenant et me faisant lâcher un juron.

Il y a un mot à l'intérieur : « sous le lit ». *Putain !* Veut-il que je meure ?

Je ne rêve pas ; il me demande de regarder sous le lit. Mais j'ai peur de le faire et de ce que je pourrais y découvrir.

Je reste là, pétrifiée par ce qu'il me fait endurer.

— Si tu es là, sache que ça ne me plaît pas, dis-je doucement. Je n'aime pas jouer à ça.

Après le couteau, qu'est-ce qui va suivre ? Va-t-il jouer avec mon pauvre petit cœur ?

Tremblant de plus en plus, je me penche pour regarder sous le lit. Dois-je vraiment le faire ? Puis-je regarder sans craindre quoi que ce soit ? Ne va-t-il pas m'attraper comme un croque-mitaine et me dévorer ? *Putain !*

Je lâche un cri quand mon téléphone sonne, brisant le silence oppressant. Stécy ?

J'ai complètement oublié de la prévenir que j'étais rentrée. Je fouille dans mon sac, que j'ai toujours à l'épaule, et consulte le message. Mon cœur s'arrête en réalisant que ce n'est pas elle, mais un numéro que je n'ai pas enregistré, qui me demande de regarder sous le lit. Là, c'est trop ! Une rage mêlée d'angoisse monte brutalement en moi.

— Arrête, s'il te plaît, Michel-Ange. S'il te plaît ! Pitié ! Arrête ! l'imploré-je.

Mon portable sonne à nouveau, provoquant une décharge électrique dans mon bras qui remonte le long de ma colonne vertébrale.

Je le consulte une fois encore : « *regarde sous le lit, je te promets que tu vas aimer* ». C'est exactement ce que je craignais : il est là, il est sous mon lit. *Putain d'enfoiré !*

— Non ! Je ne regarderai pas, l'informé-je. Tu n'as qu'à sortir, toi.

Regrettant mes paroles, je recule de quelques pas et me heurte à la porte. Mon sang se glace lorsque je vois une main gantée de noir surgir du dessous de mon lit. J'étouffe mon cri avec mes mains. Je sais que c'est lui, mais il m'effraie terriblement, surtout avec son visage immobile, le masque émergeant de l'ombre. Je reste là, paralysée par la peur, tandis qu'il se redresse. Mon souffle devient saccadé, mes muscles tremblent de plus en plus.

— Dis-moi, Amber, est-ce que j'ai perdu la mémoire ? me demande-t-il en avançant d'un pas.

Je fronce les sourcils, ne comprenant pas où il veut en venir. Voyant que je ne réplique pas, il reprend :

— Je t'ai bien dit que tu m'appartenais, non ?

Oh putain !

Je lève les yeux progressivement tandis qu'il s'approche de moi comme un félin s'avançant vers sa proie.

— Si tu m'appartiens, personne d'autre n'a le droit de te toucher, continue-t-il.

— Je ne suis ni à toi ni un objet, Michel-Ange, dis-je, surprise par ma tranquillité.

À la mention de son nom, il gémit de plaisir, penchant la tête en arrière. C'est alors que je remarque une cicatrice au niveau de son cou, près de la clavicule. Je fronce les sourcils, mon cœur s'accélère ; j'ai déjà vu cette cicatrice quelque part ; mais où ?

J'essaie de fouiller ma mémoire, tandis qu'il m'observe à nouveau, se rapprochant de moi. Rien ne me revient, mais je sais que je le connais, comme il me l'a déjà dit auparavant.

— Je veux savoir qui tu es.

— Chaque chose en son temps, Amber, chaque chose en son temps.

Il est maintenant si près de moi, il ne reste qu'une poignée de centimètres entre nous. Je déglutis en sentant la chaleur de son corps. Il n'y a pas si longtemps, je tremblais de peur qu'il me fasse du mal. Et maintenant ?

— Je n'ai pas aimé te savoir avec un autre.

— Et ?

Mon ventre se tord à cette confession, surtout à cause de ce ton robotisé qui me donne encore plus de frissons, mais j'essaie de ne pas le montrer.

— Je pense que tu ne connais pas mon côté sombre, celui que j'ai essayé de maintenir enfermé jusqu'à présent.

Mon cœur bat de plus en plus vite, me donnant l'impression qu'il va sortir de mon corps par ma gorge, que je vais le vomir et mourir juste après. *Putain !*

— Arrête, j'ai peur. Tu me fais peur, murmuré-je.

Il rit, puis, brutalement, il attrape mon cou sans le serrer. Un cri reste coincé dans ma gorge, retenant mon souffle, et je viens joindre mes mains à son avant-bras par réflexe. Mon corps réagit par instinct de survie, et non par désir. Michel-Ange vient poser son front contre le mien, comme dans les films d'amour, et murmure :

— La peur ne vient que si on provoque le danger, Amber. Et tu ne l'es pas. Pas totalement.

— Pas totalement ?

Mon corps se couvre de chair de poule. Si je comprends bien, cela signifie que si je dépasse les limites, je me mettrai en danger et, là, il me fera du mal ?

— Les hommes doivent rester loin de toi. Ma mère ne m'a jamais appris à partager, quand on me vole mon goûter, je tombe dans une colère noire telle que même Satan doit s'asseoir pour prendre des notes, Amber.

Mon souffle s'égare alors que mon rythme cardiaque s'emballe à chacun de ses mots, mon esprit tentant d'assimiler la situation. C'est un malade !

— Je ne plaisante pas, m'avertit-il en caressant délicatement ma joue où une larme roule. Je ne te ferai jamais de mal, sache-le, mais les autres... dit-il en détachant son visage.

La bile me monte à la gorge en repensant à Cameron.

— Tu l'as tué ?

Un rire tonitruant jaillit de ses entrailles.

— Qui ça ?

Je déglutis, essayant d'avaler la boule de stress dans ma gorge devenue sèche, et prononce :

— Cameron.

— Peut-être, peut-être pas. Qui sait ? Peut-être qu'il manquera à quelqu'un, ou peut-être pas.

— Dis-le, craché-je.

— Tu n'as pas besoin de le savoir, Amber.

— Tu es un malade !

Il rit de plus belle.

— Malade de toi. Tu me rends fou, je crève pour toi, Amber, dit-il en relâchant mon cou pour saisir mon visage entre ses deux mains gantées. J'ai envie de te montrer à quel point tu m'obsèdes, mais je vais éviter de te forcer. C'est à toi de venir à moi et de me supplier de prouver ton obsession pour moi.

— Avec tout ce que tu essaies de faire, je crois que ça n'arrivera jamais.

Il me lâche et fait un mouvement de recul.

— C'est ce que tu crois, dit-il en se dirigeant vers ma fenêtre.

Il l'ouvre et saute.

Sur le coup, je souhaite qu'il se blesse, qu'il se casse un os, voire le cou. Mais une autre partie de moi ne le souhaite pas.

— Va crever, Michel-Ange ! Et sois-en certain : je vais découvrir qui tu es, et là...

Là ? Je ne sais pas. Je ne sais pas ce que je ferai. Je vais devoir prendre mon courage à deux mains et jouer un rôle. Il veut jouer, alors jouons, Michel-Ange. C'est toi qui tomberas dans mes filets.

Et quand ce sera fait, ne t'inquiète pas, j'aurai mon couteau bien ai-
guisé, et, comme tu me le demandes, je m'en servirai contre toi. Tu
ne seras qu'un lointain souvenir, un cauchemar. Quand je me réveillerai, tu ne seras plus là.

Chapitre dix-neuf

— Mes parents organisent une fête demain soir, ils t'ont bien évidemment invitée, m'annonce Stécy, dont la voix résonne dans le haut-parleur de mon téléphone coincé entre ma clavicule et ma tête.

Tout en l'écoutant, je sors du frigo les tranches de bacon que ma mère a ramenées de son travail hier. Lorsque je repense à cette nuit, mon cœur flanche, et je dois inspirer profondément pour calmer les réactions de mon stupide corps. *Je le hais. Je le hais.*

J'ai prétendu être malade pour ne pas sortir ; je n'ai pas la tête ni la force d'affronter les clients, surtout si l'un d'entre eux s'avère être ce psychopathe tordu de Michel-Ange. J'ai donc dû inventer un bobard pour ne pas aller travailler. Par chance, je n'avais pas cours ce matin, donc je suis encore emmitouflée dans mon pyjama, bien que je ne sois pas à l'abri qu'il vienne encore ici. Mais je suis prête : s'il veut que j'utilise des couteaux pour qu'il jouisse, alors allons-y !

— Je ne sais pas, je te redirai ça demain, lui dis-je en mangeant une tranche de bacon.

— Tu m'en veux pour hier ? me demande-t-elle d'une petite voix trahissant son malaise.

J'inspire et expire avant de lui répondre :

— Non, pas du tout, mais parfois, tu ne m'aides pas avec ton comportement, Stécy.

— Je sais, désolée, murmure-t-elle. Mais viens, s'il te plaît. Ne me laisse pas seule avec eux et leurs amis stupides.

— C'est que...

Je ne peux pas lui dire qu'il a menacé de tuer tous les hommes qui oseront s'approcher de moi.

— Franchement, viens ! insiste-t-elle, me coupant la parole.

Je fourre un autre morceau de bacon dans ma bouche en savourant le goût. Mais avec du recul, je me dis que ça me fera du bien de faire la fête, et puis il y aura du monde, surtout Geyden, qui est policier. Michel-Ange n'osera pas venir là-bas. Mais malgré tout, je resterai à l'écart des autres convives ; je ne vais pas énerver la bête, et pour mon plan, il faut qu'il voie que je l'écoute et que je ne m'approche pas des autres hommes.

— OK, c'est bon, je finis par lui dire.

Elle se réjouit en s'excusant encore de son comportement de cette nuit. On va dire que je ne lui en tiens pas rigueur. Je raccroche et termine de préparer mon sandwich au beurre de cacahuète, agrémenté de bacon, un mélange que j'aime depuis gamine, puis me dirige vers le salon où j'avais mis le film en pause.

Je m'installe sur le canapé et relance la lecture. Regarder Halloween en plein jour devrait me faire moins peur qu'en soirée, non ? Surtout lorsque la musique du générique envahit le salon, me faisant frissonner. Soudain, mon portable sonne à nouveau, me faisant lâcher un juron de désespoir. Je me penche en avant sur la table basse et l'attrape pour voir de qui vient l'appel, mais cette fois, ce n'est pas Stécy, c'est ma collègue Lucie.

À contrecœur, je mets une nouvelle fois le film en pause et réponds, modifiant ma voix pour paraître plus fatigué et malade.

— Allô ?

— Tu es sérieuse ? me réprimande-t-elle dès que j'ai décroché.

Mon cœur bat brusquement, me faisant sentir comme une enfant prise en flagrant délit.

— Tu es vraiment malade, poursuit-elle, ou tu n'as pas dormi de la nuit ?

C'est vrai, mais pas pour la raison qu'elle a en tête.

— Non, je ne me sens pas bien, dis-je d'une voix douce.

— Arrête ton charabia. Ne t'inquiète pas, je ne dirai rien au patron, mais dis-moi la vérité.

— C'est la vérité ! dis-je, agacée qu'elle insiste.

Son souffle résonne dans mes oreilles, et je me sens un peu honteuse de lui mentir.

— Roh ! Arrête, Amber. Je suis sûr qu'il était génial et que vous avez parlé toute la nuit.

— Bon, en vrai, il s'est barré ! lâché-je, regrettant immédiatement d'avoir parlé trop vite.

Un silence s'ensuit, laissant seulement sa respiration résonner. Sentant qu'elle est mal à l'aise, je poursuis :

— Eh oui. Je suis allée aux toilettes et, quand je suis revenue, il avait disparu. Il n'a même pas payé.

Je ne sais si je peux lui dire que Michel-Ange était aussi là. Est-ce que je peux lui faire confiance ? Je pense que oui. Mais je préfère lui dire de vive voix.

— Merde, désolée, finit-elle par murmurer. C'est qu'un gros connard, putain ! Pourquoi tous les hommes de cette terre doivent-ils être des connards mal baisés ?

Je souris à sa façon de montrer qu'elle est en colère. C'est ce que j'apprécie chez elle.

— Eh oui, j'avais un peu honte de venir aujourd'hui. Je sais que j'ai merdé et que j'ai besoin de ce travail pour payer mes études, mais je n'avais vraiment pas envie de le voir s'il venait au café.

J'enfonce mes ongles dans la peau de ma main tandis que mon mensonge prend de l'ampleur. Ou plutôt, mon demi-mensonge.

— Tu veux que je passe ce soir ? On se fera une soirée film ?

Ma gorge se serre ; je me force à inspirer et à avaler cette satanée boule d'angoisse. Si elle vient, qu'est-ce qui me dit qu'il ne sera pas là ? J'ai beau avoir fermé ma fenêtre, il parvient à entrer, et je ne sais même pas comment ! Il passe certainement par un autre endroit et fait diversion avec la fenêtre. Rien que d'y penser, je frissonne, mais je comprends avec rancœur que j'aime ce que je ressens. Putain de merde !

— Chez toi, plutôt ? lui suggéré-je, retenant ma respiration par peur qu'elle me dise non.

Je ne veux pas lui faire courir de risques. Je pourrai lui en parler ce soir, mais que va-t-elle penser de tout ça ?

— Pourquoi pas ! Je viens te chercher après le travail ?

— Oui.

C'est un soulagement ! Je pourrai enfin être tranquille, et il ne saura pas où je me trouve. Enfin, j'espère. Mes parents ne sont pas menacés par lui, ce qui me fait déjà me sentir plus légère, en plus ils partent ce soir pour leur week-end en amoureux, donc, même si Michel-Ange vient ici, il ne trouvera personne.

— Alors, à 21 h, sois prête ! On va passer une soirée d'enfer !

Un sourire se dessine sur mes lèvres, tant je me sens mieux. Pourtant, une autre sensation me prend ; j'ai l'impression qu'il creuse en moi un tunnel pour m'y étouffer. Elle raccroche. Je relance le film, mais, alors que je commence à m'immerger dans l'histoire, une pensée intrusive m'envahit : et s'il est déjà sous mon lit ? Je lève la tête vers le plafond où se situe ma chambre, tentant de calmer mon cœur qui s'emballe. Je n'entends aucun bruit pouvant indiquer sa présence, mais j'ai ce pressentiment qu'il m'observe, qu'il est là, tapi dans l'ombre.

Je me lève du canapé et j'avance d'un pas rapide, mais incertain en direction de la cuisine où j'attrape un couteau. Je serre fermement le manche dans ma main, déglutissant une nouvelle fois. Puis, je me dirige vers le couloir, me plantant juste en face des escaliers en pierre. Une sueur froide glisse le long de ma colonne vertébrale. Il me rend folle.

Lentement, je monte chaque marche sur la pointe des pieds, scrutant la porte restée ouverte. Une fois devant, je dévisage mon lit. Je ne peux pas dire s'il est en dessous ; l'espace est trop étroit pour que je puisse voir d'où je me trouve. Comment fait-il pour passer ?

— Es-tu là ? murmuré-je, sentant mon cœur s'emballer.

Le silence s'installe, mais il était bien là hier, dans le même silence. Brusquement, je prends mon courage à deux mains, sachant qu'il ne me fera pas de mal, je m'approche et me baisse pour regarder, retenant ma respiration, mais rien. Il n'y a rien. Le poids que je ressentais jusqu'à présent s'évapore. Je me laisse tomber au sol, inspirant profondément pour chasser l'angoisse qui me tord le corps, puis éclate de rire, réalisant qu'il me manipule avec une facilité déconcertante. Je suis certaine qu'il s'est déjà demandé si je bloquerais l'espace en dessous de mon lit lorsqu'il n'est pas là.

Allongée sur mon tapis en poils synthétiques blancs, j'observe le plafond de ma chambre en essayant de me détendre. *Tout va bien. Tout va bien.*

Mais je sursaute lorsqu'un claquement de porte retentit si fort que cela fait vibrer le sol. Mon corps se met immédiatement en mode survie. Je m'assois, regardant vers l'entrée de ma chambre, la respiration saccadée, quand une mélodie se fait entendre en bas. C'est la même que celle de la boîte à musique qu'il a amenée hier, comme elle a disparu, j'imagine qu'il l'a prise. Il est là !

Je me lève, tenant fermement mon couteau dans mes mains, mon corps tremblant de peur, et j'écoute. La musique devient de plus en plus forte, signe qu'il s'approche. Un frisson glacial me parcourt lorsque des pas résonnent dans les escaliers. Sans même m'en rendre compte, je recule jusqu'à percuter le mur, pensant que c'est quelqu'un, ça me fait sursauter et lâcher le couteau au sol. Je me penche pour le récupérer, mais tout cesse d'un coup. Plus de musique, plus de pas, plus aucun bruit. Le silence oppressant revient, comme s'il était parti. Qu'est-ce que c'est que ça ? Essoufflée, je décide d'avancer prudemment, le bras tendu avec le couteau pointé devant moi. Mes oreilles bourdonnent de plus en plus à chacun de mes mouvements. Arrivée près de la porte, je ferme les yeux quelques secondes pour me donner de la contenance.

Soudain, je saute et hurle, mais il n'y a rien. Personne. Le couloir et les escaliers sont vides.

— Quoi ? murmuré-je.

Ce n'est pas possible, je l'ai entendu. Je n'ai pas rêvé, si ? Je scrute tout autour de moi, puis je descends les marches pour fouiller chaque pièce. Rien. Il n'y a personne. Impossible ! J'ai bien entendu une porte claquer, et aussi cette fichue mélodie !

Je retourne au salon où rien n'a bougé, le film est toujours en pause. Je passe ma main droite, devenue moite et froide à cause de l'angoisse, sur mon front. Il me fait devenir cinglée et il joue avec moi. Brusquement, je vérifie toutes les portes et, avec inquiétude, je comprends qu'elles sont toutes bien fermées. Comment ça se fait, putain ?

Mon cœur est au bord des lèvres. Je retourne au salon et prends mon téléphone pour appeler Stécy, lui demandant si je peux venir chez elle, mais je m'arrête en remarquant que j'ai reçu un message du même numéro que cette nuit : « *N'aie pas peur, c'est seulement un jeu. Amuse-toi, Amber prend plaisir à cette grandiose partie.* »

Il veut jouer ? OK. Alors, commençons la partie.

Chapitre vingt

Changement de plan à la dernière minute : Lucie n'a pas pu venir me chercher et m'a demandé de la retrouver directement chez elle. Je me retrouve à observer le bâtiment où elle réside. Vu de l'extérieur, il ressemble à une vieille bicoque en ruine. Les seules lumières proviennent des lampadaires de la rue. Mon cœur commence à battre plus vite et plus fort dans ma cage thoracique. C'est un immeuble de trois étages : les fenêtres du premier appartement sont fermées par de vieux volets dont la peinture verte s'effrite par endroits et qui sont recouverts de lierre mal entretenu. Je déglutis et inspecte les fenêtres du deuxième étage. Elles sont en meilleur état, les volets ne sont pas abîmés. Il me semble même qu'ils ont été repeints récemment. Je lève les yeux vers le dernier étage, où un balcon émerge, et je vois des pots de fleurs éparpillés ici et là.

D'accord... Je savais que nous gagnions une misère, mais quand même !

D'après le message qu'elle m'a envoyé, c'est bien ici, dans ce quartier peu fréquenté, où, au loin, l'ampoule d'un des lampadaires clignote, accentuant ainsi le caractère glauque des lieux. Est-ce Michel-Ange qui me rend ainsi méfiante ? *Oh oui !* Je serre les poings, m'efforçant de chasser cette pensée noire de la tête. Tout le monde n'a pas les moyens de vivre dans un duplex de luxe. Je me dirige vers la porte et, dès que je l'ouvre, une odeur de moisissure et de saleté me frappe au visage, avec une arrière-senteur de peinture fraîche.

Cependant, lorsque la lumière s'allume, je découvre un hall d'entrée relativement bien entretenu. Le sol est propre, bien lavé et ciré, et les murs sont blancs. Je me dirige rapidement vers la cage d'escalier, qui est également en bon état.

Un poids s'enlève de ma poitrine, il semble que le propriétaire privilégie l'intérieur à la structure.

À bout de souffle, j'atteins le dernier étage. Celui-ci, tout comme l'entrée, est immaculé et une odeur de peinture fraîche emplit l'air. Je me dirige sans attendre vers sa porte en bois foncé, sur laquelle le numéro 5 est clouté en fer doré.

Avec un large sourire, je frappe, impatiente de passer une bonne soirée chez elle. En l'attendant, je jette un œil autour de moi. Il n'y a pas grand-chose, à part une vieille plante qui semble rendre l'âme dans un coin près d'une fenêtre à barreaux donnant sur la rue.

En remarquant que Lucie ne répond pas, je frappe à nouveau. Toujours rien. Fronçant les sourcils, je sonne cette fois, à plusieurs reprises, quand, soudain, la lumière s'éteint, me plongeant dans le noir complet. Mon corps est envahi de frissons. Je me fige, le cœur battant la chamade, le souffle court. Je suis morte de peur. Je tressaute lorsque mon portable émet un bip, m'informant d'un message.

Dans un mouvement précipité, j'attrape mon iPhone et utilise la lumière pour chercher l'interrupteur. Je suis soulagée de le trouver enfin et j'actionne le relais d'une main tremblante. La lumière se remet à fonctionner, et je jette un œil au message tout en me retournant. Mon cœur cesse de battre alors que je retiens mon souffle en lisant le texto de Lucie : « *Tu es où ? Je sonne chez toi, mais tu ne réponds pas.* »

Mon sang se glace en réalisant que ce n'est pas elle qui m'a demandé de venir ici. La peur me noue la gorge et, sans attendre, je dévale les escaliers. En arrivant en bas, mes pieds s'emmêlent et je trébuche en avant, ressentant dans mon coude une douleur vive qui me coupe le souffle, tant elle est insoutenable. Mais je me force à la chasser en me relevant pour me ruer vers l'entrée. Je tire fortement, mais ma main glisse et la poignée m'échappe. Je réessaie, sauf qu'elle ne bouge pas. Des larmes brouillent ma vision alors que je comprends qu'elle est verrouillée. *Non ! Non !*

Paniquée, je regarde autour de moi à la recherche d'une autre issue. Hormis les deux appartements et la cage d'escalier, il n'y a rien d'autre.

— Merde ! hurlé-je.

Je me précipite pour ouvrir le premier appartement, mais la porte est également fermée. Le deuxième est également inaccessible. Je me sens comme prisonnière, dans cet immeuble visiblement abandonné, où un inconnu m'a fait venir avec une aisance déconcertante, même si le message venait bel et bien du numéro de Lucie.

Je tremble de peur à l'idée de mourir ici sans que personne ne sache où je suis.

— Laissez-moi partir ! (J'inspire profondément, puis expire) Je vous en supplie ! vociféré-je.

Mon cri est si fort que j'ai l'impression de déchirer mes cordes vocales, lorsque, soudain, de la musique résonne. Je me retiens de respirer, tentant de calmer les battements de mon cœur qui se répercutent contre l'os de mon crâne, essayant de localiser cette mélodie familière. C'est avec effroi que je réalise qui est derrière tout ça : Michel-Ange !

— Putain de fils de pute ! À quoi tu joues ?

Son rire résonne autour de moi et une rage fulgurante chasse la peur.

Les poings serrés, je me dirige vers la source de la mélodie, celle de la boîte à musique avec le petit clown. Ce type est vraiment fou. J'arrive au seuil du deuxième étage, prête à le confronter, quand sa silhouette, sortie de je ne sais où, me barre la route, tenant la fameuse boîte dans sa main gauche. Par instinct, retenant un cri de surprise coincé dans ma trachée ; je ne m'attendais pas à le rencontrer si directement.

— Bonsoir, dit-il en caressant ma joue avec son autre main, que je repousse immédiatement.

— Ne me touche pas ! Ça t'amuse de me faire peur comme ça ?

À nouveau, son rire tonitruant résonne dans la pièce.

— Je t'avais dit que je te ferais grimper au sommet, mais, sur n'importe quel chemin, il y a des épreuves à passer.

— Des épreuves ? Qu'est-ce que c'est encore, Michel-Ange ?

— Tu le découvriras par toi-même.

— Je ne veux rien découvrir, lui dis-je d'un ton amer pour exprimer mon mécontentement. Je suis attendue.

— Je sais, mais tu oublies que ce n'est pas elle qui t'a écrit, mais moi.

Mon cœur bondit à nouveau, créant en moi un sentiment d'angoisse.

— Comment as-tu su que je la voyais ?

— À ton avis ?

Je le dévisage attentivement. Sous la lumière, son masque me semble moins blanc que la semaine dernière, et je remarque de petites gouttes rouges au niveau de sa tempe et dans le coin de son nez.

— Tu étais bien là tout à l'heure alors ?

— Oui, je ne suis jamais trop loin de toi, Amber.

Je me mets à rire, soulagée de voir que je ne deviens donc pas folle.

— Putain ! Je n'ai pas rêvé ! soufflé-je.

Je m'arrête et reviens aux messages qu'il a envoyés depuis le portable de Lucie.

— Mais comment as-tu fait pour réussir à m'écrire de son portable ?

— À ton avis ?

Je fronce les sourcils, perdue.

— Je ne comprends pas. Comment ?

— Réfléchis, dit-il en s'approchant, tandis que je m'efforce de me refaire la situation.

C'est avec horreur que je crois comprendre, j'écarquille les yeux, alors que des larmes commencent à se former. D'une voix nouée, mon rythme cardiaque s'emballant, je lui demande :

— Tu lui as fait du mal ?

— Pourquoi ferais-je ça ?

— Parce que tu as écrit avec son portable !

— J'ai seulement piraté son réseau, m'avoue-t-il en riant.

Ça me soulage légèrement et je me souviens qu'elle vient de m'envoyer un message. *Stupide !*

— Tu peux faire ça, toi ? le questionné-je.

— J'ai plein de qualités.

— Oui, des qualités de merde !

Il reste quelques secondes silencieux, et je ressens au fond de moi que je l'ai blessé, ce qui me surprend ; depuis quand un psychopathe a un cœur et des sentiments ?

— Bon, et si on avançait ? dit-il, avant que la lumière ne s'éteigne à nouveau, nous plongeant dans le noir complet.

Un frisson me parcourt le corps lorsque ses mains m'empoignent et retirent ma veste. Je recule, la peur m'envahit.

— Reste tranquille, on va franchir le premier niveau.

Mon cœur au bord des lèvres, je le laisse continuer, tandis que ma veste tombe au sol, et il finit par retirer mon pull. L'air frais me frôle, mordant ma chair encore chaude, ce qui me fait frissonner, et je lâche un juron. Je l'entends rire, et soudain, je réalise qu'il a retiré son masque lorsqu'il emprisonne ma bouche dans un baiser fugace, avant de s'éloigner.

— Que la partie commence, m'informe-t-il d'une voix trafiquée. Ne bouge pas, je reviens.

L'angoisse augmente, exacerbée par le noir qui m'enveloppe. Haletante et à l'affût du moindre bruit, j'essaie de me calmer et de ne pas paniquer. Je n'aime pas me retrouver dans le noir comme ça, ça me perturbe. Je resserre mes bras autour de ma poitrine, regrettant de ne pas avoir opté pour un t-shirt à manches longues, cependant, je n'aurais pas dû me retrouver là, avec lui.

Je ne comprends pas pourquoi je suis seulement vêtue de mon t-shirt et de mon jean, surtout que la pièce n'est pas chauffée. Veut-il que je crève de froid ? S'il continue, je serai bientôt en hypothermie.

Soudain, un bruit retentit plus loin, et se rapproche de moi, je fais un mouvement en arrière, retenant mon souffle, avec une envie de hurler. J'essaie de le repérer, mais rien n'y fait ; seul un cliquetis venant vers moi emplit la pièce, accompagné du frottement d'un vêtement. *C'est du fer ?*

Je sursaute et pousse un cri lorsqu'un bruit métallique surgit à mes côtés, et son rire résonne non loin de moi. *Putain d'enfoiré !*

— Ça t'amuse de me faire devenir folle, avoue ?

Je tressaille et recule sur la gauche, mais ses doigts s'enroulent autour de mon poignet pour me coller à lui. Sur le moment, mon cœur manque plusieurs battements, et mon souffle se coince dans ma trachée alors que j'espère que mes joues ne deviennent pas trop rouges.

— Oui, c'est mon péché mignon de te faire tourner en bourrique, Amber Johnson !

— Eh bien, pas moi, lui dis-je en me détachant de son emprise et en faisant un pas en arrière, ne sachant pas s'il me voit.

Je sais qu'il pourrait facilement avoir des jumelles à infrarouge pour tricher et m'observer. Je me mords la joue lorsque je réalise que je commence à le connaître, et ce n'est pas bon. Pas bon du tout ! Car après cela, viennent les sentiments, et je ne veux pas ressentir quoi que ce soit pour ce fou furieux. Il serait bien trop fier.

— Oh si ! Tu aimes ça, toi aussi. Mais tu n'en as pas encore conscience.

Sa voix s'éloigne et je comprends qu'il a repris l'objet en fer, qui fait un bruit assourdissant.

Putain, mais c'est quoi, ça ? Je fronce les sourcils, commençant à paniquer.

— Qu'est-ce que…

— Chut, me coupe-t-il, alors qu'une lumière verte fluorescente apparaît devant lui, sortant d'un gros pot.

— Qu'est-ce que c'est ?

Curieuse, je finis par me rapprocher de lui et de ce truc vert réfléchissant.

— C'est de la peinture ? le questionné-je en scrutant ce liquide qui brille dans la pénombre.

— Si on veut, dit-il, en l'observant aussi.

Soudain, sa main plonge dedans et en ressort entièrement couverte, laissant la matière de couleur verte dégouliner telle de la morve, en éclaboussant le sol dans une mare dégueulasse. Ça me répugne et c'est pire quand l'odeur désagréable qui s'en dégage vient me chatouiller les narines, j'essaie de respirer lentement afin d'inspirer le moins possible. Ça sent vraiment le produit chimique.

Michel-Ange se relève et rapproche sa main de son visage, la retourne dans tous les sens pour l'examiner, éclairant quelque peu son masque, ce qui lui confère un air terrifiant. Je recule instinctivement de quelques pas lorsqu'il avance vers moi, quand, brusquement, il secoue sa main, qui m'asperge le visage de quelques gouttes. *Putain !* Avec dégoût, j'essuie du revers de ma main les quelques gouttes sur ma peau. Mais je comprends rapidement que la matière s'étale au lieu de s'enlever. C'est quoi ce bordel ? On dirait du beurre à tartiner.

— En plus ça sent vraiment mauvais ! dis-je, légèrement inquiète.

— Et maintenant essaye de te cacher, prononce-t-il d'un ton sec. Et pour information, cet immeuble n'a pas d'accès à l'eau, donc tu ne pourras pas te nettoyer. Tu vas devoir te servir de ta petite tête. Je me demande jusqu'où tu iras.

— C'est tordu ! lui dis-je. Et que se passera-t-il si tu me retrouves ?

Il avance, empoigne mon visage et, de son pouce, caresse ma joue, ou plutôt étale la peinture.

— Si je te trouve, tu meurs, m'annonce-t-il.

À ces mots, je me paralyse, la peur m'engloutit dans un engrenage infini, me portant dans les ténèbres où il est déjà enterré. J'essaie d'avaler la boule ancrée dans ma gorge, mais, en vain, cette angoisse reste bien accrochée. Je fais un mouvement de recul alors que ses paroles me reviennent, quand il me disait : *jamais je ne te ferai de mal*, cela me calme un peu et j'espère ne pas me tromper sur ça.

— Je n'aime pas quand tu te moques de moi ! le réprimandé-je, comme si nous étions un putain de couple.

Il éclate de rire, et je suis soulagée de comprendre enfin son jeu. *Putain !*

— Tu es vraiment dérangé comme mec, tu sais ça ?

Chapitre vingt-et-un

Cela fait dix minutes que je suis cachée dans ce placard, gelée, le souffle court et le cœur battant la chamade. Je suis assise au fond, adossée au mur, les jambes repliées contre ma poitrine et entourées de mes bras. L'air est si froid que je commence à ne plus sentir mes mains, c'est insupportable. Pourtant, nous ne sommes qu'à deux semaines d'Halloween, et j'ai l'impression d'être au pôle Nord. Je lui jure que, lorsqu'il me trouvera, je l'étranglerai juste pour avoir vécu ça. Je n'aurais pas pu garder mon pull ? Il aurait probablement suffi de me peindre seulement la tête, et il m'aurait vu. En plus, ce machin vert sent horriblement mauvais, et à chaque inspiration, il me donne la nausée. Sans faire exprès, je me mords la lèvre si fort que je la coupe avec mes dents, alors que je grelotte. Une légère douleur s'ensuit, suivie d'un picotement qui me fait comprendre que je saigne. C'est vraiment agaçant. Je dois sortir de là. Et puis, merde s'il me trouve... C'était amusant pendant les cinq premières minutes, mais maintenant, je m'ennuie à mourir. D'ailleurs, je préférerais être un rat de laboratoire ; au moins, on ne s'ennuie pas, car on a peur de crever sous les mains des scientifiques.

Je me penche en avant, ouvre doucement la porte en bois, qui grince un peu, et sors en faisant quelques pas, puis je me redresse. Personne. S'il est parti en me laissant seule ici, je le tuerai de mes propres mains. Je ne comprends pas son jeu ridicule. Vouloir me faire gravir des échelons pour assouvir ses pulsions tordues et se donner du plaisir, c'est insensé. Je me trouve dans une pièce vide d'un des appartements, celui du dernier étage, où je frappais encore il y a quelques minutes, pensant que j'étais chez Lucie. La pauvre Lucie a reçu un message de ma part lui annonçant un changement de dernière minute. Je sais que ça ne lui a pas plu, vu la façon dont elle a répondu avec son « OK ». On connaît toutes ce fameux « OK » entre femmes. Pas besoin de préciser que tu es frustrée, il suffit d'écrire un « OK » dans une conversation, et le tour est joué.

Je sors de la pièce qui devrait être une chambre, si jamais des gens vivaient ici. À l'embrasure, je regarde de chaque côté du couloir plongé dans l'obscurité, ma respiration devenant haletante à cause de l'adrénaline qui monte peu à peu en moi, entraînant mon cœur à battre plus fort qu'auparavant. J'essaie de me calmer pour pouvoir percevoir quelque chose, mais rien. Je franchis donc le seuil et marche sur la pointe des pieds, les bras tendus pour m'aider à me diriger sans me prendre un mur en pleine face. Je déglutis, me répétant qu'il pourrait être juste là, prêt à me sauter dessus sans que je puisse le voir. Car, contrairement à lui, on me voit très bien. Comment a-t-il eu l'idée de faire ça ? Prendre de la peinture fluorescente pour jouer à cache-cache dans un bâtiment en construction ?

Je ne suis pas certaine de ce qui l'attire, mais chacun a ses fantasmes, je suppose. J'ai l'impression de ressembler à un bracelet lumineux distribué lors des événements festifs. Soudain, je trébuche et, par malchance, je n'ai pas le temps de me rattraper et je tombe, me cognant la tête contre le sol. Je laisse échapper un juron, ressentant une douleur accrue. Je me sens légèrement étourdie, des bourdonnements résonnant comme si une guêpe tournait autour de ma tête. *Merde.*

Tout en gémissant, je m'assois en me tenant la tête et essaie de comprendre sur quoi je me suis emmêlé les pattes. J'oriente ma main couverte du liquide brillant vers l'endroit où je suis tombée pour découvrir un objet noir aux reliefs marqués. Ça a l'air assez gros et rond. Lorsque je pose ma main dessus, un frisson me parcourt : c'est froid et dur. Un tronc d'arbre ? Je fronce les sourcils, ne comprenant pas ce qu'il fait ici. À moins que... ce ne soit un obstacle destiné à me gêner ? Quelle idée tordue ! J'aurais pu me blesser ! Un crépitement provenant d'un haut-parleur retentit dans la pièce, je sursaute et laisse échapper un cri de terreur, retenant mon souffle, tandis que mon cœur s'affole dans ma poitrine. Une voix distordue en émerge :

— Fais attention où tu marches ! se moque-t-il.

Putain ! Je me relève péniblement, valsant d'un pied à l'autre pour retrouver un semblant d'équilibre malgré les vertiges qui m'habitent. Paniquée et essoufflée, je scrute les alentours, recherchant une silhouette, mais il n'y a rien. Et c'est comme s'il avait lu dans mes pensées ; Michel-Ange poursuit :

— Oui, Amber, J'ai installé des caméras à infrarouge accompagnées de micros et de haut-parleurs. Donc je t'entends et je te vois, même si je n'ai pas besoin de l'infrarouge pour te repérer. Avec la peinture, c'est largement suffisant. Tu sais à quoi tu me fais penser ?

— À quoi ?

— Une belle luciole, Amber.

Je lâche un rire sardonique.

— Sérieux ? Une luciole ? Et tu aurais pu me dire qu'il y avait des embûches, Michel-Ange ! vociféré-je dans le vide, car moi, je ne vois rien. Tu triches, tu es un enfoiré !

— Mais ma chère, je te l'ai dit : sur chaque chemin, il y a des obstacles. C'est pourtant simple à comprendre.

Je tourne sur moi-même, essayant de déterminer où se trouve sa voix afin de trouver le haut-parleur et donc la caméra.

Mais bien évidemment, il a dû en mettre plusieurs, car, dès que je tourne à gauche, le son vient à droite, et inversement. Petit malin.

— Tu m'excites à tourner comme ça, ma belle luciole.

Je roule des yeux et soupire en entendant ce surnom débile. J'étais sur le point d'ouvrir la bouche pour répondre, sauf qu'il poursuit d'une voix sombre qui me donne la chair de poule.

— Qu'est-ce que je t'ai dit quand tu roules des yeux ?

— Va te faire foutre ! craché-je.

— Mauvaise réponse, ce n'est pas bien.

— À quoi tu joues, putain ?

Je ne dois pas avoir peur, je ne dois pas avoir peur. Mais c'est impossible dans cette atmosphère lugubre. Je regarde tout autour de moi, même si ça ne sert à rien, puisque je ne vois rien.

— Viens jouer avec moi, ma belle luciole. Viens jouer, je ne suis pas méchant.

— Espèce de malade mental !

— C'est ce que tu aimeras chez moi, ma folie.

— Je ne crois pas, non, je rétorque d'un ton moqueur.

— Et si je mettais de la musique pour nous faire danser ?

— Mais je n'ai pas envie de danser. Je veux partir, maintenant.

— C'est prévu, mais d'abord, tu vas devoir te cacher de moi.

Je commence à ressentir des douleurs au ventre et dans tout mon corps, mes muscles se contractant sans cesse en raison du froid et de la peur.

— Ne t'inquiète pas, poursuit-il. Je ne tricherai pas.

C'est à mon tour de rire, mais d'un rire amer.

— Sors de ta cachette ! lancé-je en hurlant.

Mon cœur se serre dans ma gorge. Je suis sûre que, si je sautais, il glisserait aisément.

Au lieu de répondre, cet imbécile lance une musique techno. Le volume est si élevé qu'il fait vibrer le mur contre lequel j'ai posé ma main pour trouver un appui quelques instants. Je ressens chaque percussion au plus profond de mon être, comme si la musique pulsait au rythme de mon cœur. C'est une musique de soirée, mais j'ai davantage l'impression d'être dans un film d'horreur, où la victime tente d'échapper à son tueur, qui la poursuit tranquillement. J'avance donc à l'aveuglette, mon souffle devenu irrégulier tant la peur m'envahit. À nouveau, mes pieds heurtent quelque chose de dur qui se déplace en produisant un bruit métallique. Par chance, je parviens à m'agripper à un objet et évite de tomber, tandis que cette chose continue de rouler.

— Trouvée, ma belle petite luciole, murmure-t-il à mon oreille.

Je pousse un cri, recule et perds l'équilibre, tombant au sol. Ma chute est si violente qu'elle me coupe le souffle, et une douleur atroce irradie de mes fesses, ainsi que mes poumons. Effrayée, j'essaie tant bien que mal de le voir, mais il fait beaucoup trop sombre pour que je puisse distinguer quoi que ce soit. *Putain !* Je ne l'ai pas entendu arriver ; la musique est bien trop forte.

— C'est bien trop facile ! lui dis-je en me levant. Je ne vois rien, mais toi, tu me vois ! Et si tu te mettais aussi de la peinture ? Nous deux couverts, ce serait bien plus amusant, non ?

Mais il ne répond pas et laisse seulement le morceau, qui repart en boucle une fois de plus, comme seule réponse.

— Réponds, enfoiré ! vociféré-je à pleins poumons.

— Ça pourrait être marrant, chuchote-t-il derrière moi.

Je bondis, criant sans pouvoir m'arrêter, prise par la surprise en pensant que Michel-Ange se trouvait devant moi. Je crois que je suis arrivée à mes limites. Brusquement, je me mets à courir, mais il m'empoigne et me soulève comme si je ne pesais rien, me bloquant contre lui.

— J'aime ce jeu, ma petite luciole, pas toi ?

— Non ! Tu me fais flipper !

— Pourtant, ce n'est pas ce que ton cœur me dit !

— Mon cœur ? soufflé-je.

— Je l'entends battre pour moi, essayant d'exprimer son amour, même si ton cerveau s'efforce de l'en empêcher.

— Tu devrais réellement aller consulter ! Ça ne va pas du tout !

À mes mots, il me lâche en ricanant, un ricanement froid qui résonne dans l'air. Je m'éloigne, le cœur battant à tout rompre, et, lorsqu'il m'ordonne de courir, je ne me fais pas prier. Je me lance à l'aveuglette, les mains tendues devant moi pour éviter de me cogner aux murs menaçants qui m'entourent. Mais soudain, un filament au sol m'entrave, et je trébuche, mon nez percutant le béton froid. Une douleur aiguë s'ensuit, et je me mets à hurler, me sentant soudainement très mal.

Putain !

J'écarquille les yeux quand une sensation glaciale me parcourt alors que ses mains gantées s'enroulent autour de mes chevilles. Dans un geste brusque, sans que j'aie le temps de protester, Michel-Ange me tire en arrière, et sans attendre, il se positionne au-dessus de moi, son visage se rapprochant du mien.

— Coucou, murmure-t-il. Alors…

— Arrête, l'imploré-je, sentant mes yeux se remplir de larmes. Arrête ! S'il te plaît ! J'ai mal !

La musique s'arrête brusquement et la lumière revient, m'aveuglant le temps que mes yeux s'habituent. Je le sens bouger et se relever, et j'en profite pour me retourner. Je l'observe alors qu'il penche la tête sur le côté avant de s'abaisser et de m'envelopper dans ses bras d'un geste doux et affectueux. Je retiens mon souffle, réalisant que ce comportement est complètement opposé à ce qui précède. Je pourrais me défaire de son étreinte et lui crier dessus, mais je ne sais pas pourquoi, je n'en ai pas envie ; j'aime ça. Je me love davantage contre lui.

Ensuite, ses deux mains viennent à mon visage et, de son pouce et de son index, il soulève mon menton ; pour m'examiner, je suppose.

— Tu n'as rien de cassé, dit-il enfin. Mais tu vas avoir une belle bosse au niveau de ton nez.

— À qui la faute ?

Il ne répond rien, se contentant de me scruter à travers ce masque qui le cache.

— Je veux rentrer chez moi.

Il hoche la tête et me lâche, il me lance les vêtements que je remets immédiatement, retrouvant leurs bienfaits contre mon corps gelé et encore couvert de cette peinture. Puis, Michel-Ange m'indique la cage d'escalier.

— Tu peux t'en aller, on a assez travaillé pour aujourd'hui

Je me mords la langue pour réprimer un rire et pour éviter de lui donner une gifle dont il se souviendrait toute sa vie. Je préfère fuir d'ici et retourner m'enfermer dans ma chambre, priant pour qu'il ne vienne pas me rejoindre plus tard. Je dévale les marches et me précipite vers la porte de sortie, souriant de joie en réalisant qu'elle est ouverte. 🍁

Vingt-deux

💀 Michel-Ange 💀

Un… deux… J'entends tes pas descendre rapidement dans la cage d'escalier, comme si tu pensais pouvoir me fuir. Trois… Puis, la porte du hall d'entrée claque avec fracas. Quatre… C'est à mon tour, je descends, d'un calme démesuré. Je sais que tu vas rester quelques secondes dans ta voiture, le temps de reprendre tes esprits. Cinq… J'ai donc tout mon temps pour te rattraper, ma belle luciole. Six… Je frémis à l'idée de pouvoir te baiser. Tu ne sais pas à quel point je fantasme sur toi ; tu m'obsèdes de plus en plus chaque jour. Sept… J'arrive dans *mon* hall d'entrée. Oui, tu ne le sais pas encore, mais cet immeuble m'appartient, je l'ai acquis récemment, et je prévois de le rénover pour te l'offrir une fois que tu porteras mon nom.

Voyant les phares de ta voiture illuminer la rue, mon cœur tambourine de plus en plus. Je le savais, tu n'es pas encore partie, et ça, ça me plaît. Toi aussi, tu aimes ce que nous vivons ; sinon, tu aurais trouvé un moyen de fuir, surtout que tu n'avais qu'à chercher autour de toi, près de la plante qui traînait non loin de l'appartement où tu pensais retrouver ton amie. Dans la terre se cachait une clé, celle de l'entrée, mais tu n'es **pas assez préparée**. Un jour, tu comprendras que, dans notre jeu, il y a toujours une échappatoire. Ton amie Lucie… cette salope me tape sur le système ! Pour qui se prend-elle, cette garce ? Te faire rencontrer d'autres hommes alors que tu m'as, moi ! Elle me rend fou ! Surtout avec ce gangster de pacotille…

D'ailleurs, as-tu remarqué qu'il a un cri de fillette, ma luciole ? Ce doit être un soumis ; il doit aimer se faire dessus. Pauvre type ! Il ne s'est pas fait prier pour me suivre, il a suffi qu'il entende le mot AK-47, cette arme si commune. Il s'est présenté de lui-même, sur un beau plateau en or. Ce Cameron est tellement facile à manipuler, sûrement un novice dans le milieu.

Pendant que tu étais au téléphone tout en remontant l'allée, j'étais en train de l'étrangler, te scrutant de loin. Le trouverais-tu toujours beau si tu savais qu'il a gémi et bandé dans mes bras comme un gros porc ? Ce type prenait du plaisir alors que je tenais sa vie entre mes mains, la voyant disparaître peu à peu alors que je resserrais mon étreinte autour de sa gorge. Cela m'a répugné. J'ai alors pris sa tête et je l'ai fracassée contre la fenêtre de ma voiture jusqu'à ce qu'il perde connaissance, sans pour autant le tuer, il me sera utile. Dès qu'il s'est évanoui, mon regard s'est de nouveau posé sur toi, et c'est avec déception que j'ai réalisé que tu n'as même pas senti ma présence. Pourtant, moi, je la ressens tout le temps. Je suis connecté à toi, Luciole, comme le sont ces merveilleux inséparables.

Huit… Lorsque je sors dans la rue, le froid me saisit, et c'est avec joie que je ne regrette pas de porter mon masque. D'un pas lent, je m'avance et m'arrête près de ta portière et t'observe, tu as la tête plongée sur ton portable, qui t'éclaire à peine. Neuf… Mon cœur se met à cogner davantage dans ma cage thoracique tant tu me rends fou. Tu es si belle. Je suis tellement accro à ton visage angélique, tes cheveux roux, tes yeux verts et ta putain de bouche dont je ne fais que rêver. *Bordel, Amber !* Dix…

J'attends quelques secondes, le souffle court, dans l'espoir que tu ressentes ce regard lourd qui t'observe avec obsession, que ta chair se couvre de frissons, et qu'enfin, tu te retournes pour me voir. Cela me donnera le sourire. Onze… Alors que je te scrute, mes doigts me démangent. Je m'imagine étalant encore ma peinture sur ton petit corps fragile et nu. C'est alors que j'écarterai tes jambes, me pencherai sur ton intimité, et te dévorerai tel un chien affamé. Douze… Ma rage bouillonne, Amber. Pourquoi ne me regardes-tu pas ? Bon sang ! Laisse ce téléphone de côté et plonge dans mes iris qui ne souhaitent qu'un contact. D'une démarche nonchalante, je me place devant ta voiture et j'attends à nouveau. J'attends. Et j'attends. Treize... *Bordel !* Pourquoi ne me sens-tu pas ? Es-tu défectueuse ? Est-ce pour cela que tu n'arrives pas à percevoir ma présence ? Ou alors, attends-tu que je te rejoigne ? Mais Luciole, je suis déjà là ! Lève. Ta. Tête. De. Ce. Portable ! Quatorze... J'en ai marre ! Avec rage, je frappe le capot, et celui-ci résonne en un écho sinistre. Pour mon plus grand plaisir, tu sursautes, levant enfin le visage. Ton premier réflexe est la peur ; tu me dévisages, les yeux écarquillés. D'où je suis, je peux voir ta poitrine se gonfler au rythme de ton cœur. Puis tout s'efface, laissant ta colère prendre le dessus. Aaah ! Je savoure avec délectation. Quinze... Sans attendre, tu allumes le contact de ta Golf, ton pied appuyant sur l'accélérateur. Tu essaies de me faire peur, mais c'est peine perdue, ma luciole. Je sais que tu ne peux pas le faire ; je te manquerais trop. Seize... Dommage que tu ne puisses voir que je m'amuse. J'aurais aimé découvrir ta réaction. Cependant, ce n'est pas pour autant que tu lâches l'accélérateur, bien au contraire : tu fais vibrer le moteur, ce dernier cri dans la rue, créant une ambiance de terreur. Dix-sept... Et puis, tu arrêtes tout, ce qui me fait sourire davantage. Oh, Luciole, ça y est, tu es à moi, maintenant ! Dix-huit... Dans un mouvement brusque, tu décides d'ouvrir la portière et de sortir à la hâte, te ruant vers moi comme une furie, ton visage déformé par la rage que je fais monter. J'aime ça.

— Espèce de malade ! vocifères-tu en me poussant.

Mais ta petite force ne me fait même pas reculer, et d'un coup, tu comprends que tu ne fais pas le poids contre moi. Tu fais volte-face pour retourner à ta voiture, mais il est hors de question que tu me quittes maintenant ; la partie n'est pas terminée. Dix-neuf... J'enroule mon bras autour de ta taille et te soulève pour te mettre sur mon épaule, le parfum chimique de ma peinture pas tout à fait sèche arrive à mes narines. C'est bien plus long que je l'aurais cru. Elle vient s'étaler sur mon blouson en cuir, il est fichu, mais je m'en fiche. Vingt... C'est alors que tu lâches un cri de surprise. Ta petite taille me facilite beaucoup la tâche.

— Lâche-moi ! hurles-tu.

— Tu vas t'épuiser pour rien, dis-je en resserrant mon étreinte autour de ton corps, car, malgré ta petite force, tu te débats bien.

Tu ne réponds pas et fais savoir ton mécontentement en hurlant de toutes tes forces. Mais ma luciole, ça ne sert à rien ; cette rue est à l'abandon. Tu me penses assez stupide pour t'emmener dans un endroit bondé de monde, prenant le risque d'attirer l'attention ? Même si beaucoup ne bougeraient pas le petit doigt, les mêmes qui diront sur Internet : *Si j'avais été là, je n'aurais pas laissé passer ça.* Mon cul ! Si tu savais le nombre de kidnappings au milieu des foules, sans que personne n'intervienne ; ils sont là, observant la scène. Je parle en connaissance de cause, j'ai connu ça. Une petite fille a été enlevée par une femme qui lui a promis des bonbons. Elle avait perdu son enfant, en kidnappant cette petite fille, elle remplaçait la sienne. Fort heureusement, elle a été retrouvée.

Vingt-et-un... Lorsque tu comprends que je nous ramène à l'intérieur, tu gesticules plus fort, me suppliant de te laisser partir, disant que tu commences à avoir peur.

— Je ne te ferai que du bien, t'informé-je, en ouvrant la porte du hall.

Combien de fois dois-je me répéter ? Jamais je ne te ferais de mal, je m'amuse seulement avec tes nerfs. Je tourne directement à droite, en direction du premier appartement. Tu te calmes un peu, tu es sûrement en train de réfléchir à ce que tu vas dire. Vingt-deux... J'entre et tu t'agrippes à l'embrasure ; je n'ai qu'à tirer pour que tes doigts glissent.

— Lâche-moi ! répètes-tu, me frappant le dos.

Pour moi, c'est comme un massage. N'as-tu donc pas compris à quel point je suis robuste ? Je ne ressens presque pas la douleur. On m'a dressé pour faire de moi une arme. Dans mon milieu, il faut avoir du cran et n'avoir peur de rien. Vingt-trois… Je ris et te jette sur le matelas que j'ai soigneusement habillé d'un drap, de coussins et d'une couette propre pour l'occasion, le tout dans une couleur sombre. Tu rebondis comme sur un trampoline, ce qui me fait comprendre que j'ai dû être un peu brutal en te lâchant. Je me mords la langue intensément pour me punir. Vingt-quatre… Je vois que tu as peur ; tu retiens ton souffle et commences à deviner ce qui va se passer. *Oui…* Tout en rougissant, tu inspectes la pièce, qui n'est qu'une chambre éclairée par des bougies, donnant une ambiance romantique. Tu essaies de déglutir en découvrant les ustensiles BDSM que j'ai installés pour toi. Eh oui, ma luciole, on va faire ressortir ce côté soumis enfoui en toi. Vingt-cinq…

— Je…

Tu éclaircis ta gorge, comprimée par le plaisir qui monte en toi.

— Tu veux qu'on couche ensemble ? me questionnes-tu d'une voix mielleuse.

Je m'accroupis à ta hauteur, penche la tête d'un côté pour examiner avec plus de profondeur ton envie. Vingt-six…

— J'aimerais, oui, t'avoué-je en me relevant pour attraper les menottes, les mêmes que la dernière fois.

Lorsque tu les vois, ton corps fait un mouvement sur le côté, te ramenant au centre du lit. Sans t'en rendre compte, tu me désires. Je viens te rejoindre. Tu es haletante, avec des joues de plus en plus rosies. Je sais que tu as chaud ; je remarque que, grâce aux bougies, ton front commence à transpirer. Vingt-sept…

— Je…

Une fois encore, tu n'arrives pas à expirer, étant submergée par le désir.

— Arrête de te prendre la tête et laisse-toi faire, ma luciole, t'ordonné-je en m'approchant encore de toi.

Vingt-huit… J'ai l'impression d'être un fauve sur le point d'engloutir ma proie dans un festin copieux. C'est avec plaisir que tu tends tes bras. Ça y est ! Je n'ai plus besoin de compter pour savoir jusqu'à quel point tu es prête à t'abandonner à moi. Je viens enfermer ton poignet dans les menottes froides du métal, et je frémis lorsqu'un clic se fait entendre. Je me penche en avant pour attacher la deuxième au crochet que j'ai accroché au mur. Mais je n'ai pas le temps de le faire que tu tires, affolée. Non ! Ne regrette pas !

— On ne peut pas, rétorques-tu, mal à l'aise. J'ai… euh… j'ai mes…

Je recule, sentant la réponse venir.

— Je suis indisposée, Michel-Ange, on ne peut pas le faire.

C'est tout ? Soulagé, je me mets à rire, t'informant que ce n'est pas ça qui va m'arrêter, et je t'attache sans attendre.

Avant de me mettre face à toi pour faire de même avec ta deuxième main, je prends la seconde paire posée sur la table de chevet en fer de couleur noire. Lorsque je me mets à califourchon sur toi, tu es bouche bée, ne sachant quoi dire.

— Ne sois pas inquiète, te rassuré-je. Ce n'est que ton sang, ça ne me dégoûte pas, crois-moi.

Tu ne réponds pas. Alors, je continue et je pivote mon corps sur le côté pour reproduire les mêmes gestes. Lorsque tu es enfin à ma merci, je reviens devant toi. C'est avec un sentiment de débordement que je réalise que j'ai oublié de te retirer ton pull. Tant pis, nous allons devoir faire avec. Je soulève l'ourlet pour le remonter, et ce qui me plaît, c'est que tu suis mes mouvements. Une fois le pull passé par-dessus ta tête, je le fais remonter jusqu'aux menottes et je frôle tes bras désormais nus avec la pulpe de mes doigts, ta peau réagissant immédiatement à mon passage. Et comme tu ne portes pas de sou-tien-gorge, je remarque avec satisfaction que tes mamelons se dur-cissent, derrière le tissu fin de ton t-shirt blanc maculé de cette pein-ture fluorescente.

Je meurs d'envie de les mordre, mais je ne peux pas retirer mon masque, pas encore, mais bientôt, j'espère. Ensuite, je fais de même avec ton haut, le passant par-dessus ta tête. Je lâche un juron lors-que mes yeux rencontrent ta poitrine nue, rien que pour moi, en sentant mon sexe se gorger d'envie. Je réalise que la peinture traverse le t-shirt, imprégnant ta peau. Je viens caresser ta poitrine, et tu gesticules sous mes gestes, retenant ta respiration. Je passe ensuite à ton jean, lui aussi badigeonné de cette substance sublime qui m'a permis de te trouver le surnom de Luciole. Je le déboutonne, descends la fermeture éclair, puis le fais glisser le long de ton bassin jusqu'à le retirer complètement. Je retiens un souffle en voyant le dessous sexy que tu portes : il est en dentelle noire, laissant peu de place à l'imagination. Et c'est lorsque je vois la ficelle blanche à travers le tissu que je comprends que tu ne m'as pas menti, tu portes un tampon. Je suis fier de notre relation. 💀

Chapitre vingt-trois

⚜ Amber ⚜

Je meurs de chaud tant c'est sexy. Je n'ai jamais eu de rapports alors que j'étais indisposée. Ce sera une première, une nouvelle expérience à ajouter à ma liste. Habituellement, les hommes sont rebutés quand tu annonces la couleur, mais lui, pas du tout ; cet homme m'étonne. C'est bizarre ce que je ressens, je ne pourrais l'expliquer. L'adrénaline ? Qui, avec ce qu'il a en tête, pourrait être en train de mouiller pour un inconnu masqué qui te couvre de peinture fluorescente et s'amuse avec toi ? Eh bien, moi, je suis littéralement en extase. J'ai l'impression d'avoir deux personnes en moi : celle qui voudrait fuir et l'autre qui, au contraire, sait profiter de ces moments avec lui. C'est la seconde qui prend le contrôle en ce moment.

Mon corps ondule instinctivement lorsqu'il frôle la chair de mes cuisses avec ses doigts et qu'il remonte pour caresser le fin tissu de ma culotte, me donnant des frissons électriques. Sans m'en rendre compte, je sens ma lèvre inférieure s'enfoncer sous la pression de mes dents, tout en lâchant un gémissement. Oh... mon... Dieu !

Cependant, ça ne dure pas, et c'est avec un certain désespoir que je l'observe se lever, s'éloigner de moi et se diriger vers un grand meuble noir, où sont disposés, comme des trophées, plusieurs godemichets. Mes yeux s'écarquillent légèrement, retenant mon souffle, mais je n'ai pas peur ; bien au contraire, cela m'enflamme. Je tressaille en sachant qu'il va les utiliser sur moi. *Putain ! Mais pourquoi ai-je si hâte qu'il le fasse ?* J'examine les autres objets à portée de vue. Il y a des fouets, deux masques, l'un en cuir noir, l'autre, blanc, et tant d'autres choses que je ne peux nommer. Je ne m'y connais pas dans ce domaine ; j'ai tout à découvrir.

Lorsque la porte s'ouvre, elle émet un grincement, le même bruit que font les placards chez ma grand-mère. Je ne sais pas si c'est fait pour me donner la chair de poule et créer une ambiance angoissante, le meuble ne me paraît pas vieux. À l'intérieur, de petites lumières illuminent les ustensiles. C'est alors que je remarque qu'ils sont tous nichés sur du velours noir. Il a vraiment pris soin de tout installer, même si l'immeuble est en rénovation.

J'essaie de déglutir, mais ma gorge et ma bouche se sont soudainement asséchées, tandis que mon souffle devient saccadé. Mon cœur, quant à lui, ralentit.

Lorsque Michel-Ange se retourne, les quelques bougies qui éclairent la pièce lui confèrent un air diabolique. J'ai même l'impression que son masque me sourit, je vois un rictus machiavélique, mais c'est peut-être mon esprit qui me trompe, car son masque ne peut se mouvoir en expressions faciales.

Mes yeux descendent sur ses deux mains qui tiennent le masque noir, un godemichet et autre chose que j'ai du mal à voir d'où je suis ; cela ressemble à un bâton. J'écarquille les yeux : un putain de fouet ? Mon cœur s'emballe dans ma poitrine. Va-t-il me flageller ? Ou alors cela ne sert pas à ça ?

Lorsqu'il revient d'une démarche nonchalante et reprend la même position, c'est-à-dire à califourchon sur moi, j'essaie de nouveau d'avaler ma salive, mais en vain.

Il pose les jouets sur le côté de mon corps, puis ses deux mains empoignent mon visage en le rapprochant du sien.

— As-tu peur, ma luciole ? me demande-t-il.

Sur le moment, j'avais oublié qu'il trafiquait sa voix pour que je ne puisse pas le reconnaître, du coup, mon corps tressaute, retenant ma respiration. Je sens que mes joues rougissent à cause de ce putain de lui. Et je suis sûre qu'il le voit malgré le peu de lumière.

— Je pense que j'ai eu ma réponse, poursuit-il. Bon, j'ai quelques règles à te faire connaître. Nous devons communiquer, même si ce que tu vas vivre te plaira, et qu'à chaque fois que je viendrai te voir, tu n'attendras que ça.

Il courbe son buste pour attraper le masque et le faire tournoyer entre ses doigts.

— Lorsque tu veux arrêter, il faut que tu me le dises, mais pas en disant « arrête », non. Nous devons trouver un code.

Il cesse de parler et me dévisage dans l'attente d'une réponse.

— Euh… un code… dis-je, ne sachant quoi dire.

— Oui, un mot unique qui me stoppera immédiatement si je dépasse tes limites. Dans le monde du BDSM, la plupart utilisent des couleurs comme rouge ou violet…

– Canard ? le coupé-je, regrettant instantanément ce que je viens de dire.

Ce n'est pas du tout sexy, loin de là, c'est plutôt ridicule. Et ça se confirme lorsque son rire résonne. Et merde, je meurs de honte.

— Ce n'est pas ma faute, je suis nulle dans ton truc de… BSBM.

— BDSM, Luciole, me reprend-il.

— Oui, pardon, lui dis-je en roulant des yeux. Tu vas me la faire à la Christian Grey, c'est ça ?

À nouveau, il s'esclaffe.

— Pour une femme qui ne connaît pas grand-chose au monde du BDSM, tu connais quand même ce personnage fictif ?

— En même temps, ça a été un phénomène mondial, même si je n'ai jamais vu les films ni lu les livres.

— Menteuse, lâche-t-il. J'en suis sûr que tu mens, ma petite luciole.

— Non, c'est la vérité. Je connais, car c'étaient quand même les films du moment.

— Hum.

Et le pire, c'est que vrai ! Je n'ai jamais vu aucun des films. Je connais de vue les acteurs, mais c'est tout.

— Mais toi, tu les as vus, alors ? le questionné-je avec une pointe de moquerie.

Cependant, je n'ai comme réponse que son rire, et il en revient au sujet principal. Il me donne lui-même le code, qui sera « detener », qui signifie « arrêter » en espagnol. Ce qui me surprend le plus, c'est qu'il le dit si bien. Je ne suis pas sûre de savoir le prononcer correctement, mais c'est comme si Michel-Ange savait lire dans mes pensées, car il me fait répéter le mot plusieurs fois jusqu'à ce que j'arrive à bien le dire. Cela me stresse un peu, car si j'oublie complètement le code, je suis dans de beaux draps.

— Ça va faire si mal que ça ? demandé-je, un peu inquiète. Pourquoi avoir besoin d'un code ?

— Ce n'est que pour la sécurité de l'acte en lui-même. Et pour répondre : oui et non ; la douleur se transformera toute seule en plaisir. Sois sans crainte.

Sois sans crainte, c'est plus facile à dire qu'à faire. Ce n'est pas lui qui est attaché sur un lit avec quelqu'un qui dissimule son identité derrière un masque. Il continue en me donnant le code pour dire « apprécier » toujours en espagnol : « disfrutar ». Comme si j'étais bilingue.

— Pourquoi toujours en espagnol ?

— C'est ma langue natale, rétorque-t-il.

Je retiens ma respiration, fouillant dans mes souvenirs pour déterminer qui, dans mon entourage, est espagnol, mais rien ne me vient à l'esprit. Je n'arrive pas à savoir de qui il s'agit.

— Et quand tu seras à moi, nous allons vivre en Espagne, plus exactement à Frigiliana. Un magnifique village dans la province de Malaga, tu vas l'adorer.

— Et si je ne veux pas ?

Cet homme semble vraiment trop sûr de lui, surtout qu'il croit dur comme fer que je le suivrai à l'étranger, loin de ma famille et de mes amis.

— Tu vas devoir me kidnapper pour ça, continué-je. J'aimerais dire que je te suivrais, mais je ne te connais pas.

Il se met à rigoler en rapprochant son visage du mien, ce qui me fait perdre mon souffle et rater plusieurs battements de mon satané cœur.

— Je te l'ai dit, tu me connais, murmure-t-il, rendant sa voix sensuelle bien qu'elle soit altérée.

Je réfléchis. En plus, tu m'as donné un indice ! Tu es espagnol. Mais je ne trouve personne dans mon entourage qui est espagnol, c'est ça qui est frustrant.

— Enlève ton masque et je te dirai si je te suivrai, dis-je.

À mes mots, mon ventre se serre. Sa tête pivote d'un côté tandis que sa main frôle ma joue, traçant un chemin vers mes lèvres. Comme la dernière fois, il attrape celle du bas entre son index et son pouce toujours ganté, tirant mollement dessus, produisant une décharge électrique dans tout mon corps qui accélère mon rythme cardiaque. Je sens que je commence à transpirer, car j'ai chaud. Je déglutis. Puis ma respiration se coince dans ma gorge lorsqu'il remonte ses mains vers sa tête et pose ses doigts à la lisière de son masque. *Putain ! Putain ! Putain !* Je suis partagée entre la peur de connaître son identité et la frustration de ne plus pouvoir l'imaginer. Mais avec déception, il s'arrête, lâchant un rire tout en secouant la tête, et finit par attraper mon bassin, le remontant d'un geste **brutal** contre le sien.

— Tu y as cru, hein ? me dit-il avec une pointe d'amusement dans la voix. Tu n'es pas prête, Amber. Je ne suis pas stupide !

— Connard !

Par suite de cette insulte, il cambre la tête en arrière en gémissant, serrant davantage mon bassin entre sa poigne et son corps. Ce qui me fait perdre ma concentration.

— J'aime quand tu m'insultes, m'avoue-t-il.

Dans un mouvement vif, il se jette sur le côté, m'entraînant avec lui sur le flanc, puis me positionne sur le ventre. C'est tellement soudain que je hurle, ressentant une morsure au niveau de mes poignets, la douleur se propageant le long de mes bras. *Putain.*

Je relève la tête pour me rappeler que je suis attachée par des menottes reliées à deux crochets, contre le mur, là où une tête de lit devrait normalement se trouver. Il tire mes cheveux avec violence. Cette fois, je ne crie pas, je lâche un gémissement que j'aurais pu réprimer. Cela me fait écarquiller les yeux, car, comme il l'a dit plus tôt, la douleur se transforme d'elle-même en plaisir.

C'est donc ça, le BSMD ? Enfin, ce truc... *Putain.* Et il veut que j'utilise des codes en espagnol ? Jamais je ne m'en souviendrai. Qu'est-ce que c'était déjà ? Mince, mince... « Destere » ou « dastiere » ? Et voilà ! Je ne sais plus !

— Ça me plaît quand tu couines, dit-il à mon oreille (il tire davantage, et je gémis de nouveau), tu m'obsèdes.

Lorsqu'il retire sa prise entre ma chevelure, je le sens se déplacer, le matelas s'affaissant sous son poids. Je me crispe en entendant une vibration ; je réalise enfin qu'il a allumé le godemichet. Mon cœur s'emballe de plus en plus fort, cognant si fort contre ma cage thoracique, que ma tête se met à tourner.

Quand il le dépose contre mes fesses, mon corps tressaute par instinct. Ensuite, il crée un chemin en descendant vers mon sexe. J'écarte les jambes, sans que ce soit réellement moi ; c'est le désir qui a pris le dessus.

Je retiens mon souffle, mon intimité prête à accueillir le jouet contre elle, et, au moment où il joint le sex toy à mon sexe, je me tords et je couine, comme il le dit et comme il le veut.

— Oui, souffle-t-il, lui aussi rempli d'envie.

Sauf que, juste après, il éloigne le vibreur et l'éteint, puis, de ses doigts, il attrape l'ourlet de ma culotte et tire brusquement, je me retrouve totalement nue alors que lui ne l'est pas. C'est avec gêne que je sens qu'il attrape la ficelle de mon tampon. Je retiens mon souffle et me crispe, mal à l'aise.

— Détends-toi, me rassure-t-il. Je ne suis absolument pas dégoûté par ça. Dis-toi que c'est une coupure et que tu saignes simplement, Amber. Si ça me dérangeait, je ne serais pas sur le point de te le retirer pour pouvoir te faire l'amour.

C'est du sang, rien que du sang. Il a raison, mais c'est difficile à encaisser.

— Je n'ai jamais fait ça, lui dis-je d'une voix nouée.

J'essaie de tourner la tête pour le regarder, mais je n'y arrive pas ; je ne vois qu'une petite partie de son cuir. Il ne l'a même pas retiré, ce qui me paraît quand même bizarre.

— Tu n'as pas peur de te salir avec mes… (je m'éclaircis la gorge, chassant le nœud qui s'est formé) mon sang ?

— Je suis déjà couvert de sang. Le tien sera comme une belle empreinte.

Je retiens mon souffle alors que je sens le tampon glisser hors de moi. *Mon Dieu.*

— Détends-toi, m'ordonne-t-il doucement.

Je ne veux pas savoir où il l'a mis, mais, une fois le tampon retiré, la pièce est à nouveau **emplie** de la vibration du sex toy, mais celle-ci est vite remplacée par mes plaintes de plaisir pendant qu'il l'insère dans mon intimité. Je serre les mains pour me retenir de gémir plus fort, mais c'est difficile. Je n'arrive pas à me contenir et j'ondule en suivant les mouvements qu'il produit.

— Oh…

Lentement, il fait des va-et-vient, ce qui me fait davantage perdre la tête. Je suis en sueur.

Tandis qu'il me fait jouir, il me redemande les codes pour apprécier et arrêter. Sauf que rien ne sort de ma bouche, je suis en train de kiffer, je n'arrive pas à me concentrer, et je les ai oubliés.

Comme il comprend que je ne m'en souviens pas, il stoppe tout mouvement et me les dit à nouveau, me demandant encore de les répéter, ce qui provoque en moi de la frustration.

— « Disfrutar », c'est apprécier, dis-je comme une bonne élève. Et « detener » pour arrêter, ça te va ?

— Non, continue, c'est important Amber, je ne plaisante pas avec ça.

Comme c'est si bien demandé, je continue de les dire, mais je ne suis pas certaine de les retenir quand j'en aurai besoin, c'est ça le problème.

Je répète les mots encore et encore alors qu'il reprend là où il s'était arrêté et m'ordonne de continuer. Sauf que je mange mes mots, à force ça ne veut plus rien dire, je les mélange même, mais cette fois, ça n'a pas l'air de le déranger, parce qu'il ne dit rien.

Chapitre vingt-quatre

Malheureusement, Michel-Ange retire le jouet et l'éteint une nouvelle fois, puis il empoigne mon corps pour me remettre sur le dos. À chaque mouvement, mes poignets souffrent entre le fer des menottes. Je sens que, dans peu de temps, mes bras vont s'engourdir. Est-ce que ça fait aussi partie du BSMD ?

— Les mots de passe ? me questionne-t-il en attrapant le masque que je n'avais pas remarqué.

Il n'a pas d'ouvertures au niveau des yeux, je serai aveugle, ça lui permettra de retirer le sien. Car je le sais, ça doit le gêner quand même. Je déglutis, ma tête me donnant des vertiges à l'idée que mes yeux seront bandés dans peu de temps. Il se positionne au-dessus de moi et attend que je réponde. C'est quoi déjà ? Je viens de les répéter, bon sang ! Destene… Ou destin ? *Mince ! Réfléchis ! Réfléchis !* Detener ! Oui, c'est ça !

— Detener, crié-je plus fort que je ne l'aurais voulu.

Je suis tellement fière de moi.

— Bien, et le deuxième ?

Si celui-là c'est « detener », alors l'autre commence par « di »… ditra… ditrafu.

— Ditrafu ?

— Non ! s'énerve-t-il.

Pourquoi se met-il dans cet état ? Ce ne sont que des mots de passe. Je pourrais dire que j'aime ça aussi, c'est simple à dire. Toujours dans le compliqué avec lui.

— Disfrutar, Amber, c'est disfrutar, me dit-il en roulant bien les « r », ce qui me fait un putain d'effet, c'est dingue.

— Disfrutar, répété-je.

— Bon, soulève ta tête. Je vais te passer le masque. Comme tu as pu le remarquer, il n'a pas d'ouvertures au niveau des yeux, et je ne pense pas que j'ai besoin de t'expliquer pourquoi.

— Parce que je ne suis pas prête à découvrir ta véritable identité, blablabla, répliqué-je avec sarcasme.

Cela ne semble pas l'amuser. Est-ce son côté dominant qui refait surface ? C'est presque sûr. À sa demande, je lève ma tête. Il se penche vers moi, son masque à quelques centimètres de mon visage. J'essaie de voir à travers le tissu blanc qui couvre ses yeux. Je ne les aperçois plus ; la dernière fois, j'avais vu un trait fin, celui de ses iris, mais là, rien.

— Tu ne verras pas ma vraie couleur. Je porte des lentilles blanches pour éviter que tu me reconnaisses. Efforce-toi de laisser le temps faire les choses par lui-même.

— Je te laisse prendre mon intimité. C'est normal que je souhaite savoir à qui j'ai affaire, non ?

— Oui, c'est normal. Mais tu le sauras. Je te laisserai retirer mon masque toi-même. Ce jour-là, je ne porterai pas les lentilles.

Ces mots m'assèchent la bouche encore plus qu'elle ne l'était déjà, et je sens qu'après ça, je vais avoir besoin de trois litres d'eau pour m'hydrater. Pourquoi je ressens ça ? Je tente de saliver, ce qui fonctionne un peu, mais ce n'est pas suffisant.

— C'est incroyable comme tu es confiant, lui dis-je. Si je devais tomber amoureuse de toi, pourquoi je ne le suis pas dans la vraie vie ?

— Ça, c'est une bonne question. Peut-être que tu l'es déjà et que tu ne veux pas me le dire. Peut-être que non. Peut-être que tu me hais, mais si c'est le cas, tout changera, parce que, toi-même, tu aimes ça.

— Le seul homme que j'aimais, c'était Malcolm, mais on me l'a enlevé, lui dis-je, même si ce n'est pas totalement vrai.

Je ne l'aimais pas, je l'appréciais, c'est tout, tel un ami. Je n'ai pas besoin de voir son expression pour ressentir la douleur que je viens de lui infliger ; je la ressens dans tout mon être et je regrette un peu. Je ne sais pas comment il se comporte lorsqu'il est en colère et blessé, et je crains un peu qu'il me brutalise, vu ma vulnérabilité. Tu es attachée, putain ! *Tais-toi !*

Mais, c'est avec soulagement que je constate qu'il ne me fait pas de mal. Cependant, il ne répond pas à ma provocation. Il ne mentait pas quand il disait qu'il ne me toucherait jamais. Suis-je sa faiblesse, alors ? Ma mère m'a toujours dit que les femmes étaient la faiblesse des hommes et que c'est pour ça que certains ont besoin de dominer et de rabaisser. C'est une façon de cacher leur point faible. Est-ce son cas ? Mais il ne me fait pas de mal malgré la pique que je lui ai envoyée. Malgré sa folie, sa mère l'a-t-elle bien élevé ? Ces pensées m'assaillent et, en parallèle, une part de moi est captivée par cette danse dangereuse que nous avons engagée. Est-ce que je suis prête à plonger encore plus profondément dans le monde de cet inconnu ? Même si je ressens de la peur, je suis aussi poussée par le désir, une curiosité insatiable de découvrir qui il est réellement.

Alors que le silence s'installe entre nous, je me demande si c'est une bonne décision de coucher avec lui. Cependant, je ne peux plus faire machine arrière et je ne le veux pas vraiment. Le masque glisse sur mon visage, et je perds immédiatement tout repère. L'obscurité me submerge et il ajuste le masque, je suis désormais dans un tourbillon de sensations. Mes oreilles s'affinent, et le son de sa respiration chaude et régulière me parvient clairement. Je devine qu'il est tout près, mais son visage reste invisible, un mystère à découvrir.

— Est-ce que tu es prête ? murmure-t-il.

Je hoche la tête timidement, mais je suis brutalement confrontée à ma propre hésitation. Suis-je vraiment prête à m'abandonner ainsi ? Quelque chose en moi veut plonger dans cette expérience, tandis qu'une autre part se débat contre l'inconnu, cherchant une échappatoire.

— N'oublie pas les mots de passe, dit-il.

— Oui.

Je suis prête à découvrir quel genre de jeu il a en tête. Soudain, je sens ses dents entourer mon téton, le mordiller et le tirer avant de le lâcher. Ce geste me fait me tordre sous lui et pousser une injure, tant la douleur est vive. Mais j'aime cette souffrance ; elle me fait frémir. *Mon Dieu !*

— Tu m'écoutes maintenant ? souffle-t-il aussi doucement que possible.

— Je n'ai pas compris, lui dis-je en cherchant à le provoquer. Dis plus fort, je n'ai pas entendu.

J'espère obtenir un indice grâce à sa voix, il faut qu'il parle. Mais cela ne fonctionne pas, car il plonge à nouveau ses dents dans ma peau, m'arrachant un gémissement alors que je gesticule sous lui. Il empoigne mon sein, je ressens le tissu de son gant, qu'il n'a pas retiré. Pourquoi, puisque je suis bandée ? Le masque ne couvre que la partie supérieure de mon visage, me laissant la bouche et le nez libres. Je soulève mon buste pour chercher davantage sa bouche, lui faisant comprendre sans un mot que j'aime ça. Je suis tellement sensible à cet endroit que, lorsque sa langue le titille, je gémis.

— Me embriagas, mi luciérnaga. Ten por seguro que mataré a quien se interponga en nuestro camino. *(Tu m'enivres, ma luciole. Sois certaine que je tuerai quiconque se mettra en travers de notre chemin.)*

— Je ne comprends pas ! m'énervé-je.

Ce qui me frustre plus qu'autre chose, car il peut me dire tout et n'importe quoi, je n'arriverai pas à le comprendre. Mais il rigole, un son grave et rempli de promesses, avant d'emprisonner ma bouche dans un baiser langoureux, tandis que sa main caresse mon ventre, continuant de descendre vers mon intimité. Ça y est !

Une vague de chaleur m'envahit, et j'écarte les jambes pour lui faciliter l'accès. Pitié, faites qu'il soit beau, mais pas plus fou qu'il ne l'est déjà. Pitié ! Faites que je ne sois pas sur le point de le faire avec quelqu'un qui a les dents jaunes et qui ne se lave jamais, ce qui est impossible, vu qu'il ne sent pas mauvais et que son haleine n'a pas d'odeur non plus. En fait, il ne sent rien, comme s'il voulait effacer toute trace qui pourrait me permettre de le reconnaître. Franchement, il est vraiment prêt à tout, et c'est bien tordu quand j'y pense. Lorsqu'il enfonce un doigt à l'intérieur de moi, je m'agite, suivant ses doux mouvements, sans arrêter de l'embrasser, tout en commençant à faire des va-et-vient, ajoutant un deuxième, puis un troisième doigt. C'est tellement bon, je ne peux plus me contrôler. Chaque stimulation semble intensifier le plaisir, et je me perds totalement dans cet instant troublant.

Je suis sur le point de perdre le contrôle, je sais que je traverse une limite, que cet instant est à la fois un abandon et un défi. Ma tête tourne, et, malgré la conscience de ma vulnérabilité, je choisis de ne pas réfléchir. C'est une danse dangereuse, mais pour l'instant, je suis prête à danser, à me laisser emporter par ce flot de sensations, peu importe ce qui se cache derrière ce masque.

J'aimerais pouvoir le toucher, surtout que mes poignets me font de plus en plus mal. Je tire dessus et grimace lorsque la douleur envahit tout mon bras une fois de plus, gémissant contre sa bouche. Soudain, il arrête de m'embrasser et s'éloigne de moi. J'espère qu'il ne l'a pas vu, mais je suis tellement hypnotisée que je souris bêtement. Pour m'empêcher d'avoir ce fichu rictus, je me mords la lèvre tandis que je le sens se déplacer sans retirer ses doigts. Il garde toujours le même rythme, faisant monter mon cœur. De sa main libre, il exerce une pression sur ma cuisse pour me faire comprendre de les écarter ; j'ai désormais compris qu'il ne parlera plus, il ne prendra pas de risques. J'ai chaud, je me sens toute bizarre. Je ressens trois choses : de la peur, de l'adrénaline parce que je fais quelque chose d'insensé, et de l'envie. Le tout est un mélange explosif. Le matelas s'affaisse sous ses mouvements, et je comprends qu'il se positionne entre mes jambes, toujours avec ses doigts qui créent des va-et-vient. Puis, brusquement, sa langue les rejoint. Je sursaute et me crispe, mal à l'aise, essoufflée par ce qu'il vient de faire.

— Je t'ai dit de te détendre, me dit-il.

Je suis surprise d'entendre à nouveau sa voix métallique. Mon cœur tambourine si vite et fort qu'il se répercute dans ma mâchoire ; je ressens chaque battement.

— Calme-toi et savoure, Amber. Prends du plaisir, OK ? me demande-t-il.

Putain ! Ça me perturbe, c'est bizarre. Je dois l'écouter, il sait ce qu'il fait. *Du calme, allez, du calme et écoute-le.* Heureusement que c'est la fin de mon cycle.

J'opine du chef, lui donne l'autorisation de continuer. Je fais de mon mieux pour laisser mon corps se reposer, tandis que son souffle caresse mon intimité, la faisant contracter à chaque respiration. Puis, de nouveau, sa bouche reprend position, aspirant mon sexe avec avidité, le mordillant tandis que ses doigts se meuvent en moi. Dans cette obscurité, où tout semble intensifié, je sens un lien se tisser, quelque chose de complexe et de troublant. Que suis-je en train de devenir ?

Ça y est, je le sens, il n'est pas loin. Lorsqu'il aspire encore mon clitoris, une vague électrique parcourt mon sexe. Je retiens mon souffle, je me cambre et ma tête part en arrière alors que l'orgasme monte. Mes pieds se recroquevillent et je lâche un gémissement. Ou, plus précisément, je hurle le plaisir qu'il me fait vivre. L'orgasme arrive de plus en plus, je n'arrive plus à rester en place, et je tire sur mes bras, même si ça fait extrêmement mal. Je ne peux pas me contrôler, je suis soumise à lui, c'est lui qui tient les rênes. Mon cœur bat la chamade, je brûle, mes yeux se révulsent, et j'écarte encore plus mes jambes. *Putain !* L'orgasme a pris mon corps en otage ; il ne m'appartient plus pendant ces quelques secondes. Je suis à la merci de la bouche de Michel-Ange.

En cet instant, il peut faire de moi tout ce qu'il veut. Je mords l'intérieur de mon bras pour m'empêcher de gémir plus fort que je ne le fais déjà, attendant que le plaisir diminue. *Mon Dieu ! Mon Dieu !* Dès que l'intensité redescend, j'essaie de reprendre une respiration normale, tandis que Michel-Ange se stoppe et enlève complètement ses doigts, lui aussi à bout de souffle. Je déglutis et me laisse apprécier ce calme après les montées de plaisir, mais je n'ai pas le temps de savourer. Il vient positionner son sexe contre le mien et s'enfonce doucement. J'écarquille les yeux, bloquant mes poumons lorsque cela me fait mal, m'élargissant. *Putain !* À chaque centimètre, il me procure une décharge électrique qui me fait jouir davantage, et je me perds dans ce tourbillon de plaisir.

— J'aimerais tellement te voir ! murmuré-je, tandis qu'il commence à produire des mouvements plus rudes avec son corps.

Soudain, il ralentit. Le matelas s'abaisse au niveau de mes épaules, et ses doigts viennent détacher mon masque pour me le retirer. Une fois encore, je retiens ma respiration dans l'espoir de le voir enfin. Je cligne plusieurs fois des yeux pour m'habituer à la lumière tamisée, puis l'observe, mais je ressens une déception en voyant qu'il porte son masque. Il n'a rien retiré d'ailleurs, si ce n'est sa veste en cuir, mais il porte toujours son sweat-shirt noir à capuche, toujours relevée sur sa tête, cachant ses cheveux.

— Je veux te voir, je t'ai dit.

— Sois patiente, ma luciole, dit-il en empoignant ma gorge, la serrant un peu plus.

Je sens la pression de sa main autour de mon cou, et bien que ce soit un acte de domination, mon corps se couvre de chair de poule, peu à peu, il la comprime davantage, m'empêchant d'inspirer et d'expirer correctement, tandis que lui reprend ses coups de reins de plus en plus brutaux. L'entendre geindre me fait vibrer, et je ferme les yeux pour savourer chaque moment. Je lève légèrement ma tête, m'approche de son oreille, et jouis contre pour le rendre encore plus fou. J'écarquille les yeux lorsque je sens qu'il referme brutalement son emprise autour de ma trachée, signe qu'il aime ce que je viens de faire. Puis il pivote sa tête en arrière, prenant entièrement son plaisir, j'aimerais voir ce plaisir sur son visage, car lui, il ne rate rien du mien.

Il enroule encore plus ses doigts. Privé de sang, mon visage commence à se comprimer et je commence à avoir mal. J'essaie de me souvenir du mot, mais je n'y arrive pas et la panique m'envahit. *Réfléchis ! Mon Dieu ! Réfléchis !*

— Detener ! Detener ! répété-je.

Sans attendre, il retire sa main. J'avale l'air en toussant brusquement, ce qui me fait mal, j'ai l'impression d'avoir des aiguilles à l'intérieur de la gorge et qu'à chaque inspiration elles s'enfoncent davantage. C'était vraiment spécial ça. Il se retire complètement, sûrement pour me laisser reprendre mon souffle, en me scrutant en silence, quand, soudain, il m'attrape et, comme tout à l'heure, me met sur le ventre. C'est si brutal que je lâche un cri étouffé par le coussin. Puis il me met à quatre pattes, et je n'ai pas le temps de respirer qu'il s'enfonce en moi d'un coup sec, douloureux et violent, ce qui m'arrache une plainte. Mais ce n'est que de courte durée, car le plaisir remplace rapidement la souffrance, et je perds à nouveau le contrôle de moi-même et jouis.

Tout à coup, un bruit résonne dans l'air et je ressens comme une morsure au niveau de mes fesses. Je n'ai pas un instant de répit pour réfléchir qu'il recommence. Je me tords de douleur en avant. J'écarquille les yeux, comprenant que c'est le bâton de tout à l'heure. Il recommence, et cette fois, je hurle, car il n'y va pas doucement, mais je ne veux pas qu'il s'arrête. J'aime ce que le fouet produit. Je n'aurais jamais cru que j'aimerais recevoir des coups sur les fesses en étant plus grande.

Il continue tant que je ne dis rien, tant que je ne prononce pas le mot. Il m'a prouvé que je pouvais avoir confiance en lui. À chaque coup de bâton, il s'enfonce brutalement en moi et me frappe à nouveau, j'en grimace. Mais, à son souffle qui s'accélère, je comprends rapidement qu'il va venir. Au passage il lâche des injures qu'il pense que je n'entends pas. Puis, d'un coup, il harponne mon bassin et ralentit, tout en gémissant à son tour. En haleine, Michel-Ange se retire et s'allonge à côté de moi, reprenant son souffle tranquillement. Je lui rappelle que je suis toujours attachée. Ce dernier tourne la tête dans ma direction, caresse mon visage de sa main, puis se relève pour décrocher les menottes et me les retirer. C'est alors que son sexe encore dur se trouve à quelques centimètres de moi, bien couvert d'un latex qui me rassure. Il s'est protégé. Même si je prends la pilule, je ne le connais pas ; qui sait les maladies qu'il peut trimbaler ?

Une fois libre, je retiens mon souffle, car mes bras sont engourdis et froids. J'écarquille les yeux, choquée de voir de belles marques sur mes poignets, tandis qu'il m'aide à remettre mon t-shirt couvert de peinture et mon pull, qui a également été souillé.

— Comment vais-je faire pour le cacher ? lui demandé-je en lui montrant mes poignets.

Ses doigts effleurent le trait qui vire au bordeaux.

— Demain, tu n'auras plus rien.

Je le dévisage avec étonnement.

— Ça m'étonnerait, tu as vu leur état ?

D'ailleurs, lorsque je bouge mes bras, j'ai l'impression qu'ils pèsent une tonne, tandis qu'une sensation de fourmillement s'ensuit.

— Oui, et puis, si ça ne part pas tout de suite, ce n'est rien. C'est la saison des manches longues. Regarde.

Sa main attrape l'ourlet et tire sur mes manches pour couvrir mes poignets.

— Voilà, on ne voit plus, continue-t-il avant de me caresser le visage et de passer ses doigts dans mes cheveux pour mieux les recoiffer.

Je suis dans la merde ! me dis-je.

Michel-Ange arrête de me coiffer et me donne mes affaires, que je mets sans attendre. C'est là que je réalise que je n'avais même pas fait attention qu'il avait enlevé mes chaussures. Lorsque je suis habillée, il se dirige vers moi, empoigne mon visage et colle son front contre le mien, tandis que je croise les bras. L'adrénaline et l'envie sont bien redescendues maintenant, et je me sens honteuse de l'avoir fait. Il recule et se dirige vers le lit, j'en profite pour m'éclipser en courant, le laissant seul. Je ne peux pas rester une minute de plus ici. Arrivée à l'embrasure de la porte, je jette un dernier regard par-dessus mon épaule pour vérifier s'il me surveille, s'il va m'empêcher de partir, mais il me fait dos, rangeant ses jouets dans son sac. Sans perdre de temps, je quitte l'appartement et me précipite vers la sortie de l'immeuble, sprintant en direction de ma voiture.

Qu'est-ce qui m'a pris ? Je me sens encore imprégnée du jeu auquel j'ai joué. Je saute dans la voiture, démarre et quitte rapidement l'endroit en trombe avant qu'il puisse m'arrêter. Les rues défilent rapidement devant moi, mais mon esprit est en émoi. Que s'est-il passé ? Suis-je vraiment celle qui a décidé de plonger dans ce monde obscur ? Mon cœur bat à tout rompre, un mélange d'excitation et de culpabilité m'étreint.

Dans le rétroviseur, je jette un dernier regard sur ce lieu qui me hante déjà. Je sais que je devrais être en colère, frustrée, mais il y a une partie de moi qui s'interroge déjà sur la suite. Suis-je prête à revivre ça ?

Je pousse un soupir, prenant conscience que, malgré la soirée tumultueuse, ce moment, cette connexion, a laissé une empreinte indélébile en moi.

Chapitre vingt-cinq

À l'aide d'une éponge à récurer, je frotte mon corps pour ôter cette fichue peinture qui a du mal à partir. *Mon Dieu !* Certaines parties de ma peau deviennent rouges et égratignées. *Je le déteste ! Je le déteste !* Mais j'aime le détester. En réalisant qu'il me fait vibrer, j'ai envie de frotter l'éponge sur mon visage pour atteindre mon cerveau et désinfecter ces pensées malsaines. Qu'est-ce qui ne va pas chez moi ? En repensant à tout ce que je viens de vivre, je tressaille et, pour me nettoyer et essayer de fuir la réalité, je plonge dans l'eau bouillante et y reste quelques secondes. Tandis que sa voix résonne, ses gémissements me hantent. Tout me hante. *Non !* Je remonte brusquement à la surface, reprenant tout l'air que j'ai manqué, éclaboussant de l'eau partout sur le sol. Mon cœur n'a pas cessé de battre depuis que j'ai compris que ce n'était pas Lucie. À ce rythme, je vais finir par faire une crise cardiaque.

Il était à peine minuit lorsque je suis rentrée. Heureusement que mes parents sont partis ; sinon, ils m'auraient retrouvée couverte de vert et ils auraient senti son odeur. Je pensais qu'il n'en avait pas, mais je me suis trompé. J'en suis totalement imprégnée : mes cheveux, mon corps, mes vêtements. Elle domine l'odeur de la peinture séchée et des produits chimiques. *Et putain de merde !* Il sent vraiment bon, ce dingue. Même Pumpkin n'a cessé de me renifler tout le long, me suivant jusqu'à ma chambre. Mais, comme il sait qu'il n'a pas le droit d'entrer, il s'est arrêté au pas de la porte.

Je soupire en prenant le gel à la guimauve et me tartine le corps, continuant de frotter les zones encore vertes en priant pour qu'il camoufle sa fragrance. J'ai l'impression que ma peau a absorbé le produit. En regardant de plus près, cela ressemble à de petits points, comme si j'étais tatouée. J'ai envie de meurtre. *Putain !* C'est de la pacotille, son truc ! À moins qu'il sache à quel point c'est difficile à enlever ? Mon cœur cesse de battre et mes yeux s'écarquillent face à cette idée. Ainsi, j'ai toujours une trace de lui. Mais ça ne suffit pas ; mes poignets en font aussi les frais.

Heureusement qu'il a choisi le moment où mes parents sont en week-end pour ça. Même si des manches longues peuvent cacher les marques, ça se serait vu à un moment ou un autre. Il aurait suffi que je sois à table et que j'attrape, par exemple, le plat au milieu. Et hop, elles se seraient dévoilées, et là, je n'imagine même pas l'inquiétude que j'aurais lue sur leur visage.

Bon, j'arrête, ça ne sert absolument à rien, ça ne part pas. Il reste toujours cette petite traînée de vert. Je soupire de frustration en jetant l'éponge dans l'eau avec une telle force qu'elle m'éclabousse. Je m'allonge et ferme les yeux pour me détendre, plongeant mon corps jusqu'à la lisière de ma mâchoire. L'eau bouillante mord ma peau, mais ça fait un bien fou, sauf là où je suis coupée ; le savon mélangé à l'eau me pique à ces endroits. J'essaie de ne pas y penser. C'était tordu, quand même, de me couvrir le corps de peinture fluorescente pour qu'il puisse me voir et me choper, même si cela n'a pas été plus loin. Mais maintenant que je suis en sécurité, chez moi, où la lumière jaillit, je ressens un autre sentiment. J'en ai même honte. J'aime un peu, mais vraiment un peu. Je veux savoir qui il est, et pour cela, je vais devoir m'en approcher et le pousser dans ses retranchements.

Il m'a bien dit qu'il retirerait son masque quand je serai prête. Si je fais semblant ? Ça marcherait, non ? Lui faire croire qu'il a réussi et voir qui il est pour pouvoir lui trancher la gorge. C'est une bonne idée. Toujours les yeux fermés, j'inspire profondément, chassant ce sentiment que je n'aime pas. Je dois maintenant me montrer convaincante et amoureuse de lui. *Putain* ! Qu'est-ce que c'est fou ! Dans un moment de lucidité, je réalise que je navigue sur une ligne fragile, entre l'attraction et le danger. Mais cette curiosité, cette envie de comprendre qui il est me pousse à jouer le jeu. Mon cœur s'emballe à l'idée d'une confrontation, à savoir ce qu'il cache derrière son masque. Un mélange d'excitation et d'appréhension monte en moi. Je rouvre les yeux, observant la vapeur qui s'élève de l'eau encore chaude. Peut-être que j'approche de quelque chose de plus que ce simple jeu. La pensée de lui faire croire que je suis à sa merci tandis que je manœuvre à mes propres fins m'intrigue. Mais est-ce vraiment une bonne idée, ou est-ce que cela ne fait qu'augmenter le risque de me blesser davantage ?

Une serviette entoure mes cheveux et une autre couvre mon corps. J'inspecte mon visage et serre la mâchoire : il a lui aussi encore des petites traces de vert. J'inspire et expire profondément pour calmer la rage que je ressens. Mes cheveux ? Je défais le nœud que j'avais fait avec la serviette et laisse ma chevelure tomber en cascade. Comme ils sont mouillés, ils sont plus foncés, mais je remarque qu'il n'y a rien. Je souffle, soulagée. J'aurais sans doute dû faire une couleur, alors que je n'en ai jamais fait.

Je recule et retire le drap de bain, dévoilant ainsi mon corps entièrement nu à la vue de mes propres yeux. Je m'examine avec minutie à la recherche d'éventuelles traces laissées par sa présence indésirable. Mes yeux se fixent sur une marque violacée à l'un de mes tétons, souvenir de ses dents, tandis qu'un suçon se dessine sur mon autre sein. Comme un animal sauvage, il vient de marquer son territoire, et je n'ai pu l'en empêcher. Et ne parlons même pas des marques laissées par le fouet ; il n'a vraiment pas été gentil avec moi. Mais je suis quelque peu chanceuse, car ce n'est pas douloureux. Tout en pinçant mes lèvres pour retenir ce sentiment, je refuse de laisser ces empreintes me rendre folle, même si elles me font vibrer. Je dois rester forte, je ne le connais pas, je ne sais pas qui il est. Je ne peux pas m'abandonner à lui. Pas entièrement, en tout cas. C'était super, très différent de tout ce que j'ai connu, mais ça s'arrête là. Je ne dois pas franchir cette ligne qui délimite l'amour et la raison. Je dois rester consciente de mes gestes.

Vêtue de mon pyjama, j'ouvre la fenêtre pour aérer et faire partir la buée, puis j'éteins la lumière et sors ; mais je suis immédiatement stoppée par une silhouette, un cri de surprise s'échappe de mes lèvres tandis que je retiens mon souffle, le cœur battant, avant que je ne comprenne que ce n'est que lui.

— Comment…

Michel-Ange m'attrape par les mains, me coupant la parole tant c'est soudain, et me pousse contre le mur, si fort que je me cogne. Une vague de picotements me traverse, due à la peur qu'il vient de me faire ressentir. Il finit par coller son corps contre moi. Puis, comme tout à l'heure, il enroule ses doigts, toujours glissés dans ses gants, autour de ma gorge, serrant un peu plus fort, me privant ainsi d'air. Je suis paralysée par la surprise et l'angoisse. Mes yeux s'écarquillent et je me débats instinctivement, bien que je sache que c'est inutile. Mon cœur bat la chamade dans ma poitrine, un mélange de terreur et d'une sorte d'excitation malsaine. Pourquoi est-ce que cela me fait autant d'effet ? Son visage se rapproche du mien, chaque respiration devient un combat. Je veux crier, poser des questions, comprendre ses intentions, savoir pourquoi il est là, si près de moi, après tout ce qu'il m'a déjà fait. Je comprends qu'il ne s'agit pas seulement d'un moment de passion insouciante ; il y a une profondeur troublante dans ce que je ressens, une part de moi qui tressaute et qui se demande où tout cela me mène.

Je pose immédiatement mes mains sur son bras en levant la tête pour le regarder et articule le mot d'alerte, priant pour que ce soit encore dans le cadre du jeu. Comme par magie, il dessert sa prise sans retirer sa main pour autant.

— On n'avait pas fini, dit-il. Est-ce que je t'ai donné l'autorisation de partir ?

Je secoue la tête. Il me gronde, et putain, c'est sexy.

— Est-ce que c'est bien de filer comme ça ? poursuit-il en approchant son visage du mien.

— Non, pardon, Michel-Ange.

Mon cœur bat la chamade, je sens une drôle de sensation. J'apprécie vraiment ça. La douleur m'enivre, et je m'efforce de réprimer une lamentation ; ça lui ferait trop plaisir.

— Ne recommence pas. Puisque tu ne connais pas toutes les règles du BDSM, je passe pour cette fois, m'informe-t-il. Mais la prochaine fois, je pourrai te punir, et la douleur ne se transformera pas en plaisir. As-tu bien compris ?

— Oui, murmuré-je alors que je commence à perdre la tête.

J'ai chaud.

— Maintenant, reprend-il tandis que sa deuxième main se pose sur mon ventre. Tu dois aussi retenir que plus aucun autre homme… (il fait glisser ses doigts jusqu'à la limite de mon bas de pyjama, et là, je perds tout contrôle) ne doit te toucher comme moi je le fais, continue-t-il, alors qu'il écarte le tissu pour s'introduire. Tu comprends ça ?

Je suis saccadée, perdue avec lui dans son monde. Je hoche la tête une fois, et de son pouce et de son index, il vient pincer mon clitoris et tire doucement. Oh mon Dieu.

— Tu vois ça ? dit-il. C'est à moi.

Je ne me contrôle plus et lâche une plainte contre son visage masqué, les yeux révulsés, la bouche grande ouverte pour inhaler l'air de la pièce. Quand ses doigts commencent à bouger, mon intimité est bloquée entre eux, ce qui me fait perdre toute ma force et me fait trembler, sentant l'orgasme arriver. Mais je suis vite arrêtée quand il retire complètement sa main pour la passer sous son masque. Pantelante, je le dévisage sans savoir quoi répondre. Mes oreilles bourdonnent, le résidu d'une extase que j'étais sur le point de vivre, mais qui m'a été retiré brusquement. Putain, j'en demande plus.

L'instant se fige dans un mélange de désir inextinguible et de frustration dévastatrice. Chaque fibre de mon être proteste, réclamant la suite, mais il semble bien décidé à me maintenir dans cet état d'attente insupportable. Je me sens à la fois vulnérable et terriblement excitée, comme un papillon pris au piège dans une toile. Bien que je sache que c'est dangereux, quelque chose en moi est enivré par cette danse délicate entre la réalité et l'illusion, entre la douleur et le plaisir. C'est tellement bizarre la façon qu'il a eue de sucer ses doigts comme s'il venait de manger un gâteau à la crème.

— Tu appartiens à Michel-Ange, et si c'est trop dur pour toi de le retenir, je te tatouerai le corps avec ce surnom que tu m'as donné.

À ces mots, il recule et s'en va, non par la fenêtre, mais par ma porte. Le bruit de ses semelles qui claquent contre les marches des escaliers résonne dans le couloir. Je retiens mon souffle sans bouger, et dès que j'entends la porte se fermer, je relâche tout. J'ai l'impression d'avoir été sous l'eau et de remonter enfin à la surface. Je m'adosse contre le mur, reprenant mes esprits qu'il vient de brouiller en quelques secondes.

Alors que je me remets de mes émotions, mon portable sonne. J'ai reçu un message, sûrement de Lucie, qui a prévenu Stécy et Kate de son inquiétude, du fait que je ne donnais plus de signe de vie. D'ailleurs, la seule qui n'a pas encore demandé de mes nouvelles, c'est Kate.

Je me dirige vers la table de chevet, me déplaçant comme si j'étais sur un nuage, et consulte mon téléphone. Mon cœur tambourine brusquement dans ma cage thoracique lorsque je réalise que c'est un message de lui.

J'espère que tu as compris maintenant ?

Oui, j'ai compris. J'ai bien compris, espèce de malade mental. Peut-être devrais-je me renseigner auprès d'une clinique pour les fous ; ils ont peut-être perdu un patient. Je ne lui réponds pas et me mets sous les draps, éteignant la lumière et m'installant sur le flanc, chassant de mon esprit toutes les pensées de lui, tout en me forçant à dormir. Mais je n'y arrive pas. Pourquoi ? Je me retourne sur le dos, inspire et expire les grands yeux ouverts, mordant ma lèvre. Je sais pourquoi, j'ai envie ! Il m'a quand même punie sans me faire mal, mais il m'a fait ressentir tant de choses. D'ailleurs, heureusement que je porte un tampon, sinon il aurait encore eu du sang sur ses doigts.

Soudain, je place mes mains sur mon visage, étouffant un cri de frustration. C'est comme si mon esprit ne pouvait pas se défaire de cette connexion troublante entre la douleur et le plaisir, entre la peur et l'excitation. Chaque pensée de lui fait grimper mon rythme cardiaque. Je me mords la lèvre, me reprochant d'être aussi émue par ses gestes si déroutants. Je sais que je devrais être en colère, que je devrais le haïr pour cette intrusion dans ma vie, mais au lieu de ça, je n'arrive qu'à ressentir un besoin insatiable de comprendre ce qu'il veut vraiment.

Alors que je lutte pour chasser ces pensées, je réalise que je ne peux pas rester ici, perdue dans ce tourbillon d'émotions. Je me lève et commence à faire les cent pas dans ma chambre, essayant de retrouver un semblant de normalité. Mais chaque pas me rappelle son odeur, chaque mouvement fait résonner le souvenir de ses doigts sur ma peau. Quelque chose en moi refuse de renoncer à cette tension, à cette dynamique compliquée qui me fascine et me terrifie à la fois.

Chapitre vingt-six

Qui aime réellement travailler un samedi ? Bon, je termine mon service à 13 h, mais j'aurais préféré passer ma matinée dans mon lit. Quoique... si c'est pour que Michel-Ange me rejoigne dans ma chambre, je préfère être en train de nettoyer une table et d'écouter un groupe d'amies discuter, qui, d'ailleurs, parlent très fort. Je m'efforce de me concentrer sur ma tâche et non sur lui, même si c'est peine perdue. Je me mords la lèvre en attrapant une tasse vide, puis une deuxième, tandis que le souvenir de nos ébats me fait frémir. Je ferme les yeux en grimaçant et secoue la tête. Je dois me concentrer, je dois me concentrer.

— Excusez-moi, mademoiselle.

Je me retourne, les mains toujours occupées par les deux tasses, et regarde la personne qui m'a appelé. Il est seul à la table qui se trouve près de l'entrée.

— Oui ? dis-je en faisant le tour du bar pour m'approcher de lui.

— J'attends ma commande depuis dix minutes et je crois que ça commence à faire long, s'impatiente-t-il d'un ton rocailleux.

Une gêne m'envahit et je me sens honteuse. Je m'excuse et pars immédiatement derrière le comptoir pour lui préparer sa boisson. Mais je fronce les sourcils ; je peux comprendre que je sois perturbée, mais de là à oublier une commande... Alors que je mets en route la machine, je sens qu'on m'observe. En levant les yeux, je découvre son regard planté sur moi, dévisageant le moindre de mes mouvements avec une intensité telle que des frissons parcoururent mon dos, entraînant mon cœur à battre plus fort.

Je tente de détourner le regard, mais quelque chose dans son air m'intrigue. Son expression est à la fois sérieuse et curieuse, presque perçante.

— Votre boisson est presque prête, dis-je en essayant de maintenir un ton professionnel, mon esprit toujours en désordre.

— Merci, répond-il d'un ton neutre, mais son regard reste fixé sur moi, comme s'il étudiait chaque détail de ma réaction.

Je tourne mon attention vers la machine, mon cœur s'accélérant sous un mélange d'inquiétude et de curiosité. Qu'est-ce qu'il veut, exactement ? Est-ce que je l'ai déjà vu quelque part ? Un frisson me parcourt l'échine. Je tourne mon visage, mal à l'aise, même si je dois dire qu'il n'est pas repoussant. Un grand homme, brun, aux yeux verts, une mâchoire carrée couverte d'une barbe bien entretenue. Il porte un pull dans des tons sombres, tout comme son pantalon et ses mocassins.

Il est affalé contre le dossier de la chaise, une jambe croisée sur l'autre, les mains sur ses cuisses, mais c'est son expression qui me fait un drôle d'effet. Il me dévisage d'une manière étrange.

D'un coup, une révélation me gifle et je réalise que ça peut être lui, qui vient en personne pour vérifier si je respecte ce qu'il m'a dit : ne plus avoir de contact avec d'autres hommes. Non, il ne serait pas assez bête pour venir, le visage à découvert, vérifier si je l'écoute.

Pourtant, cette pensée s'installe, alors que je prends conscience qu'il vient tous les jours depuis quelque temps. Le café serré prêt, je me dirige vers sa table et, comme il ne m'a pas lâché du regard, j'ai l'impression de marcher de travers, que mes jambes sont devenues de la guimauve. En posant sa tasse, je sens mes joues rougir. Je m'efforce de le regarder dans les yeux sans lui montrer qu'il me perturbe. Je suis sur mes gardes, prête à hurler s'il m'attrape comme il l'a fait cette nuit-là. Mais dès que je recule, il ne se passe rien, et j'ai besoin de reprendre de l'air. Donc, je pars à l'arrière-cuisine où s'accumulent les préparations.

Alex, l'un des cuisiniers — bien plus vieux que moi — me remarque et me demande si ça va. Je réponds en hochant la tête tout en faisant un geste de la main, masquant la tempête d'angoisse à l'intérieur. Il ne s'attarde pas et retourne à ses fourneaux. Dans l'arrière-cuisine, je prends quelques respirations profondes, essayant d'évacuer la tension. Je ne peux pas continuer à penser à ce client ni à ce qu'il représente. Je tourne la tête et fixe les casseroles fumantes, observant le bouillonnement presque hypnotique du contenu. Cela pourrait m'aider à me concentrer sur autre chose. Mais alors que je tente de me distraire, son visage réapparaît dans mon esprit. Pourquoi ? Peut-être que je fais trop de suppositions. Après tout, il est juste un client parmi tant d'autres… Enfin, je veux le croire. Mais la persistance de son regard et la manière dont il m'observe me laissent un goût amer dans la bouche. Est-ce vraiment Michel-Ange ?

Je suis déçue que Lucie ne soit pas là ; elle prend le service quand moi je quitte le restaurant. J'aurais eu besoin de lui raconter ce qui m'arrive, de voir si elle deviendrait aussi folle que moi.

Après quelques minutes à tenter de me calmer, je reprends mon courage à deux mains et retourne dans la salle, où une femme âgée entre, faisant sonner la cloche.

Elle s'assoit à une table libre au plus proche de la porte. Je me concentre sur elle afin d'éviter de croiser cet homme, mais je suis quand même attirée vers lui. Mon cœur manque un battement lorsque je découvre qu'il me regarde encore. *Putain !* C'est lui ? C'est sûr. Il me cherche ! Et je ne suis pas tellement dégoûtée de savoir que je l'ai laissé me toucher. Il est peut-être fou, mais il a tout pour lui. Vraiment tout.

Je tremble, et un vertige m'envahit, alors je retourne vite derrière le comptoir et me sers un verre d'eau que j'avale immédiatement. Mais ça ne m'aide pas à me calmer, et c'est bien pire quand Michel-Ange se lève, faisant grincer les pieds de sa chaise contre le carrelage, et qu'il avance d'une démarche nonchalante vers moi. Je retiens mon souffle, sentant mon rythme cardiaque s'accélérer. Ce dernier met une main dans la poche de son pantalon et la ressort, tenant un iPhone. Lentement, je le rejoins lorsqu'il arrive enfin à la caisse. L'air de la salle est devenu électrique et ça me met vraiment mal à l'aise. Sans dire un mot, je tape le ticket de caisse et le lui donne. Nos doigts se frôlent, et mon ventre se tord quand je peux enfin voir ceux qui m'ont tant fait jouir. Un mélange de désir et d'angoisse me traverse. Alors que je le regarde dans les yeux, je sens une tension palpable entre nous. Ce moment, bien que fugace, est chargé d'une intensité qui semble m'aspirer. Je me demande où tout cela va me mener, mais une chose est certaine : je ne peux pas rester là, immobile, à m'enflammer pour un homme qui semble détraqué. Même s'il est vraiment beau, maintenant que je connais son visage, je pourrais me munir d'un couteau et le tuer sur place, maintenant, devant tout le monde.

J'écarquille légèrement les yeux, lorsque je comprends les propos que je viens de formuler dans ma tête. Je me concentre sur le moment, et me force à lui décrocher un sourire poli, essayant de masquer l'agitation grandissante à l'intérieur de moi. Il me tend sa carte. Je me tourne doucement, avec l'impression d'être au ralenti, comme si la terre avait subitement arrêté de tourner. Je baisse les yeux pour voir son nom : « Aleksi Bolkonski ». Cela me semble bizarre, car il m'a bien dit hier qu'il avait des origines espagnoles, pas russes. Même si cet homme n'a absolument pas d'accent, il parle très bien l'anglais. Se moquait-il de moi ? C'est peut-être pour ça que je n'ai pensé à aucun Espagnol dans mon entourage.

Je passe la carte dans l'appareil, toujours perdue. Un raclement de gorge me fait sursauter, et je me tourne, réalisant que je me suis attardée sur sa carte, ce qui doit lui sembler étrange, comme si je volais les chiffres.

— Que faites-vous ? s'énerve-t-il.

J'ai chaud, et une envie de vomir me prend. Je m'éclaircis la gorge et lui rends la carte de crédit, mal à l'aise, tout en souriant, même si mon rictus doit être crispé.

— Pardon.

Il me dévisage d'une drôle de manière, puis, sans demander son reste, il fait demi-tour et s'en va en direction de la sortie. Je respire enfin, sentant mon cœur tambouriner contre ma poitrine. Tout cela est si déroutant, mais je dois continuer ma journée. J'essaie de me calmer, mais la mamie qui vient d'entrer m'appelle à son tour, et une autre bouffée d'anxiété monte en moi.

— Mon Dieu ! Non, ce n'est pas lui. Non.

Vivement ce soir, que je pense à autre chose et profite de la soirée organisée par Annamaria, la mère de Stécy. Une soirée où je pourrai rire, me détendre et oublier cette rencontre troublante. Alors que je me dirige vers la table de la cliente, j'essaie d'implanter cette pensée positive dans mon esprit. J'ai besoin d'un verre, de rires et de mon amie pour chasser cette atmosphère pesante.

Chapitre vingt-sept

Alors que je me sers à nouveau un verre de champagne, Stécy me rejoint, elle est rayonnante dans sa robe rose pastel. Ses cheveux châtains sont attachés en un chignon parfait, et son maquillage met en valeur ses yeux noisette, identiques à ceux de sa mère, que je n'ai pas encore croisés à cause du monde présent dans cette pièce. Les parents de mon amie vivent à Boston et non à Salem. Leur grande maison a été construite en retrait de la ville.

— Je n'aime pas le champagne d'habitude, avoue-t-elle en versant la bouteille dans sa flûte.

Je suis arrivée il y a trente minutes et elle l'a déjà remplie trois fois. À ce rythme, elle finira la tête dans le caniveau. C'est étrange que Carlos et Annamaria ne disent rien en voyant leur fille s'enivrer ainsi lors d'une fête où beaucoup de leurs amis sont invités. Je sais que mes parents m'auraient fait la morale avant même le début des festivités.

— Tu devrais y aller doucement avec la boisson, lui conseillé-je en me penchant vers elle de manière à être discrète.

Malgré la grandeur de la pièce, les oreilles ne traînent jamais loin, et je ne veux pas que cela arrive jusqu'à ses parents. Elle éclate de rire, signe que l'alcool commence à faire effet.

— J'adore quand tu t'inquiètes pour moi, s'exclame-t-elle en m'attrapant la main dans un geste affectueux, sans même me regarder.

Mais ne t'inquiète pas, je tiens très bien l'alcool. Et puis, c'est une fête, c'est fait pour boire, non ?

— En quelque sorte, oui. Mais pas à te rendre malade.

Je l'observe avaler une gorgée, et lorsqu'elle me donne enfin un regard, elle affiche un grand sourire, avec du rouge à lèvres qui bave légèrement à la commissure de sa bouche.

— Mais ne t'inquiète pas, Amber chérie, dit-elle en touchant le bout de mon nez avec son index, avant de faire volte-face et de plonger sa main pour attraper des amuse-bouches. Je vais bien. D'ailleurs, parlons plutôt de toi. Tu étais où ?

Je me fige, sentant la honte me submerger. Je dois impérativement trouver un mensonge, car je ne peux pas lui annoncer que j'étais avec Michel-Ange, et qu'il a aussi débarqué à mon travail, essayant de voir si je respecte ses consignes. Qu'est-ce qu'elle dirait ? Qu'est-ce que je pourrais dire ? Un plan émerge lentement dans mon esprit, mais il est fragile, et je doute de sa crédibilité. Peut-être que je pourrais parler d'une sortie imprévue ? C'est risqué, mais c'est tout ce que j'ai. Je me ressaisis, cherchant une expression neutre sur mon visage, tout en tentant de formuler une excuse. Il faut que ça sonne sincère, mais pas trop. Je ne veux pas qu'elle devine la vérité.

— J'ai accompagné mes parents à l'aéroport, lui dis-je en mordant l'intérieur de la joue. Ma mère voulait que je les accompagne avant leur vol pour Miami.

Mon cœur bat à tout rompre, et elle penche la tête sur le côté en haussant un sourcil, puis fait une grimace. Elle ingurgite une gorgée avant de me répondre :

— Je sais que tu mens, rétorque-t-elle. Mais ce n'est pas grave, je m'en fiche.

Je sens un frisson de soulagement mélangé à un pincement de culpabilité. Quelque part, je sais que je ne peux pas lui cacher la vérité éternellement. Mais pour l'instant, je préfère qu'elle pense ce qu'elle veut, plutôt que de lui révéler ce qui s'est réellement passé.

Je me demande ce qui se passe dans son esprit pour vouloir fuir la réalité. Elle a tout pour être heureuse : elle a une famille adorable et riche, et elle est d'une beauté à faire tourner la tête de plusieurs hommes lorsqu'ils la croisent. Ses origines mexicaines sont un atout indéniable, un bel héritage du côté maternel. Et pourtant, il y a ce changement en elle depuis quelque temps. L'ombre du meurtre de Mélissa et Malcolm pèse sur nos têtes, et je reste perplexe face à sa volonté de fuir plutôt que d'affronter ses émotions. Peut-être qu'elle ne se rend pas compte à quel point elle a besoin de soutien. Mais que puis-je faire pour l'aider, alors qu'elle refuse de se confier ? Stécy sourit en revenant vers moi, prête à trinquer.

— À notre amitié qui dure depuis tant d'années et qui continuera à jamais !

Elle boit une gorgée avant de poursuivre :

— Jusqu'à ce que la mort nous sépare. C'est comme les mariages, les amitiés. On est ensemble jusqu'à ce que l'une de nous crève.

Je déglutis, sentant mon corps commencer à trembler, entraînant mon cœur à battre de plus belle. Qu'est-ce qu'elle raconte ?

— Qu'est-ce qui t'arrive ?

— Rien. Pourquoi me demandes-tu ça ?

— Eh bien… je ne t'ai jamais vu boire autant. Même à l'anniversaire de Kate, tu n'as pas autant vidé de verres.

— Je vais bien, Amber chérie écoute, c'est juste que je suis fatiguée. Les études, c'est prenant, en fait, et…

— Alors, les filles ? intervient Annamaria, ravissante dans sa robe rouge à paillettes. Quoi de beau ?

Stécy s'arrête de parler, ne sachant pas comment se comporter maintenant que sa mère nous a rejoints. Je la vois devenir un peu plus fermée, et cela m'inquiète. Je sais que la présence d'Annamaria, bienveillante, mais imposante, accentue son malaise. Je jette un coup d'œil à Stécy, espérant qu'elle parvienne à se ressaisir.

— Oh, rien de spécial, dis-je en tentant de désamorcer la tension. Juste une conversation entre amies.

Le sourire d'Annamaria s'élargit, alors que je me demande comment nous allons naviguer dans cette situation délicate.

— Comment tu vas ? demandé-je.

— Très bien ! Je suis tellement malheureuse que tes parents n'aient pas pu nous rejoindre cette année. Mais j'espère qu'ils ne manqueront pas Thanksgiving ?

— Je pense qu'ils seront là cette fois.

— À la bonne heure ! s'écrit-elle avec joie.

Annamaria attrape sa fille — qui se faisait petite — par les épaules et la serre un peu plus contre elle, se penchant sur le côté pour lui murmurer quelque chose. D'après l'expression de mon amie, elle n'aime pas trop ça. Je la vois devenir livide et déglutir.

Je sais que, même si je lui demande ce que sa mère lui a dit, elle ne me le dira jamais. Lorsqu'elle finit de discuter avec sa fille, Annamaria pose à nouveau son attention sur moi, les yeux pétillants de joie, puis lâche Stécy pour attraper ma main. Ses doigts, quelque peu froids et moites, se serrent autour des miens.

— Avec Carlos, nous aimerions que tu viennes dîner vendredi prochain. Est-ce que tu es libre ?

— Oh… je… je ne sais pas, dis-je, ne sachant pas pourquoi je bégaye. Je te redirai ça dans la semaine.

— Fais-moi plaisir, viens, s'il te plaît, insiste-t-elle en resserrant sa poigne.

— OK, alors.

Ma réponse lui plaît, vu qu'elle me lâche immédiatement et nous salue avant de se diriger vers un groupe d'hommes et de femmes qui nous regardent. Je n'avais pas porté attention à eux auparavant.

Lorsque Stécy avance brusquement, elle attrape ma main pour traverser la foule de gens regroupés en plusieurs cercles, discutant autour du buffet, verre de vin ou de champagne à la main, en direction de l'extérieur de la salle.

— Désolée, j'ai besoin d'aller ailleurs, m'informe-t-elle. Et puis, c'est bien trop bruyant ici.

— Tu as raison.

J'avoue que cela ne me ferait pas de mal à mes tympans de me retirer au calme. Non loin des portes de sortie, mon talon s'enfonce dans quelque chose. Je m'apprête à glisser sur le carrelage en damier noir et rouge de la salle lorsque je me rattrape à une silhouette imposante, dos à moi, mes ongles s'enfonçant dans le cou de cet homme.

Dès que ce dernier se retourne pour comprendre ce qui se passe, mon cœur chavire en réalisant sur qui je suis tombée. Je m'excuse immédiatement auprès de Geyden, vêtu d'un costume sombre qui met en valeur ses yeux bleus, tout comme sa peau mate. J'en frissonne tant je le trouve beau. Mais mon cœur s'arrête de battre lorsqu'une main fine, une French manucure occupant ses ongles, s'ouvre sur son avant-bras. Puis elle se dévoile sur le côté : une blonde, maquillée de manière flamboyante avec des yeux charbonneux et une bouche peinte en rouge. Cette femme, qui éveille en moi un sentiment de jalousie, porte une robe dans les mêmes tons que le costume de Geyden. Je me sens submergée par un mélange de fascination et de frustration. La tension dans ma poitrine grandit alors que j'essaie de cacher ma réaction.

— Hey, ça va ? demande-t-il, son regard inquiet planté dans le mien.

Je prends une profonde inspiration pour répondre, tandis que Stécy retourne sur ses pas, réalisant que je ne la suis plus, et elle s'exclame d'un air agacé en voyant son frère :

— Ah ! Tu es enfin arrivé ? Et je vois que tu es venu accompagné de ta pute ?

Mais mon Dieu ! Qu'est-ce qu'elle a ? Elle a toujours été directe dans ses paroles, mais jamais aussi vulgaire. J'observe avec étonnement le comportement de mon amie, qui se ridiculise de plus en plus. Son frère, lui, la dévisage avec la même surprise jusqu'à ce que son regard s'assombrisse en découvrant le verre qu'elle tient à la main. Puis, il pose son attention sur moi.

Avant que je ne puisse réagir, il retire ma coupe de champagne d'un geste brusque et autoritaire, la posant sur une table derrière eux, où se trouvent des montagnes de desserts. Je suis tellement sous le choc que je ne réponds pas tout de suite. C'est Stécy qui réplique :

— Attends ! Tu te prends pour qui Geyden ? Son mec ?

— Fais attention à la manière dont tu me parles, répond-il, le ton menaçant, en lui enlevant également son verre pour le poser au même endroit. Je pense que tu as assez bu non ?

— Quoi ? rétorque-t-elle en pointant son doigt vers son frère. Tu te prends po…

Voyant que la situation dégénère, je prends mon amie par le bras et, d'un mouvement rapide, je l'entraîne hors de la pièce.

— Mais qu'est-ce que tu fais ? s'exclame-t-elle avec rage, me lançant un regard froid.

— Tu vas trop loin avec ton frère et sa copine.

— Sa pouf ! me rectifie-t-elle. Ne me dis pas qu'il n'a pas eu un comportement déplacé, là ?

— Oui, j'avoue, mais tu n'étais pas obligée de réagir de cette façon.

Je sens la tension monter entre nous, mais je refuse de céder à sa provocation.

— Écoute, Stécy, il y a d'autres moyens de gérer ça. On ne peut pas se permettre de perdre le contrôle ici, pas devant tout le monde, pas devant tes parents.

— Ah oui ! s'exclame-t-elle d'une manière théâtrale levant les bras en l'air.

Mon cœur se pince.

— Mes chers parents ! Ils sont tellement géniaux ! Tout comme ton satané chéri !

Je la regarde sans comprendre ce qu'elle dit, et elle rit de plus belle.

— Mon frère, imbécile ! Il n'a pas de couilles pour te le dire ! Mais il en a pour mettre sa bite dans une nana ! Surtout une pute comme elle !

Je suis tellement choquée et perdue que je ne sais quoi dire, et, comme elle voit que je ne réplique pas, elle hausse les sourcils avant de faire demi-tour et de se couvrir sous la tempête qui gronde dans le ciel. Il fait nuit noire, et merci aux Rodriguez d'avoir installé des lumières pour éclairer le jardin.

Je la suis et me fais tremper en quelques secondes, accompagnée de rafales qui fouettent mon corps. J'ai l'impression que les gouttes sont de fines aiguilles s'enfonçant dans ma chair à chaque souffle, ce qui me fait grimacer et me fait aussitôt regretter d'être sortie. Stécy se protège le visage, et je finis par faire de même.

C'est avec joie que nous nous dirigeons vers la maison de ses parents. Dès qu'elle ouvre la porte, nous nous précipitons à l'intérieur, et j'accueille cette vague de chaleur avec satisfaction. Je lâche un juron de contentement en retirant mes talons trempés, tandis qu'elle traverse le salon, laissant derrière elle des traces de boue mélangées de pluie.

Je la dévisage, ne comprenant pas son comportement. Elle n'est pas comme ça d'habitude. Je lui emboîte le pas, contournant le gros canapé en cuir blanc en forme de U, installé devant une immense cheminée éteinte. Stécy emprunte les escaliers en fer qui mènent aux chambres et aux trois salles de bains, marmonnant des mots inaudibles.

— Stécy ! l'appelé-je en montant rapidement les marches.

L'acier froid sous la plante de mes pieds me fait regretter d'être pieds nus.

— Attends, s'il te plaît. Je n'ai pas compris !

Mais elle est comme une enfant en pleine crise ; elle continue son chemin, se dirigeant vers sa chambre sans m'attendre.

— Mais qu'est-ce que tu as ? dis-je, légèrement essoufflée de la suivre ainsi.

Elle oublie que je n'ai pas la même endurance qu'elle ! Je me demande si elle va vraiment s'enfermer dans sa chambre sans m'expliquer ce qui se passe. Arrivée en haut, mes pieds glissent sur le carrelage chaud d'un blanc éclatant, et je me rattrape de justesse à la rambarde. J'avais oublié qu'ils avaient le chauffage au sol, un vrai bonheur. Stécy arrive devant sa porte, entre et la referme derrière elle.

Je m'arrête net dans mon élan, bouche bée par ce qu'elle vient de faire. *Quoi ?* Mon cœur se serre lorsque j'entends un hurlement, suivi d'un bruit sourd. Je me rue à l'intérieur et la retrouve comme un fauve en cage, marchant de long en large, s'arrachant les cheveux, en larmes. Pendant un instant, je suis paralysée, ne sachant pas comment réagir. J'ai mal au ventre, et la nausée me prend aux tripes en la voyant dans cet état. Je dois la calmer !

Je m'avance et mon pied se pose sur un débris de verre. J'écarquille les yeux, retenant le cri de douleur qui monte au niveau de mon pied. Mais c'est plus fort que moi, et je lâche un gémissement de souffrance en soulevant ma jambe, découvrant sa boîte à bijoux en porcelaine, maculée de mon sang, que son père lui a offerte pour ses 10 ans.

— Ah ! Putain !

À cloche-pied, j'essaie de rejoindre son grand lit, tandis que Stécy réalise que je suis blessée. Elle vient me soutenir en essuyant ses larmes, tentant de me mettre sur le lit tout en s'excusant de m'avoir fait mal. La douleur est bien trop intense, et je suis tellement en colère contre son comportement — de m'avoir fermé la porte au nez — que je préfère me taire. Sinon, ça risque de se transformer en un déluge de paroles méchantes à son encontre. Elle soulève mon pied pour examiner la blessure et grimace en se mordant la lèvre, d'un air mi-dégouté, mi-effrayé.

— Merde ! souffle-t-elle. On va devoir t'emmener à l'hôpital ! Je crois que tu as besoin de points.

À entendre ça, ma rage bout, et je la regarde d'un mauvais œil, m'efforçant de ne pas l'injurier. Elle se relève, essuie à nouveau son visage et part chercher son portable.

Lentement, je lève ma jambe pour jeter un œil en dessous. Je retiens mon souffle en voyant non pas un, mais trois morceaux de verre enfoncés dans mon pied. *Putain !*

— On a un problème Geyden, dit-elle d'une voix nouée. Monte, s'il te plaît, je suis dans ma chambre.

Chapitre vingt-huit

Me retrouver seule chez moi, alors que j'aurais dû être chez les Rodriguez à boire et à manger, me pèse. Je suis allongée sur le canapé, mon pied surélevé par un coussin que Geyden a positionné après m'avoir ramenée de l'hôpital il y a une heure. Par chance, malgré ce que j'ai pu penser, la plaie n'était pas si profonde que ça. J'ai eu trois points de suture et le médecin m'a conseillé trois jours de repos. D'après lui, ça devrait aller mieux d'ici là. En attendant, je dois faire le moins de déplacements possible, ce qui est super pénible, surtout que je suis seule. Mes parents voulaient rentrer, mais je leur ai déconseillé de le faire. Ils partent rarement ensemble, surtout en voyage, et je ne veux pas être un fardeau.

J'attrape mon téléphone posé sur la table basse pour vérifier l'heure, me disant que Stécy devrait normalement bientôt venir me rejoindre. Il est presque 22 h, et mon ventre commence à crier famine. Je décide donc de me lever et, avec l'aide d'une canne, je me déplace lentement, telle une tortue. Si Michel-Ange voulait jouer à m'attraper, il aurait gagné. Un chatouillement se forme au niveau de mon bas ventre à l'évocation de son nom. Je me mords la lèvre voulant me flageller, je dois rester lucide même si j'ai son visage en tête, et je ne dois pas tomber amoureuse de lui. Je dois faire semblant. Je. Dois. Faire. Semblant ! Comme ça je ne le louperai pas.

Arrivée dans la cuisine, ma main me fait mal à force de m'appuyer et de serrer cette fichue canne. J'ouvre le frigo de l'autre et scrute son intérieur à la recherche de quelque chose de bien gras. Malheureusement, avec une mère qui pense à sa ligne, il ne reste guère plus que des salades, de la viande et de l'eau. Mon beurre de cacahuète a disparu la semaine dernière, et je souffle de déception en reculant pour refermer la porte du frigo. Lentement, très lentement, je retrouve le chemin du salon, où je vais demander à Stécy de me ramener un burger de chez Rivalry, ou tout autre chose qui pourrait me réconforter. Une fois installée près du canapé, je prends mon portable et lui envoie un message.

Les secondes passent comme des heures, tandis que mes yeux se fixent sur la télévision, où Damon Salvatore embrasse Elena. Je ne me lasse jamais de cette série, et je suis reconnaissante à Prime Vidéo de l'avoir rendue accessible. Stécy finit par me répondre qu'elle me ramènera quelque chose dans trente minutes, voire une heure. Mon cœur se serre un peu ; devrais-je vraiment attendre autant avant de croquer dans quelque chose ?

En attendant, je me dirige vers la cuisine pour me préparer un thé, même si cela ne remplacera pas un bon repas. Pendant que l'eau chauffe, je me demande si elle s'est calmée depuis mon départ, surtout avec l'arrivée de son frère et sa copine traînant dans son sillage. Je repense à la façon dont elle a caché la boîte à bijoux sous son lit, remplaçant rapidement son emplacement par une tasse brisée ; un acte désespéré, mais qui a fonctionné. Arrivée à la cuisine, j'ouvre le placard, sors mon mug en forme de citrouille rageuse et mets un sachet de thé à la vanille.

Quand mon portable sonne, je suis presque sûre que c'est Stécy. Mais mes yeux s'écarquillent et mon souffle se coince lorsque je vois le numéro du destinataire. Michel-Ange ! Le message qu'il m'envoie me fait frissonner. : « *Ding dong. Je sais que tu peux m'entendre. Ouvre la porte. Je veux juste jouer un petit peu. Ding dong. Tu ne peux pas me faire attendre. Il est déjà trop tard pour que tu essaies de t'enfuir. Je te vois par la fenêtre. Regarde-moi, Luciole. »*

Je connais ces fichues paroles, je les ai déjà entendues quelque part, mais où ? Je lève la tête en direction de la fenêtre qui donne sur le jardin et j'écarquille les yeux. Mon corps se couvre de chair de poule lorsque, dans la pénombre à peine éclairée par les lumières, une silhouette grande et imposante se dessine. Je recule de deux pas, effrayée, lorsque mon téléphone sonne à nouveau : *« Nos regards sont rivés l'un à l'autre, je peux sentir ton horreur, bien que j'aimerais la voir de plus près. »*

Je lâche ma béquille qui s'écrase dans un fracas. Paralysée, j'essaie de me concentrer, cherchant à me souvenir si j'ai verrouillé la porte d'entrée ainsi que celle qui donne sur le jardin, où se trouvent la piscine et le coin barbecue.

Cependant, je suis tellement tétanisée que je n'arrive même pas à réfléchir. Sans m'en rendre compte, je pose mon pied au sol. Une douleur fulgurante m'envahit. Je hurle et sursaute, m'agrippant au plan de travail pour ne pas tomber. *Mes points de suture !* Une fois la douleur dissipée, je pose à nouveau mon attention sur lui.

Bien qu'il soit à quelques pas de ma fenêtre, j'arrive à distinguer ses mouvements. Il lève son bras droit et le ramène à son oreille, juste au moment où mon téléphone sonne, me faisant tressauter et crier à cause de la tension qu'il fait monter en moi. Son numéro s'affiche. Ce malade m'appelle et, si j'ai bien compris, il veut jouer. Sauf que je ne suis pas en état, j'ai un pied en moins. Je tourne la tête dans sa direction et décroche, sentant mon cœur battre à nouveau. Avec une pointe d'angoisse dans ma voix, je réponds :

— Allô ?

— Allô, rétorque-t-il d'un timbre trafiqué qui me fait encore plus d'effet. Tu sais que tu es magnifique, ma luciole ?

— Peux-tu arrêter avec ce surnom ridicule ? dis-je en me déplaçant légèrement pour soulager la crampe qui commence à se faire sentir au niveau de ma jambe.

Je ne le lâche pas du regard, et lui non plus.

— Pourtant, il te va tellement bien, me répond-il en avançant de deux pas. Le bruit court que tu es blessée ?

— C'est exact. Tu comprends que je ne peux pas jouer avec toi ce soir ?

Mon corps se couvre de chair de poule en entendant son rire robotisé résonner dans le haut-parleur.

— C'est un beau défi à relever, ma belle petite luciole.

— Putain ! Va te faire foutre, Michel-Ange !

— Je n'attends que ça ! réplique-t-il avec une pointe d'amusement dans son ton.

— Tu es vraiment cinglé ! Va te faire soigner !

— J'y compte bien, c'est toi mon traitement.

— Tu devrais partir. Mon amie va bientôt arriver. Et je ne veux...

— Tu crois ? me coupe-t-il.

À ces mots, mon sang se glace et je commence à trembler.

— Je n'aime pas partager, Amber, poursuit-il. Je suis très possessif et jaloux.

— C'est ma meilleure amie ! Ce n'est pas un putain de mec ! hurlé-je, la peur me serrant le ventre, imaginant qu'il lui a fait du mal.

— C'est tout comme, Luciole ! rétorque-t-il avec sarcasme. Toute personne qui te touche me rend vert de jalousie.

— Je t'en prie, elle n'a rien fait ! Je te promets que je ne m'approcherai d'aucun homme ! Tu en as eu la preuve ce matin, non ? Tu as essayé de me tester et tu as bien vu que je t'ignorais.

— Ah bon ? dit-il avec étonnement.

— Mais oui ! m'énervé-je, sentant l'angoisse monter de plus belle. Tu n'arrêtais pas de me regarder, comme si tu essayais de voir si je viendrais te draguer. Ça ne s'est pas produit, n'est-ce pas ? Et je sais ton prénom maintenant, et ton visage, l'informé-je. Donc, tu peux arrêter ton jeu et partir, s'il te plaît !

Je suis une pitoyable menteuse, mais j'espère qu'il tombera dans le panneau.

— Quel est mon nom alors ?

— Je ne me rappelle pas exactement, mais je me souviens de ton prénom, c'est Aleksi !

Je n'ai pas besoin de me trouver à quelque endroit que ce soit pour sentir la rage qui gronde dans son corps. *Merde !* Ma respiration se bloque. Je sens que je viens de gaffer et que l'homme qui était là à mon travail n'était pas lui.

— Ce n'est pas mon prénom, et du sang va couler ce soir, m'annonce-t-il. Tu me confonds avec un autre, et ça me blesse.

— Quoi ? Mais...

Je tremble de plus en plus, réalisant ma méprise. Je suis stupide ! Mais alors, pourquoi m'a-t-il regardé comme ça celui-là ?

— Tu vois bien trop d'hommes !

— Je ne savais pas ! OK ? hurlé-je. Je ne l'ai même pas approché, je sais que je suis à toi, Michel-Ange.

Je tente de le calmer en lui disant ce qu'il veut entendre, espérant que ça va marcher, sinon je ne sais pas ce qu'il va faire. Mais ce dernier secoue la tête et vient pincer l'arête du nez de David.

— Même là, tu mens ! me répond-il. Pourtant, un homme t'a approchée il y a peu, et il t'a même portée dans ses bras pour te mettre dans sa voiture !

Geyden ! Non !

— C'est un policier ! Il... il... il a accompli son devoir, rien d'autre ! bégayé-je, l'angoisse enserrant ma voix.

À nouveau, sa tête s'agite, et il avance encore, tandis que moi, je reste figée. Des larmes me montent aux yeux. D'une main tremblante, je regarde mon téléphone sans quitter l'appel. Je me dirige vers les messages et vois celui de Stécy, qui me confirme qu'elle arrive plus tôt que prévu.

— Alors on va remédier à ça ! dit-il dans le haut-parleur.

Soudain, les lumières de la maison s'éteignent, plongeant l'intérieur et l'extérieur dans le noir complet. Je ne le vois plus ; seul l'écran de mon téléphone m'aide à voir. En regardant mon portable, je comprends qu'il a raccroché. *Putain !* D'une main tremblante et précipitée, j'ouvre le tiroir à bric-à-brac à la recherche d'une lampe torche. Mais en vain. Mon sang se glace lorsque je reçois un autre message de lui. Je le lis rapidement, mon cœur cognant dans ma poitrine : « *Ding dong. Je viens te trouver. Dépêche-toi et cours. Jouons à un petit jeu et amusons-nous. Ding dong... Tu as jusqu'à 10 pour te cacher, Luciole. Si je te trouve, quelqu'un mourra en ton nom ce soir* ».

Je lâche un cri étouffé contre ma main. Je dois lui rappeler rapidement que je ne peux pas jouer ; j'ai un pied avec des points de suture, que je vais perdre si je ne fais pas attention, je ne veux pas que quelqu'un meure pour moi. Malheureusement, il l'ignore et un compte à rebours se lance sur l'écran. Je reste là, perturbée, alors que les secondes s'écroulent sous mes yeux. Je dois me cacher, même si je ne suis pas en état. Je n'ai pas d'autre choix. Avec la lampe torche de mon téléphone dans une main et ma canne dans l'autre, je me déplace en sautillant et me dirige vers la porte de la cave.

Lorsque j'entoure la poignée de la porte de mes doigts devenus moites et tremblants, je reçois un nouveau message : « *Je t'informe qu'il y a toujours une échappatoire. Réfléchis et sers-toi de ta belle tête, ma luciole* ».

Une échappatoire ? Comment ça ? Le chronomètre se met à sonner, m'informant qu'il est arrivé à la moitié de son compte à rebours. J'ouvre brusquement la porte. Dans le noir, à peine éclairés par ma lampe, les lieux prennent une ambiance terrifiante. Je frissonne, déglutis et me force à descendre les trois premières marches pour refermer la porte à clé derrière moi. Lorsque je pose mon pied, la marche craque sous mon poids, ce qui arrête mon élan, retenant mon souffle, alors que mon rythme cardiaque augmente, j'écoute attentivement ce qui se passe autour de moi. Heureusement, rien. Je continue, malgré leur grincement. Puis je ferme, tournant brusquement la clé. Comme ça, il ne pourra pas descendre et me trouver, et j'aurai gagné un peu de temps. Je poursuis ma descente, très lentement. En bas, j'avais oublié qu'il faisait froid et qu'une odeur rance occupe la pièce ; je viens rarement ici. Je projette la lumière, découvrant plusieurs cartons entassés les uns sur les autres, qui ne sont pas en très bon état. Je ne saurais dire ce qui se cache à l'intérieur, étant donné que ce sont mes parents qui les ont descendus ici il y a plusieurs années. Sur certains, des toiles d'araignée s'accrochent. Je frissonne en pensant à la possibilité de tomber sur l'une de leurs hôtes. À cloche-pied, j'avance et essaie de me cacher derrière l'un des cartons. Je sais que ce n'est pas la cachette du siècle, mais, comme la porte est fermée, il ne risque pas de descendre.

Je déplace une rangée de cartons sans faire de bruit, bien que ce soit compliqué à cause du frottement contre le sol en béton. Mais je pense qu'on n'entend pas ça d'en haut. Lorsque je vois qu'il y a assez d'espace pour que je me faufile, je m'arrête et passe, retenant mon souffle lorsque je vois l'ombre d'une araignée bouger. *Putain de connasse.*

— Reste où tu es, sinon tu meurs, lui murmuré-je doucement.
Une fois derrière, je replace les boîtes et m'assois sur le sol gelé, ce qui me fait tressaillir. À peine mes fesses posées, mon portable sonne. C'est le chrono qui s'arrête, et juste après, un message apparaît : « *Que la partie commence* ».

Chapitre vingt-neuf

Je consulte mon portable. *Est-ce que je peux appeler la police ?* Mais oui, pourquoi ne l'ai-je pas fait directement ?

Je compose le numéro du centre et lance l'appel, mais il n'y a plus de tonalité, ce qui me surprend. *Merde !* Comment est-ce possible ? L'internet vient justement du garage ! Ou alors... oh putain ! C'est vrai qu'il a coupé l'électricité ! Je n'ai plus accès à internet ni à un réseau téléphonique pour contacter qui que ce soit. Il est bien trop malin pour moi. Soudain, j'entends l'orage gronder dans le ciel, me donnant la chair de poule, il ne pouvait pas choisir un autre jour ? Ce portable ne me sert à rien, en même temps, jamais il ne m'aurait laissé ce choix. C'était évident.

Ça fait cinq minutes que le compte à rebours a été arrêté, mais je n'entends aucune âme vivante au-dessus. A-t-il au moins réussi à entrer ? Je pense que oui, même avec les portes verrouillées, il doit avoir ses méthodes. L'alarme de la maison retentit alors, me faisant sursauter. Son cri résonne à travers la demeure, je me bouche les oreilles tant il est fort et me fait mal au tympan.

Est-ce qu'il a déclenché l'alarme ou est-ce juste parce qu'il est entré par effraction ? Peut-être qu'il veut me faire sortir de ma cachette. *Putain !* Je ne sais pas ! Soudain, mon téléphone émet un bip. Je suis surprise, étant donné que je n'ai plus de réseau, mais je reçois bel et bien un texto de Michel-Ange. Mon cœur se serre à l'idée de ce qu'il

pourrait dire. Tremblante, je le déverrouille et je regarde le message :
« *Où es-tu allé ? Penses-tu avoir gagné ? Notre jeu de cache-cache ne fait que commencer... Je suis juste au-dessus de toi. Ou à côté, derrière ou devant toi.* »

L'angoisse monte à nouveau en moi, comme un tsunami de panique. Ma main tremble légèrement alors que je lis et relis ce texte, et le froid de la cave n'arrange rien. Un deuxième arrive. Mon cœur s'emballe, chaque battement résonnant dans mes oreilles. Je me sens prise au piège, et l'adrénaline commence à pulser dans mes veines, alors que je lis le second texto : « *Alors ? As-tu trouvé ton échappatoire ? Juste pour que tu le saches, tu ne peux répondre qu'à moi. J'ai bloqué ton téléphone. Sinon, ce serait trop facile. Je te connais. J'aurais pu te laisser faire, et le flic serait venu, mais mon couteau lui aurait tranché la gorge. Tu sais que je l'observe aussi. Et je n'aime pas la façon dont il te regarde. Je crois que je vais devoir lui rendre une petite visite pour qu'il comprenne que ton cœur est déjà à moi. Crois-tu que c'est une bonne idée ?* »

Je secoue la tête, comme si je voulais lui répondre directement. *Non... ne fais pas ça...* L'air devient lourd, irrespirable et suffocant, les larmes aux yeux, je regrette de l'avoir embrassé ce soir-là. Je ne sais plus si je tremble à cause de ce qu'il me fait vivre ou si c'est parce que j'ai envie de le tuer pour ce qu'il dit.

Je rédige un message pour exprimer ce que je ressens, pour lui faire comprendre que Geyden n'est rien pour moi, et que, même si sa façon de me regarder paraît étrange, je ne ressens rien pour lui. Je n'oublie pas de lui rappeler que je suis à lui. Mon cœur palpite brusquement, priant intérieurement pour que cela fonctionne. Je sais que je mens, et cela me fait mal, mais il faut que je fasse cela. Parce que si quelque chose arrive à Geyden à cause de moi, je ne m'en remettrai jamais.

Mes poils se hérissent lorsqu'une sonnerie résonne non loin de moi. Je retiens mon souffle, étouffant mon hurlement de peur contre la manche de mon t-shirt. Comment est-ce possible ? J'ai fermé la porte.

— *J'entends tes pas qui résonnent bruyamment dans les couloirs. J'entends ta respiration saccadée. Tu n'es pas très doué pour te cacher,* fredonne-t-il de l'autre côté de la pièce, près des marches, près de l'unique sortie.

Pourtant, je ne les ai pas entendu grincer sous son poids. À chaque respiration une douleur aiguë occupe mes poumons. Je n'en peux plus, je ne me sens pas bien. Je suis frigorifiée, et épuisée. Je veux que tout cela cesse, qu'il me punisse et qu'il tue quelqu'un pour moi. Mes dents s'enfoncent dans ma lèvre à cause des mots insensés qui me brûlent la langue.

— C'est triste que tu n'aies pas fait d'effort pour te sortir d'ici. Je te l'ai dit, tout jeu a toujours une échappatoire, me lance-t-il.

Le frottement de son pantalon crissant et ses semelles claquant contre le béton m'indiquent qu'il se déplace avec lenteur. Je ferme les yeux, comme si cela pouvait me rendre invisible. J'essaie de respirer lentement, mais c'est impossible ; j'ai tellement peur. Il est là, là où je me cache, et il a réussi à trouver ma cachette. Comment ? Pourquoi n'a-t-il pas pensé à ma chambre ?

— Bouh ! crie-t-il soudainement.

Mon corps sursaute, et mon hurlement résonne dans la cave, créant une ambiance horrifique. Je suis pétrifiée, les muscles crispés, tandis que je le vois, son masque se dévoilant peu à peu entre les cartons, lui conférant un air machiavélique. Puis, il recule et s'éloigne.

— Un… commence-t-il. Deux… trois…

Quoi ? Je ne comprends pas !

— Qu… qu'est-ce que… ?

Je dois me calmer. Mes tremblements m'empêchent de parler correctement.

— Tu fais… quoi ?

— Quatre…, poursuit-il, cinq…

Il joue encore ? Cela veut-il dire que je dois sortir de là et me cacher ailleurs ? Mais je pensais que, lorsque je serais trouvée, ce serait fini !

— Six… poursuit-il.

Tout en m'aidant des cartons pour me mettre debout, je dirige mon portable vers lui. Un frisson me parcourt le corps lorsque je le vois face au mur à côté des escaliers, comme un enfant jouant à cache-cache. *Putain !* Il est vraiment cinglé !

Rapidement, je déplace les cartons et passe entre eux. J'attrape ma béquille au sol et commence à sautiller, le cœur battant à toute vitesse. Chaque pulsation résonne contre l'os de ma mâchoire, comme s'il voulait quitter ma poitrine. Ce que fait Michel-Ange va me tuer, j'en suis certaine. Lorsque j'arrive près de lui, je retiens mon souffle, prête à lever ma canne et à le frapper s'il me saute dessus. J'ai laissé cet homme me faire l'amour hier, et je le regrette amèrement en cet instant. Je sais que je n'arriverai pas à découvrir qui il est à moins de le tuer avant.

— Sept… huit…

Mon cœur bat si fort que je n'entends presque plus rien d'autre. Chaque chiffre qu'il compte devient une pression supplémentaire sur ma poitrine, et la panique me pousse à agir. Je déplace la béquille, ma main crispée sur le bois, prête à frapper. Mais avant même que je puisse réagir, il se retourne brusquement, son masque réfléchissant la lumière dans une lueur sinistre.

— Ne fais pas ça, Amber. Je ne te veux aucun mal… pour l'instant.

Sa voix est calme, mais ferme, et quelque chose dans son ton m'intrigue tout autant qu'il me terrifie. Il avance vers moi de manière nonchalante, mais le regard dans ses yeux, bien qu'invisible, semble pétiller d'une lueur perverse.

— Ne joue pas avec moi, je n'hésiterai pas à frapper, dis-je, essayant de donner du poids à mes mots.

Je prends une profonde inspiration, cherchant à garder mon esprit lucide dans cette tempête de sensations. Je veux comprendre ses intentions, mais l'inquiétude me dévore.

— Ne t'inquiète pas, je ne te ferai pas de mal, dit-il d'un ton apaisant. Je voulais juste te rappeler que j'ai toujours le contrôle.

Je déglutis, je me prépare à fuir, à en finir avec ce jeu macabre. Mais ce cingler se retourne et continue de compter.

— Neuf...

Putain !

Je commence à grimper l'escalier en bois, et celui-ci gémit sous mon poids. C'est impossible que je ne l'aie pas entendu ; les marches font bien trop de bruit. Je frissonne, me demandant à quoi je joue. Une fois en haut, une idée stupide me vient à l'esprit : j'enlève la clé, claque la porte et la ferme. Je suis à fleur de peau, car s'il parvient à sortir, je ne sais pas ce qu'il me fera. Mais déjà, comment a-t-il fait pour entrer ? *Putain !* À bout de souffle, je recule et me dirige vers la porte d'entrée, soulagée à l'idée de pouvoir sortir d'ici. Mais lorsque j'abaisse la poignée, la porte reste bloquée. *Non !* Je la secoue à plusieurs reprises, mais rien ne bouge. Il m'a enfermée ? *Putain !* Du calme. Il a dit qu'à chaque jeu, il y a une échappatoire, non ? Mais c'est quoi ? Qu'est-ce que ça pourrait bien être ? J'aimerais pouvoir voir, mais le disjoncteur est à l'extérieur. *Réfléchis !* Les fenêtres ? C'est par là qu'il sort, non ? Ma chambre !

Je fais demi-tour et remonte les marches en sautillant, m'aidant de ma canne et de la rampe d'escalier. D'ailleurs, où est Pumpkin ? Je ne l'ai même pas vu de la soirée, ce qui ne lui ressemble pas. Un mauvais pressentiment me glace le sang, et j'espère vraiment me tromper.

Arrivée à l'étage devant ma chambre, j'entre et fais les mêmes gestes que dans la cave : je ferme la porte, me sentant quelque peu en sécurité. Je scrute ma fenêtre, me demandant comment je vais bien pouvoir y passer, surtout avec mon pied blessé. C'est un sadique. Et il espère que je l'aimerai un jour ? Lorsque je m'avance, une sonnerie retentit. Un autre message : « *Toc, toc. Je suis à ta porte maintenant. J'entre. Je n'ai pas besoin de demander la permission. Toc, toc. Je suis dans ta chambre maintenant. Où t'es-tu caché ? Notre jeu de cache-cache touche à sa fin.* »

Mon cœur se serre dans ma poitrine, le sang me monte à la tête. L'angoisse me paralyse, mais elle est accompagnée d'une colère sourde. Comment a-t-il pu me retrouver si vite ? Je ne peux pas perdre cette bataille ! Je ne peux pas lui laisser le pouvoir sur moi.

Je me dirige vers la fenêtre, tentant d'ouvrir le battant. Mais, bien sûr, tout est verrouillé. Je m'acharne à tourner la poignée, rien à faire. Puis, je me retourne brusquement vers la porte et manque de m'évanouir en voyant la poignée tourner.

— *Je me rapproche. Je regarde sous ton lit, mais tu n'es pas là. Je me demande si tu pourrais être dans le placard ?* chantonne-t-il encore.

— Va te faire foutre ! hurlé-je.

Mais ce malade rigole à mon insulte. Je me mets à quatre pattes et me glisse sous mon lit, comme si j'étais vraiment bien cachée. Je sais que c'est peine perdue, mais peut-être qu'il n'entrera pas et que je serai tranquille. Mais c'est sans espoir. Quand j'entends le cliquetis de la serrure, je me fige. Peut-être a-t-il une clé ? Non ! Impossible !

Je retiens ma respiration, les yeux écarquillés. Mais je suis incapable de regarder de peur de hurler, je ferme les yeux, tandis que mon cœur cogne au rythme de ses pas. Il avance lentement, très lentement, comme s'il cherchait à m'épuiser.

— *Ding dong. Je t'ai enfin trouvé, chéri. Maintenant, c'est toi le chat. Ding dong. On dirait que j'ai gagné. Maintenant, c'est toi le chat. Ding dong. Paie le prix*, susurre-t-il, ce qui lui donne davantage un aspect démoniaque.

Soudain, on m'enroule les chevilles et je suis brutalement tirée en arrière. Je crie, je me déchire la gorge en me débattant au sol, mais cela ne sert à rien, je suis déjà sortie de ma cachette. Dans un mouvement brusque, il me retourne et me plaque sur le dos tel une crêpe, il s'installe sur moi et maintient mes bras de part et d'autre de ma tête. Je suis terrifiée, essoufflée, il me fait réellement peur. Jamais je n'ai éprouvé une telle sensation. Je l'observe, tremblant de plus en plus, au point d'avoir l'impression de convulser, et la nausée m'envahit.

— Trouvée ! articule-t-il enfin. Ce n'est pas marrant avec toi ! Tu ne redoubles pas d'efforts, ma luciole ! Pourtant, c'était facile de trouver l'échappatoire ! Un indice ?

Il penche la tête d'un côté, de cette façon j'ai l'impression que David de Michel-Ange me dévisage avec curiosité.

— Espèce de malade ! craché-je.

Il baisse soudain la tête, comme si les muscles de son cou avaient lâché, mais sans pour autant desserrer sa poigne. Je ne me sens pas bien, et des larmes se mettent à ruisseler le long de mes joues.

— Mauvaise réponse, je dois tout refaire chez toi ! dit-il. J'aime ton insolence, elle me fait bander, mais cela dépend des circonstances. Là, on s'amuse. On s'éclate, non ?

— Non ! vociféré-je. Tu me fais peur !

— Tu avais peur dans l'immeuble aussi ! Et pourtant, après, je t'ai fait jouir, non ? Je te l'ai dit, la douleur se transforme en plaisir.

Mon ventre se serre à cette évocation, il a raison, j'ai cédé, trop facilement.

— Je n'ai pas de plaisir là ! Je ne kiffe pas !

— D'accord, rétorque-t-il en me lâchant, puis il se lève et se dirige vers les escaliers, reprenant son putain de compte à rebours. Dix-sept… dix-huit…

Ma détermination m'aide à me relever. J'empoigne ma béquille et sors en sautillant. Putain de points de suture ! Merci à Stécy ! Je m'arrête de respirer, écarquillant les yeux en me souvenant qu'elle doit venir me retrouver. Mon portable ? Je regarde autour de moi et le vois grâce à l'éclair qui foudroie le ciel et illumine ma chambre quelques secondes. Je m'en approche, l'attrape et l'allume, mais l'écran reste noir.

— Non ! soufflé-je en réalisant que je n'ai plus de batterie. Merde !

Je le jette sur mon lit et reprends ma marche, lentement bien sûr. Il veut jouer ? Alors c'est parti. Je sais qu'il y a une arme cachée dans la chambre de mes parents, dans l'un de leurs tiroirs, que mon père garde. La dernière fois qu'il s'en est servi, c'était d'ailleurs contre Michel-Ange. Moi, je ne le raterai pas. 🍁

Chapitre trente

💀 Michel-Ange 💀

Je t'entends descendre, tu crois ne faire aucun bruit, mais tu te trompes. Tu es bien pire qu'un éléphant en cet instant. Non loin de toi, dans la cuisine, je reprends mon décompte.

— Vingt-cinq…

J'aime ce que nous devenons, toi et moi. Nous serons un couple solide que personne ne pourra détruire. *Laisse-la tranquille !* Je me crispe et je secoue la tête pour chasser cette voix et me reconnecter à toi.

— *Ding dong ! Je t'ai trouvé ! Ding dong ! Tu te cachais ici ! Maintenant c'est toi le chat*, chanté-je pour te rendre folle.

Je m'éclate, vraiment. Je te vois entrer dans la chambre de tes parents en sautillant. Sois sans crainte ma luciole, après tout ça, je m'occuperai bien de toi. Tu jettes un coup d'œil par-dessus ton épaule, me cherchant, mais tu ne peux pas me voir. Même si j'étais près de toi, tu ne me verrais pas, il fait trop noir. Heureusement que tu connais cette maison sur le bout des doigts, sinon j'aurais dû jouer le médecin. Même si ça ne m'aurait pas dérangé. Ton visage exprime la peur, et c'est ce que j'aime le plus, après celui de l'orgasme que ma langue t'a donné.

Tu finis par entrer, essoufflée, te dirigeant le plus rapidement possible vers une grande commode en bois massif où, je le sais déjà, est cachée une arme, celle de ton père. *Me prends-tu pour un imbécile, Luciole ?* J'en ai l'impression. Tu enlèves le cran de sécurité, ce qui est risqué, considérant la façon dont tu tiens l'arme. Et surtout, tout tireur sait qu'il ne faut pas l'enlever tant qu'on n'est pas sûr d'en avoir besoin. *Ah, je vais devoir remédier à ça aussi.*

Tu avances un peu en direction de la porte, les deux mains sur le manche, même si tes gestes sont imprécis, à cause de l'adrénaline que je te donne. J'ai eu une bonne idée en installant les vidéos de surveillance la première fois que je suis venu ; ton père a raison, soyons plus prudents. S'il savait que j'utilise son système sur toi, que dirait-il ? Ah, et j'ai oublié de te dire que j'ai dressé ton chien pour qu'il ne s'immisce plus entre toi et moi. Je l'ai quand même endormi et mis dans la voiture. Ce soir, ce n'était pas une bonne idée de l'avoir entre nous, un accident est vite arrivé.

Je souris lorsque tu m'avertis que tu es armée et prête à me tuer. Je sais que tu n'en feras rien, tu m'aimes sans le savoir.

En te rejoignant, je range mon portable dans mon sweat, reprenant mon compte à rebours. Tu ne t'es même pas cachée cette fois. Tu crois vraiment qu'une arme va m'arrêter, surtout entre tes mains ? C'était une grossière erreur. Mais j'aime cette erreur.

Je porte un gilet pare-balles ; j'ai tout orchestré d'avance, je savais où était l'arme et je te connais suffisamment pour savoir que tu l'aurais prise. Depuis ce fameux soir, je t'observe, je t'analyse dans l'ombre de la nuit. J'ai appris à te connaître par cœur. Je savais que tu étais indisposée. Ton sang ne me dérange pas du tout. Si je pouvais, je m'en badigeonnerais sur tout le corps pour que tu sois en moi à jamais. Comme toi avec ma peinture, que j'ai confectionnée exprès. Elle ne part pas totalement ; il restera toujours des résidus sur ta peau. Hum…

Je sens ce magnifique mélange en toi, il me fait frissonner, tel un drogué avec sa came. D'un pas lent pour faire monter la pression, je franchis l'embrasure et m'arrête. Tu lâches un petit cri de surprise quelque peu coincé dans ta gorge.

— Si tu bouges, je tire ! cries-tu en te faisant mal à ta pauvre trachée qui traverse tant d'émotions ce soir.

Ah là là ! Je vais devoir te faire un thé au miel pour te soigner. Tant je te connais, je sais comment te rendre folle ; j'ai juste à rire. C'est ce que je fais, et ça te déstabilise instantanément. J'aime ça !

— Je ne plaisante pas, poursuis-tu.

Je lève les bras, comme pour dire que je te crois. Mais je n'ai pas peur.

— Tire, vas-y. Appuie sur la détente, t'incité-je.

Mais c'est avec effroi que tu fermes les yeux et tires. Sauf que tu bouges de quelques centimètres et la balle file dans le mur près de moi. Lorsque tu ouvres les yeux, ton regard s'écarquille en réalisant que je n'ai pas bougé, que je ne suis pas perturbé. Eh oui…

— Espèce de malade !

J'avance d'un pas, tandis que tu recules de deux, mais tu es vite stoppée par le mur, et bientôt par moi. Je fais deux fois ta taille, ma silhouette te couvre entièrement ; tu es comme une petite fourmi. Et je prendrai soin de toi. Tremblante, tu diriges avec le peu de force qu'il te reste le pistolet sur moi. Pour te faire comprendre que je ne suis pas effrayé, je viens coller l'arme contre ma gorge tout en baissant la tête. Tu as chaud et tu crains pour moi, je le vois, je le sens. Tu frissonnes pour moi.

La lampe torche que je tiens nous aide à nous voir, et c'est suffisant. Tu es si belle.

— Tire.

Tes lèvres s'ouvrent pour dire quelque chose, mais tu restes muette. Oui, je te fais tellement d'effet que tu perds tous tes moyens. Il me suffit de te dévisager pour te paralyser.

— Tire, et tu n'auras plus de soucis à te faire avec moi, n'est-ce pas ? C'est ce que tu veux ?

Je vois ta trachée faire un mouvement de déglutition, et même dans la pénombre, je distingue tes joues qui rougissent. Ah bordel, ma petite luciole ! Je pourrais arracher les vêtements que tu portes, te jeter sur le lit, te pilonner sur les draps de tes chers parents. Je pourrais te faire jouir et tu enfoncerais tes ongles dans le tissu. Mais ce n'est pas ce qui va se passer. Tu n'as pas respecté les règles du jeu, et tu vas être punie pour ça. Et pour mon bien-être, j'égorgerai un homme. Lequel ? Je ne sais pas encore.

Peut-être celui de ce matin ? Ce bel étalon sur pattes, le frère de Cameron. Revenu de Russie exprès pour te retrouver. Oui, j'ai fait mes petites recherches quand tu m'en as parlé. Le temps que tu cherches ta si mauvaise cachette. Parce que j'ai manqué à mes devoirs ; je n'ai pas vérifié les caméras à ton travail et je mérite de martyriser ce corps qui me sert de refuge. Mais ce qui me surprend, c'est comment il a su que tu étais la dernière personne à l'avoir vu. En fait, non, c'est plutôt moi le dernier, mais ça, ni lui ni toi ne le savez. Cameron n'a pas parlé depuis qu'il est enfermé dans la cave de ma maison, que j'ai bien insonorisée. À part se pisser dessus et crier, il ne me sert à rien. Je suis déçu. Peut-être que c'est lui que je devrai égorger.

— Alors ? Tu ne me tues pas ?

En constatant que tu ne bouges pas, je ris de plus belle, appuyant bien sûr le canon pour que tu sentes les vibrations de ma voix à travers le métal du flingue, et qu'elles te traversent les bras et se logent dans tout ton corps. Puis, sans que tu le voies venir, je saisis l'arme et la retire de tes mains avec une facilité déconcertante. Tu n'as même pas essayé de résister. Je la retourne contre toi, et appuie le métal froid au même endroit, contre ta belle peau, qui me donne envie de mordiller et de sucer. Tes magnifiques yeux verts s'écarquillent de frayeur ; tu recules, sauf que ça ne marche pas, car le mur te bloque déjà.

— Sens-tu ce fil invisible entre nous ? C'est romantique n'est-ce pas ?

Cependant, tu ne bronches pas, ce qui me déçoit. Je veux que tu détruises tes limites ; c'est seulement comme ça que tu pourras m'accepter, accepter la personne que je suis. Ton corps tressaute lorsque des éclairs illuminent notre environnement pendant quelques secondes, donnant une fausse impression de coup de feu, et puis le tonnerre couvre ton souffle.

— Toi qui aimes Halloween, tu ne devrais pas être aussi effrayée, dis-je en approchant ma main libre de ton visage, caressant doucement ta joue avec le bout de mes doigts. Veux-tu que je joue Michael Myers ?

Une fois encore, tu avales ta salive, et je sens, comme tu as pu le sentir, ton cœur se répercuter contre l'arme et envahir ma main. J'ai encore envie de jouer avec tes nerfs. Je sais qu'elle n'est plus chargée ; j'ai retiré les balles hier, ne laissant qu'une seule munition. J'avais tout prévu. Tout est chronométré avec moi, je n'aime pas manquer de contrôle ; rien ne doit se passer en dehors de mes règles. Ça me perturbe sinon. Comme ce que tu viens de faire en ne te cachant pas. Mais ça va, c'est toi ; si c'était quelqu'un d'autre, il serait mort depuis longtemps.

— Es-tu prête à recevoir ta punition ?

Je n'ai pas besoin d'insister, tu hoches la tête, et là, j'appuie sur la détente, mais seul un cliquetis résonne entre nous. Tu te mets à sangloter, prise de panique.

— Tu pensais vraiment que j'allais te tuer, Luciole ? m'énervé-je, me sentant blessé. Ça me fait mal au cœur.

— Tu es un fou ! crache-t-elle.

Tu penses que cela me touche. Bien au contraire, j'aime quand tu m'insultes.

— Oui, je sais. Fou de toi.

Je le répète, encore et encore afin que tu te l'imprimes pour de bon. Puis, je recule d'un pas, te laissant reprendre ta respiration, tu te penches immédiatement en avant, ton corps transpirant la peur. En attendant, je sors mon portable et ouvre l'application Google Home. Dommage que tu ne puisses pas voir mon sourire ; tu deviendrais dingue de moi, on m'a déjà dit qu'il était à croquer.

— J'aime bien que tes parents aient installé des lumières connectées, c'est stylé.

Tu relèves un peu la tête, essoufflée, puis tu me dévisages, ne comprenant pas où je veux en venir, jusqu'à ce que j'appuie sur le bouton d'éclairage. Alors, les ampoules s'allument comme par magie. Il te faut un moment pour réaliser que, depuis le début, tu aurais pu enclencher les lumières. Je n'avais pas fait disjoncter la maison. Et quand tu me foudroies de ton regard émeraude, une seule idée me vient en tête : te baiser. Encore plus fort que la dernière fois, plus sauvagement, ce qui me ressemble. Mais malheureusement pour nous, je n'ai pas de matériel avec moi. Mais je peux y remédier. 💀

Chapitre trente-et-un

🍁 Amber 🍁

Ça fait vingt minutes qu'il a quitté la maison, vingt minutes que je pleure comme une enfant. Je ne parviens pas à reprendre mes esprits. Je vais bien devoir y arriver, car Stécy arrive. Avec plus d'une heure de retard. Je me souviens encore qu'elle m'a dit qu'elle était en chemin, j'ai pensé qu'elle allait me sortir de là, mais finalement elle va arriver après tout ça. Après que Michel-Ange est parti. Quand je repense à lui, une nausée me prend. Il me fait de plus en plus peur. Malgré son jeu, il a fait surgir mon angoisse. J'ai cru qu'il allait réellement tirer sur moi, mais ce malade savait déjà qu'il ne restait qu'une balle. C'est un véritable psychopathe ce type.

Même le défilé d'horreur ne m'a jamais fait ressentir ce qu'il m'a fait subir ce soir. Je suis perdue, et c'est pour ça que je pleure. Je ne suis pas aussi forte que je le pensais ; je suis bien plus faible que je n'aurais cru. J'inspire profondément et me laisse tomber sur le canapé en attendant, chassant cette soirée loin de mes pensées, bien que je sache que cela ne fonctionnera pas. Il est ancré en moi. Mon désir de voir tomber le masque qu'il porte persiste, mais j'ai peur du résultat, craignant que je sois anéantie pour toujours.

Un frisson me parcourt alors que j'imagine son visage, masqué et menaçant, me traquant. Je serre le coussin contre moi, cherchant un semblant de réconfort dans cet objet. Mon esprit divague entre des pensées contradictoires : une part de moi désire comprendre qui il est vraiment, tandis qu'une autre part de moi sait qu'il est dangereux d'approcher cet homme.

Lorsque la porte s'ouvre, je me redresse vivement. Stécy entre, son magnifique sourire accroché à ses lèvres, mais en voyant mes yeux rouges et bouffis, son inquiétude prend le dessus, et elle semble comprendre sans que j'aie besoin de lui expliquer.

— Qu'est-ce qui s'est passé ? s'exclame-t-elle, se précipitant vers moi.

Je ne sais pas par où commencer. Les mots se mélangent dans ma tête, pris dans un tourbillon d'émotions. Je finis par sourire maladroitement, mais l'effort me fait mal.

— Tout va bien… enfin, presque, dis-je, la voix tremblante.

Mais je sais que ce n'est pas vrai. Je sens l'anxiété qui grimpe, et tout ce que je veux, c'est que Stécy me prenne dans ses bras et me fasse oublier ce qui vient de se passer.

Cette dernière s'assoit à mes côtés, m'enlaçant doucement. Dans cette étreinte, je sens un peu de force revenir. Elle est là, et je suis reconnaissante de sa présence.

— Dis-moi, je t'écoute.

Je ne peux pas lui dire ; elle est tellement mal en ce moment, je ne veux pas l'inquiéter davantage. Je dois trouver un mensonge convaincant, mais rien ne me vient.

— Serre-moi juste dans tes bras, s'il te plaît, j'ai juste besoin de ça.

— D'accord, mais… je veux quand même savoir ce qui t'arrive, insiste-t-elle alors qu'elle me serre davantage contre son buste, encore gelée et mouillée par la pluie.

C'est comme si la nature savait. Dès qu'il est sorti, l'orage a cessé de gronder. Ne laissant que la pluie, telles les larmes qui coulent de mes yeux. Je viens entourer son corps à mon tour, fermant les yeux, mais je suis immédiatement projetée dans mes souvenirs : Michel-Ange, jouant avec moi tel un déséquilibré.

— Je t'ai ramené ton hamburger, poursuit-elle, brisant le silence. Bon, j'ai mis plus de temps que je ne pensais, je n'avais pas imaginé que le Rev' était bondé de clients à cette heure.

— J'aurais aimé que tu viennes plus tôt.

Peut-être qu'il se serait enfui, ou peut-être pas. Un frisson glacé me couvre le corps en imaginant qu'il aurait pu s'en prendre à elle. Pourtant, Stécy est là, saine et sauve. Ce n'était que pour travailler mes émotions, me pousser dans mes retranchements, et ce salaud y parvient beaucoup trop bien.

— Mais, dis-le ! s'exclame-t-elle avec agacement en me repoussant pour mieux observer ma détresse.

J'inspire, essayant de chasser cette boule qui s'est formée depuis que je l'ai vu dans mon jardin. Je fuis son regard pour le poser sur mes mains, triturant mes doigts.

— Michel-Ange était là, soufflé-je, sentant mon cœur reprendre un rythme irrégulier. Il n'était pas comme d'habitude ; cette fois, il m'a vraiment fait peur.

Les yeux de Stécy s'élargissent, et une expression de choc apparaît sur son visage.

— Quoi ? Qu'est-ce que tu veux dire par *il t'a fait peur* ?

Je me redresse, le cœur lourd, tandis que je lui raconte. Chaque mot semble alourdir l'atmosphère autour de nous.

— Il a joué avec moi, je… je pensais que c'était juste… je ne sais pas… du plaisir. Mais ça a vite tourné en quelque chose de plus sombre.

Ce n'était pas comme la dernière fois, avec cette peinture. Je sens les larmes revenir, mais je fais de mon mieux pour les contenir.

— J'ai l'impression que quelque chose en lui est plus effrayant qu'avant. C'est comme s'il se transformait en quelque chose de plus sinistre.

Stécy prend un moment pour digérer mes mots, et je peux voir la colère et l'inquiétude s'entremêler sur son visage.

— On doit faire quelque chose. Tu ne peux pas laisser ce type t'intimider ! J'appelle tout de suite Geyden.

À la suite de ça, elle se dresse brusquement, téléphone en main, et commence à faire des va-et-vient. Je déglutis en sentant son angoisse se refléter sur moi, ce qui me donne la nausée. Lorsque je regarde le sachet posé sur la table, l'odeur qui s'en dégage m'aurait donné envie, mais, en cet instant, je ne peux rien avaler, sinon je vomis.

D'une voix légèrement contrôlée, elle avertit Geyden qu'il doit impérativement venir, mais ce dernier râle, car il est encore à la soirée qu'organise leur parent. Elle insiste en haussant le ton, et il finit par accepter. Ce qui me blesse, c'est sa réaction. Comme s'il n'en avait rien à foutre.

Puis la panique m'oppresse lorsque les paroles de Michel-Ange me reviennent en mémoire.

— Non, il ne doit pas venir !

Elle me dévisage, perdue.

— Pourquoi ? me questionne-t-elle.

— Il... il menace de le tuer s'il m'approche à nouveau !

Elle lâche un rire. Elle ne me prend pas au sérieux.

— Mais c'est un policier, qu'est-ce que tu veux qu'il fasse en vrai ? Je suis sûre qu'il ne fera rien. Et tu verras par toi-même.

— Et si je te disais qu'il m'a fait croire qu'il t'avait fait du mal ? lâché-je de but en blanc.

— Oui, pourtant, je suis là.

Elle avance et s'agenouille devant moi, prenant mes mains.

— Tu ne vois pas qu'il veut juste jouer avec toi depuis le début ? Il ne fera jamais une chose pareille, Amber, je suis certaine.

Je la dévisage, essayant de lui donner raison, même si une part de moi me dit qu'il serait capable de faire ce qu'il a dit.

— Et si tu as tort ?

Elle reste muette quelques secondes, cherchant probablement les mots justes, sans me quitter des yeux.

— Eh bien, j'espère ne pas me tromper.

— Tu sais que je devais me cacher avec un compte à rebours. Que si je me faisais trouver, je serais punie et quelqu'un mourrait pour moi, avoué-je.

— Et est-ce que tu as la preuve que quelqu'un est mort ?

Je suis choquée par sa réaction, je me sens mal à l'aise. Je ne pensais pas qu'elle réagirait comme ça. J'ai même l'impression qu'elle se sent encore plus en sécurité.

— Alors, tu vois ? murmure-t-elle. Mais si j'étais venue plus tôt, tu crois qu'il m'aurait vraiment fait du mal ?

— Je ne sais pas.

— Écoute, Geyden va l'attraper et le mettre derrière les barreaux. Je te le promets.

Je hoche la tête, essayant de puiser du courage dans ses mots. Mais la peur reste ancrée en moi, un poids lourd que je peine à soulever. Je sais que je dois être forte, mais ce n'est pas facile quand une ombre semble planer au-dessus de moi, prête à m'engloutir à tout moment.

Stécy finit par s'asseoir à mes côtés, prenant ma main dans la sienne. Le contact est réconfortant, et bien que les larmes menacent encore de couler, je prends une inspiration profonde, espérant que nous trouverons un moyen de tourner la page sur cette nuit cauchemardesque. Je m'accroche à sa présence, déterminée à affronter avec elle ce qui m'attend.

Chapitre trente-deux

Stécy verse le contenu d'une bouteille d'eau dans deux verres, puis glisse l'un d'eux sous le nez de son frère, le dévisageant d'un air mauvais, tout comme son accompagnatrice, Alicia. Il est plus de 2 h du matin, et ils viennent à peine d'arriver. Vu la réaction de Geyden, ça le fait chier d'être là. Ce qui me met vraiment mal à l'aise, c'est la présence potentielle de Michel-Ange. Pourquoi ai-je écouté mon amie ? Je sens que c'était une mauvaise idée.

Je me sens sur le fil du rasoir, chaque bruit dans la maison amplifiant mon anxiété. L'angoisse de savoir que Michel-Ange pourrait apparaître à tout moment me pétrifie sur place. S'il découvre que Geyden est là, les choses pourraient mal tourner. Mon esprit s'emballe en considérant toutes les possibilités, et la tension est palpable.

— Tu ne pouvais pas venir ici tout seul ? interroge Stécy, le regard dur, tout en servant un verre à Alicia.

Je les observe, réalisant à quel point leur interaction est chargée d'une certaine nervosité. Geyden ne répond pas, se contentant de croiser les bras, en la dévisageant. Mon corps se couvre de sueur froide à l'idée qu'il rôde tout autour de ma maison, tel un animal observant sa proie. Je déglutis, retenant mon souffle. Et si, dès qu'ils sortent, il les attaque ? Qu'il les tue ? Mais peut-être se calmera-t-il en voyant qu'il est accompagné d'une femme. Je prie pour cela, espérant qu'il ne lui fera rien. Après tout, ça n'a jamais été autre chose que des paroles. Peut-être qu'il n'agira jamais. Peut-être que Stécy a raison. Je sens un poids s'enlever dans ma poitrine à cette idée.

— Je pense que ton frère fait ce qu'il veut, OK ? répond Alicia en s'interposant, haussant le ton et la foudroyant du regard.

Le concerné jette un coup d'œil à sa copine pendant quelques secondes, mais il ne s'attarde pas et il ne répond ni à elle ni à sa sœur. Non, au lieu de cela, il dirige son attention sur moi et m'observe avec un regard empli de rancune. Cela me met de plus en plus mal à l'aise. Je ne comprends plus. Il y a à peine cinq heures, il me regardait avec gentillesse, et maintenant, c'est la froideur qui l'anime. Les battements de mon cœur s'accélèrent tandis que je me demande ce qui a pu provoquer ce changement. Qu'est-ce qui se passe ? C'est parce qu'on l'a dérangé encore une fois ? Mon esprit s'emballe avec des questions, et je sens une boule d'angoisse se former dans ma gorge.

— Donc, Amber, je me répète encore une fois, dit-il.

Sa voix, bien que calme, a un sous-texte menaçant. Il se penche vers moi. L'espace se réduit entre nous et son parfum corsé vient chatouiller mes narines. Je m'efforce de ne pas inhaler davantage.

Il sent tellement bon, cet homme. J'en frissonne et je me mords la lèvre, tentant de ne pas trop le montrer.

— Pourquoi tu n'as pas appelé la police ou même moi ? Tu sais que je n'aime pas les secrets ? me questionne-t-il, plongeant son regard dans le mien en relevant un sourcil.

Je frémis, réalisant que les mots me manquent, et je garde le silence, espérant désespérément que la tension va s'apaiser. Mais rien ne s'arrête. C'est en soufflant, laissant son dos se loger contre le dossier de la chaise qu'il poursuit, en voyant que je ne suis pas aussi bavarde qu'il aurait pu penser.

— Dis-moi, qu'est-ce qu'il te veut ? insiste-t-il, ses yeux ancrés dans les miens.

Je tente de fuir le regard de Geyden, et je pose mon verre entre nous. Puis, d'une voix tremblante, je réponds :

— Parce… je ne sais pas… Il ne m'a pas menacé, il me fait peur…

Je lève les yeux, mon cœur rate un battement en plongeant dans un océan d'iris.

— Mais...

Je me rends compte que ce désir qui s'éveille en moi est confus. J'adore ce jeu qu'il crée, même s'il commence à me faire flipper. Cependant, il est hors de question que je le dise. Voyant que je ne poursuis pas, il me relance, et je cherche dans ma tête un mensonge à lui fournir, consciente que je mens beaucoup ces derniers temps.

— Car il ne m'a rien fait pour le moment, rétorqué-je dans un murmure, emplie de honte d'éprouver ça.

Les traits de son visage se crispent, même s'il essaie de le cacher ; ce que je viens de lui dire l'agace.

— Ce n'est pas vraiment une bonne idée, intervient Alicia d'une voix douce, tentant d'être rassurante.

Je ne comprends pas pourquoi Stécy ne l'aime pas. Elle peut être gentille, même si ça ne fait que cinq heures que je la connais ; elle n'a pas l'air de vouloir faire de mal à son frère. Bien que je ressente une certaine jalousie envers elle et sa relation intime avec Geyden, je ne peux pas la haïr comme Stécy le fait. Et puis, je dois me rendre à l'évidence : entre lui et moi, il ne se passera rien. Vu sa réaction, c'est certain. Il ne voulait pas se retrouver ici à prendre une déposition alors qu'il n'est même pas en service.

En vérité, je comprends sa colère. N'importe qui aurait réagi de cette manière, même si c'est la meilleure amie de sa sœur. Cela fait dix ans que je connais Stécy, mais lui, je ne le vois pas souvent, à part lors des fêtes organisées par ses parents ou quand il est en service. Donc, même si ce que Stécy m'a dit quelques heures plus tôt est vrai, il ne peut pas ressentir quoi que ce soit pour moi.

— Veux-tu te taire ? crache Stécy. Je ne sais même pas pourquoi tu es là, d'ailleurs !

Cet affrontement me sort de mes pensées, et je relève la tête pour les dévisager, réalisant, à travers le corps de Geyden, que sa sœur va trop loin. Sans avoir besoin de prononcer un seul mot, il parvient à faire taire et elle se réinstalle sur sa chaise, soudain mal à l'aise.

— Bon, reprend-il, toujours le regard fixé sur Stécy. Je vais demander à ce que quelques collègues viennent ici quelques jours pour faire une ronde, et je serai là quand je serai de service, m'annonce-t-il en me regardant cette fois. Mais j'aimerais que tu suives les cours d'autodéfense avec ma sœur, s'il te plaît.

— Oui, approuvé-je en buvant mon verre.

La promesse d'une protection se mêle à mon angoisse, malgré la tension qui règne dans la pièce.

— Et... commence-t-il, mais il est interrompu par la sonnerie de son téléphone.

Ses mâchoires se serrent par frustration, contractant son beau visage, sa main plonge dans la poche de son costume pour en sortir le portable et il reconnait qu'il s'agit d'un appel du travail. Il s'excuse avant de s'éloigner pour répondre à son collègue, nous laissant seules. Un silence morbide nous enveloppe, créant une ambiance pesante, jusqu'à ce que Stécy brise l'atmosphère avec une question bien déplacée :

— Ça fait quoi d'être la chienne de mon frère ?

— Stécy ! m'offusqué-je.

Tout comme Alicia, j'écarquille les yeux, déconcertée par le comportement de mon amie. Je sais qu'elle n'aime guère les petites amies de Geyden, mais d'habitude, elle garde ce genre de pensées pour elle.

— Stécy ! l'appelé-je, posant ma main sur la sienne pour lui faire comprendre qu'elle va trop loin.

C'est à ce moment-là que je comprends que ses doigts sont gelés, comme si son sang avait cessé de circuler.

Alicia s'apprête à répliquer avec sévérité lorsque je remarque la silhouette de Geyden. L'expression sur son visage annonce une très mauvaise nouvelle. Il avance, mal à l'aise, secouant son portable dans sa main, et déglutit en posant un regard inquiet sur Stécy et moi.

Mon sang se glace, je retiens mon souffle, tandis que mon rythme cardiaque s'accélère. C'est la même chose pour mon amie.

— Les filles, commence-t-il doucement. Mes coéquipiers ont retrouvé un cadavre. Et... ça serait...

— Putain ! Accouche ! vocifère sa sœur d'un ton grave, ne tenant plus en place.

— C'est Kate. Ils ont retrouvé Kate, morte.

Mon monde s'écroule brutalement, tombant dans les abîmes de l'enfer. Stécy écrase la bouteille qu'elle tient dans sa main, faisant jaillir l'eau de partout sur la table et sur elle. J'ai du mal à respirer, je commence à ventiler. Mon corps devient mou, je me sens étrange, tantôt froide, tantôt chaude, mes oreilles bourdonnent, et j'ai des vertiges.

Des images de Kate, toute souriante, me viennent en mémoire, et je me mets à pleurer, hurlant la douleur qui creuse un tunnel dans mon corps. C'est un cauchemar... je rêve ! C'est faux !

— Ça va aller, me murmure-t-il à l'oreille. Ça va...

Non, ça ne va pas aller ! Non, justement ! Lorsque je me tourne vers lui, agenouillé devant moi, je réalise que je suis au sol et que je ne l'ai même pas sentie. Ses mains à la peau brûlante me font frissonner quand il me touche, mais je le pousse. Je me lève brusquement, une douleur fulgurante me comprime le pied, et je me mets à crier, en sautillant, me rappelant les points de suture.

Geyden me rattrape de justesse en me tenant les bras, et m'aide à m'asseoir sur le sol pendant que Stécy le pousse pour me prendre dans ses bras. Nous pleurons ensemble la mort de notre Kate, collées l'une contre l'autre.

Les larmes coulent librement, mélangées à la confusion et à l'incompréhension. Le poids de la perte pèse sur nous.

— Pourquoi elle ? murmure Stécy, la voix brisée.

Je n'ai pas de réponse. Seulement un vide immense.

Chapitre trente-trois

Malcolm, Kate et Mélissa. Malcolm, Kate et Mélissa. Malcolm, Kate et Mélissa.

Je répète leurs prénoms en boucle dans ma tête, me laissant balancer par le rocking-chair en bois qui appartient aux parents de Stécy et Geyden. Une tasse de thé froid entre mes mains, mes yeux, qui ont cessé de pleurer, sont désormais bouffis et secs. À chaque clignement, j'ai l'impression que du sable s'y est engouffré.

Plongée dans le noir, à peine éclairée par la lune qui s'infiltre à travers les grandes baies vitrées dans la salle de bibliothèque où trône un billard au centre, je pense encore à Malcolm, Kate et Mélissa. Ils sont morts. Après la nouvelle, Stécy ne voulait pas rester chez moi à cause de Michel-Ange, alors nous avons fini ici. Elle est dans sa chambre à l'étage, endormie après que son père lui a donné un somnifère pour calmer la crise de nerfs qu'elle traversait. Lorsque nous sommes arrivées ici, elle l'a annoncé à ses parents, qui étaient encore à table, un verre de vin à la main. Ils étaient accompagnés de deux autres invités — les mêmes qui nous avaient fixées auparavant. Elle s'est effondrée dans les bras de sa mère, criant la douleur que la mort de Kate nous faisait endurer. Son père nous a emmenées à l'intérieur de leur maison, tandis que sa mère s'excusait pour le comportement de sa fille, bien que l'homme, âgé de plus de 50 ans, comprenait la souffrance de cette dernière. À ce moment-là, j'ai ressenti, au-delà de la tristesse, une rancœur profonde. On venait de lui enlever notre amie, sa meilleure amie qu'elle connaissait depuis l'âge de 5 ans. N'importe qui aurait réagi ainsi.

J'en ai marre de tenir cette fichue tasse et je sais que Annamaria y a aussi mis un somnifère — je le sais parce que je l'ai vue faire il y a sept ans. Une nuit, alors que je dormais ici, j'avais eu envie d'aller aux toilettes et de boire. Je suis donc descendue, et lorsque j'ai remarqué que Carlos et Annamaria ne dormaient pas encore, je me suis arrêté à la dernière marche, là où, avant, un mur cachait les escaliers du reste des pièces. Je les avais écoutés, cachée dans l'ombre.

— Tu en as mis pour Amber aussi, de ce somnifère ?

— Non, son père m'a dit qu'elle avait un traitement contre je ne sais plus quoi, répond Annamaria à son mari. Donc, j'ai préféré ne pas prendre de risque. Mais cette petite dort bien.

— Oui, en même temps, elle n'a pas les terreurs nocturnes de Stécy. D'ailleurs, le psychologue veut nous voir la semaine prochaine pour parler de notre fille.

Je me rappelle avoir tremblé de froid et de peur. À 16 ans, je voyais les psychologues comme des monstres, ne désirant qu'une chose : t'enfermer et te bourrer de médicaments. C'est ce que ma mère me répétait tout le temps afin d'éviter d'être enfermée entre quatre murs, alors j'ai toujours essayé de ne pas trop montrer ce que je ressentais. Depuis cette nuit-là, je n'ai plus jamais pris une tasse chez eux le soir. J'avais toujours peur qu'ils y mettent quelque chose à l'intérieur. J'en avais parlé à Stécy, qui s'était moquée de moi en pensant que je faisais une blague. Après tout, ils ne lui font rien, c'est juste pour l'endormir. Maintenant, est-ce qu'elle le sait ? Je ne sais pas, peut-être… mais elle ne m'en a pas parlé.

À vrai dire, pour ses terreurs nocturnes, c'était vrai. Une fois, elle est venue dormir chez moi et elle s'est réveillée, transpirante, tremblante, hurlant en agitant les bras dans tous les sens, croyant que quelqu'un l'observait et voulait la tuer. J'avais eu peur cette nuit-là, car ses iris ne lui ressemblaient pas, comme si elle était possédée, que c'était une autre personne.

Mon corps se couvre de frissons à ce souvenir ; ces iris sans vie. Aujourd'hui, je crois qu'elle n'en fait plus, en tous cas elle n'en parle plus. Je finis par me lever à l'aide de ma béquille pour rejoindre la cuisine, elle aussi plongée dans le noir. J'avance et verse le liquide dans l'évier, jetant un coup d'œil par la fenêtre qui donne sur le vaste jardin, où plusieurs statues en pierre sont dispersées un peu partout. Dans la noirceur de la nuit, elles prennent un aspect morbide. De là où je me trouve, j'ai l'impression que la pelouse est envahie de silhouettes, et cette sensation commence à me faire peur. J'ai le sentiment que Michel-Ange est là. C'est possible, après tout ; il a peut-être suivi Stécy, Geyden et Alicia quand il m'a vue partir de chez moi. Il a sûrement dû se cacher dans un buisson, et me suivre avec sa voiture.

Je me déplace lentement, le cliquetis de l'embout antidérapant de ma béquille contre le carrelage brisant le silence de la cuisine. Avec le souffle court, je scrute tous les coins de l'extérieur, mais il n'y a rien, à part les arbres qui dansent dans une valse macabre avec le vent. Je me retourne alors que la lumière de la cuisine s'allume, révélant Geyden qui entre, seul cette fois, vêtu de sa tenue de policier. Je ne l'ai même pas entendu arriver par la porte d'entrée, qui est à quelques pas de moi, tant Michel-Ange m'obsède. Il avance, un grand sourire aux lèvres, portant un sachet de donuts qu'il pose sur le plan de travail, puis retire sa veste, dévoilant son corps sculpté sous son uniforme.

— Insomnie ? me demande-t-il en prenant place sur l'un des tabourets.

— Oui, affirmé-je, sans bouger.

— Je comprends. Et comment va Stécy ?

— Pas en forme. Elle dort.

— J'ai préféré revenir ici plutôt que de rentrer chez moi, me dit-il en se servant un donut qu'il fourre dans sa bouche.

Je le dévisage, me demandant comment il arrive à manger alors qu'il a vu le corps de Kate.

— Je voulais être auprès de ma sœur, continue-t-il.

En guise de réponse, je hoche la tête. J'ai envie de savoir, mais j'ai peur de ses réponses. J'ai peur d'avoir les images de Kate morte près de celles où elle est souriante et belle ; pleine de vie.

C'est comme s'il lisait en moi, car il lève les yeux vers moi pour me demander si je veux certaines informations qu'il a droit de me donner. Sans vraiment m'en rendre compte, je hoche la tête, malgré l'angoisse et les regrets qui m'assaillent. Je me laisse emporter et le rejoins en prenant place sur l'une des chaises. Une sueur froide me traverse l'échine, refroidissant mon corps. Il me propose un donut que je refuse, ma gorge est bien trop nouée et je ne peux rien avaler.

— J'ai peur, soufflé-je.

— Sinon, je ne te dis rien, Amber. Je ne veux pas que cela empire ton état, me dit-il en attrapant ma main.

À ce contact, un frisson me parcourt le bras. Je regarde sa main avant de retirer la mienne. Mon cœur se serre en voyant qu'il est étonné, une lueur de déception déforme ses traits, mais il passe rapidement à autre chose en prenant un autre morceau.

— Non, vas-y, je veux savoir, mais… essaie de me le dire avec tact, s'il te plaît.

Sans me regarder, il poursuit :

— On l'a retrouvé dans un sac poubelle. On a pu constater qu'elle s'est fait poignarder plusieurs fois et étranglée.

Je me déchire, comme si la faucheuse venait de planter sa hache dans mon dos et qu'elle appuie davantage pour me percer et me tuer. Mes doigts enserrent le verre d'eau que je me suis servi plus tôt. Il poursuit en m'informant que le médecin légiste a établi l'heure de sa mort, qui remonte à quatre jours. Là, c'est plus fort que moi, je tremble et mon estomac se retourne tandis que, sans m'en rendre compte, le verre se fend dans ma main et me coupe. Je sursaute, surprise, retenant mon souffle en voyant le sang couler sur la table.

Geyden lâche un juron et, sa chaise grince contre le carrelage, signe qu'il se lève pour venir à ma rencontre. Il empoigne ma main et l'examine, retenant son souffle lui aussi. Puis, brusquement, il me porte dans ses bras affaiblis m'évitant de poser mon pied au sol.

— Bordel Amber ! Je n'aurais jamais dû te le dire ! Quel connard je suis !

— Non, susurré-je, alors que je commence à pleurer, dû à la douleur de la perte de mon amie et celle que le verre vient de me faire ressentir.

— Si, j'aurais dû me taire, dit-il en me posant délicatement sur le plan de travail en marbre blanc à côté de l'évier.

Il se penche et ouvre le robinet pour mettre ma main sous l'eau. Au contact du jet, je grimace en me retenant de crier. Ça me brûle et j'ai l'impression qu'il reste un bout de verre dans la plaie. Je détourne le regard, ne me sentant pas très bien, car la vue du sang me fait tourner de l'œil.

— Vas-tu finir en bandage ? me demande-t-il alors qu'il a retiré ma main de sous l'eau ; pour l'examiner, j'imagine, car je sens qu'il la tourne un peu. Tu veux te déguiser en momie cette année ? C'est avec étonnement que je me mets à rire à sa blague.

— Non, franchement, ce n'est pas un déguisement très flatteur.

— Oui, c'est vrai, vous, les femmes, pour Halloween, vous aimez porter des tenues de lapin sexy pour réclamer des bonbons aux gens, me répond-il en riant.

Je sursaute et lâche une plainte alors qu'il frôle ma paume de ses doigts pour vérifier s'il n'y a rien.

— Putain !

— Ça fait mal ?

— Oui.

Un souffle de désespoir remplit la cuisine. Ça me fait du bien d'avoir un contact neutre et non couvert de peinture fluo. Malgré tout, en y repensant, mon corps se couvre de chair de poule et mon entrejambe palpite d'envie pour le cinglé de Michel-Ange.

— Bon, ça veut peut-être dire qu'il y a des débris de verre à l'intérieur, m'annonce-t-il. Je vais devoir prendre une pince pour les retirer et tu vas souffrir, car je vais devoir fouiller, là comme ça, je ne vois absolument rien.

Déçue, je pouffe en fermant les yeux tout en pinçant l'arête de mon nez, de mon index et de mon pouce.

Bordel ! Mais malgré tout, ça a le mérite de me faire oublier quelque peu la mort de Kate.

Mon cœur se serre. Pauvre Kate. Elle est morte le soir où nous sommes allées au défilé de l'horreur avec Stécy et qu'elle nous avait dit qu'elle devait avoir chopé la grippe. Si j'avais su, je serais allée la voir chez elle et je lui aurais dit à quel point je l'aime. De nouveau, des larmes me montent aux yeux, et, malgré le fait que Geyden essaie de me faire penser à autre chose, je ne peux m'empêcher de sangloter.

Voyant mon état, il m'attrape, et me love contre lui. Je retiens mon souffle, car ce geste est aussi affectueux que soudain. J'ai connu Geyden en même temps que Stécy et jamais il n'a été comme ça, même s'il a toujours été gentil avec moi. Mais il était plutôt du genre à me taquiner sur mes looks de gothique, ou à rire quand je me ratatinais par terre devant lui. Après, c'est juste normal, je viens de perdre une amie, n'importe qui ferait ça à quelqu'un qu'il connaît.

— Je suis désolé, j'aurais dû me taire, dit-il en me serrant davantage.

— Je voulais savoir.

Je me défais de son étreinte en essuyant d'un revers les larmes qui ont coulé, tandis qu'il me porte de nouveau dans ses bras robustes et me pose sur la chaise où j'étais installée. Puis, il place ma main bien en évidence sous le lustre qui éclaire la table.

— Tu sais que j'aurais aimé que tu viennes me voir à propos de cet homme qui te harcèle, Amber. Je suis policier, c'est mon devoir de te protéger.

— Je...

Putain ! Je n'ai pas les mots ! Je me sens mal, alors que je ne devrais pas.

— Si tu meurs Amber, ça détruira ma sœur à tout jamais et... (il lève la tête pour plonger ses iris bleus dans les miens et mon cœur chavire instantanément) moi aussi.

Oh ! Une vague de chaleur gravit mon corps en une vitesse éclair et vient provoquer de petits picotements dans mon cuir chevelu. Ça fait dix ans que j'attends qu'il me dise un truc comme ça, mais je sais qu'il ne se passera jamais rien. En plus, il a Alicia maintenant. Et surtout, il a certainement dit ça parce qu'il me considère comme un membre de sa famille.

— Je ne vais pas mourir, Geyden, lui dis-je. Il n'est pas si méchant que ça, fou à lier, ça oui, mais méchant pas vraiment.

Wow ! Je viens vraiment de dire ça ? D'après sa réaction, ça l'a choqué lui aussi, ses yeux sont quelque peu écarquillés et sa mâchoire tressaille. Brusquement, il se relève, son corps se crispe et d'une voix dure, il me questionne :

— As-tu eu des rapports intimes avec lui ?

C'est à mon tour d'être surprise, étant prise au dépourvu, je me mets à bégayer. Mais merde ! Parle !

— Non ! lâché-je avec un petit rire rempli de gêne.

Il me dévisage avec noirceur, et il frappe brusquement la table, ce qui me fait sursauter et crier.

— Putain ! Tu baises avec ce tordu ! m'accuse-t-il.

— Avec tout le respect que je te dois, ça ne te regarde pas !

— Si ! s'énerve-t-il en s'approchant de moi.

Ce geste me fait l'effet d'une douche brûlante, et mon souffle se perd tandis qu'il se trouve à quelques centimètres de moi et qu'une stupide envie me vient, mais je ne le ferais pas. On ne sait jamais, il peut être là, à nous observer. Et je ne veux pas que l'on m'annonce la mort de Geyden par ma faute.

— Qu'est-ce qui se passe ? intervient Annamaria d'une voix ensommeillée.

Je la vois sur le seuil entre la cuisine et le hall d'entrée, le visage bouffi par un réveil brutal. Geyden recule direct, en observant sa mère qui nous scrute à tour de rôle.

— Rien, mère, je soignais Amber. Elle vient encore de se blesser chez nous.

— Oh chérie ! s'exclame-t-elle en avançant vers moi.

Elle grimace à son tour, voyant la plaie dans ma main.

— A-t-elle besoin de points pour ça aussi, Geyden ? demande-t-elle sans quitter des yeux la blessure qui saigne encore.

— Non, mais j'ai peur qu'elle ait encore du verre.

Cette dernière soupire sachant que je viens de couper sa nuit, elle ordonne à son fils d'aller chercher la trousse de secours et elle dit qu'elle va tenter de voir si un corps étranger loge en moi, ce que je n'espère pas. Déjà, de savoir qu'elle va trifouiller à son tour me donne la nausée, des sueurs froides et un vertige.

Après quelques minutes, Geyden revient muni d'une trousse bleue avec une croix rouge, il l'ouvre et en sort plusieurs ustensiles : un désinfectant, une pince, des compresses et des pansements. Annamaria met du désinfectant sur la pince et je gémis lorsqu'elle l'introduit dans ma plaie. Au bout de quelques secondes, c'est avec joie qu'elle me dit qu'il n'y a rien. *Putain !*

Alors qu'elle nettoie la plaie et la couvre de strips adhésives et d'un pansement, je détourne les yeux pour observer Geyden. Il me dévisage avec deux sentiments, de l'inquiétude et de la colère. Mais, malgré le fait qu'il me plaise, ça ne le regarde pas. Annamaria me propose de rejoindre Stécy et me dit qu'elle veut avoir une conversation avec son fils.

Chapitre trente-quatre

Il fait noir, j'ai froid. Je me tourne et découvre Kate, un couteau planté dans l'abdomen. Je me précipite pour l'aider, mais mon corps reste figé. Un cri s'échappe de mes lèvres lorsque je remarque le coupable : il porte un masque et me fixe intensément.

Je me réveille en sursaut, hurlant, essoufflée et désorientée, mon cœur cognant contre ma poitrine. Où suis-je ? Puis, je reconnais la chambre d'amie chez les Rodriguez, illuminée par des rayons de soleil. Quelle heure est-il ?

Je me penche pour attraper mon téléphone posé sur la table de nuit. Je vérifie l'heure et pousse un soupir en voyant qu'il est déjà plus de 14 h. J'ai réussi à m'endormir lorsque le soleil a percé l'horizon, teintant le ciel de rose mélangé aux ombres de la nuit.

La nausée m'assaille le ventre, et une envie de vomir me prend, comme si j'avais bu de l'alcool toute la nuit. Pourtant, ce n'est pas le cas. D'où peut bien venir cette nausée ? Je me redresse, sentant un léger vertige m'envahir. Je pense que le jeu tordu de ce psychopathe, la mort de Kate et la nuit blanche y sont pour quelque chose, tout ça m'a fatigué. Des larmes me chatouillent et brouillent ma vue à son évocation. J'inspire profondément et me dis que je dois avancer. Je dois avancer… même si elle va me manquer.

Je prie pour que Geyden trouve le coupable et qu'il reste enfermé derrière les barreaux. D'un pas lourd, je sors de la chambre du bas.

Annamaria a préféré me loger dans la chambre du rez-de-chaussée à cause de mes points de suture. J'ai tellement hâte de m'en débarrasser.

Avec l'aide de mes béquilles, je rejoins la cuisine, mourant de soif. Le cliquetis qui résonne dans le couloir annonce ma venue : on ne risque pas de me louper.

Au fur et à mesure que j'avance, des voix me parviennent — celles d'Annamaria et de Carlos —, mais je n'entends qu'eux. Lorsque je franchis l'entrée de la pièce, cela confirme mes suppositions. Ils sont tous les deux attablés à leur grande table en verre, entourée de chaises en cuir noir. Je m'avance en souriant, et quand Carlos me voit, son visage s'adoucit et ses lèvres s'étirent en un magnifique rictus, identique à celui de Geyden.

Tout comme Stécy, Geyden a hérité de son père. Ils sont chacun sa miniature ; quand j'y pense, on ne peut pas se tromper, ce sont bien ses enfants.

Je sais que son père a seulement des origines mexicaines ; ses parents sont nés en Amérique. C'est son grand-père du côté paternel qui a transmis le sang mexicain, d'où le nom de famille Rodriguez.

Quant à Annamaria, elle vient de Mexico, où ses parents vivent toujours. Cependant, elle a suivi son grand amour et a quitté sa ville natale pour s'installer à Boston avec son futur mari.

Je m'avance encore quand ils se lèvent en même temps pour m'accueillir. Annamaria me rejoint, me salue et embrasse ma joue.

— Comment tu te sens ? demande-t-elle en m'aidant à rejoindre la table, même si je n'avais pas vraiment besoin d'elle.

Une fois installée, elle me demande si je veux manger quelque chose, mais je refuse. J'ai l'estomac noué et je sens que je ne peux rien avaler.

— Tu es sûre ? me questionne Carlos, quittant son journal pour le plier et le ranger à côté de lui. Ça te ferait du bien de prendre un truc.

— J'ai vraiment mal au ventre, rétorqué-je. Tout ça m'a retourné.

— Je comprends. Mais ne nous fais pas de malaise, tu es assez blessée, je crois, dit-il en me montrant la main où des strips, que j'ai libérés du pansement, recouvrent la coupure.

— Oui, ne vous inquiétez pas, ça va aller. Stécy n'est pas là ?

Annamaria reprend sa place en me regardant avec une pointe de colère, son expression change. Je ne sais pas pourquoi ; qu'est-ce que j'ai dit ?

— Elle est avec Geyden. Ils sont partis se promener ensemble pour qu'elle prenne un peu l'air.

— Ah, et ça fait longtemps ?

— Oui, une heure bientôt, mais ils ne reviendront qu'à la tombée de la nuit. Quand ils partent, ils explorent les environs ; nos grandes forêts.

— Tant qu'ils ne se perdent pas... tout va bien, intervient Carlos.

— Ils n'ont pas voulu te réveiller et t'ont laissé dormir, me dit-elle, tandis que je ressens son anxiété et que le malaise déforme les traits de son beau visage.

Elle se réinstalle sur sa chaise, boit une gorgée de son jus, puis plonge ses iris noisette dans les miens. Je reconnais quand une mère veut dire quelque chose de grave, et c'est le cas.

— Tu sais, Amber, nous te considérons comme notre fille, tu l'as compris, n'est-ce pas ?

— Euh, oui.

— Eh bien, je vais te parler là, comme une inconnue.

Mon cœur s'accélère. Qu'est-ce que j'ai fait ?

— J'ai vu cette nuit votre approche avec mon fils, et je n'ai pas aimé, m'avoue-t-elle d'une voix sèche.

— Chérie, va doucement. Elle n'y est pour rien.

Elle se tourne en direction de son mari et le regarde avec une légère colère. Puis elle lui demande de nous laisser seules quelques instants. Il accepte en se levant, emportant son journal, et quitte la cuisine pour se diriger vers le salon. Pourquoi je ne me sens pas bien, là ?

Dès qu'elle pose à nouveau son attention sur moi, un frisson glacé me traverse. Je déglutis, essayant de ne pas lui montrer qu'elle me perturbe.

— Je pense que Stécy ne t'en a jamais parlé, et je l'espère, parce que je lui ai formellement interdit de le faire, reprend-elle. Il y a des années, nous avons vécu quelque chose d'affreux qui nous a affectés et changés à jamais. Tu sais que ton amie fait des terreurs nocturnes ?

Je tremble et hoche la tête pour lui confirmer que je le sais.

— Ce qui nous est arrivé a beaucoup affecté notre famille, ma fille en a beaucoup souffert et tout cela a détruit mon fils. Alors, pour ton bien, je ne veux plus que tu t'approches de Geyden. Si j'apprends que tu ne m'as pas écouté, Amber, je me mettrai en colère. Je ne t'interdirai jamais de voir ton amie, mais, concernant mon fils, je veux que tu évites. Je ne veux pas que tu souffres, Amber. Je n'ai pas fait la morale qu'à toi ; je lui ai aussi fait part de mes préoccupations. Et puis, tu sais qu'il a déjà quelqu'un, n'est-ce pas ? Ce ne serait pas juste pour elle. Alicia est gentille et respecte mon fils, même si Stécy ne l'aime pas. Elle lui donne tout ce que toi, tu ne pourras pas lui donner.

Mon ventre se tord de douleur. Je ne comprends pas. Pourquoi me met-elle en garde ? Il ne s'est rien passé hier soir !

— Je… mais…

J'ai envie de pleurer. Je me sens vraiment mal. Je ne comprends pas.

— Écoute-moi, s'il te plaît. Ne t'approche plus de lui, dans l'intimité, je veux dire. Je veux que votre relation ne dépasse pas celle du frère de ta meilleure amie. Tu as compris ?

— Oui, mais Annamaria, il ne s'est rien passé, je…

Elle se met à rire, ce qui me rend encore plus mal à l'aise. Je déglutis, et je n'ai qu'une envie : partir d'ici.

— Je t'ai vue cette nuit, Amber. Tu me mens ou tu es bien aveugle. Si c'est le cas, ce n'est peut-être pas plus mal, continue-t-elle. Bon, voilà, ne le prends pas mal. Je t'aime toujours autant, Amber, j'aime toujours autant tes parents, et tu es toujours invitée vendredi. Si tu respectes ce que je viens de te dire, tout ira bien. D'accord ? me demande-t-elle avec un beau sourire.

Je hoche la tête, ne sachant pas où me mettre. Je veux rentrer chez moi, mais, d'un autre côté, je ne veux pas laisser Stécy seule. Je me lève donc, à deux doigts de pleurer. Elle le voit et m'arrête en essayant de me rassurer, mais cela ne marche pas du tout. *Ce n'est pas toi le problème dans cette histoire, c'est mon fils.* Sa phrase résonne comme le refrain d'une chanson.

— Écoute, ne le prends vraiment pas mal, Amber, c'est seulement pour ton bien, d'accord ? dit-elle en m'observant avec compassion. Reste avec moi, je ne vais pas te manger non plus. En revanche, j'aimerais que tu manges quelque chose. Même si je sais que ton visage est pâle par ma faute, à cause de ce que je viens de t'annoncer, tu dois manger. Je ne veux pas qu'on t'emmène encore aux urgences. Allez, reste avec moi, insiste-t-elle.

À contrecœur, je hoche la tête, car elle me fait mal avec ses grands yeux remplis de gêne, mais j'aurais préféré m'enfermer dans la chambre. Dès que je reprends ma place, elle se lève et part préparer des pancakes au bacon, ce qui, d'habitude, m'aurait donné super envie.

Ce n'est vraiment pas la meilleure journée pour moi. Même l'autre ne m'a pas fait vivre un tel enfer, finalement.

— Alors, tu vas porter quoi comme costume ? me questionne-t-elle le dos tourné, en train de s'affairer à préparer la pâte. Car Halloween c'est dans moins de deux semaines.

Putain ! J'avais oublié.

— Je ne sais pas si on va le fêter du coup, lui avoué-je, baissant la tête sur mes mains que je triture avec nervosité. On devait être avec Kate à la base. Donc je pense qu'avec Stécy, on n'a plus trop le cœur à ça.

— Ah ! Pourtant, ce n'est pas ce qu'elle m'a dit tout à l'heure.

Surprise, je relève la tête dans sa direction, même si elle ne me regarde pas.

— Ah bon ?

— Oui, elle m'a dit qu'au contraire, ça serait comme un hommage à Kate.

— C'est vrai que ça serait un bel hommage, alors.

— Je le pense aussi, me répond-elle.

Mon ventre se tord de douleur en pensant qu'elle ne fera plus jamais de fêtes déguisées, qu'on ne fêtera plus son anniversaire, qu'elle n'aura jamais d'enfants, qu'elle ne connaîtra jamais la première ride ou le premier cheveu blanc.

Il faut que je passe voir ses parents. Ils doivent souffrir, tout comme sa grande sœur. *Mon Dieu.* Je n'arriverai pas à ne pas pleurer devant eux.

Quelle horreur. Mais qui lui a fait ça *?*

Chapitre trente-cinq

La tempête fait rage à l'extérieur, les éclairs zèbrent le ciel noir et le tonnerre gronde comme un rugissement lointain. Je suis lovée dans le grand lit, entourée de draps propres et douillets, les yeux fixés sur l'écran de la télévision où une nouvelle scène de American *Horror Story* se déroule sous mes yeux. Malgré la frayeur que ça m'inspire, je ne peux pas louper un seul épisode.

Je suis sur le point de prendre une gorgée de mon thé fumant, que j'ai moi-même préparé et non laissé entre les mains d'Annamaria, lorsque la porte de la chambre s'ouvre brusquement. Sur le coup, je sursaute, renversant ma tasse sur le sol, la boisson chaude se répand en une flaque marron.

— Oh non ! m'écrié-je, mon cœur battant la chamade.

Je veux me lever pour nettoyer lorsqu'une silhouette apparaît dans l'embrasure de la porte. Geyden. Il est vêtu d'un simple t-shirt et d'un jogging noir, ses cheveux sont encore humides, laissant deviner qu'il vient de prendre une douche. *Mon Dieu !*

— Tu m'as fait peur ! le sermonné-je en levant les yeux vers lui.

En descendant du lit, je réalise avec désespoir que je ne peux pas me déplacer sans ma béquille. Encore ces foutus points de suture.

— Désolé ! s'excuse-t-il, une lueur d'inquiétude dans le regard. Je ne voulais pas te surprendre.

Il s'approche d'un pas décidé, s'agenouillant à mes pieds pour ramasser les morceaux de la tasse brisée, le parfum de son gel douche flotte dans l'air. *La vache !*

Je l'observe, fascinée par les tatouages ornant ses bras, des œuvres d'art qui racontent une histoire que je ne connais pas.

— Tu ne devrais pas poser le pied au sol, me dit-il avec autorité.

— Je commence à avoir moins mal, fabulé-je en feignant un sourire. C'est juste la béquille que je n'arrive pas à supporter.

C'est complètement faux, mais bon. Geyden hoche la tête, se concentrant sur les débris au sol.

Soudain, il glisse un regard dans ma direction, et se fige sur place. L'angoisse se lit sur son visage, une ombre passant dans ses yeux. *Quoi ?* Je me frotte les bras, sentant une sueur froide me parcourir. Il n'est plus le même, il a changé, c'est son ombre que je vois.

— J'ai besoin de…

Il s'interrompt brusquement, son visage se déformant dans une grimace, comme si une douleur venait de lui transpercer le corps.

— Geyden ? l'appelé-je, perplexe et inquiète.

Mais au lieu de répondre, il fait un pas en arrière et sort de la chambre, me laissant dans un état de confusion totale. Je scrute la porte, mon cœur cognant dans ma cage thoracique. Qu'est-ce qui se passe ? Finalement, après un moment d'hésitation, je me lève lentement et récupère ma béquille. Quand j'arrive à la porte, le couloir est plongé dans l'obscurité, les éclairs illuminant en quelques secondes l'espace. C'est alors que je remarque sa silhouette. Il se tient là, figé, et je sursaute, étouffant un cri de frayeur contre ma main.

Il me remarque et se retourne, essoufflé, mais ne dit pas un mot. Sa présence est imposante, et je ne peux m'empêcher de le scruter, me demandant ce qui se passe dans son esprit pour réagir ainsi.

— Est-ce que ça va ?

— Je vais bien, murmure-t-il. J'avais juste besoin de te voir.

Je retiens ma respiration à cet aveu, sentant mon rythme cardiaque augmenter de plus belle. *La vache !*

Soudain, il se précipite vers moi, je recule de deux pas par surprise, et il attrape mon visage avant de m'embrasser langoureusement. Le souffle coupé, je ne sais comment réagir, surprise par l'intensité de ce moment.

— J'avais envie de faire ça depuis un moment, murmure-t-il contre mes lèvres.

— Quoi ?

À ces mots, un éclair illumine la pièce, révélant son sourire radieux. Bien qu'angoissée, je me sens soudain enveloppée par une chaleur inattendue, réalisant que ce moment peut marquer un tournant dans notre relation.

— Ta mère m'a demandé de ne pas t'approcher, lui dis-je en entourant sa taille de mes bras.

Je meurs !

— Et, vas-tu l'écouter ? demande-t-il, tandis que l'une de ses mains vient cajoler mon dos.

Je le dévisage, à peine éclairé par la lampe qui se trouve dans la chambre derrière moi.

— Elle m'a formellement interdit de le faire, Geyden.

Je suis sur le point de me détacher de lui quand il m'étreint davantage, m'empêchant de m'échapper de son emprise.

— Ce n'est pas à elle de dicter ta vie, Amber.

— Elle m'a dit qu'elle serait en colère si je ne l'écoutais pas, lui avoué-je en retirant ses mains autour de mon corps. Je ne sais pas si c'est une bonne idée de me rapprocher comme ça, Geyden.

Bien que je sois attirée par lui depuis des années, sa mère m'a fait peur, et je ne veux pas perdre Stécy pour un homme.

— Elle t'a dit pourquoi ?

— Non, pas vraiment, avoué-je. Elle m'a juste dit que vous aviez tous vécu quelque chose d'horrible quand tu étais enfant.

À cette évocation, son regard se perd, et je sens que ce qu'il a vécu a vraiment dû être affreux. Geyden fuit mon regard et passe sa main sur son visage avant de se masser les yeux, puis inspire et expire profondément.

— Tu aimerais savoir ? finit-il par me demander.

— Je ne veux pas te faire remonter de mauvais souvenirs.

— Ne t'inquiète pas, rétorque-t-il en m'attrapant pour nous ramener dans la chambre, fermant la porte derrière nous.

Il m'aide à me déplacer jusqu'au lit, et je m'installe contre la tête de lit en bois pour l'écouter, même si j'ai peur d'apprendre ce qu'il va dire.

Il me rejoint en s'asseyant sur le bord, le regard rivé sur le mur en face de lui. Ses bras reposent sur ses cuisses, les mains jointes, tremblant légèrement. Soudain, l'air devient lourd et pesant, je ressens chaque sentiment qui l'envahit.

— Ce jour-là, il faisait un temps magnifique, avec un grand soleil et une température idéale. Comme tout enfant de 5 ans, j'aimais aller au parc de Boston. J'avais demandé à ma mère de m'y emmener et de manger une glace juste après. Mais le parc était bondé de monde, des parents comme ma mère emmenant leurs enfants pour jouer et faire de la balançoire, profitant des rayons de soleil qui faisaient rougir la peau. Je ne me souviens pas de tout ; ma mère a dû combler certains vides de ma mémoire. Je sais que je me trouvais près d'un beau carrousel lorsqu'une personne m'a embarqué, une jeune femme blonde. Elle conduisait une grosse voiture à la peinture écaillée, et elle me disait qu'elle était ma vraie maman et qu'elle s'appelait Pénélope. Elle était douce, souriante et sentait la fraise. Ensuite, quand elle m'a emmené dans sa maison délabrée, elle a complètement changé de comportement. À peine étais-je entré qu'elle m'a jeté au sol et m'a donné un coup au ventre. La douleur que j'ai ressentie sur le moment reste gravée dans ma mémoire comme si c'était hier. Elle m'a tiré par les cheveux, m'a entraîné et m'a enfermé dans une pièce qui servait de chambre, où trois autres enfants plus grands que moi étaient déjà présents : deux garçons, Peter et Eliott, et une fille qui s'appelait Marie. Leurs prénoms resteront à jamais gravés dans ma cervelle. Ils avaient eux aussi été enlevés. S'ils n'étaient pas morts, Peter et Eliott auraient 35 et 37 ans, et Marie aurait 38 ans. Pénélope était mariée à un homme, Andrew. Ce dernier violait et brutalisait Marie. Elle était même tombée enceinte. Je crois qu'elle l'était déjà quand je suis arrivé. Mais à force qu'Andrew la frappe, elle a fait une fausse couche. Quand c'est arrivé, je pensais qu'elle était en train de mourir. Pénélope faisait la même chose à nous, les garçons. Mais je ne me souviens pas de tout ce qu'elle me faisait. On dirait que mon cerveau a choisi de m'effacer ces souvenirs. J'avais 8 ans quand Marie est morte ; la première ; d'ailleurs, je n'ai jamais su comment. Puis, à 9 ans, ce fut le tour de Peter et Éliott. Pour eux, je le sais, j'étais présent : elle les avait lapidés jusqu'à ce qu'ils cessent de vivre. Même à ce moment-là, j'ai eu un trou de mémoire. Je me suis réveillé, enchaîné, et Pénélope m'a juré que je l'avais frappé avec le manche à balai qu'ils nous avaient donné pour nos tâches ménagères. En voyant son visage couvert de sang et tuméfié, même si j'étais attaché et que je savais que j'allais avoir la punition de ma vie, j'étais heureux de ce que j'avais fait, malgré le fait que je n'avais aucun souvenir de l'incident. Quand tu n'écoutais pas, on te giflait, on te lacérait la peau avec un couteau ou une lame de rasoir. J'ai aussi été brûlé par leurs cigarettes qu'ils consommaient sans cesse. Je priais pour qu'ils crèvent, ne pouvant plus respirer. Je me rappelle qu'on m'a enfermé plusieurs fois dans un sous-sol, où je mourais de faim et de soif. Cela voulait dire que je devais rester des jours là-dessous. Je me vois hurler ma faim, sans réponse de leur part.

Mon corps tremble et des larmes coulent le long de mes joues alors que j'écoute cet homme raconter l'horreur qu'il a vécue.

— Avant que la police me retrouve, il s'est écoulé un an entre la mort de Peter et Eliott. Un an où j'ai été seul, frappé, maltraité, violé et torturé. Une putain d'année. J'avais 5 ans quand Pénélope m'a kidnappé et j'avais 10 ans quand j'ai été retrouvé. Je suis resté cinq ans avec ces ordures. Cinq ans, s'énerve-t-il, le corps tremblant.

— Mon Dieu, soufflé-je, laissant les larmes ruisseler le long de mes joues.

J'ai envie de le prendre dans mes bras, de le serrer fort contre moi.

— Lorsque j'ai revu mes parents, je ne les ai pas reconnus. Ma mère a beaucoup souffert. Je suis resté deux semaines à l'hôpital, tellement j'étais mal nourri et blessé. Elle est restée à mon chevet tout ce temps, tandis que mon père s'occupait de leur enfant, Stécy, qu'ils avaient eu entre-temps. Sur le moment, cela m'avait blessé ; je me disais qu'ils avaient refait un enfant comme on remplace un objet. Je leur ai fait vivre l'enfer pendant au moins sept ans. Apparemment je frappais souvent mon père, mais je ne m'en souvenais jamais. Il me regardait différemment. Et Stécy l'a très mal vécu. J'ai vu plein de psychologues, mais ça ne marchait pas. Rien ne soulageait la rage et la tristesse que je ressentais au fond de moi. Puis, un jour, une des psychologues m'a conseillé de couvrir les traces laissées par mes bourreaux. Selon elle, si je les effaçais, c'était comme si je tournais la page et qu'un nouveau Geyden venait au monde. Alors, le jour de mes 17 ans, sans demander l'accord de mes parents, j'ai recouvert tout mon corps, cachant chaque cicatrice qu'ils m'avaient faite.

— Putain ! Mais ils sont où, Pénélope et Eliott ?

— Morts, me répond-il sans me regarder.

Il l'a dit avec un tel calme que cela m'a glacé le sang. Les a-t-il tués ? Si c'était le cas, jamais je ne le jugerais.

— La police les a abattus parce qu'ils se sont défendus avec leurs armes.

J'ai froid, et la nausée me prend. J'ai envie de vomir en réalisant à quel point je me sens mal pour lui. C'est donc pour cela que Stécy faisait des terreurs nocturnes. Elle s'imaginait sûrement à la place de son frère. *Mon Dieu !* Je comprends mieux maintenant.

— Et les autres enfants ont-ils été retrouvés ? Même si…

— Non, m'avoue-t-il, une pointe de rage mêlée de culpabilité dans sa voix. Même aujourd'hui, j'essaie de les retrouver pour les rendre à leurs parents, car, malgré le prénom et la description qui correspondent aux disparus déclarés, nous n'avons pas la preuve que ce sont les mêmes enfants. Donc, à ce jour, les parents espèrent qu'ils rentreront à la maison.

— C'est pour ça que tu es entré dans la police ?

— Oui, dit-il en m'observant enfin.

— Je... je suis...

J'inspire profondément pour éteindre les sanglots qui me prennent à la gorge, fuyant son regard.

— Je suis tellement désolée, soufflé-je en scrutant l'extérieur où l'orage gronde à ce moment-là.

— Ce n'est pas ta faute, rétorque-t-il en se déplaçant vers moi.

Ses doigts viennent attraper ma mâchoire et il fait un mouvement pour que je le regarde droit dans les yeux.

— Ne me vois pas comme un enfant fragile. C'est du passé, tout ça. Je vais mieux, et je ne veux qu'une chose maintenant.

— C'est quoi ? demandé-je.

— Te serrer contre moi.

À ces mots, il attrape mon corps, le collant contre le sien et me serre de plus en plus fort.

— C'est horrible ce qui vous est arrivé.

Il me lâche pour me dévisager quelques secondes avant de m'embrasser à nouveau, puis il m'allonge et se couche sur moi. Je plonge mes doigts dans sa chevelure douce tandis qu'il exerce une pression avec son bassin contre le mien, me faisant comprendre qu'il en veut plus. *Putain !*

— J'ai envie de toi, lui dis-je contre ses lèvres, qui se tordent en un sourire.

Puis, brusquement, il se relève et retire sans attendre le bas de mon pyjama et je me retrouve nue. Je frissonne, à la fois à cause du froid qui caresse ma peau et de la gêne inexplicable que je ressens. Geyden vient de voir ma partie la plus intime, et je me sens rougir. Il lâche un juron avant de venir, du bout des doigts, me toucher puis de les enfoncer en moi, me tordant de plaisir en fermant les yeux pour savourer chaque instant.

Il fait des va-et-vient, et je geins à chaque mouvement. Alors, de sa bouche, il enveloppe mes lèvres, comprimant mes gémissements.

— On va t'entendre, souffle-t-il.

— J'ai envie de te sentir, viens s'il te plaît, lui dis-je, les yeux toujours fermés.

À mes mots, il retire sa main et se déplace entre mes jambes que j'écarte pour lui faciliter l'accès. Lorsque je sens son désir se poser contre moi, j'ouvre la bouche pour avaler le maximum d'air alors qu'il s'enfonce doucement en moi.

Cela me fait un peu mal, et je sursaute lorsqu'il finit par s'enfoncer brusquement, m'arrachant un cri de douleur que j'essaie de garder en moi. Cela ne l'arrête pas, et ses mouvements deviennent de plus en plus secs et rapides, me menant au bord de l'extase. À chaque gémissement, il m'embrasse sans ralentir.

J'ouvre les yeux, un frisson me traverse en réalisant qu'il est en train de me faire l'amour. Cet homme que je pensais inaccessible me fait perdre la tête. Je lève mon visage pour capturer ses lèvres dans un baiser fugace, alors que nos respirations saccadées se mêlent, se répercutant l'une sur l'autre. Du bout de mes doigts, je frôle la peau de sa joue, descendant sur sa barbe naissante, tandis qu'il m'observe.

Puis, il penche la tête en arrière, grimaçant de plaisir, avant de jouir en moi, écarquillant les yeux, la bouche grande ouverte. Il finit par s'effondrer sur mon corps.

Chapitre trente-six

J'ai le regard perdu sur l'extérieur, où le soleil brille dans un ciel bleu, lorsque Lucie s'installe à la table, me faisant sortir de mes pensées pour découvrir un café latté surmonté d'une montagne de chantilly, rien que pour moi.

— C'est fait avec amour, s'exclame-t-elle avec humour.

— Alors c'est le meilleur latté au monde, rétorqué-je en buvant une gorgée, laissant le liquide chaud envahir ma bouche avec une douce saveur de café mélangée à la crème.

— Bon, vas-y, je t'écoute. Qu'est-ce que tu dois me dire ? demande-t-elle.

Le nœud que j'avais réussi à faire disparaître est de nouveau présent dans ma gorge, tandis que mon cœur s'emballe à la pensée de Geyden et Michel-Ange. Comment va-t-elle réagir à tout ça ? J'ai besoin d'un autre avis que celui de Stécy, surtout qu'elle ne sait pas ce que j'ai fait avec son frère la nuit de samedi.

Je regrette. Je n'ai pas réfléchi aux conséquences de mes actes. En même temps, avec ce qu'il m'a avoué, la torture qu'il a vécue enfant, ça m'a rendu vulnérable, et surtout, avec ce que je ressens pour lui, ce n'était pas facile à retenir.

J'espère que Michel-Ange n'était pas là, à nous observer, car je n'imagine même pas la fureur qu'il aurait ressentie en me voyant. Et si c'était le cas, je suis prête à recevoir la punition que je mérite. C'est moi qui joue avec le feu, et je dois assumer mes actes pour épargner Geyden. Je ne sais pas si Michel-Ange sait ce qui est arrivé, mais, en tout cas, il n'était pas là à m'attendre sous mon lit.

— J'ai couché avec Geyden, lâché-je sans la regarder.

— Geyden ? me demande-t-elle, cherchant de qui je parle. Ah ! Le policier ? dit-elle avec étonnement.

— Oui.

— Ah putain ! C'était comment ? me questionne-t-elle en attrapant ma main pour que je la regarde.

— Super !

En repensant à ce que m'a fait ressentir Geyden, mes poils se hérissent et je serre mes jambes pour empêcher ce sentiment de se développer davantage.

— Alors ? commence Lucie en se penchant en avant afin que personne ne puisse entendre. Elle est comment, sa queue ?

Je m'étouffe, rigole et rougis à sa question.

— Franchement ? Très bien proportionnée ! Je rétorque, finissant par éclater de rire.

— Ah, coquine ! plaisante-t-elle. Et tu vois, j'avais raison, il en pince pour toi. Je suis contente pour toi, ma chérie.

Son enthousiasme me procure une chaleur apaisante au milieu de l'angoisse ambiante. C'est fou comme une conversation légère peut faire oublier, ne serait-ce qu'un instant, la gravité de mon monde.

— Et tu penses qu'elle dirait quoi sa sœur ?

— Rien, je sais qu'elle ne dirait rien, affirmé-je. En revanche, il a une copine, et sur le moment, je n'ai même pas pensé à elle.

— Oh !

— Oui, je me sens même honteuse pour elle. Si je la revois, je ne sais pas comment je réagirais ; je crois que je ne pourrais même pas lui dire bonjour.

— Oui, tu as déconné, mais tu n'es pas seule. Lui aussi ; c'est lui le mec en couple.

— Putain, soufflé-je contre mes mains moites. Mais le lendemain, un silence pesant s'est installé à table avec ses parents, comme s'ils avaient compris, continué-je en repensant à cette atmosphère glaciale. Sauf que sa mère ne m'a pas fait la morale, donc il y a des chances pour qu'ils ne se doutent de rien. C'est sûrement moi qui me fais des idées, ayant franchi une limite. Et quand je me suis levé, Geyden était déjà parti, donc il n'y aucune preuve de nos actes.

— Je n'imagine même pas la gêne que tu as dû ressentir sur le moment.

— Oui, rétorqué-je. Et j'ai autre chose à te dire qui m'a chamboulée à propos de Geyden, je ne sais pas si tu as entendu parler de cette affaire. Moi, non. Mais en 1997, un jeune garçon a été kidnappé et a disparu pendant cinq ans.

— Euh, non, je ne crois pas.

— Regarde sur internet, tape « Pénélope et Andrew kidnapping », tu auras plein d'articles sur eux, et quatre enfants au total : trois morts et un qui a survécu.

Elle sort immédiatement son téléphone, pianote et écarquille les yeux, abasourdie en reconnaissant Geyden en photo.

— Mais non ! s'exclame-t-elle. Il a été kidnappé et torturé par ces deux criminels ? La vache !

— Hier, quand je suis rentrée chez moi, j'ai vérifié cette info et je suis restée bête. Je n'avais jamais entendu parler de ça avant que lui me le dise.

— Je n'en reviens pas... mais il est comment aujourd'hui ?

— J'ai l'impression qu'il va bien, enfin, de ce qu'il montre. On dirait qu'il va bien. Mais lorsqu'il était adolescent, ce n'était pas le cas.

— Le pauvre, ça me fait trop mal au cœur.

— Je sais maintenant pourquoi Stécy faisait des terreurs nocturnes quand elle était enfant. Son frère leur faisait vivre l'enfer.

— Tu crois vraiment qu'il va bien ? me questionne-t-elle en regardant son portable. C'est dingue ! Il y a une photo de lui torse nu, la peau sur les os, le visage blafard, avec des milliers de cicatrices sur le corps. Ce pauvre jeune garçon.

— Oui, lui dis-je, les larmes aux yeux.

Elle parle de la même photo que j'ai vue hier, celle de Geyden à peine retrouvé. Ils l'avaient pris en photo pour les preuves, et la presse avait réussi à obtenir des clichés pour en faire la une des journaux.

— Putain, souffle-t-elle en posant son portable sur la table d'une main tremblante. Ils n'ont pas retrouvé les corps des autres gosses ?

Cette histoire la trouble, elle aussi.

— Non, il les cherche pour leur rendre hommage, mais toujours rien.

— Mon Dieu, murmure-t-elle.

Elle a la tête plongée dans sa tasse de café qu'elle enroule entre ses doigts, cherchant sans doute à réchauffer sa peau.

Je suis aussi frigorifiée qu'elle.

— Et j'ai encore un autre truc à t'avouer, j'ai besoin d'avoir un autre avis que celui de Stécy.

— Vas-y.

En retirant mes mains, je la découvre m'observer attentivement.

— Depuis quelque temps, un homme me harcèle, lui annoncé-je.

Ses sourcils se froncent avec incompréhension et inquiétude.

— Comment ça ?

— Il est là tout le temps, à jouer avec mes nerfs. Il porte un masque David, de l'artiste Michel-Ange, d'où son surnom que je lui ai donné : Michel-Ange.

— Attends ! Tu as donné un surnom à ce mec ? Mais tu vas bien ? s'étonne-t-elle légèrement énervée.

Je sens un mélange d'irritation et de peur dans sa voix.

— Oh… euh… ben oui, mais, c'était au début, c'était à la soirée, puis… laisse tomber.

— Non, Amber ! Et du coup, qu'est-ce que fait Michel-Ange ?

Mal à l'aise par sa réaction, je me réinstalle sur ma chaise, faisant tomber ma béquille qui se fracasse sur le sol avec un bruit métallique qui résonne dans tout le restaurant. Lucie s'empresse de la ramasser avant que je puisse le faire, et reprend sa place tout en m'observant, m'invitant à continuer.

— En gros, il essaie de me faire tomber amoureuse de lui.

Je fais une moue, le décrivant comme fou.

— Et apparemment, je le connaîtrais.

À cet aveu, la surprise se lit sur son visage, suivie de la peur, alors qu'elle regarde autour d'elle. Pourquoi je n'ai pas la même peur qu'elle ? Je suis effrayée, oui, mais pas comme elle. *Putain !* Je suis devenue folle, ça y est !

— Tu es sûre que tu ne vois pas qui c'est ?

Son regard est rivé sur la salle où trônent seulement deux clients. À cette heure-ci, les gens sont sur le chemin du travail ou dorment encore. D'ailleurs, moi aussi j'aurais dû rester dans mon lit ; il est 6 h 30, et je sens que je vais recevoir une leçon de ma collègue ; j'aurais dû me taire.

— Non, justement, je voulais seulement m'en approcher pour savoir qui il est.

— Tu n'as même pas un indice ? me questionne-t-elle, me faisant relever la tête dans sa direction.

— Non, j'ai essayé, mais rien ne me vient. Il est bien trop malin.

— Et j'imagine que le policier n'est pas au courant ?

— Si, justement, maintenant, il l'est, et ça le rend fou que je ne sois pas venue le voir.

— Je comprends ! Vu qu'il ressent quelque chose pour toi. Et il doit s'inquiéter que tu noues une relation malsaine avec cet inconnu.

— Arrête de dire ça, je ne noue rien avec l'autre.

— Si tu le dis. Tu devrais construire un truc avec le policier, ça sera mieux et plus sain pour toi.

Je sens le rouge me monter aux joues, troublée par cette sugges-
tion. Comme si un léger courant électrique parcourait ma peau à
l'idée que Geyden puisse nourrir des sentiments pour moi.

— Arrête ! On a juste couché ensemble, il ne m'a pas promis
monts et merveilles.

— Hum, rétorque-t-elle en roulant des yeux.

— Je dois te rappeler qu'il a une copine ?

— Ah oui, pardon, c'est vrai, c'est pour ça que vous vous êtes
rapprochés. Demande-lui si elle sait ce qui lui est arrivé quand il était
enfant et tu auras ta réponse.

— Je pense qu'elle est au courant. Sa mère m'a quand même dit
qu'elle lui apporte tout ce que moi, je ne peux pas lui apporter.

— Eh ben... Bref. Tu sais que le meurtre de ton amie fait la une
des journaux ?

— Oui, je sais, dis-je, sentant la tristesse m'envahir.

Il y a eu deux meurtres de deux autres jeunes femmes du même
âge. Et surtout, mortes de la même manière.

— Ça fait froid dans le dos. Ils pensent que c'est un tueur en série.

Repensant à Kate, mon cœur se serre de plus en plus, je ne peux
contenir mes larmes, et sanglote sous le regard de Lucie qui se lève
et vient me serrer dans ses bras, ne sachant comment me rassurer.
Elle ne cesse de s'excuser tandis que les deux clients occupant la
table près de l'entrée nous observent, visiblement mal à l'aise. Je me
sens vulnérable, dénuée de protection alors que mes émotions débor-
dent.

— Je suis désolée, murmure Lucie, me berçant doucement.

Ses mots m'apportent un peu de réconfort, mais la douleur de
perdre Kate me pèse lourdement. Ce n'était pas juste une amie,
c'était une partie de moi, un reflet d'une vie insouciante que je souhaite ardemment retrouver. La pensée que cette tragédie pourrait
frapper de nouveau tant de gens m'effraie.

— Mais tu devrais mettre un terme à cette histoire avec Michel-Ange, souffle-t-elle contre mon oreille. Je n'ai pas confiance en cet homme. Tu ne sais même pas qui il est.

Je sais qu'elle a raison, mais comment va-t-il le prendre ? 🍁

Chapitre trente-sept

💀 Michel-Ange 💀

Je pousse violemment la porte de ma cave et une odeur nauséabonde me frappe le nez. Ce salaud s'est pissé et chié dessus. En même temps, où peut-il aller, depuis que je l'ai attaché à une chaise, presque nu ?

Je me couvre le nez, tentant de respirer doucement. Je refuse de laisser cette puanteur m'envahir.

La lumière clignote faiblement ; elle met du temps à fonctionner et risque de lâcher bientôt. Je vais devoir la changer. Le frapper dans l'obscurité sera beaucoup trop incommodant.

Une fois que la lampe s'allume correctement, je découvre un spectacle désolant : une mare de pisse l'entoure et sa tête est voûtée en avant. Il est sûrement en train de faire de beaux rêves. Le mien, c'est d'être avec toi, Luciole. Te serrer contre moi et que tu m'aimes pour ce que je suis réellement. Mais le chemin sera encore long.

J'attrape la barre disposée près de la porte, la traîne le long du béton en suivant mes pas qui foulent le sol. Le bruit le fait se réveiller en sursaut. Son air perdu se transforme rapidement en une expression de terreur à mesure qu'il croise mon regard. *Oh, comme j'aime ça !* Pauvre petite chose sans défense.

Il lève son visage avec difficulté, les yeux rougis et bouffis, un hématome se formant au coin de son œil droit. J'adore me défouler sur lui ; c'est mon petit jouet favori ; après toi, bien sûr. Je suis comme un chien avec son joujou : je me déchaîne sur lui jusqu'à ce que j'en aie assez et que je le laisse pourrir dans un coin.

Je m'incline dans sa direction et prends ma barre, à deux mains cette fois, la faisant claquer contre ma paume. Chaque coup fait tressaillir son corps. Ce type fait partie d'une grande famille russe qui s'est implantée en Amérique pour des affaires illégales. En le regardant, j'ai l'impression d'avoir un enfant devant moi, et non un homme entraîné. Le seul aspect qui demeure, c'est son mutisme. Je le soumets depuis des jours et je n'ai rien d'autre que ses cris, son sang et son désespoir.

Cependant, je ne comprends toujours pas pourquoi il t'a invitée, ma luciole. Ce que je ne comprends pas, c'est qu'il se trouve sur le territoire avec une fausse identité. Mais il semble que ça n'ait rien à voir avec toi. Il t'a simplement... trouvé belle. Je grimace à l'idée de ce qu'il aurait pu faire avec toi si je n'étais pas intervenu.

— Tu sais, j'ai croisé ton grand frère, annoncé-je calmement.

Sa réaction devient enfin perceptible.

— J'aimerais savoir pourquoi il est venu voir Amber à son travail, lui demandé-je en tapotant plus fort la barre contre ma main, laissant une légère sensation de picotement après chaque coup. C'est seulement parce qu'il te cherchait ?

Malheureusement il reste silencieux. Je contracte mes mâchoires tellement fort que j'en ai mal aux dents. *Fils de pute !*

Je me redresse et, sans qu'il ait le temps de s'en apercevoir, je lève ma main et abats la barre contre son avant-bras. Un craquement retentit, suivi de son hurlement, une douce mélodie qui emplit la pièce et qui me fait presque bander.

— Alors, vas-tu répondre ? demandé-je d'une voix plus sombre en appuyant sur le dernier mot.

Sauf que ce Vladimir — c'est son véritable nom — ne cesse de pleurnicher comme un enfant. *Calme-toi...*

J'inspire, expire, et je fais un mouvement de recul, me préparant à frapper à nouveau, tout en répondant à la voix dans ma tête :

— Tu sais très bien qu'être calme n'est pas mon point fort, murmuré-je avant de lui asséner un coup contre l'épaule, criant la souffrance que je viens de lui procurer, mais lui, il ne connaît pas la douleur qui se transforme en plaisir. Je ne l'ai appris qu'à toi, ma luciole.

Je vais devoir me débrouiller autrement, et la seule solution est d'appeler Aleksi en personne. De toute façon, j'en serai arrivé là, il a osé t'approcher, ma luciole. Tandis qu'il gémit de douleur, je me dirige vers la sortie, posant la barre maintenant couverte de son sang contre l'embrasure. Le bruit sinistre du bois frottant contre le sol résonne alors que je ferme les multiples serrures.

Je remonte les escaliers et verrouille une seconde porte, prenant une profonde inspiration de l'air frais de mon hall qui mène aux autres pièces de la demeure.

D'un pas nonchalant, je m'avance vers ma cuisine, simplement aménagée, sans décorations superflues.

Je retire mon masque et le passe sous le robinet. C'est alors que j'aperçois les éclaboussures d'hémoglobine sur le plastique. Du revers de la manche, j'éponge la sueur qui perle le long de mon visage. Le porter à l'intérieur est un véritable calvaire : il me tient chaud, et je dégouline, de la racine de mes cheveux jusqu'à ma barbe.

Tu fais n'importe quoi, David, on va avoir des ennuis...

— Des ennuis ? C'est justement ce que j'aime, murmuré-je avec une pointe d'humour dans la voix. Je ne vis que pour ça, mon cher.

J'essaie de l'ignorer et me mets à nettoyer les taches de sang, tandis qu'une vague de frisson me traverse. Je le sens, tentant de reprendre sa place. Je résiste, me concentrant sur ce sang, frottant... frottant sans relâche.

— Et tu sais quoi ? dis-je, arrêtant ce que je suis en train de faire. J'ai envie d'aller la voir, je dois régler quelques détails la concernant. Elle a encore enfreint des règles que je lui avais fixées, et tu sais à quel point je n'aime pas ça.

Je me penche pour attraper un torchon que j'ai suspendu à la poignée du placard et je sèche le masque avant de le remettre. Ensuite, je sors rapidement de chez moi pour monter dans la voiture que j'ai modifiée pour que ton père ne puisse pas la reconnaître, ma luciole. Je sais que tes parents ne sont pas encore rentrés. Malgré le fait que la mort de ton amie fasse la une des journaux du monde entier, je ne pense pas qu'ils soient au courant, surtout que tu ne leur en as pas encore parlé. Tu veux qu'ils profitent un maximum, alors tu as tout gardé pour toi.

J'ose espérer que tu ne penses pas que c'est moi, ma luciole. Je connais l'auteur de ces meurtres, mais ça ne vient pas de moi.

Sans un bruit, j'ouvre le loquet d'une porte menant à l'intérieur, un endroit dont vous ne connaissez pas l'existence. Cette porte mène à la cave, et c'est pour cela que j'ai pu te trouver lorsque nous jouions à cache-cache l'autre fois.

Je monte doucement les marches, qui grincent malgré moi, mais je sais que tu es déjà dans ta chambre. À cette heure, tu dois même dormir. Après tout, demain, tu reprends tes cours à l'université de Boston. Je pourrai donc te punir en jouant avec ta peur.

Sans attendre, je me dirige vers les marches pour monter dans ta chambre, et c'est alors que ton chien sort de celle de tes parents. Mais, comme je le savais, il me fait la fête au lieu de m'aboyer dessus, contrairement à ce qu'il faisait lors de mes premières irruptions chez toi. Donc, il ne risque pas de te réveiller. Je le renvoie d'où il vient et continu de monter.

Tu as laissé la porte entrouverte. Du bout de mes doigts gantés, je la pousse lentement et entre à pas de loup. Mon souffle se coupe lorsque je réalise que tu n'es pas dans ton lit. *Bordel !*

Brusquement, tu apparais à ma droite et tu me frappes le crâne avec une poêle. Je dois reconnaître que tu as une bonne force.

Je me baisse, plaçant mes mains sur ma tête pour te faire croire que j'ai mal, attendant que tu fasses un deuxième coup. Lorsque ton bras se lève, je me redresse, t'arrache l'ustensile des mains et le jette loin derrière moi.

C'est si soudain que la peur déforme les beaux traits de ton visage, et tu recules, te bloquant contre le mur.

— Tu es bien maligne, ma luciole.

— Je t'ai vu arriver avec les caméras, du con ! cries-tu.

— Oh ! Quel imbécile je fais, plaisanté-je en m'avançant vers toi, te cerclant de mon imposante silhouette.

Ma main vient entourer ton corps vêtu de ton pyjama, et je remarque que l'interrupteur se trouve juste à côté de toi. J'en profite pour allumer et pouvoir te scruter.

— Je pensais avoir été clair avec toi, Luciole. Je...

— Tu nous as vus ? me coupes-tu, l'angoisse te nouant la gorge.

— Je ne suis jamais bien loin, murmuré-je en approchant mon visage du tien, tandis que ma main droite frôle ta joue. Tu vas avoir droit à ta punition.

Brusquement, je te retourne et te plaque contre le mur. Je place tes bras au-dessus de ta tête, les bloquant avec ma main gauche, tandis que la seconde se pose sur tes hanches. Ton souffle devient irrégulier, et je peux même sentir les battements de ton cœur se répercuter contre tes os. Tu es assaillie par la peur, tout en désirant ma présence.

Je décolle ma main de tes hanches et te donne une forte fessée, le bruit résonnant dans la pièce avec un doux claquement qui me fait frémir. Tu te tords en gémissant de douleur et je recommence. À chaque coup, tu recules ton bassin vers moi.

— Tu en as envie, hein ? soufflé-je contre ton oreille.

La seule réponse que tu peux donner est un hochement de tête. Mais je gifle ton magnifique postérieur avec encore plus de force en laissant échapper un petit rire. Je m'arrête, et t'ordonne :

— Dis-le.

Du coin de l'œil, je vois ta mâchoire se contracter puis s'ouvrir et se refermer plusieurs fois avant que tu ne prononces un « oui » dans un souffle.

— Non, plus fort ! Je veux que tu me supplies de te baiser, Luciole. Supplie-moi.

Tu tournes la tête pour me regarder, les yeux brillants de désir.

— Baise-moi, dis-tu en mordillant ta lèvre.

À ce magnifique aveu, ma queue se dresse immédiatement dans mon jogging.

Je viens placer mon pied entre tes jambes, écartant la droite avec précaution. De ma main libre, je fais glisser ton bas, révélant la beauté de tes fesses, déjà rosies par mes attentions. L'envie de les mordiller me traverse l'esprit, mais je me retiens. Le jour où tu seras totalement à moi, je pourrai exprimer ce désir sans aucune réserve, et ce jour-là sera une véritable bénédiction.

Sans lâcher prise, je fais glisser légèrement mon jogging, et sors mon pénis que je viens placer contre ton postérieur. Je peux sentir la tension dans l'air. L'attente rend le moment encore plus intense, comme une promesse prête à éclore. Tu réagis directement et recules ton bassin.

— Je suis obsédé par toi ! Et j'espère que, cette fois, tu te souviendras ce que ça fait d'être baisée par moi, rétorqué-je d'une voix chargée d'émotion en l'enfonçant d'un coup sec.

Tu laisses échapper un gémissement douloureux, et je sens ton vagin se resserrer autour de moi, ce qui me remplit de bonheur.

Je me retire avant de m'insérer à nouveau avec toujours le même rythme, te laissant échapper un soupir de satisfaction. Je recommence, un peu plus fort à chaque mouvement.

Ton souffle s'accélère, synchronisé avec le mien, tandis que ton corps se cambre, cherchant à s'harmoniser avec chaque geste. Une envie grandit en moi, une pulsion irrésistible. Je me retire, et positionne mon sexe à l'entrée du tien. Ensuite, je lève ma main, et en même temps que je te pénètre, je donne une claque à tes fesses, dans un geste encore plus brutal. Ce mélange t'enivre, et tout ton être commence à trembler, tandis que ton vagin se serre autour de moi. *Bordel !* Je reproduis ces gestes plusieurs fois, sentant l'orgasme t'envahir.

Malgré l'envie de jouir en toi, je me retire juste avant que tu atteignes le sommet du plaisir, et te donne une nouvelle claque sur le postérieur. Tu tournes la tête pour tenter de me voir, pour comprendre ce que je fais.

— C'est fini, ma luciole, t'annoncé-je. Voilà ta punition.

L'expression sévère sur ton visage me fait rire.

— Salaud ! craches-tu.

— Rappelle-toi juste ce que je te dis, et tu auras autant d'orgasmes que tu veux, Luciole.

Je relève ton pyjama et te lâche. Ta frustration palpable, tu me pousses et me donnes une gifle, regrettant immédiatement ton geste. Cela me fait mal de voir que tu as peur que je réagisse et te frappe.

Cependant tu reprends et m'ordonnes de quitter ta maison, ce que je fais sans attendre, même si j'aurais plutôt aimé m'endormir dans tes bras. Mais j'ai un autre truc à régler, je dois retrouver Aleksi.

Chapitre trente-huit

Grâce à ma voix trafiquée, j'ai réussi à attirer Aleksi, et d'ici peu, il tombera, les pieds en avant, dans mon piège. Ce n'est qu'une question d'heures avant qu'il rejoigne son frère, et je me demande quelle expression se dessinera sur son visage lorsqu'il me verra, avec une seringue plantée dans son cou, remplie de Midazolam, qu'il l'endormira pour le déplacer sans complication.

Tout en m'agitant, je jette un coup d'œil à la route, où Monsieur doit probablement arriver. J'ai tout préparé : les lumières illuminent les pièces de cette maison abandonnée, perdue en pleine forêt entre Boston et Salem. Ainsi, il sera moins méfiant en voyant qu'elle est éclairée, et il sera rassuré qu'elle soit loin de la civilisation.

C'est une planque idéale pour un gangster comme Vladimir, désireux de passer inaperçu, compte tenu de l'immensité de la propriété. Aleksi pensera finalement que son frère joue les professionnels.

Et même si je rate mon coup, ils ne pourront pas s'enfuir très loin ; ils finiront par se perdre et mourir de faim. Mais ça ne sera pas tout de suite, non ; je veux jouer avec eux avant.

Ils n'ont aucune idée de ce que je leur réserve. Tout comme avec toi, ma chère luciole, je vais les recouvrir de ma peinture fluorescente et les lâcher dans la nature, complètement nus. Les voyant sans qu'ils ne puissent me voir, je m'amuserai à jouer avec leur petit cœur fragile.

J'ai donc endormi Vladimir pour le déplacer, en toute discrétion, de chez moi jusqu'ici. Il dort étendu au sol, toujours attaché, bien sûr.

Je scrute sa cage thoracique ; je ne veux pas qu'il meure entre-temps. Je connais les effets négatifs du Midazolam : en cas de surdosage, les effets néfastes peuvent être graves, conduisant à l'arrêt respiratoire, à un coma ou à la mort. Mais, pour le moment, sa poitrine se soulève au rythme de sa respiration.

Un sourire se dessine sur mes lèvres à l'idée de la peur qu'il ressentira en se réveillant, nu, dans un endroit encore inconnu, couvert de peinture. J'ai tellement hâte. Tout cela, je le fais pour toi, ma luciole. Mais sache que jamais il ne pourra revendiquer ton surnom. Jamais.

Mon cœur tambourine dans ma poitrine, comme celui d'un enfant joyeux le matin de Noël, lorsque je remarque enfin deux cercles jaunes émergeant de la route. Il arrive, sans aucune intention de ralentir. J'entends même le rugissement du moteur d'ici.

Serait-il en colère contre son frère ? Probablement. Et cela m'importe peu.

Dans un crissement de pneus, il se gare et sort sans attendre. Le gravier crisse sous ses pas, il s'approche rapidement. Puis, dans un violent coup, la porte se fracasse à quelques centimètres de moi – si près que j'aurais peut-être pu être assommé.

Il franchit le seuil et crie le prénom de son frère en russe. Je n'attends pas une seconde de plus et sors de ma cachette. Dos à moi, il ne peut pas me voir approcher. Je sors la seringue, avance, mais le plancher trahit ma présence. Il se retourne brusquement, pointe son arme vers moi et tire.

La balle se loge dans mon gilet par balle, le choc me coupant le souffle et me pliant en deux.

— Кто ты ? *(Qui es-tu ?)*

Il s'approche de moi, toujours à terre, attrape le col de mon cuir et enlève mon masque. *Bordel !* Mon cœur s'arrête de battre pendant quelques secondes avant que je ne saisisse à nouveau la seringue, la plantant dans son avant-bras et appuyant de toutes mes forces pour faire passer le produit.

Aleksi recule, paniqué, me demandant en anglais ce que je lui ai administré. Tout ce qui traverse mes lèvres est un rire sardonique. En un rien de temps, il s'écroule au sol, tel un pantin désarticulé.

Je le dévisage pour m'assurer qu'il est bien assommé, scrutant ses bras, ses jambes, son buste, à la recherche du moindre mouvement, avant de me laisser tomber sur le parquet afin de reprendre doucement mes esprits. La douleur persiste dans mon abdomen ; je n'avais pas vu cela venir.

Pourtant, j'orchestre tout, je devine tout avant que cela n'arrive. *Bordel !*

Et, avec désespoir, je réalise qu'en peu de temps, ma peau va virer au bleu. Dieu merci, l'automne est bien là, je n'aurais pas de mal à le cacher sous un pull.

Enfin remis, je les scrute un instant. Ce Vladimir n'aurait jamais dû s'intéresser à toi, et son frère n'aurait pas dû chercher à te retrouver. Mais, comme je compte les laisser mourir après avoir joué avec eux, ils ne t'approcheront plus jamais, ma luciole.

En soufflant de dégoût face à ces hommes, je commence à les déshabiller un à un, jusqu'à ce qu'ils soient complètement nus. Armé de ma peinture, je trempe le pinceau et l'en sors, le plaçant au-dessus de leurs corps inertes, couverts d'encre, tout comme celle qui m'habille. La substance dégouline sur leur peau, formant une mare fluorescente.

Mais avant de les badigeonner comme une dinde de Thanksgiving, je leur assène un grand coup de pied dans les parties intimes. Ça me frustre un peu qu'ils ne réagissent pas.

— Tant que vous dormez, je peux en profiter un peu plus. Votre inconscience est ma liberté, les gars. C'est un terrain de jeu délicieux où je peux assouvir ma colère et ma revanche.

Je m'acharne sur les attributs de Vladimir, un frisson parcourant mon corps alors que ma rage se trouve légèrement soulagée. Je ne m'arrête pas tant que le sang ne commence à s'écouler de son urètre.

Je t'apprendrai cela, ma luciole : tu as le droit d'écraser autant de sexes d'hommes que tu le souhaites, tant que tu ne touches pas au mien. Moi, je ne veux que ton bien-être et que tu m'aimes comme je suis.

Je tressaille en repensant à tout à l'heure, quand je m'amusais avec toi, aux gémissements que je te faisais pousser – c'était une douce mélodie à mes oreilles.

— On ne touche pas à celle que j'aime ! leur dis-je, ma voix emplie de détermination.

Étant moi-même un homme, je sais quelle souffrance va ressentir Vladimir en se réveillant, et j'ai hâte d'assister à cela. Une fois qu'une petite rivière de sang se met à s'écouler, je m'arrête net et m'approche de son visage, bien endormi. Je l'attrape et me penche pour lui souffler près de l'oreille :

— Tu vas souffrir, pauvre type. Je pense que ta virilité ne pourra plus bander quand on te serrera la gorge.

Je le relâche alors, sa tête cognant le sol dans un fracas sourd. Je me relève et je les couvre de fluo de la tête aux pieds. Une fois fini, j'attrape les chevilles d'Aleksi et le traîne dans une brouette, suivi de son frère. Malgré mes muscles, je trouve qu'ils pèsent leur poids, ces deux-là.

En traversant la forêt dans l'obscurité automnale, je ressens le froid piquant et l'odeur caractéristique des sous-bois, tandis que seule la pleine lune éclaire mon chemin. Celle-ci m'aide à voir mes proies plus clairement.

Après plus de trente minutes à les transporter, je les jette finalement comme des débris au sol, près d'un des arbres. Quelques-uns sont équipés de haut-parleurs et de caméras infrarouges. Ainsi, je peux observer mes jouets et leur parler tout en restant assuré de ne jamais les perdre de vue.

Ensuite, je sors la deuxième seringue contenant du Flumazénil, l'antidote qui inverse les effets du Midazolam. Ils se réveilleront sous peu après l'injection. Je m'accroupis et plante l'aiguille dans le bras d'Aleksi, puis dans celui de Vladimir, avant de me cacher dans ma planque.

Chapitre trente-neuf

Un. J'attends, assis sur une branche de l'arbre qui surplombe ces deux idiots, alors qu'ils commencent à émerger de leur sommeil. *Deux.* Un sourire s'étire sur mes lèvres ; je suis si impatient de jouer avec eux.

Aleksi se déplace sur le sol en gémissant de douleur, peinant à reprendre son souffle. Je n'éprouve aucun regret de les avoir torturés pendant leur sommeil. Et grâce aux caméras et aux haut-parleurs installés, tout le long du chemin qu'ils pensent emprunter une fois la partie commencée, je ne raterai rien des pièges dans lesquels ils tomberont. Je me frotte les mains d'avance.

À travers l'écran de mon smartphone, Aleksi apparaît totalement éveillé, l'angoisse se lisant sur son visage. Il se lève brusquement, vacillant d'une jambe à l'autre sous la pression sanguine qui monte rapidement à sa tête.

Il s'agrippe à l'arbre tout en scrutant les alentours, puis sa tête s'abaisse vers son corps, et il joint immédiatement ses mains sur ses parties intimes. *Trois.*

Le souffle court, Aleksi découvre son frère, lui aussi nu et étendu au sol, recouvert de la même substance verte. Du bout des doigts, il touche son avant-bras pour l'examiner de plus près, tentant de comprendre ce dont il s'agit. Pendant ce temps, Vladimir se réveille enfin, il était temps. *Quatre.*

Les deux hommes échangent un regard inquiet et perdu, se demandant où ils se trouvent.

C'est à ce moment que j'interviens.

J'enclenche le micro, laissant le grésillement résonner à travers les bois sombres, froids et humides. *Cinq.*

Une légère brise s'est levée il y a à peine dix minutes. Je me demande comment se portent leurs parties intimes, surtout celles de Vladimir, qui, malgré la terreur, comprend que son intimité a été blessée.

Malheur pour lui, mais grande joie pour moi : le frein[3] est cassé.

Il se met subitement à hurler de douleur, tandis que son grand frère scrute chaque recoin.

Je ne porte pas mon masque. Aleksi a déjà vu mon visage, et de toute façon, ils mourront bientôt. Mais un certain regret m'envahit : ma figure est gelée.

— Bonsoir, chers amis, et bienvenue dans ma magnifique et majestueuse forêt, leur dis-je avec un sourire malicieux.

— Отпусти нас, ублюдок ! Если я тебя поймаю, я убью тебя ! *(Laisse-nous partir, espèce de bâtard ! Si je te chope, je te tue !)* vocifère Aleksi, la colère transparaissant dans sa voix.

Malgré la teinte verte de l'image à cause de la caméra à infrarouge, je parviens à distinguer son visage qui rougit sous la fureur.

Je lâche un rire tonitruant à travers les haut-parleurs, instaurant une atmosphère macabre. J'aimerais pouvoir voir leurs poils se hérisser, mais l'image n'est pas aussi nette que je l'aurais souhaité.

— Entre nous, mon cher, c'est toi qui tomberas le premier dans la terre, rétorqué-je d'une voix aussi calme qu'avant une tempête. Parce que je vous retrouverai avant que vous ne me trouviez. Vois-tu ce qui t'entoure ?

Tel un imbécile, il pivote la tête, scrutant l'horizon.

— Ici, je connais chaque recoin. Savez-vous seulement où vous êtes ?

---

[3] À l'extrémité de la verge, le frein du prépuce est un repli de peau qui recouvre et relie le prépuce au gland.

Une envie de rire m'envahit en constatant qu'aucun d'eux ne bronche. Pour des mafieux russes, ils se comportent comme de véritables idiots, avec des boules de Noël en guise de testicules.

— Messieurs, je vous invite à vous préparer pour un jeu de piste, dont l'objectif est de trouver la sortie avant la fin du décompte. Si vous réussissez, vous survivrez...

Je leur mens, mais ça, ils ne sont pas obligés de le savoir.

— Ты больной ! *(Espèce de malade !)* crache Vladimir en scrutant la direction du haut-parleur, pensant que la caméra se trouve de ce côté.

Mais il se trompe, car j'ai une vue directe sur ses fesses.

— Ты кто такая, маленькая шлюха ? Почему мы ? Я думаю, что... *(T'es qui, petite pute ? Pourquoi nous ? Je pense que...)*

— Oh ! Que je suis mal poli, plaisanté-je en lui coupant la parole. On me nomme le tueur sans visage.

— Ты ещё и актёр ? *(T'es comédien, en plus ?)* poursuit-il en rigolant.

— Я Микеланджело, готов служить вам, дорогие гости. Так что, вы присоединяетесь к празднествам ? *(Je suis Michel-Ange, prêt à vous servir, chers invités. Alors, vous prêtez-vous aux festivités ?).*

— Va te faire foutre, enculé ! réplique Aleksi. J'ai vu ta tête, je sais à quoi tu ressembles, et je peux te jurer que c'est toi qui vas crever. Je prendrai un malin plaisir à t'écorcher.

— Fais-toi plaisir, lui répliqué-je en lançant le compte à rebours.

Les deux imbéciles s'échangent des regards, complètement perdus. Ils n'ont aucune idée de ce qui les attend. Ce tableau est tout à fait jouissif. Mais rapidement, ma patience s'amenuise ; ils doivent comprendre que le jeu est lancé. J'ouvre l'application de mon téléphone, ressentant toujours une excitation palpable à chaque utilisation. La sensation n'est pas la même que lorsque j'opère depuis mon tableau de contrôle dans le sous-sol. Ici, je suis avec eux, en direct. C'est presque plus satisfaisant.

J'appuie sur « flèche 1 » et observe le spectacle à travers la caméra. Une flèche surgit et se plante dans le bras de Vladimir. Il pousse un cri, et lui et Aleksi regardent la flèche sans comprendre.

600, annonce la voix du compte à rebours.

Les deux frères échangent un regard ; une faible lueur d'inquiétude déforme leurs visages et, enfin, ils se mettent à courir. Ça commence !

— On ne touche pas à ce qui est à moi.

— Ta gueule, fils de...

Aleksi n'a pas le temps de terminer sa phrase que je le vois disparaître dans mon trou. Pendant ce temps, Vladimir stoppe net, s'arrêtant juste à temps.

— Qui, selon vous, contrôle la situation ? demandé-je, un sourire malicieux se dessinant sur mes lèvres.

Je zoome sur Aleksi pour savourer son visage crispé par la douleur, puis je dirige ma caméra vers son frère, m'attardant sur la flèche toujours plantée dans son bras.

— Mon cher Vladimir, connais-tu la tétrodotoxine ?

Je suis à la fois amusé et déçu de voir son regard perdu ; ce gangster de pacotille ne connaît pas cette toxine.

— C'est un poison. Généralement, il provoque des picotements, des engourdissements et des vertiges. Dans de rares cas, il peut même entraîner une paralysie respiratoire, conduisant à l'arrêt cardiaque.

Pourtant, il se met à rire.

— Tu ne me prends pas au sérieux ? m'agacé-je en voyant enfin Aleksi sortir, essoufflé. Je suis presque soulagé ; j'avais peur que mon jeu ne prenne déjà fin.

Cependant, les gémissements de Vladimir attirent mon attention, et je ne peux m'empêcher de sourire en le voyant lutter pour retirer la flèche de son bras. Avec mes deux pouces, j'agrandis l'image sur lui pour ne rien perdre de l'action, déçu de le voir finalement réussir à extraire la flèche pour la jeter au loin. Un petit pincement au cœur m'envahit ; je pensais qu'il souffrirait beaucoup plus, mais je me dis que la suite est encore à venir.

Je me concentre à nouveau sur la véritable raison de leur présence ici et déclare d'une voix sombre, me répétant :

— On ne touche pas à ce qui m'appartient.

Aleksi fronce les sourcils, perplexe, tandis que Vladimir pose sa main sur sa blessure et dirige son regard vers le haut-parleur.

475, annonce la voix robotisée du chronomètre que j'ai déclenché.

— De qui tu parles, espèce de cinglé ? Descends si tu es un homme !

Mes doigts se resserrent autour de mon smartphone, tant leur réaction me met en colère. Ils font semblant de ne pas comprendre pourquoi ils se retrouvent ici ? Mais oui !

— Si vous me voyez, cela signifie que vous avez perdu. Je vous conseille vivement de continuer le jeu. Je vous dirai alors pourquoi vous êtes ici.

Les deux frères rient nerveusement, mais s'arrêtent rapidement lorsque Vladimir vacille, un pas après l'autre, ce qui me ravit ; les effets du produit commencent à faire leur effet.

Ils se regardent quelques secondes, puis se remettent à courir comme deux lapins effrayés. Qu'est-ce que j'aime ça !

Maintenant qu'ils font attention à ce qui se trouve sous leurs pieds, ils oublient ce qui se passe au-dessus. Une branche vient griffer le front de ce pauvre Vladimir, laissant le sang s'écouler en petites gouttes. Un frisson parcourt ma peau à l'entente de ses jurons à chaque impact, et j'éprouve une jubilation intérieure.

Soudain, son frère trébuche contre un tronc, une branche s'empalant dans sa jambe, et il hurle de douleur. Quel bonheur !

Vladimir l'aide à l'extraire de sa jambe, ce qui ne fait qu'augmenter les hurlements, telle une fillette. Une fois cela fait, ils se remettent à sprinter le long de mon chemin tout tracé. Mais Vladimir s'arrête brusquement, l'air inquiet, regardant son bras et essayant de le soulever. Malheureusement pour lui, les effets du poison commencent à le paralyser. Un large sourire s'étire sur mon visage alors que je saute de l'arbre sur lequel j'étais perché depuis le début. Je me mets à courir, les yeux rivés sur mon écran, déterminé à les devancer. Ma joie grandit lorsque je réalise qu'ils approchent de mon piège électrisé. Ah, ce fameux lieu où de nombreux joueurs ont perdu la vie...

Les buissons qui le délimitent sont parsemés de fils reliés à une batterie à l'extérieur du terrain de jeu. Et c'est avec joie, que je vois Vladimir s'engouffrer dedans sans réfléchir, et hurler en se prenant le jus. Les deux s'arrêtent, perdus, et Vladimir regarde son frère.

— мы обой дё м вокруг ! *(On va faire le tour !)*

— Je ne ferai pas ça à votre place. Le voltage qui vous entoure est bien plus puissant que celui-ci. Ce qui se cache dans les buissons peut vous mettre dans le coma en un seul un coup de jus.

Les deux frères se regardent, ne sachant pas si je mens ou non ; mais qu'ils tentent et ils verront par eux même...

Arrête !

Je roule des yeux en entendant sa voix et expire.

Arrête, laisse ces hommes tranquilles !

Je secoue la tête pour tenter de le chasser.

— Espère de cinglé ! m'envoie Aleksi.

Je suis déçu qu'ils ne prennent plus la peine de parler russe. Vraiment déçu, j'aimais bien, moi.

— Le cinglé, comme tu dis, est le maître du jeu. Regardez-vous, vous n'êtes pas vraiment en position de m'insulter.

— Et toi ! Tu oublies aussi qui nous sommes, mon gars ! réplique Aleksi.

Ils rient. Ces deux idiots commencent à vraiment m'agacer. Mes doigts se resserrent autour de mon téléphone portable. Je n'aime pas qu'on me prenne pour un con. Sur l'application, j'appuie sur le mot « hache ». Celle-ci frôle le nez de Vladimir avant de s'enfoncer dans un arbre. Leurs rires s'estompent instantanément sous le choc, ce qui me fait frémir.

— Si vous ne jouez pas, vous mourrez. Et si vous n'arrivez pas au bout avant la fin du chrono, vous mourrez.

Les deux hommes se regardent, interloqués, puis de l'affolement s'empare de leur corps. J'aime voir l'effet que font les mots, c'est toujours un plaisir.

— Comment va ton bras, mon cher Vladimir ?

Puis, l'affolement est remplacé par la colère, et il décide enfin de traverser les câbles électrifiés, gémissant de douleur. Il était temps. Son frère le suit, pleurnichant lui aussi.

De mon côté, je continue de courir en direction de la barrière électrifiée qui délimite le jeu. Trop facile !

Aussi rapide qu'un éclair, je désactive le courant, saute par-dessus, atterrissant sur mes pieds avant de remettre le courant comme si de rien n'était. Les premières fois que je le faisais, je me suis loupé un nombre incalculable de fois, une horreur, mais maintenant, tout cela est un jeu d'enfant : aussi facile qu'allumer une lumière.

Je me reconcentre sur mon écran et remarque que les deux frères sortent des buissons, totalement épuisés et essoufflés.

— Connard ! lance Vladimir entre ses dents serrées, submergé par la rage.

— Restez concentrés, ce n'est pas terminé.

Devant eux se dresse un grand mur de bois d'au moins trois mètres de haut, tout autour, des barrières électrifiées.

— Vous devez passer ce mur. Inutile d'essayer de passer par les côtés, rappelez-vous que le courant peut vous plonger dans le coma.

— Tu veux qu'on fasse du saut à la perche ? me demande Vladimir avec un rire jaune.

— Faites preuve d'imagination. Mais ne perdez pas de temps.

Je presse le mot « acide » sur mon écran. Des arroseurs se déclenchent de chaque côté, et les buissons fondent sous le liquide.

— Qu'est-ce que... commence-t-il à dire, les yeux écarquillés en comprenant enfin la situation.

Pour mon plus grand plaisir, les arroseurs se mettent en marche, un à un, se rapprochant d'eux très lentement, amplifiant encore plus la tension palpable entre les deux hommes.

— Je vous conseille de vous dépêcher. Cet acide peut vous faire fondre presque aussi vite que ces buissons.

— Espèce de malade ! crache Vladimir.

— Mon cher, vous perdez du temps à m'insulter.

Ces idiots tentent d'escalader le mur, mais en vain ; il n'y a aucune prise, et ils glissent à chaque essai. Je vois leur visage se décomposer en réalisant qu'il est probable que l'un d'eux meure, et surtout, qu'il souffrira horriblement.

— Я помогу тёбё залёзть ! *(Je vais te faire la courte échelle !)* propose Aleksi, la voix tremblante de peur.

— йсключёно ! *(Hors de question !)*

Je me délecte de cette situation comme d'un doux parfum.

— у нас нёт выбора, одйн йз нас должён выжйть й прйкончйть этого психопата ! *(On n'a pas le choix, il faut que l'un de nous s'en sorte et torde le cou à ce malade !)* rétorque Aleksi, en regardant les arroseurs qui avancent lentement.

— тогда это сдёлаю я ! *(Alors c'est moi qui vais le faire !)*

— это нёвозможно, твоя рука парализована, ты нё сможёшь поднять меня ! *(C'est impossible, ton bras est paralysé, tu n'arriveras pas à me soulever !)*

Mais Vladimir reste bouche bée, immobile, réalisant qu'il va perdre son frère sans pouvoir agir.

— Владимйр, у нас нёт врёмёнй, поторопйсь ! *(Vladimir, on n'a plus le temps, dépêche-toi !)* s'énerve Aleksi, prenant position pour soulever son petit frère, profilé au mur, mains jointes en avant.

— дёрьмо ! *(Merde !)* finit-il par prononcer, malgré l'expression de tristesse qui déforme son visage.

Vladimir pose ses pieds sur les mains d'Aleksi, puis sur ses épaules, et de son bras valide, il attrape le sommet du mur, mais ne parvient pas à supporter le poids de son corps. C'est à ce moment-là que je remarque que les arroseurs ne sont plus très loin d'eux.

— Tic-tac, chantonné-je pour les affoler davantage.

Aleksi soulève autant que possible les pieds de son frère au-dessus de sa tête, qui réussit enfin à passer le sommet du mur. Puis, il tourne la tête pour observer son frère en bas, colère et tristesse dans les yeux, et un sourire se dessine sur mes lèvres.

— Спасай ся. *(Sauve-toi.)* prononce Aleksi, fermant ensuite les yeux, acceptant son sort.

— Нет ! Поверни назад и выйди отсюда ! *(Non ! Fais demi-tour et sors d'ici !)* ordonne Vladimir.

Cette réplique m'arrête, et je retiens mon souffle en voyant sa silhouette faire volte-face et courir, évitant de justesse les arroseurs qui approchent du mur.

À vrai dire j'avais prévu la possibilité qu'il puisse les éviter, mais, même si l'échappatoire était évidente, j'espérais que ces imbéciles ne comprennent pas.

Je reprends ma course pour croiser ce connard et le tuer avant qu'il ne puisse sortir d'ici. Avec joie, je l'observe trébucher plusieurs fois sous la panique qui l'envahit.

Je ne suis plus qu'à quelques mètres ; comme auparavant, je désactive la barrière, la saute, puis la remets en marche. Je me cache derrière un tronc d'arbre et attends son arrivée pour lui bondir dessus.

À l'affût du bruit de ses pas qui craquent sur le sol, je me mets en position, rangeant mon portable dans ma poche avant ; il vaut mieux éviter de le casser.

Retenant mon souffle, je ferme les yeux et tente de maîtriser mon cœur qui cogne contre ma cage thoracique comme un marteau-piqueur, c'était risqué de laisser cette échappatoire. J'aime trop jouer.

Des frissons parcourent ma peau à mesure que ses pas se rapprochent, et je plie les genoux, prêt à l'attraper. Dès qu'il est à ma hauteur, je sors de ma cachette avant qu'il n'ait le temps de me voir et lui assène un coup de pied qui le fait tomber en avant, tel un maudit château de cartes.

Au sol, je ne perds pas un instant et me positionne sur lui. Je plonge aussi vite que possible ma main dans la poche de mon sweat et en sors mon couteau suisse au manche en cuir véritable. En appuyant sur le bouton, la lame se déploie immédiatement. Je l'enfonce dans ses côtes, puis dans son dos au niveau des omoplates, et enfin dans son cou, encore et encore, tandis qu'il tente de se relever. Je suis bien plus lourd que lui.

Je ne m'arrête pas jusqu'à ce qu'il cesse de respirer, presque déçu de constater à quel point cela a été facile. Un véritable jeu d'enfant.

Essoufflé, je me redresse et observe le corps maintenant sans vie, d'Aleski, mes paumes brûlant à cause des violents coups que je lui ai assénés.

En fermant les yeux, je tords mon cou pour essayer de le faire craquer, cherchant à relâcher la tension palpable. Je dois finir cette partie et m'occuper de Vladimir, le véritable problème.

Tandis que je sors de nouveau mon portable pour vérifier où se trouve Vladimir, la voix du compte à rebours retentit :

150.

J'éprouve une satisfaction en constatant qu'il a avancé, bien qu'il boite en tenant son bras paralysé. Ses pieds s'emmêlent dans un fil et il se retrouve étalé dans la boue, toussant et crachant ce qui est entré dans son gosier.

— Putain, c'est dégoûtant ! gémît-il en se relevant avec difficulté.

Je me remets en route tranquillement ; au rythme auquel il avance, je n'ai pas besoin de courir pour le rattraper.

Je désactive la clôture, la monte et passe de l'autre côté, puis, comme à chaque fois, je réactive le courant et poursuis mon chemin vers lui.

Cette fois, je n'ai plus besoin de mon portable pour le repérer ; je ne suis qu'à quelques pas de lui, seule ma barrière nous sépare. Je reproduis la même méthode et m'approche lentement, me faufilant entre les arbres. La pleine lune diffuse une belle luminosité qui rend ma peinture encore plus visible.

Je me délecte de la vue de ma proie hurlant de douleur, tentant d'avancer. Le poison commence à l'emporter, mais, même si cela vient de moi, je veux le tuer de mes propres mains.

Ce dernier ignore que je suis juste derrière lui. Il se tient contre un tronc, essoufflé, et tente d'avancer, mais sa jambe droite vacille, et il perd l'équilibre. Ce qui me fascine chez lui, c'est sa persistance à continuer malgré son état.

Tout en le scrutant, j'avance encore, faisant craquer les branches sous mes pas, ce qui attire immédiatement son attention. Ses yeux s'écarquillent, sa bouche s'ouvre en grand avant que la colère ne le submerge.

Vladimir se retourne complètement et tente de se relever en s'appuyant sur l'arbre.

— Connard ! Connard ! répète-t-il, à bout de souffle, sans avoir de force pour protester.

— Je ne suis pas mécontent que tu aies survécu à ton frère. Après tout, c'est à cause de toi que tout cela est arrivé, lui dis-je en plongeant mes mains dans les poches de mon jogging sombre, marchant nonchalamment sans le quitter des yeux.

Je tourne presque autour de lui, tel un animal sauvage prêt à bondir sur sa proie pour la dévorer d'un coup de crocs. Cela le fait frémir d'effroi. Comment le sais-je ? C'est simple : son expression de peur qu'il tente de cacher et son mouvement de déglutition, la première chose qui trahit la peur chez quelqu'un.

— Quoi ?

— C'est bien toi qui as invité mon Amber à boire un verre.

— Amber ?

Son air d'incompréhension me met les nerfs à vif, et je serre les mâchoires en le rejoignant.

— La fille du café ? Tout ça pour une gonzesse ? Tu es un putain de psychopathe, j'espère que mon frère a pu sortir et qu'il…

— Je suis désolé de te décevoir, mais il nous a quittés ; paix à son âme.

— Fils de pute ! crache-t-il en marchant vers moi, mais son corps refuse et s'effondre.

— C'est ta faute si ton frère est mort, enchaîné-je. Tu n'as pas su contrôler tes pulsions. On ne touche pas à ce qui m'appartient.

— Je...

Sa tête tourne brusquement, ses yeux se révulsent et il perd connaissance, s'étalant sur la terre encore humide de la nuit dernière, mais cela ne dure que quelques secondes. Il réouvre les yeux, observant avec panique autour de lui, sa respiration devenant sifflante.

— Ah, au fait...

Je m'approche lentement, me baissant à sa hauteur, le même couteau que j'ai utilisé sur son frère entre les doigts. Un silence pesant s'installe, seul le murmure de la nature qui nous entoure rompt ce mutisme. Nourrissant une profonde envie de mettre un terme à ses souffrances, je prononce, d'une voix chargée de sarcasme :

— Le chrono est à 0. Tu as perdu, Vladimir.

Un plaisir intense bouillonne en moi, contrastant avec son état d'angoisse palpable. Cet homme ne parvient pas à masquer sa peur ; elle l'envahit complètement.

— Enfoiré...

Il tente de protester, mais je ne lui laisse pas le temps de finir. D'un geste rapide, j'enfonce la lame dans sa gorge et la tourne, un flot de liquide chaud se déversant sur ma main et mes vêtements. Ses yeux s'élargissent, reflet de l'horreur qui le submerge, alors qu'il s'étrangle dans son propre sang.

En me redressant, je recule pour admirer le spectacle macabre qui s'offre à moi, un sourire carnassier se dessinant sur mes lèvres.

— Elle est à moi, rien qu'à moi. 💀

Chapitre quarante

Je me lève en sursaut, essoufflée et perdue, le cœur battant la chamade. *Putain !* J'en peux plus de ces cauchemars. Mes mains moites se posent sur mon visage, tandis que mes yeux, encore embrumés de sommeil, peinent à s'ajuster à la réalité.

La douce lumière du matin tente de se faufiler à travers les rideaux de ma chambre. Je me tourne pour jeter un œil à l'heure sur mon portable : 6 h 30. Je me suis réveillée cinq minutes avant le réveil, donc je n'ai pas d'autre choix que de sortir de mon lit chaud et douillet pour affronter le temps extérieur, où la pluie inonde les rues. Je peste à l'idée de devoir enfiler mes bottes de pluie et le super K-way jaune que ma mère m'a offert.

Je me lève lentement, mon regard attiré par la chaise dans le coin de la pièce, juste à côté de la porte, où, il n'y a pas si longtemps, ce fou de Michel-Ange était assis.

Je fronce les sourcils en voyant une boîte blanche rectangulaire, recouverte d'un ruban rouge – semblable à celui qu'on met sur les cadeaux de Noël.

— Qu'est-ce que c'est encore ? me demandé-je en m'approchant.

Je l'attrape, défais le nœud, et retire le couvercle pour découvrir une poupée en porcelaine. Elle porte une robe rouge brodée d'étoiles, ses yeux sont verts et ses cheveux sont roux. Elle ne me fait pas peur, mais je pense immédiatement au film Annabelle, car elle arbore deux tresses parfaites. La poupée porte deux petites chaussures noires sur lesquelles est inscrit : *Joue avec moi.*

Je lâche la boîte au sol, réalisant que Michel-Ange est revenu cette nuit, sûrement pour me surveiller pendant que je dormais. Je n'aime pas ce côté bizarre de lui, celui qui aime jouer avec mes nerfs, pousser ma peur à bout.

La poupée s'anime.

— Ma luciole, veux-tu jouer avec moi ? chante-t-elle.

Un frisson parcourt mon corps. J'ai l'impression que ce n'est pas la même personne, et pourtant, c'est bien le cas. Toujours vouloir jouer avec moi, comme un enfant abandonné.

Mon cœur s'arrête. J'écarquille les yeux en réalisant la pensée qui m'a traversée. Non, impossible ! Non ! Il est bien trop doux et gentil ! Il a même été en colère quand j'ai commencé à m'approcher de Michel-Ange. Ça ne peut pas être Geyden. Impossible !

Je dois en avoir le cœur net, mais comment faire ? Si c'est vraiment lui…

Je ramasse la boîte, la replace sur le fauteuil, puis, je me dirige vers la salle de bain pour prendre une douche rapide.

Avant de sortir, je tire ma capuche par-dessus ma tête et dévale les marches sous ce torrent, me précipitant vers ma voiture. Alors que je suis prête à sortir mes clés, une voiture de patrouille s'arrête brusquement devant le coffre de ma Mini Cooper. La vitre s'abaisse, révélant le visage de Geyden. Mon cœur tambourine dans ma poitrine, incapable de décider comment réagir.

Il m'observe avec ce magnifique sourire qui me rend folle depuis des années.

— Je peux t'emmener à l'université ? me propose-t-il gentiment.

Réalisant que je reste muette, il lève deux gobelets à café provenant d'un des salons de thé du centre-ville de Salem.

— J'ai pris un cappuccino pour la route, m'avertit-il.

Pourtant, je ne suis pas certaine de vouloir monter avec lui. J'ai peur de découvrir la vérité, de réaliser que c'est réellement lui, Michel-Ange.

Mais comment a-t-il pu faire ? Même le soir où Michel-Ange s'est introduit chez nous pour la première fois, Geyden était là en tant que policier. Je me souviens avoir pensé qu'il avait dû être réveillé en pleine nuit. Comment aurait-il pu agir ainsi ?

Ensuite, lors de la fête de ses parents, il était accompagné d'Alicia, ce qui prouve qu'il était encore là-bas ce soir-là. Cela signifie donc que ça ne peut pas être lui.

Même s'ils ont mis plus de deux heures à arriver, Geyden aurait-il vraiment fait l'aller-retour juste pour prouver que ce n'était pas lui ? Qui songe à faire ça ? Et surtout, Alicia aurait forcément remarqué son absence et aurait dit quelque chose, n'est-ce pas ? Une petite amie s'inquiète toujours quand son mec disparaît un moment.

Je suis perdue. Je ne sais plus comment penser.

— Amber ?

Sa voix me ramène à la réalité.

— Tu vas attraper froid à force de rester sous la pluie, tu es déjà pratiquement trempée, dit-il en me montrant mon jean bien imbibé.

Un frisson de peur m'envahit. Une douleur sourde s'installe dans mon ventre, et j'ai envie de tourner les talons, de fuir la réalité qui m'attend.

— Je…

— S'il te plaît, on doit parler de ce qui s'est passé entre nous la dernière fois, m'interrompt-il.

Il n'a pas tort, nous devons vraiment en discuter. À contrecœur, je hoche la tête et m'avance vers sa voiture. En montant à l'intérieur, je sens son parfum envahir mes narines.

C'est cela qui est déroutant : Michel-Ange n'en porte pas, contrairement à Geyden. Ce n'est pas possible. Ça ne peut pas être le même homme.

Tandis que je m'attache, il effectue un demi-tour dans la grande allée pour sortir de cette résidence privée, composée de dix maisons délimitées par de hauts murs et des caméras qui n'ont pas fonctionné le jour où Michel-Ange est venu, à deux doigts de mourir d'une balle tirée par mon père.

Je m'en souviens très bien ; il avait pesté contre l'équipe de surveillance, les insultant de tous les noms possibles.

Je ne saurais dire si c'est la pluie qui m'a trempée et le froid d'automne, ou si c'est la situation elle-même qui me glace, mais je commence à grelotter.

Je dévisage Geyden, cherchant un indice qui pourrait le relier à Michel-Ange, mais rien. Il est trop couvert quand il vient me voir. *Merde !*

Je me retourne pour observer l'arrière et remarque une grande grille en fer qui sépare l'avant de la banquette arrière, accueillant les futurs détenus.

— Bon, dit-il en s'éclaircissant la gorge, attirant mon attention sur lui. Pour commencer, ma famille n'est pas au courant, si cela peut te rassurer.

— J'avais deviné le lendemain, rétorqué-je avec une pointe de sarcasme.

Mon attitude le surprend. Il hausse les sourcils et quitte la route pendant deux secondes pour m'observer de ses yeux bleus. Mon ventre se tord, provoquant une danse de papillons. *Putain !* J'essaie de déglutir sans qu'il s'en aperçoive.

— Ça va ?

— Oui, je t'écoute, dis-je, un peu plus sèchement que je ne l'aurais souhaité.

L'anxiété et la perturbation me gagnent, et je suis à deux doigts de faire une syncope sur ce siège à côté de lui.

Geyden détourne de nouveau son regard vers la route qui nous mène à Boston, serrant davantage le volant, sa mâchoire se contractant sous la tension. Il n'apprécie clairement pas mon attitude, et, pour être franche, je ne l'aime pas non plus. Cette ambiance pesante flotte entre nous, lourde et suffocante.

— Je pense que j'ai une petite idée de la raison pour laquelle tu réagis ainsi, me dit-il en déglutissant.

Je tourne lentement la tête vers lui, retenant mon souffle. Mon cœur cogne dans ma maigre poitrine, et une sueur froide perle sur ma peau. La peur me serre le ventre.

— Je ne suis pas avec Alicia, m'avoue-t-il, me surprenant par ses mots.

Je ne m'attendais absolument pas à cela. La révélation me laisse perplexe. Des questions tourbillonnent dans mon esprit.

— Tu as sûrement pensé que j'étais un connard, mais je te rassure, je ne suis pas avec elle, poursuit-il. Alicia est une très bonne amie qui me soutient ; elle sait ce qui m'est arrivé étant enfant. D'ailleurs, elle est fiancée à quelqu'un. Axel. Je te le présenterai si tu n'en crois pas un mot.

Lorsqu'il prononce ces mots, il m'observe attentivement, attendant ma réaction, mais je ne sais pas comment le prendre. Je me sens mal à l'aise à propos d'Alicia, alors qu'il n'y a rien entre eux.

— Pourquoi ta sœur ne l'aime-t-elle pas alors ? lui demandé-je finalement. Et ta mère m'a dit qu'elle était avec toi.

Au début, il éclate de rire, ce qui me perturbe. Son sourire lui dessine des traits qui le rendent encore plus séduisant, et je me sens quelque peu rassurée, comme si cela prouvait que je n'étais pas une sotte.

— Avec Stécy, c'est toujours compliqué. Et ma mère s'inquiète tellement pour moi, elle veut tellement mon bien que cela en devient étouffant. J'ai donc laissé croire que j'étais avec Alicia, alors que ce n'était pas le cas. Et elle a joué le jeu.

— Je... je ne sais pas quoi dire.

— Ne dis rien, je voulais simplement que tu le saches. Prends ton café avant qu'il ne refroidisse.

Je hoche la tête, attrapant le gobelet. À son contact chaud, un frisson de plaisir parcourt mon bras, me rappelant à quel point j'avais froid. Les battements de mon cœur s'accélèrent alors qu'une douce chaleur m'envahit.

Je tourne mon regard vers lui, hésitante, puis je murmure :

— Peux-tu augmenter le chauffage, s'il te plaît ?

Il acquiesce immédiatement et manipule le thermostat d'un geste ferme. En attendant, il baisse sa fermeture éclair et écarte les pans de sa veste pour retirer son uniforme à un feu rouge. Soudain, son talkie-walkie grésille et une voix masculine se fait entendre.

— Marc à Geyden, tu me reçois ? demande son collègue.

— Oui, Marc, je t'entends, répond-il en attrapant sa radio. Que se passe-t-il ?

— Urgence à Boston, intersection de Main Street et Elm Street. Des coups de feu ont été signalés.

Mon souffle se coupe en entendant les mots « coups de feu », et une sueur froide me traverse le dos. La peur m'envahit.

Geyden enclenche brusquement l'alarme, me faisant sursauter sur mon siège. Il donne un coup de volant à droite, pressant les autres usagers sur la route de se déplacer pour lui laisser le passage.

— Je suis en route, dit-il. Tu as des détails supplémentaires ? Rassemble une équipe et rejoins-moi là-bas.

— C'est déjà fait, je suis même en route. Et non, nous n'en savons pas plus. Je sais juste qu'il y a beaucoup de blessés, avoue-t-il.

Mon Dieu ! Des blessés... C'est une horreur d'entendre cela. Jamais je n'aurais pu exercer ce métier, ou même celui de médecin, la vue du sang me fait tourner de l'œil, et je suis bien trop sensible.

— Et, Geyden ?

— Oui ? répond-il, son regard toujours concentré sur la route, tandis que je m'accroche à la poignée de la portière.

Les rues défilent à toute vitesse sous mes yeux, et nous sommes à deux doigts de percuter d'autres véhicules.

— Mon Dieu, murmuré-je, l'angoisse me serrant la gorge.

— Reste vigilant, continue Marc, une pointe d'inquiétude dans sa voix.

— Toi aussi, répond Geyden.

Juste à ce moment-là, la conversation terminée, il tourne brusquement à droite, me faisant valdinguer contre la portière.

— On reprendra cette conversation plus tard, ajoute-t-il finalement, comme s'il réalisait que j'étais encore présente. Je viendrai te chercher après les cours.

— Je...

Geyden donne à nouveau un coup de volant et tourne à gauche dans la rue où se trouve mon université.

Il s'arrête brusquement devant l'entrée, faisant crier un groupe d'étudiantes qui se tiennent au bord de la route, surprises par notre arrivée soudaine.

— À quelle heure finis-tu ? demande-t-il, pressé.

— À 13 h, lui dis-je en descendant de son véhicule.

— À tout à l'heure.

À peine ai-je fermé la porte qu'il démarre, la sirène retentit, hurlant dans la rue, attirant des regards curieux sur la voiture.

Je ne le quitte pas des yeux ; il tourne à droite au bout de l'avenue et une peur soudaine m'envahit. Je crains pour sa sécurité. Pitié, faites que tout ira bien...

Lorsque je me retourne, je réalise que l'on me dévisage, ce qui me fait rougir. Une chaleur persistante monte à mes joues alors que je baisse la tête, évitant de croiser leurs regards curieux. Le besoin pressant de fuir m'envahit, et je rejoins rapidement l'entrée du bâtiment. Juste à ce moment, la sonnerie retentit. Je sais que Stécy n'est pas là aujourd'hui, une pensée qui me réconforte : cela m'évite de lui révéler ce qu'il en est de Geyden et moi.

Chapitre quarante-et-un

Assise dans une salle de classe remplie d'étudiants qui prennent des notes frénétiquement, j'observe les regards rivés sur le tableau noir où le professeur trace des équations complexes. Aujourd'hui, il porte un costume gris avec des coudières en cuir. Je détourne les yeux pour observer mes notes, où j'ai gribouillé, dans un coin de la feuille, deux listes qui pourraient fusionner Geyden et Michel-Ange en un seul homme.

Rien ne certifie que c'est la même personne. Michel-Ange désire jouer avec moi, alors que Geyden n'a jamais fait allusion à cela. La seule chose qui les relie, c'est le mot « enfant » : Michel-Ange veut jouer comme un enfant, et Geyden a perdu des années de son enfance où il n'a pas pu jouer. C'est le seul point commun entre eux, je n'ai rien trouvé d'autre.

Cela dit, Geyden est aussi imposant que Michel-Ange, avec une barbe naissante, comme j'ai pu le sentir. Mais l'un porte un parfum, l'autre n'en porte pas. Ce sont deux personnes totalement différentes.

— Mademoiselle Johnson, êtes-vous avec nous ?

La voix de l'enseignant résonne dans la pièce, mais elle me semble lointaine.

— Mademoiselle Johnson ? répète-t-il.

J'écarquille les yeux, levant brusquement la tête, comprenant qu'il me parle. Je réalise alors que tous les yeux sont tournés vers moi. Je déglutis, me sentant hyper mal à l'aise, et m'éclaircit la gorge pour répondre :

— Oui, monsieur ?

— Pouvez-vous résoudre cette équation ? me demande-t-il en me montrant un calcul écrit à la craie sur le tableau.

Merde !

Résoudre pour x, trône juste au-dessus de l'équation, $x + 3 = 10$.

Je fronce les sourcils, me rappelant la méthode pour isoler x ; c'est si simple. Je réponds en faisant les calculs au fur et à mesure :

— Pour trouver x, il suffit de soustraire 3 des deux côtés.

Je prends une respiration, puis j'écris la solution sur une feuille.

— $x + 3 - 3 = 10 - 3$, ce qui donne : $x = 7$.

Je lève la tête fièrement, le cœur battant d'anticipation.

— Malgré votre rêverie, je vois que vous travaillez bien, mademoiselle Johnson, dit-il avec un sourire en se retournant pour effacer le calcul.

Soudain, ma poche se met à vibrer, m'annonçant que j'ai reçu un texto. Discrètement, je sors mon téléphone et le glisse dans ma trousse pour voir le destinataire. Mon cœur s'emballe en lisant le nom ; c'est Geyden qui m'annonce qu'il m'attend devant. *Mon Dieu !* Nous avons échangé nos numéros après qu'il a été prévenu de l'intrusion de Michel-Ange chez moi.

Un sourire béat se dessine sur mes lèvres, malgré les suspicions que j'ai à son égard. Alors que le professeur annonce que nous approchons de la fin du cours, il ajoute :

— N'oubliez pas de revoir vos notes pour le test de la semaine prochaine !

Ah ! *Mon Dieu !* Le test de la semaine prochaine ! Avec tout ce qui m'est arrivé ces trois dernières semaines, je l'avais complètement oublié.

Je commence à ranger mes affaires, imitant le reste des étudiants, quand la cloche retentit.

Les autres se lèvent en une vague, mais moi, je reste figée sur ma chaise, le cœur battant, sachant qu'il est là, dehors, à m'attendre. La peur de revoir Geyden m'envahit, cependant, la peur est mêlée à l'envie.

— Mademoiselle Johnson, vous allez bien ?

Je relève la tête pour observer le professeur, qui me dévisage à travers ses lunettes, qu'il ne portait pas il y a encore quelques minutes.

— Oh, euh, oui, pardon, j'étais dans mes pensées, balbutié-je en me levant brusquement.

— Ces derniers temps, je trouve que vous êtes souvent dans vos pensées, mademoiselle. Avez-vous quelque chose à me dire ? me demande-t-il en m'observant attentivement.

Oui, je suis harcelée par un homme, et c'est peut-être le frère de votre élève du premier cours de la journée, qui est mon harceleur. Et puis, ma meilleure amie a été tuée. Mais je ne peux pas lui dire cela.

Je me rappelle l'enterrement qui prend du temps à être organisé du fait qu'il s'agit d'un meurtre. *Mon Dieu.* Mon ventre se noue et mon cœur se serre en pensant à elle, des larmes me montent aux yeux. J'essaie de les chasser.

— Oh, rien de grave, monsieur, ne vous inquiétez pas, lui dis-je en quittant la rangée de tables et en me faufilant dans l'une des allées menant à la sortie.

— Bonne journée, Johnson.

— Merci, à vous aussi, lancé-je sans m'arrêter de marcher.

D'un pas déterminé, je traverse le bâtiment, contournant plusieurs élèves regroupés, riant et discutant.

Un vent glacial me saisit lorsque je franchis les portes de l'université. Je resserre les pans de ma veste pour me protéger en dévalant les marches, et, du coin de l'œil, j'aperçois au loin une voiture de police, à moitié cachée par un arbre.

Mon rythme cardiaque s'accélère à chaque pas. Je lève la tête pour puiser de la force et constate que le ciel reste nuageux, bien qu'il ait cessé de pleuvoir. *Ce n'est que le frère de ta meilleure amie, il n'y a rien à craindre. Ce n'est pas Michel-Ange.* Pourtant, je sens que je me jette dans la gueule du loup : Michel-Ange n'aime pas partager. Mais Geyden, c'est un policier, Il porte une arme en permanence.

Lorsqu'il me voit, tel un gentleman, il fait le tour et vient m'ouvrir la portière, un grand sourire aux lèvres.

— Re-bonjour, Amber, me salue-t-il.

Je ne réponds pas, me contentant de lui sourire en montant dans la voiture. Il ferme la porte derrière moi, puis je l'observe faire le tour pour s'asseoir côté conducteur.

Je suis quand même soulagée de constater qu'il n'a aucune égratignure sur le visage et sur les mains malgré l'intervention de tout à l'heure.

— Et ce matin ? lui demandé-je, mal à l'aise à l'idée de le questionner sur un sujet qui ne me concerne pas.

— Nous avons arrêté les personnes qui ont commis les tirs. Elles sont en garde à vue.

— C'est une bonne nouvelle. Et pour les blessés, il y en avait beaucoup ?

Il pose son regard sur moi, ses yeux bleus me dévisageant avec une pointe de sévérité, me faisant comprendre que je m'engage sur un terrain dangereux. Lorsqu'il prononce ces mots, il tourne la tête et commence à s'insérer dans la circulation.

— Cinq blessés et deux décès, m'annonce-t-il.

Je retiens mon souffle, mordant ma lèvre inférieure et regrettant d'avoir voulu savoir. Ces pauvres personnes qui ont perdu la vie ne reverront jamais leur famille.

— Mais c'est une information qu'une civile comme toi ne devrait pas connaître.

— Je l'aurais su avec les journaux, Geyden.

C'est alors son tour de mordre sa lèvre, finissant par déglutir.

— C'est vrai. Malheureusement, rétorque-t-il. Mais parfois, pour notre bien-être, il vaut mieux ne pas connaître ce qui se passe et profiter de la vie. Découvrir tout cela peut parfois me foutre le cafard.

— J'imagine, je ne sais même pas comment tu fais pour supporter tout ce sang.

— Moi non plus, murmure-t-il en bifurquant à droite. Bon, et si on parlait de choses plus joyeuses ? Ça te dit de manger quelque chose ? demande-t-il d'une voix plus douce.

— Pourquoi pas, accepté-je, malgré la gêne qui m'habite.

Je tente de me rassurer en me répétant que ce n'est pas le même homme. Mais, même si ce n'est pas le cas, je suis dans de beaux draps : si Michel-Ange s'attaquait à Geyden et le tuait ?

Une envie de vomir me saisit. Je prends une profonde inspiration pour essayer de me calmer.

Chapitre quarante-deux

Assise face à lui, je me sens quelque peu mal à l'aise. Peut-être est-ce parce qu'il est le frère de Stécy, ou parce que je craque pour lui depuis longtemps. Ou peut-être tout simplement parce que j'ai peur que Michel-Ange soit là, à nous observer derrière son putain de masque, sans que je puisse le voir.

Michel-Ange aura ma peau. Je le sais. Quel que soit l'endroit où je fuis, il sera toujours là, jamais loin.

Un raclement de gorge me tire de mes pensées. Je lève les yeux vers Geyden, qui m'observe, la tête penchée sur le côté. Il est légèrement avachi sur la table, et sa posture m'intimide. Tout chez lui me déstabilise. Il n'a qu'à me regarder pour que je fonde sur place.

Contrairement à Michel-Ange, je peux voir la couleur de ses yeux et lire ses expressions, mais, pour Monsieur Malade Mental, je ne perçois que des ombres. Les émotions de Geyden me parviennent à travers son regard, sa voix et ses gestes.

— À quoi penses-tu ? demande-t-il alors que la serveuse revient avec notre commande.

Mes papilles s'éveillent à la vue du thé et de la tarte à la citrouille et à la pomme que j'ai choisie. Je n'attends pas et croque à pleines dents dans un morceau, savourant la saveur qui explose sur ma langue, me faisant frissonner de plaisir. Geyden m'observe avec amusement.

— C'est ce que j'ai toujours aimé chez toi, ce côté un peu fou.

À ses mots, mon rythme cardiaque devient irrégulier, et je sens mes joues rougir de plus en plus sous son regard doux. J'avale difficilement le morceau de tarte, ma trachée s'étant asséchée à ses mots. Je dois prendre une gorgée de mon thé pour faire passer la bouchée. *Mon Dieu !*

En voyant ma réaction, il rit davantage. *Mais mince !* Je connais Geyden depuis mes 13 ans, même si, ces dernières semaines, je l'ai vu plus souvent que durant les dix années précédentes. Pourquoi est-ce que je rougis comme une adolescente émerveillée, pour la première fois, par la vue d'un bel homme ? Je dois me reprendre.

— Je ne savais pas ça, déclaré-je en fuyant son regard, me concentrant sur ma tasse de thé.

— Oui, mais avant, je te voyais comme une gamine et l'amie de ma sœur. Mais depuis quelque temps, tu...

Il marque une pause, sans doute déstabilisé par le fait que je détourne le regard. Avec une douceur déterminée, il me demande de relever la tête. Je retiens mon souffle, cherchant à rassembler un peu de force pour l'affronter.

— Tu as changé, et tu me plais plus que je ne l'aurais cru.

— Merci, répliqué-je, une chaleur montant à mes joues.

Merci ? Merci ? Sérieusement ?

— Et sinon, quelle a été l'intervention la plus horrible que tu aies vue ? demandé-je, regrettant instantanément ma question.

J'avais simplement besoin de changer de sujet ; je ne voulais pas rougir davantage, et je transpire déjà assez.

Ses yeux s'agrandissent, il est visiblement surpris, puis il fronce les sourcils avant de me questionner :

— C'est vraiment ce qui t'intéresse ?

— On est là pour mieux se connaître, non ?

Il prend une profonde inspiration, baissant les yeux vers sa tasse de café avant de répondre d'une voix grave :

— J'ai arrêté un père de famille qui avait tué sa femme enceinte de 8 mois et son fils de 5 ans, me raconte-t-il, le regard toujours baissé. Lorsque nous sommes arrivés, il était en haut des escaliers menant au grenier, frappant comme un fou contre la porte, car sa fille de 10 ans s'y cachait. C'est elle qui a téléphoné. Tout ce sang, le petit corps inerte du garçon... c'était une vraie boucherie.

Mon cœur se tord et je regrette amèrement ma question. J'aurais pu lui demander ses passions, ses plats préférés, mais non ! Il a fallu que je le questionne sur son boulot.

— Ce n'est pas la plus horrible, mais c'est celle qui m'a le plus marqué, poursuit-il en levant enfin ses yeux bleus vers les miens.

Je me sens mal à l'aise et triste d'apprendre cela. J'essaie de déglutir, mais un nœud se forme dans ma gorge.

— Tu veux connaître une autre intervention qui m'a choqué ?

— Non, je pense que j'ai déjà eu mon quota d'horreurs, avoué-je en mordant l'intérieur de ma joue.

— Et toi ? Qu'est-ce qui t'a le plus choqué ? demande-t-il alors que la serveuse passe à côté de nous, portant un plateau chargé de tasses.

Malheureusement, cette dernière perd l'équilibre et tout se renverse sur le sol, éclaboussant à moitié Geyden.

Je bondis de mon siège, paniquée, tandis qu'il gémit de douleur en retirant la chemise de son uniforme. La serveuse se relève, s'excusant, et attrape des serviettes pour essuyer les dégâts. Mais Geyden l'arrête et lui demande plutôt comment elle va.

La jeune femme blonde lui répond en rougissant, affirmant qu'elle n'a rien. Une autre collègue arrive, s'excusant également, et déclare que la maison offre notre commande.

Je le fixe intensément pendant qu'il échange avec le personnel. Sa beauté est telle que je sens que je m'affaisse sur place. Je mordille subtilement ma lèvre, mais mon cœur s'emballe lorsque je remarque qu'il porte la même cicatrice que Michel-Ange, exactement au même endroit. *Quoi ?* Tout mon monde s'écroule en une seconde.

Je ne peux détourner les yeux de cette marque, priant pour qu'elle s'efface et que ce ne soit pas lui. Mais non, elle est là, immuable. Les larmes menacent de déborder et je cesse de respirer, mes yeux s'écarquillant sous l'impact de la vérité qui me frappe de plein fouet.

Lorsqu'il pose enfin son attention sur moi, il répond d'une voix calme que tout va bien, tout en utilisant le torchon que l'employée lui a apporté, sans remarquer mon changement de comportement.

— C'est... c'est toi ? articulé-je difficilement.

— Comment ?

— C'est toi depuis le début ! lâché-je, avant de faire demi-tour et de courir en direction de la sortie, attirant les regards des autres clients.

Mon Dieu ! C'est lui depuis le début ! J'aurais préféré me tromper !

— Amber, qu'est-ce qu'il se passe ? demande-t-il, sa voix hurlant derrière moi.

Lorsque je franchis la sortie, une pluie torrentielle m'accueille, mais rien ne pourra me dissuader de fuir. J'ai du mal à respirer, mais je ne ralentis pas. C'est lui ! C'est vraiment lui ! C'est Michel-Ange !

Je l'entends qui m'appelle au loin, mais je m'efforce de ne pas me retourner, bousculant plusieurs passants qui semblent ignorer mon passage.

— Oh, faites attention ! s'exclame un homme en costume, muni d'un parapluie.

Son regard me juge, me faisant comprendre que je suis sotte.

— Pardon ! rétorqué-je en levant les mains, puis je reprends ma course, le son de mon prénom hurlé par Geyden, résonne derrière moi, jusqu'à ce qu'une sirène de police retentisse dans la rue.

Mon ventre se tord en réalisant qui il est vraiment, mais je n'arrive pas à y croire. *Non, ce n'est pas lui.*

La sirène se fait de plus en plus forte, ce qui signifie qu'il me rattrape avec sa voiture, alors que je suis convaincue qu'il pourrait facilement me rattraper à pied.

Brusquement, il monte sur le trottoir pour m'interpeller, effrayant les autres usagers qui poussent des cris de surprise.

Essoufflée, je me penche légèrement, sans le quitter des yeux. Il émerge de la voiture d'un calme qui me glace le sang, marchant vers moi les mains dans les poches. Ce changement soudain me donne la nausée ; l'homme que j'ai devant moi n'est plus le même. Sa posture est altérée, son visage arbore une expression devenue plus stricte et froide. Je ne comprends pas. Je murmure son prénom ; mais il baisse la tête, un sourire diabolique sur les lèvres, avant de la relever et de la pencher légèrement, me scrutant intensément.

— Et non, je ne suis pas Geyden, Luciole.

Mon monde tangue, et j'ai l'impression qu'il enfonce un couteau dans mon ventre. La vérité est douloureuse.

— Quoi ? bafouillé-je à bout de souffle.

— Je ne suis pas Geyden, répète-t-il, mais David. Enfin, ton Michel-Ange, le seul et l'unique.

— Geyden, arrête, lui dis-je, mais sa détermination me fait peur. Il s'approche encore tandis que je m'éloigne d'un pas, la peur me serrant la gorge.

— Qu'est-ce que tu ne comprends pas quand je te dis que je ne suis pas Geyden ?

— Mais… je… je ne comprends pas.

— C'est simple, Luciole : Geyden a développé un trouble dissociatif de l'identité pendant son kidnapping. Nous l'avons aidé à affronter cet enfer qu'il a vécu.

— Arrête, ce n'est pas marrant.

— Pourtant, c'est la vérité. Je savais que c'était trop tôt pour toi. Tu n'aurais pas dû le découvrir si vite. D'ailleurs, comment as-tu compris ?

— La cicatrice au niveau du cou.

Il incline la tête en arrière, puis, sans que je puisse le voir venir, il place sa main sur ma nuque et me rapproche de son visage ; c'est si soudain que je lâche un cri de surprise, à deux doigts de rendre mon estomac.

Par crainte, mes mains se posent instinctivement sur son avant-bras, malgré mes efforts pour me convaincre qu'il ne me fera pas de mal.

— Je savais que tu me regardais. Je pensais avoir tout caché, mais je me suis trompé, susurre-t-il avant d'attraper ma lèvre avec ses dents, tirant mollement dessus, puis de la relâcher. Ce n'est pas grave, on va remédier à ça.

Mon Dieu ! Une vague de chaleur traverse l'entièreté de mon être. Pourquoi je réagis comme ça ? Sérieusement !

— Lâche-moi, Geyden. J'ai peur !

Je mens, priant intérieurement pour que ça marche.

— Justement, j'aime quand tu as peur. J'aime sentir cette peur, la ressentir à travers mon corps. Elle me rend fou, je me nourris de ça, Luciole.

— Geyden, soufflé-je, alors que les larmes commencent à couler, bien qu'elles passent inaperçues à cause de la pluie.

Il me relâche et recule de quelques pas, la chemise de son uniforme grande ouverte, dévoilant le t-shirt blanc en dessous ainsi que ses tatouages que je connais bien.

C'est pour ça que cette cicatrice me disait quelque chose... Je l'avais effectivement déjà vu ; mais pourquoi je n'y ai pas fait attention avant ? Ma respiration se coupe quand un souvenir surgit.

— Ça veut dire que Stécy était...

— Au courant ? me coupe-t-il. Bien sûr ! Ce qui est étonnant, c'est que tu n'aies jamais fait le lien. Mais c'est vrai qu'elle est une bonne comédienne. J'ai adoré le soir où je t'ai demandé de voler le couteau.

De nouveau, je me sens blessée et trahie. Elle se moque de moi depuis le début. Elle savait tout ; elle savait que c'était son frère qui me harcelait, qu'il était celui qui se trouvait chez Kate. Mes yeux s'écarquillent, la peur s'emparant de moi.

— C'est toi qui as tué Malcolm ?

— Bingo ! s'exclame-t-il en levant les bras. Je suis tellement fier de toi, ma luciole.

— Espèce de malade ! Tu as besoin de soins, Geyden ! craché-je, ma colère, bouillonnante en moi.

Au lieu de s'énerver, il se met à rigoler. À chaque rire, les poils de mon dos se dressent. *Mon Dieu !* Suis-je en train de rêver *? Je rêve, et je vais me réveiller.*

— Mais n'as-tu pas encore compris que c'est toi notre remède ? dit-il en attrapant ma veste, que j'avais heureusement gardée sur moi. Et sache une chose : on ne touche pas à ce qui est à nous. Tu nous appartiens, et personne n'a le droit de te toucher.

— Qui ça, « nous » ?

Il hausse un sourcil, visiblement amusé.

— Geyden, moi, et le troisième que tu n'as pas encore rencontré.

C'est à mon tour de le dévisager, une crainte m'envahissant. Je ne comprends pas son jeu et je cherche une excuse à son comportement inexplicable.

— Nous ne connaissons pas son prénom, poursuit-il. Une chose est certaine : il est constamment en colère, souhaitant reprendre sa place pour se défouler. Et ces derniers temps, il grogne. Même si Geyden essaie l'empêcher, ça ne tiendra pas bien longtemps. C'est dommage qu'il n'aime pas ce qu'il fait, car moi, je suis émerveillé par lui.

— Où est Geyden ?

— Là, dit-il en indiquant sa tête de son doigt. Mais je l'ai endormi. C'était trop d'émotions à surmonter, alors j'ai pris sa place pour t'annoncer la bonne nouvelle, ma petite luciole.

J'essaie de ravaler la bile qui menace de remonter. C'est trop d'informations en un seul coup, et j'ai du mal à le croire. Je connais ce trouble mental ; je sais qu'il existe et que certains réalisateurs s'en sont inspirés pour créer des films, comme *Split*. Mais là, c'est réel, je ne suis pas dans une putain de fiction. Mon esprit peine à accepter cette réalité, et j'ai l'impression que Geyden va s'arrêter et rire en disant : « Caméra cachée, Amber ! » suivi de l'apparition de Stécy, munie de sa caméra, en train de me filmer.

Les quelques morceaux de tarte me pèsent dans l'estomac, et je sens que je vais vomir s'il m'annonce autre chose. Un mal de tête commence à se pointer, comme les battements de mon stupide cœur qui pulsent dans mes tympans.

— Tu vois, grâce à cet autre côté de lui, Geyden a été protégé. C'est lui qui a tué ses kidnappeurs, Pénélope et Andrew quelques jours après qu'on l'a retrouvé.

J'ouvre légèrement la bouche pour me ventiler, sinon je vais m'évanouir.

— C'est lui qui avait frappé Pénélope lorsqu'il était encore enfermé. Nous protégeons Geyden ; nous sommes trois, mais nous sommes la même personne.

— C'est difficile à croire, objecté-je, tremblante. Mais alors, pourquoi m'as-tu dit que tu t'en prendrais à lui si je continuais à le voir ?

Un sourire malicieux étire de nouveau ses lèvres, et même si, soi-disant, ce n'est pas Geyden, je le trouve vraiment beau.

— Pour brouiller les pistes, dit-il en avançant son visage vers moi. Je n'aime pas trop partager, tu sais. Même si c'est le même corps, j'aime avoir le dessus. Je savais qui tu étais ce soir-là, mais tu m'as donné le feu vert lorsque tes belles lèvres ont touché le masque. Et j'ai su que tu serais mienne, alors je voulais te faire ressortir ton côté fou. Apparemment, ça a fonctionné. Tu aimes notre jeu, n'est-ce pas ? Comme quand je t'ai puni d'avoir couché avec Geyden, ou lorsque je t'ai bouffé la chatte alors que tu avais tes règles.

Mon sang ne fait qu'un tour et une honte viscérale m'envahit. *Mon Dieu.*

— Je pourrais le faire encore et encore, sans pouvoir m'arrêter, continue-t-il. Tu vois, nous ne sommes pas pareils. Lui, c'est la douceur, et moi, je suis le piment. L'autre, c'est la veuve noire. Et je pourrais également être l'araignée. Tu m'as rendu furieux quand tu es sortie au restaurant avec ce type.

Je déglutis, retenant mon souffle, les yeux écarquillés, réalisant qu'il ne doit plus être en vie.

— Qu'est-ce que tu lui as fait ?

— J'ai joué avec.

— C'est quoi cette obsession de toujours vouloir jouer ? m'énervé-je.

Il me dévisage avec surprise, puis serre les mâchoires. Ce que je viens de lui dire ne lui plaît visiblement pas.

— Ne joue pas la psy, Amber, me prévient-il. La dernière qui a fait ça repose six pieds sous terre.

La pluie a cessé et un vent froid se lève, me faisant grelotter davantage.

— Je… ce n'était pas mon but.

Son rictus revient, et il caresse ma joue du bout des doigts avant d'embrasser mes lèvres.

Je sais que je dois partir, et je profite de ce moment où il est occupé avec mes lèvres pour lever le genou et lui donner un coup dans les parties intimes.

Ses yeux s'ouvrent brusquement, il retient son souffle et s'effondre au sol. Je fais volte-face et traverse la route, tandis qu'il hurle mon prénom. Je regrette déjà mon acte, consciente que je vais en subir les conséquences. 🍁

Chapitre quarante-trois

💀 Michel-Ange 💀

Tu as eu de la chance qu'on m'ait appelé pour une urgence, Luciole, sinon je t'aurais embarquée plus tôt et ta punition aurait été bien plus sévère. Ma colère est toujours là, mais je suis un peu plus calme maintenant.

Je sors de ma voiture, laissant les gyrophares illuminer l'allée de ta maison, plongée dans le noir complet. Il est 1 h du matin, et je vais m'occuper de toi, comme tu le mérites.

Je donne un coup à ta porte, mais elle reste fermée. Je recule de quelques pas, puis la frappe avec mes chaussures de sécurité. Comme par magie, la serrure cède et la porte s'ouvre avec fracas, éclatant contre le mur du couloir.

— Je suis rentré, dis-je à moi-même en souriant.

J'espère que mon entrée t'aura réveillée et que tu ressens toute la colère qui m'envahit. Ton chien sort de la chambre de tes parents, mais, voyant mon air menaçant, il rebrousse chemin, la queue entre les jambes, fuyant aussi vite qu'il est venu.

— Luciole ! hurlé-je en empruntant les escaliers deux à deux pour te retrouver.

Je me faufile dans ta chambre en chantonnant, lançant un regard à droite pour éviter que tu ne me prennes par surprise, mais je ne te vois pas. Je me jette sur le lit, soulève la couette et réalise avec étonnement qu'il est vide. Tu as disposé des coussins pour me faire croire que tu étais emmitouflée à l'intérieur.

— Hmm, maligne, ma bestiole. J'aime ça.

Je navigue à travers la pièce, mais elle est vide. Tu n'es pas là.

Tu ne sais pas à quel point la colère bout en moi, telle de l'eau sur le feu. Je me précipite vers ta salle de bain, mais elle aussi est déserte. *Quoi ?*

Je commence à comprendre, et je n'aime pas ça. Mon corps tremble de plus en plus, tandis que mon cœur cogne violemment contre ma poitrine. Je dois me contenir, je dois rester lucide.

— Où te caches-tu, Luciole ? murmuré-je doucement.

Je quitte ta chambre d'un pas lent et je descends pour me rendre dans celle de tes parents, où je remarque que ton chien se cache sous le lit. Par précaution, je vérifie en dessous, mais tu n'y es pas.

— Bordel ! vociféré-je. Où es-tu ?

Là, je commence à m'énerver. Je frappe le matelas avant de sortir et de me diriger vers la cave, fouillant chaque recoin, mais je ne trouve rien.

Perdu et affolé, je sens que la panique me gagne. J'ai horreur de perdre le contrôle. Mes mains arrachent mes cheveux alors que je laisse échapper un cri de rage.

Je retourne à l'étage et jette tout ce qui se trouve devant moi, criant encore et encore, prêt à me déchirer les cordes vocales.

Je mords intensément ma lèvre pour réprimer les larmes qui menacent de couler, comme une fillette.

Tu m'as échappé ! Mais pas pour longtemps, ma luciole. La prochaine fois, je veillerai à ce que tu ne me glisses pas entre les doigts. Si je n'avais pas été appelé, tu serais déjà avec moi.

Je t'aurais sûrement embrassée, j'aurais marqué ton corps de mes dents. On aurait joué à cache-cache, comme la dernière fois, et je t'aurais recouverte de ma peinture. Cette fois, je me serais appliqué à te retrouver. Tu n'as pas d'autre choix, Luciole : tu vas devoir nous aimer. Jamais je ne te laisserai partir. *Jamais.*

Je frappe le poing sur la table de la cuisine jusqu'à ce qu'une douleur fulgurante m'envahisse, mais cela ne me soulage guère. J'ai besoin de sentir une plus grande souffrance.

Tout en serrant les mâchoires, j'attrape un couteau sur le plan de travail, relève l'ourlet de l'uniforme de police, et laisse la lame inciser la peau de mon index, remontant le long de ma main.

La froideur de la lame me procure une sensation à la fois délicieuse et troublante ; je retiens ma respiration, une grimace sur le visage, mordant ma lèvre alors que la douleur devient insupportable. Elle me brûle, me pique, mais je ne fais pas marche arrière. Au contraire, je continue inlassablement à la faire glisser le long de mon bras, regardant le sang s'écouler lentement de la plaie. Geyden va sûrement être furieux lorsqu'il retrouvera son corps, car ce que je fais compromet son service.

Pourtant, si ça signifie pouvoir rester et veiller notre future femme, alors c'est un bon sacrifice. Et puis, c'est ce que je mérite pour l'avoir laissé m'échapper. C'est ce que Pénélope répétait lorsque Geyden n'écoutait pas ou échouait dans sa tâche.

Alors que je touche presque mon coude, je m'arrête, laissant le poignard imprégné de mon sang sur le plan de travail. J'admire le résultat de mon geste, l'écoulement écarlate jaillissant et formant une mare à mes pieds. J'ai suffisamment ouvert, mais pas trop. Je refuse de mourir sur ce carrelage.

Je rabats ma manche et poursuis mon inspection vers le salon, mais c'est toujours la même histoire.

— Elle n'est pas restée ici à m'attendre. À nous attendre. *Elle ne m'aime pas ! Elle ne nous aime pas !* Et je vais devoir remédier à ça.

Je sors mon portable et consulte ta localisation, mais ce que je découvre m'enrage davantage : tu as laissé ton téléphone ici.

— Bordel ! hurlé-je en lançant mon portable à travers la pièce, le fracassant au sol en plusieurs morceaux.

Je crois que tu n'as pas compris qui je suis. Jamais je ne te ferai de mal, mais s'il le faut, je peux être plus ferme, Luciole. J'avais presque réussi à te faire tomber amoureuse de moi ; Geyden l'avait déjà fait. Pourquoi fallait-il que tu le découvres maintenant ? *Bordel !* Je savais que tu n'étais pas prête.

J'ai du mal à respirer, et je n'aime pas ça, je n'aime vraiment pas ça.

Pourquoi as-tu fui ? Pourquoi ?

Non, non ! Tu dois revenir ! Je vais te retrouver, Luciole.

Je ne peux pas vivre sans toi, et tu ne peux pas vivre sans moi.

Tu n'as pas le droit de vivre ta vie sans nous. Je te l'interdis !

— Je viendrai te chercher, même si cela me prend des jours, je fouillerai la terre entière pour te retrouver. Sois-en certaine, tu ne sortiras pas de cette situation sans être totalement amoureuse de moi. 💀

Chapitre quarante-quatre

🍁 Amber

Je ressens la rage qui émane de lui à travers l'écran du téléphone de Lucie. Oui, moi aussi, j'utilise les caméras. J'avais anticipé qu'il viendrait me chercher, mais je ne m'attendais pas à le voir dans un tel état. Une vague d'effroi m'envahit, me serrant le cœur, tandis qu'en même temps, une étrange excitation monte en moi, me laissant confuse.

C'est si difficile à accepter : Michel-Ange est, en réalité, Geyden. Un mélange troublant de lumière et d'obscurité. Cela me plonge dans un tourbillon d'émotions contradictoires.

Je sais qu'il ne me trouvera pas ; il ne sait pas où vit Lucie, et j'espère qu'il ne le découvrira jamais. Bien que je me sente en sécurité pour l'instant, je suis consciente que le coup que j'ai porté à ses parties intimes pourrait avoir des conséquences fatales. Je sais que sa punition sera d'une douleur immense, plus intense que tout ce que j'ai connu jusqu'à présent. Certes, je ne l'ai attaqué que deux fois, mais c'était un risque à prendre. J'avais peur de lui à ce moment-là, et découvrir toute cette vérité est également éprouvant. Je ne peux pas rester, je ne peux pas me laisser entraîner avec lui vers un destin que je ne connais pas.

J'ai tellement ressassé tout cela dans ma tête que je ne sais plus si j'ai vraiment accepté la réalité ou non. C'est en partie parce qu'il n'est pas devant moi et parce que, à mes côtés, Lucie dort profondément dans son grand lit, totalement inconsciente du tumulte qui règne à l'intérieur de moi.

Malgré la terrible nouvelle que je lui ai annoncée, elle parvient à dormir paisiblement, tandis que, moi, je suis accablée par une douleur sourde qui se tord dans mon ventre. La nuit semble interminable, et mon regard se fixe à nouveau sur l'écran de son téléphone, où je le vois saisir un couteau. Un frisson de peur me parcourt, et je me redresse, retenant mon souffle. *Qu'est-ce que...*

Il relève la manche de son uniforme, et j'avale ma salive avec difficulté. Un cri étouffé s'échappe de ma bouche, prisonnier de ma main, lorsqu'il commence à taillader sa peau, du bout du doigt et remontant le long de son bras.

Des larmes me montent aux yeux, et je ressens sa douleur à travers l'écran, comme si elle m'atteignait également. Mais qu'est-ce qui se passe, bon sang ? Qui agit ainsi ? Qui est-ce que j'observe ? Geyden ? Ou Michel-Ange ?

Mon Dieu !

D'une main tremblante, je retourne l'écran, réprimant un sanglot qui menace d'échapper à mes lèvres et pourrait réveiller Lucie. Mon Dieu, je ne suis pas du tout prête pour ça. J'aimerais tant pouvoir être à ses côtés alors qu'il est en proie à une telle détresse. Mon cœur se brise en pensant à ce que Geyden a dû endurer, mais le voir se couper parce que je ne suis pas là... c'est une folie insupportable.

— Ça va ? me demande Lucie d'une voix ensommeillée.

Je sursaute en me retournant vers elle ; elle est assise en tailleur, les cheveux en désordre autour de son visage, avec l'air encore à moitié endormi.

— Oui, désolée, prononcé-je en essuyant mes larmes du bout de la paume, essayant de dissimuler ma détresse.

— Je ne partage pas vraiment cet avis, me rétorque-t-elle d'un ton attentif.

Je ne lui ai pas exactement expliqué que Michel-Ange est en réalité Geyden. Je ne saurais dire pourquoi j'ai gardé ce secret, mais je lui ai confié que je le connaissais bien et qu'il souffrait d'un trouble dissociatif de l'identité.

— Vas-y, raconte-moi, dit-elle en tapotant la place vide à ses côtés.

Je prends une profonde inspiration et soupire pour tenter d'apaiser le nœud dans ma gorge, avant de me lever pour m'installer sur son lit.

— Oh, rien, murmuré-je en réprimant les larmes qui menacent de couler, les images de Geyden s'enfonçant une lame de couteau dans le bras m'assaillant. Rien, je suis juste perturbée.

— Pourquoi ne veux-tu pas me dire qui c'est ? insiste-t-elle, son regard perçant à la recherche de réponses.

— Parce que je préfère que tu en saches le moins possible.

— C'est vraiment une mauvaise personne ?

— Pas exactement, lui avoué-je en fixant un coin de sa chambre, évitant son regard. Il n'est pas cruel, il souffre d'une maladie, et cela me fait mal, même si je ressens de la haine à son égard.

— Je comprends. Donc, celui qui te harcèle est l'un des alters de l'homme dont tu veux cacher l'identité, c'est bien ça ?

— Oui, lui dis-je en reportant mon attention sur elle.

Son visage est à moitié illuminé par la lune qui se reflète dans la pièce, créant un jeu d'ombre et de lumière.

— Tu ne peux vraiment pas me le dire ?

— Non, je préfère garder le silence à ce sujet.

Elle mordille sa lèvre, manifestement agacée, et plonge ses doigts dans ses cheveux, frustrée par mes réticences.

— Je suis perdue, Amber. Tu me dis qu'il n'est pas méchant, mais il est suffisamment effrayant pour que tu ne veuilles pas me révéler son identité. C'est incompréhensible.

— Je sais, répliqué-je, les larmes aux yeux, ma voix tremblant sous le poids de l'émotion.

Elle remarque mon état et vient me serrer contre elle, m'offrant un réconfort intense. Ses bras m'enveloppent de plus en plus fort, apportant une chaleur réconfortante au milieu de ma tourmente.

— On devrait essayer de nous rendormir, je te rappelle que, demain, nous avons une longue journée de travail devant nous, dit-elle.

J'écarquille les yeux, retenant ma respiration, tandis que mon cœur s'emballe. J'avais complètement oublié... Geyden et Michel-Ange savent où je travaille, et il pourrait facilement me retrouver là-bas. *Zut !*

Je me détache d'elle, passant ma main glacée sur mon visage, une chaleur soudaine m'envahissant comme si j'avais de la fièvre. L'angoisse qui m'envahit forme des nœuds dans mon ventre, tandis qu'une douleur sourde se fait progressivement sentir. La peur s'ancre en moi, me rendant de plus en plus nerveuse, et chaque battement de mon cœur résonne comme un écho de terreur.

— Je ne peux pas y aller, lui avoué-je d'une voix étranglée, la nausée menaçant de me submerger.

— Ah ! Tu as peur qu'il vienne là-bas ? me demande-t-elle en glissant des mèches de cheveux derrière mon oreille, son geste apaisant légèrement ma nervosité.

— Oui, pour l'instant, je préfère me cacher jusqu'à ce qu'il se calme.

— D'accord, mais j'ai peur que Carlos ne te renvoie si tu es encore absente.

Je grimace de frustration. Pourquoi diable ai-je embrassé Geyden ?

— Je n'ai pas vraiment d'autre choix pour le moment.

— Je comprends, mais le patron ne sera pas convaincu. Il a accepté les points de suture, mais, maintenant que tu vas mieux, il ne fera pas d'exception.

— Merde, soufflé-je, la colère et la détresse se mêlant dans ma poitrine.

— Écoute, je vais trouver une solution. Après-demain, en revanche, c'est à toi de trouver un moyen de te rendre au travail. De plus, Halloween est dans une semaine, et nous savons que les touristes vont affluer à Salem. Le restaurant sera bondé, et nous aurons vraiment besoin de toi à ce moment-là. Appelle la police ou quelqu'un d'autre, mais il est important que tu trouves rapidement une solution. Sache que tu peux rester ici aujourd'hui, et même les jours suivants, nous serons ensemble. Tu ne dois rien craindre. D'accord ?

En guise de réponse, je hoche la tête, esquissant un sourire qui, bien que présent, cache un mélange de résignation et d'inquiétude. Je réalise que je vais devoir composer avec cette situation, même si cela ne me réjouit guère.

Chapitre quarante-cinq

J'observe par la fenêtre, légèrement paniquée à l'idée que Michel-Ange pourrait suivre Lucie. Il fait complètement nuit, et je ne peux pas voir s'il est là. Pas même un fragment de ciel dégagé pour éclairer les environs ; non, ce soir, le ciel a décidé de se couvrir et de laisser une fine pluie envahir la rue.

Faites qu'il n'a pas eu l'idée de la suivre.

J'ai passé la journée à vérifier l'extérieur depuis que Lucie a quitté son appartement. Comme convenu, elle m'a appelé toutes les heures sur le téléphone que j'ai acheté avant de venir chez elle, avec une carte prépayée, pour savoir si j'allais bien, ce qui était le cas. Elle m'a aussi dit que Carlos m'avait laissé tranquille aujourd'hui, mais que, demain, je n'aurais pas d'autre choix que de venir.

Mais il ne me fera rien… Mais je sais qu'il est en colère. C'est peut-être cela qui me fait le plus peur chez lui : la punition qui m'attend. Je crains que cela ne soit pas simplement du sexe ou un moyen de me priver de plaisir. Je le sens, ça sera bien plus intense ; il jouera avec mes nerfs comme il l'a déjà fait en me faisant peur.

Ça a peut-être déjà commencé ? Il est peut-être là, à me voir le regard anxieux tourné par la fenêtre. Il m'a sûrement vue sursauter à chaque bruit retentissant. Se moque-t-il déjà de moi ? *Mon Dieu…*

J'inspire profondément, puis j'expire, tentant désespérément de me calmer. Mais rien ne fonctionne. Une douleur sourde se loge dans mon ventre, je transpire, et mon cœur bat de plus en plus vite, au point de me donner l'impression que mes muscles s'amollissent. Il est vraiment trop puissant.

Quand je repense à tout cela depuis le début, je comprends pourquoi Geyden n'était pas toujours là, pourquoi il venait rarement chez ses parents. Sauf ces derniers temps, depuis que j'ai embrassé David, son alter. Tout s'explique. Il savait que c'était une partie de lui qui me harcelait et voulait me protéger ; il voulait que je fuie. Lorsque je me suis rapproché de Michel-Ange, ça l'a rendu fou.

Il a fait semblant, mais il savait qui c'était. Je me demande s'il n'a pas couché avec moi précisément pour que je me rapproche de lui plutôt que de David. *Non...*

J'inspire et expire à nouveau, tentant de chasser cette angoisse qui s'accroche à mes entrailles.

Ma mère m'a appelée en début d'après-midi, après que je lui ai envoyé un message pour qu'elle ait mon nouveau numéro. J'ai menti, je lui ai dit que j'avais perdu mon téléphone. Elle a pris de mes nouvelles et m'a annoncé qu'ils rentraient dans deux jours, ayant prolongé leur week-end, ce qui est une bonne chose. Mais ils ne savent toujours pas pour Kate. D'ailleurs, son enterrement est prévu la semaine prochaine, trois jours avant Halloween. Stécy voudrait le célébrer pour lui rendre hommage, mais moi, je crois que je vais rester chez moi, à pleurer sa perte. Je ne me vois pas faire la fête.

Des images d'elle, souriante, me reviennent en mémoire et je ne peux retenir mes larmes. Je me laisse tomber au sol, submergée par une douleur amère. Elle me manque tant. Pourquoi n'ai-je pas ressenti d'inquiétude quand elle nous a dit qu'elle était malade ? J'aurais dû aller la voir, nous aurions dû le faire ensemble. Le plus horrible, c'est de savoir qu'elle a dû souffrir avant de mourir.

Tandis que j'essuie mes larmes, le bruit de la serrure retentit. Je retiens instantanément mon souffle, la bouche grande ouverte et les yeux écarquillés, tentant d'analyser la situation dans l'obscurité où je peine à voir.

— Amber ? m'appelle Lucie.

Je relâche mes muscles et reprends une respiration normale, tandis que les battements de mon cœur reprennent de plus belle, comme s'il avait été serré entre mes doigts avant d'être libéré, permettant à mon sang de circuler à nouveau.

— Pourquoi es-tu dans le noir ? me demande-t-elle en s'approchant, éclairant le salon.

Je me relève, et dès qu'elle m'aperçoit, son regard change pour exprimer l'inquiétude. Elle s'avance vers moi, ramenant avec elle l'air frais de l'extérieur.

— Je veux que tu me dises qui est ce malade ! s'énerve-t-elle.

— Je ne pleure pas pour lui, confessé-je en essuyant mes larmes avec la manche de mon pull. C'est juste que, la semaine prochaine, nous enterrons Kate.

Son expression d'inquiétude se transforme en tristesse et en compassion alors qu'elle me prend dans ses bras, offrant un réconfort dont j'ai tant besoin.

Je l'apprécie beaucoup, cette fille que je connais depuis à peine deux ans. Elle est devenue plus qu'une simple collègue, j'ai même l'impression d'avoir plus confiance en elle qu'en Stécy.

Après tout, cette dernière m'a trahie, m'a menti, et elle savait tout depuis le début. Avec du recul, je comprends pourquoi elle était parfois si sereine. *Quelle connasse !*

Lucie se libère de mon étreinte pour m'annoncer que mon amie est justement venue au salon de thé aujourd'hui pour me voir et qu'elle a demandé où j'étais. La peur m'envahit, mais elle me rassure immédiatement en précisant qu'elle ne lui a pas dit où j'étais. *Dieu merci.*

Je soupire, et elle fronce les sourcils, ne comprenant pas ma réaction, mais elle ne m'interroge pas à ce sujet. Elle recule et m'informe que nous allons manger des pizzas ce soir, si cela me dit. J'accepte sans hésiter.

Elle me propose de me préparer un bain chaud pour me détendre, et, lorsque j'en sortirai, un verre de vin m'attendra pour me réconforter.

— Merci d'être là, lui dis-je en l'enlaçant.

— C'est normal, tu sais. Allez, va te détendre, je m'occupe de tout.

Je lui rends son sourire et me dirige vers sa salle de bain, le cœur un peu plus léger. ✿

Chapitre quarante-six

💀Michel-Ange💀

Avoir attendu toute la soirée, caché dans l'ombre, dans le froid automnal, alors que la pluie ruisselait sans relâche sur ma capuche, la situation me plonge dans une tension palpable.

Une joie sourde m'envahit lorsque je vois ta collègue sortir du restaurant pour jeter les poubelles. Tu sais qu'elle ne prend même pas la peine de vérifier derrière elle en descendant les marches, alors que je suis juste là, à quelques pas ? Ce n'est pas bien.

D'un mouvement rapide, je passe mon pied pour que la porte ne se referme pas et me glisse à l'intérieur, retenant mon souffle tout en regardant dans la direction de cette Lucie. Mon cœur s'emballe en réalisant qu'elle ne surveille absolument pas ses arrières. Ces femmes ne savent pas quel danger les guette apparemment.

Je pénètre dans l'enceinte du bâtiment, la vague de chaleur qui m'accueille me faisant un bien fou, puis je passe par la cuisine, où l'odeur du produit ménager emplit l'air, et heureusement pour moi, elle est vide de personnel.

Lorsque j'arrive devant la porte qui donne à la salle, j'observe à travers le hublot et je t'aperçois, dans ton tablier.

Tu es de dos, tes beaux cheveux roux attachés en une queue de cheval, et, avec ton balai, tu effectues des mouvements en reculant. Ce corps parfait que tu as, ma luciole.

Bien sûr, je porte mon masque. Je sais qu'il y a des caméras ici, et je ne veux pas qu'on sache qui vient te chercher. Tu sais ce qui me fait plaisir, c'est que tu n'as pas appelé mes collègues, sinon je serais derrière les barreaux depuis quelques heures déjà. Ça me réconforte, car ça veut dire que tu m'aimes vraiment. Que tu nous aimes. Je suis un imbécile d'avoir cru l'inverse, j'espère que tu m'excuseras pour cette faute, ma bestiole fluorescente.

Je pousse le battant de la porte qui couine, résonnant à travers la pièce, mais tu ne réagis pas, toujours occupée à balayer, en pensant que c'est Lucie qui vient d'entrer.

Toujours dos à moi, tu lui parles de la fin de votre service et du fait que vous pourrez bientôt rentrer chez elle. Que tu as hâte de te plonger dans un bain bien chaud ; ce que tu dis me stoppe dans mon élan, je serre les mâchoires, fou de rage.

C'était donc là que tu te cachais ? J'ai passé des heures à te chercher alors que j'avais simplement besoin de suivre ta collègue.

Quand tu réalises qu'elle ne répond pas, tu vérifies par-dessus ton épaule et, là, la peur t'envahit, tes yeux s'écarquillent alors que tu te retournes brutalement vers moi.

— Quelle nouvelle, Luciole ? te demandé-je en plongeant ma main dans ma poche, où se trouve le mouchoir imbibé de chloroforme que j'ai préparé avant de venir te chercher.

Dès que j'avance, tu lèves immédiatement le balai comme une arme, agitant l'air pour me faire peur et me forcer à reculer, mais cela ne fonctionne pas avec moi. Je fais un pas en avant et, au moment où le balai passe devant mon visage, je l'attrape par le manche et tire sans trop forcer pour te le retirer.

Tu retiens ton souffle, la peur envahissant tout ton corps, et je sais que ton cœur bat à mille à l'heure. Tes joues rosissent sous l'effet de l'angoisse.

Tu commences à hurler à pleins poumons pour prévenir Lucie, qui se trouve de l'autre côté.

Il ne me reste que quelques secondes avant qu'elle ne revienne, alors je me jette sur toi, portant le mouchoir entre ton nez et ta bouche.

Tes magnifiques yeux s'écarquillent d'horreur, baignés de larmes alors que tu essaies de riposter. Mais je suis bien trop imposant pour toi, et en quelques secondes, tu perds le peu de force que tu as, le chloroforme commençant à faire effet.

— Trouvée, te dis-je avec un grand sourire que tu ne peux pas voir.

Tes yeux se ferment lentement. Même si tu luttes, ton corps s'affaiblit. Je me penche et passe mon bras sous tes jambes pour te porter comme une mariée. Je laisse tomber le mouchoir au sol, sachant qu'il n'y a aucune empreinte pour me trahir.

— Jamais je te lâcherai. Tu es mon âme sœur, la seule chose qui me donne envie de vivre. Tu croyais vraiment que j'allais abandonner ?

Je donne un coup dans la porte d'entrée des clients, et la serrure cède sous la force de mon geste, se fracassant contre le mur extérieur qui brise la vitre en mille éclats.

Au loin, la voix de ton amie se fait entendre, elle t'appelle, son ton empreint d'inquiétude me transperçant comme une flèche. L'urgence s'empare de moi ; je dois me dépêcher avant qu'elle ne réagisse et ne m'interrompe. Une vague d'adrénaline me pousse à agir rapidement, je ne peux pas lui laisser cette chance de te sauver. Je hâte le pas, remontant la rue sous la pluie battante, alors que son appel, de plus en plus fort, se transforme en cri, révélant la peur qui l'envahit.

Ma voiture n'est qu'à deux pas, et mon adrénaline grimpe en flèche. En m'approchant, je réalise que je vais devoir te soulever sur mon épaule pour attraper mes clés et l'ouvrir.

Avec précaution, je te dépose à l'arrière, refermant la portière doucement, avant de monter à l'avant sans faire de bruit, voyant Lucie apparaître au loin. Il est presque 23 h. Elle aura beau hurler et appeler à l'aide, personne ne viendra ; il est bien trop tard pour ça.

Elle ne nous voit pas. Elle est au téléphone, probablement en train d'appeler la police, comme je l'avais prévu. Je me penche sur le côté pour attraper mon sac à dos, où j'ai mis des vêtements de rechange. Je dois apparaître sous une autre apparence, différent de celui qui a été filmé par les caméras de surveillance.

Je retire le masque, ma veste de cuir, mon sweat-shirt, mon jean, tout, mon cœur battant à tout rompre dans ma poitrine. Je ne dois rien garder, il n'y a aucune place pour l'erreur.

À peine mes chaussures enfilées, mon portable se met à vibrer. Je me penche sur le côté, un sourire furtif aux lèvres, conscient que je ne perds pas le contrôle. L'écran affiche le nom de mon chef. J'attrape le téléphone et décroche.

— Agent Rodriguez, rétorque-t-il d'une voix sèche.

— Oui, chef, qu'est-ce qui se passe ?

— Écoute attentivement, j'ai une urgence. La meilleure amie de ta sœur, Amber Johnson, a été enlevée à son travail.

C'est à moi de jouer le jeu.

— Quoi ? ma voix s'emballe. Ce n'est pas possible ! Où ça ?

— Au restaurant où elle travaille, m'informe-t-il d'une voix calme. Nous avons des agents qui se dirigent sur les lieux, mais j'ai besoin que tu reviennes immédiatement au bureau pour que nous puissions élaborer notre stratégie d'intervention.

À ces mots, je fronce les sourcils, surpris qu'il me demande de revenir alors que je devrais foncer sur place sans attendre. *Bordel !* Le contrôle se dérobe et il ne devrait pas m'échapper.

— Au bureau ? Non, je ne peux pas attendre ! répliqué-je, la panique perceptible dans ma voix.

Bordel !

— Si elle est en danger, chaque minute compte !

Et s'il savait qu'il ne parle pas exactement à Geyden ? Que ferait-il ? S'il savait que c'est moi le coupable ? Mais je sais bien ce qu'il ferait.

— Je comprends, mais ta position personnelle pourrait nuire à notre approche. Reviens ici, et nous établirons un plan ensemble. C'est crucial.

— Chef, avec tout le respect que je vous dois, je ne peux pas. Je suis à quelques rues du restaurant. Laissez-moi interroger le personnel et vérifier les caméras pour attraper ce type !

— Agent Rodriguez...

— Je ne vous laisse pas le choix !

Son souffle résonne dans le haut-parleur, et je tourne le regard vers les sièges arrière, où je te vois paisiblement endormie.

— D'accord, vas-y, je te rejoins là-bas. Mais agis comme si tu ne la connais pas, Rodriguez. Compris ?

— Oui, chef.

Une fois la communication terminée, je démarre mon véhicule, me garant un peu plus loin, le cœur encore en émoi.

Je suis maintenant à quelques rues de ton travail. J'arrête le contact et déglutis, prenant une profonde inspiration pour évacuer l'adrénaline qui me traverse, cette sensation désagréable me faisant croire que je perds le contrôle. J'allume ma caméra et la positionne dans ta direction, m'assurant que tu ne te réveilleras pas pendant mon absence, même s'il y a peu de chances pour que ça arrive.

Je sors et me dirige vers le coffre où se trouvent plusieurs couvertures, déterminé à te couvrir au maximum, même si les vitres arrière sont teintées. Je ne veux pas prendre de risques.

Puis, je ferme la voiture à clé, te laissant là, seule pour un moment. Je fais demi-tour et active mon application où, avec une certaine satisfaction, je te vois à travers l'écran de mon téléphone, tandis que je m'avance lentement vers ton travail. À ce moment, des sirènes retentissent, annonçant l'arrivée de mes collègues, et l'angoisse me serre à nouveau le cœur. Je dois paraître neutre et non coupable.

C'est à moi de jouer... 💀

Chapitre quarante-sept

🍁 Amber 🍁

Mes yeux s'ouvrent doucement et je me sens propulsée dans un lieu inconnu. L'anxiété grimpe en flèche et, dans un geste brusque, je me lève, essoufflée, le cœur battant à tout rompre.

Tout autour de moi se dessine une petite pièce aux murs en bois, éclairée par un lustre banal qui diffuse une lumière douce. Mais l'atmosphère est tout sauf réconfortante. Je réalise que je suis installée sur un lit en fer, avec des draps et un coussin, dont l'odeur de lessive m'indique qu'ils sont fraîchement lavés.

Le sol est recouvert de terre et de fleurs de maïs, et je sens un froid mordant ici. Je frissonne en voyant la vapeur de mon souffle se transformer en nuages devant moi. *Quoi ?*

À ma droite se trouve une table de chevet sur laquelle trône une grande bouteille d'eau. La soif me prend d'assaut, et je me jette dessus comme si ma vie en dépendait, éclaboussant le liquide sur moi dans ma hâte.

Une fois désaltérée, je réoriente mon attention vers la pièce. Face à moi, une porte en fer est grande ouverte, révélant un couloir sombre, faiblement éclairé d'une lueur rouge inquiétante. Un frisson glacé parcourt mon corps, et l'angoisse me serre. Cela ne sent vraiment pas bon…

J'ai l'impression d'être envoyée à l'abattoir.

Je réalise que je suis toujours vêtue de mon uniforme de travail Lily & coffee shop, et, dans la poche de ma blouse, devrait se trouver mon couteau suisse.

Lentement, en retenant mon souffle, je commence à tâtonner, quand une vague de soulagement m'envahit lorsque la pulpe de mes doigts rencontre quelque chose de dur. *Putain !*

— Où suis-je ? murmuré-je en sortant d'un lit qui grince sous mes mouvements.

Je prends une respiration bruyante, mes jambes tremblant sous le poids écrasant de l'incertitude. Mes pieds, chaussés de mes converses, s'enfoncent dans la terre humide, et j'ai l'impression de patauger dans la gadoue.

Mon cœur se serre tandis que des larmes commencent à perler sur mes joues. Qu'est-ce qui se passe ?

Je me concentre pour rassembler mes souvenirs et tout revient soudain en un éclair, me faisant écarquiller les yeux et retenir ma respiration, le cœur battant de peur, puis la rage m'envahit : *Michel-Ange !*

C'est comme s'il me voyait, et je suis persuadée que c'est le cas. Car le grésillement des haut-parleurs résonne dans l'air, suivi de sa voix qui retentit autour de moi, me faisant sursauter, ravivant mes craintes et mes frustrations.

— Ma belle au bois dormant, tu as bien dormi ?

— Qu'est-ce que je fous là ? crié-je dans le vide, levant la tête vers le plafond, me sentant perdue dans un inconnu terrifiant.

— Dans mon jeu. Mon préféré d'ailleurs, me répond-il.

— Laisse-moi partir ! S'il te plaît !

Son rire diabolique emplit la pièce, résonnant de manière omniprésente, devant, sur le côté et derrière moi. Mon cœur s'emballe. *Putain.*

Je déglutis hâtivement, l'adrénaline montant en flèche. Voilà, ma punition est en marche.

— Hmm. Je ne crois pas, non, réplique-t-il d'une voix enjouée. Tu es à moi pour un petit moment.

— Désolée ! Désolée ! je m'excuse, tentant désespérément de rattraper l'erreur que j'ai faite tout en essayant de calmer sa fureur. OK ? Pardon ! J'ai eu tort de te frapper, Michel-Ange. Je suis désolée !

— Tu as peur ? me demande-t-il en se moquant ; la malice inonde son ton. Tu sais que je me nourris de ça, Luciole ?

Il semble prendre plaisir à jouer avec mes émotions.

— Ça ne me fait pas rire du tout ! l'informé-je en haussant la voix.

— Je te laisserai partir, mais à une seule condition, poursuit-il, ignorant ma réponse comme si mes mots n'avaient pas d'importance.

— Laquelle ? le questionné-je, avançant d'un pas, levant la tête pour chercher les caméras ; mais je ne vois rien.

— Si tu réussis à sortir de mon magnifique labyrinthe avant la fin du chronomètre, nos chemins se sépareront.

Un labyrinthe ? Mais où suis-je, sérieusement ?

— Et si ce n'est pas le cas ?

Ma voix tremble, trahissant le froid glacial et l'angoisse qui me tordent le ventre. Il éclate d'un rire soulignant la gravité de sa folie, et un frisson d'horreur me traverse.

— Tu seras mienne pour toujours, Amber Johnson.

Entendre mon prénom et mon nom de famille sortir de sa bouche me fait un drôle d'effet. Je suis tellement habituée à mon surnom, celui d'insecte, que cette révélation me traverse comme une vague d'inconfort.

— Compte sur moi pour sortir avant, lui annoncé-je avec détermination.

Je dois réussir, sinon je suis dans de beaux draps. J'aime Geyden depuis longtemps, mais vivre avec sa maladie mentale serait bien trop lourd à porter pour moi. Comme il l'a dit, Geyden, c'est la douceur, tandis que lui c'est le piment. Mais je ne peux pas supporter de me brûler à chaque faux pas avec Michel-Ange.

Je voulais simplement savoir qui se cachait derrière ce masque. Maintenant que je le sais, la peur me saisit, mais je refuse de céder. Non. Je dois réussir à sortir d'ici, je ne peux pas devenir sienne pour toujours.

— Tu es douée et bien maligne, mais je suis encore plus astucieux que toi. Ne crois pas que tu pourras traverser ces chemins sans pièges. Non, il y en a à chaque coin, et c'est à toi de les éviter.

J'inspire profondément pour retrouver du courage et chasser ce chagrin qui menace d'exploser.

— C'est quoi, tes pièges ?

— Tu le découvriras par toi-même lorsque la partie commencera.

Légèrement effrayée, je prends une grande bouffée d'air pour me donner de la force et garder le peu de confiance qu'il me reste. Je sais qu'il est rusé, et ses pièges ne sont pas de simples obstacles, comme un trou dans le sol. Quoi que… on ne sait jamais.

— Ah, et avant que j'oublie, reprend-il. Dans tous mes jeux, il y a une échappatoire. Comme la clé dans l'immeuble, ou la fenêtre entrouverte chez toi la dernière fois.

Mon cœur s'arrête de battre, et mes yeux s'écarquillent en entendant cela. Il y avait une fenêtre ouverte ? L'angoisse me serre le ventre, mélange de peur et de curiosité, alors que la réalité de ses mots s'impose à moi.

— C'était laquelle ?

— Celle de ton salon, près de ton canapé. Elle était bien entrouverte, et tu n'as même pas pris la peine de regarder. J'espère que, ce soir, tu feras cet effort.

— Je ne te décevrai pas.

— Alors nous allons commencer…

— Il est quelle heure ? le coupé-je, sentant la panique monter en moi.

Une peur sourde m'étreint à l'idée de ne pas réussir, et je sens qu'une part de moi aime cette adrénaline. *Non*...

— Il est 5 h du matin. C'est une bonne heure pour jouer, n'est-ce pas ?

— Non, c'est l'heure où les gens normaux dorment. Et franchement, je n'ai pas envie de participer à ton machin de psychopathe.

— Pourtant, tu vas devoir le faire. Je te dois une correction, tu l'as oublié ?

Bordel ! C'est ça, la punition ? Me plonger dans un labyrinthe truffé de pièges avec un chronomètre ? Il n'y va pas de main morte cette fois. Je préfère largement lorsqu'il me prive de plaisir. Je tremble de peur, la sueur perlant sur ma peau, tandis que l'angoisse m'envahit, palpable et oppressante.

— S'il te plaît, je me suis déjà excusée, lui dis-je. J'ai découvert que celui qui me harcèle depuis des semaines n'est autre que le frère de ma meilleure amie… d'une certaine manière… j'ai eu peur. Mets-toi à ma place.

— Et toi ? rétorque-t-il, la voix chargée d'une colère contenue. T'es-tu mise à ma place ? Quel sentiment crois-tu que j'aie ressenti lorsque celle que j'aime m'a blessé en plein cœur ?

— Tu plaisantes ?

— J'ai l'air de plaisanter, là ? s'énerve-t-il, ce qui me fait reculer de deux pas.

Tout le monde a un ego, et je sais que je dois le flatter pour apaiser la tension. En vérité, j'aime rarement son attitude, encore moins dans ces moments de colère.

— Non. Bien sûr que non. Et Lucie ? Demandé-je pour changer de sujet. Elle doit…

— Oui, me coupe-t-il. Elle s'inquiète, mais j'ai tout réglé, m'annonce-t-il, visiblement plus serein. Tu m'as impressionné. Jamais je n'aurais pensé à ta collègue Lucie pour ta belle planque. C'est ça que j'aime chez toi, Luciole. Quand tu m'aimeras, je me mettrai à genoux chaque heure de chaque jour.

— Attends, tu as tout réglé ? Comme ça ?

— As-tu entendu ce que je viens de te dire ? me demande-t-il.

— Oui, mais je veux que tu répondes à ma question, pour une fois.

— Oui, c'est moi qui ai pris sa déposition te concernant. Comme un policier inquiet, parce que c'est la meilleure amie de ma petite sœur qui s'est fait enlever. Je me suis donné un rôle flatteur. Je me suis arraché les cheveux dans un accès de panique, frappant la table lorsque je me voyais t'endormir et te porter dans mes bras. Ils n'y ont vu que du feu. J'ai assuré qu'on te retrouverait saine et sauve. J'ai dit que, d'après tout ce que je savais de tes témoignages, c' était juste un homme fou d'amour, obsédé par une nana et qu'il ne te fera rien.

— Tu es vraiment un malade.

— Oui, malade de toi, rétorque-t-il.

— Et mes parents ? Ils…

— Non. J'ai fait semblant de les appeler, ils ne savent pas. Et, comme Stécy sait que c'est moi, elle ne dira rien.

— Putain !

Il est douloureux de se sentir trahie par sa meilleure amie. En fait, c'est un sentiment que je n'aurais jamais imaginé ressentir un jour.

— Et tu crois vraiment que je ne vais rien dire lorsque je sortirai d'ici, avant que ton chronomètre de merde n'expire ?

— Non, tu ne diras rien, je le sais.

Je ne saurais dire s'il parvient à éveiller ma folie, mais j'éclate de rire, et il semble apprécier ça. Pourtant, je pense plutôt que ce sont mes nerfs et l'adrénaline qui me font réagir ainsi.

— N'en sois pas si certain, Michel-Ange. Je ferai tout pour t'enfermer !

— J'ai hâte que tu essaies, alors.

— Tu es vraiment tordu, comme mec.

— C'est ce que tu finiras par aimer, Luciole. Je m'amuse, et je réussirai à faire ressortir ton côté sombre, ta folie, afin que tu puisses nous aimer.

Mes dents s'enfoncent dans ma lèvre avant que je ne prononce une connerie. J'étais sur le point de lui dire que je ne l'aime pas, mais je ne veux pas envenimer la situation.

— Qu'est-ce qui te fait croire que je tomberai amoureuse de toi ?

— Mais, Luciole, tu l'es déjà sans même t'en rendre compte.

— Quoi ? rétorqué-je avec sarcasme. Je ne suis pas amoureuse de toi, crois-moi.

Je l'ai dit, c'est sorti tout seul. Je me mords à nouveau la lèvre avec regret.

— Tu as bien gardé le secret sur mon identité pour ton amie Lucie, n'est-ce pas ?

Là, il touche un point sensible.

— C'est parce que j'avais peur que tu lui fasses du mal ! Ce n'est pas par amour, et surtout, je pensais à Geyden. Lui n'y est pour rien.

— Peut-être, mais c'est aussi parce que tu ressens quelque chose pour moi.

— Non.

Il éclate de rire encore une fois, un son qui me fait frissonner.

— J'aime ta naïveté, elle te rend magnifique.

— Je ne suis pas naïve. Je suis réaliste.

Une vague de frustration m'envahit, mêlée à une étrange chaleur dans ma poitrine, un cocktail d'énervement et de déni. Chaque mot qu'il prononce semble jouer sur mes émotions, ressuscitant des sentiments que je préférerais annihiler.

— Si tu le dis, répond-il. Bon, nous allons commencer, Luciole. Avance vers la sortie.

Je déglutis, mon rythme cardiaque s'accélérant brusquement, et le froid mordant me parcourt à nouveau la peau. Je n'ai qu'à sortir d'ici, et tout sera fini. Tout. Mais l'angoisse de ce qui m'attend à l'extérieur me paralyse. Chaque pas me rapproche d'une incertitude que je crains de confronter.

Chapitre quarante-huit

Je sors lentement de la pièce, me retrouvant à l'extérieur, où un ciel noir m'accueille. Une odeur terreuse s'élève, mélange de pluie et de terre, rendant l'air encore plus frais que d'habitude. Je resserre mes bras autour de moi, revêtue seulement de ma tenue de travail : une robe à manches longues ; mais elle est fine. Si son but c'est que je me gèle, il va gagner.

À mes côtés, de la lumière rouge jaillit des lampadaires, révélant un long chemin fait de chaume, à la hauteur extravagante, plongé dans une lueur terrifiante. Le feuillage bruisse au rythme du vent, créant une ambiance à la fois magique et inquiétante. *Mon Dieu !* Je scrute les environs, repérant trois entrées illuminées elles aussi d'une lueur écarlate. Je m'approche de l'un des murs naturels, mon cœur tambourinant dans ma poitrine. Une vague de joie mêlée à l'adrénaline m'envahit. Je peux m'enfuir !

Brusquement, je me précipite vers les chaumes. Je tends le bras pour passer entre les tiges, mais une douleur fulgurante me frappe la main, accompagnée d'étincelles.

Sur le coup, je ne comprends pas. Je retiens un hurlement et retire précipitamment mon bras, le choc de la décharge électrique me laissant sous le coup de la surprise. *Putain !*

— Tu n'as vraiment pas pensé que j'aurais installé un labyrinthe de maïs sans prendre des précautions contre une éventuelle évasion

? dit-il dans mon dos, sa voix trafiquée teintée d'un amusement malicieux.

Je fais volte-face, frissonnant en l'entendant, et découvre sa silhouette à moitié plongée dans l'ombre, illuminée par le lampadaire juste derrière lui. Il est comme je l'ai toujours connu : vêtu d'un blouson en cuir noir, son sweat à capuche rabattu sur la tête et son masque de Michel-Ange dissimulant son visage. Un frisson d'effroi me parcourt, à la fois familier et terrifiant, alors que l'angoisse se mêle à la rage, me faisant trembler intérieurement.

— Mais ça fait mal !

— Ce n'est qu'un peu de volts, m'informe-t-il d'un ton calme. À peine 2 milles. C'est la surprise qui t'a fait souffrir davantage ; en réalité, tu n'as ressenti qu'une légère piqûre. Je ne suis pas un monstre, Luciole.

— Mais tu es malade !

Michel-Ange incline la tête sur le côté, les mains enfoncées dans ses poches, puis fait un pas en avant pour saisir un petit pot. Lorsqu'il en soulève le couvercle, un sentiment d'appréhension m'envahit. Ce n'est autre que sa maudite peinture fluorescente, qui dégage une odeur pestilentielle, celle-là même que j'avais eu tant de mal à faire partir.

— Non, tu ne vas pas recommencer, lui dis-je, secouant la tête tout en reculant.

— Oh, que si ! Mais je te rassure, ce n'est pas pour l'étape du labyrinthe, c'est pour celle d'après.

— Je vais mourir de froid !

À nouveau, il se penche et je réalise qu'il a posé à ses pieds un sac à dos. Le zip résonne lorsqu'il l'ouvre, et il en sort un vêtement blanc et épais. Il me le jette, m'ordonnant de le mettre en ajoutant qu'il n'est pas con. Je l'enfile immédiatement, ressentant la chaleur qui m'envahit presque instantanément, un soupir de soulagement m'échappant.

Mais je n'ai pas le temps de profiter de cette chaleur qu'il projette sa substance verte sur moi, me recouvrant cette fois entièrement. Ses éclaboussures sont bien plus importantes que la dernière fois. Au contact de la matière glacée, je lâche un juron, fermant les yeux, les bras écartés. Je retiens mon souffle par crainte que le produit malodorant ne pénètre dans ma bouche, tandis que lui éclate de rire en me scrutant de la tête aux pieds.

— Tu es vraiment magnifique, le plus beau des insectes lumineux.

De mes mains, j'enlève au maximum la peinture sur mes yeux et me tourne vers lui pour le sermonner.

— Mais, ça ne va pas ? vociféré-je, me secouant de toutes mes forces pour me débarrasser de cette substance. Il fait super froid ! Pourquoi me recouvres-tu de cette merde ?

— Comme la dernière fois, ma luciole, m'annonce-t-il calmement. Mais cette fois-ci, c'est ma forêt qui t'entoure, et tu vas devoir essayer de te cacher de moi.

— Attends… attends ! Je croyais que, si je parvenais à sortir d'ici avant que le chronomètre ne sonne, je serais libre ?

— Oui, mais tu as une autre épreuve après.

Je le dévisage, me sentant trahie une fois de plus. Est-ce qu'il me ment ? Une irrésistible envie de l'étrangler ou de le poignarder m'envahit. Il me suffirait de plonger ma main dans la poche de mon uniforme pour que cela soit fait.

— Va te faire foutre !

— Je te l'ai déjà dit, je n'attends que ça, me répond-il avec un humour glacial.

— Tu ne vas vraiment pas bien, toi. Et pourquoi ne retires-tu pas ton masque ? Je sais qui tu es : David dans le corps de Geyden.

— Parce que c'est notre petit jeu à nous deux. Allez, prépare-toi à commencer, dit-il en sortant son portable, éclairant son visage en plastique qui commence à montrer des signes d'usure.

Une question me traverse l'esprit :

— Pourquoi ce masque ?

Il lève la tête, faisant frissonner quelque chose en moi à cause de l'éclairage faible de l'écran de son smartphone, qui lui confère un air terrifiant, comme un mannequin de magasin pris d'un souffle de vie.

— Il traînait dans le grenier de mon grand-père. Je ne sais pas... Je l'ai vu et je l'ai mis, sans vraiment réfléchir à la raison.

— Sérieux ? dis-je avec étonnement, presque incrédule. Ça n'a même pas de rapport direct avec cet homme qui porte le même prénom que toi ? David ? Mais lui, il a vaincu le géant Goliath, tandis que toi, tu es un malade mental, un personnage que le cerveau d'un enfant traumatisé a créé pour l'aider à surmonter la réalité.

Sans qu'il ne le voie, je retiens ma respiration, sentant les battements frénétiques de mon cœur pulser à la tempe. Je regrette mes mots, d'autant plus qu'il me dévisage en silence, immobile. Je peux voir ses doigts se crisper autour de son téléphone, et la peur commence à me faire trembler.

— Cours, lâche-t-il enfin d'une voix sèche, bien que trafiquée.

C'est cette pensée qui me fait paniquer, et la situation devient encore plus angoissante lorsque le compte à rebours retentit à travers les haut-parleurs à l'extérieur, résonnant dans un écho terrifiant.

Sans réfléchir, je fais volte-face, le cœur battant la chamade, balayant du regard les trois entrées avant de choisir celle du milieu et de courir à l'intérieur, m'enfonçant dans l'inconnu. Heureusement, il a pensé à éclairer les chemins.

En me dirigeant vers un endroit que je ne connais pas, les chiffres défilent à une vitesse folle, partant de 1000. Si j'ai bien compris, je dois sortir d'ici avant la fin du décompte. J'ai du temps, mais d'un autre côté, je ne peux pas me permettre de le gaspiller. Les paroles blessantes résonnent encore dans ma tête, et mon ventre se noue à l'idée de découvrir sa nouvelle punition. *Mon Dieu !* Parfois je devrais réfléchir avant de parler.

Je m'arrête brusquement en me retrouvant face à deux chemins. Lequel choisir ? À droite ou à gauche ? *Putain !*

Face à l'urgence de la situation, je reprends ma course en tournant à gauche. Mais soudain, mes pieds glissent sur quelque chose, et je tombe de tout mon poids, la tête la première dans la terre humide et froide. Je me retrouve couverte de boue, si bien que mon visage et mon corps s'en trouvent entachés. *Génial !* Un véritable bain de boue pour la peau, quelle ironie ! *Connard !*

Je me force à me relever, les muscles engourdis, et je regarde mes pieds pour découvrir un fil très fin. *Connard.*

Je continue en tournant à gauche, puis à droite, et encore à gauche, mais je me retrouve rapidement dans un cul-de-sac.

— Putain ! hurlé-je, ma frustration explosant comme une bulle de savon.

Son rire éclatant résonne à travers les haut-parleurs dans un grésillement sinistre qui me fait comprendre qu'il m'a entendu, ou vu... Probablement les deux. C'est tellement déstabilisant qu'il puisse me voir malgré la nuit noire.

— Fais vite, ma luciole, dit-il d'un ton amusé. Le décompte est à 856, et ça va arriver à la fin plus vite que tu ne le penses. Tu sais ce qui t'attend ?

— Oui, ta mort, murmuré-je, n'ayant pas le cran de le dire plus fort.

— Tu sais que je peux lire sur les lèvres ? me lance-t-il tandis qu'un frisson me parcourt.

— Alors va te faire foutre, mimé-je, levant le regard vers le vide, espérant qu'il puisse me voir.

— Je n'ai pas besoin que tu le répètes, Luciole. Tu sais bien ce que je veux quand tu me dis ça.

C'est clair.

Et dire qu'à cette heure-ci, je devrais être dans le lit de Lucie, confortablement enroulée dans des draps chauds. Je sens la tension monter alors que je continue à avancer, me battant contre le désespoir qui menace d'engloutir mes pensées.

Il m'encourage, sa voix moqueuse résonnant dans l'air, un son qui me fait frémir. Il est vraiment cinglé !

Je décide de prendre le chemin de gauche, m'enfermant dans le souvenir amer de cet anniversaire où je l'ai embrassé. Si je ne l'avais pas fait, rien de tout cela ne se serait produit. Il ne m'aurait pas harcelée, je n'aurais pas découvert le trouble mental qui ronge Geyden ni le secret terrifiant de son enfance. Je n'aurais pas couché avec eux deux ni connu cette substance répugnante. Et je n'aurais pas vu cette horreur : lui, enfonçant une lame dans sa main, remontant le long de son bras avec une froideur déconcertante.

Je m'arrête net, essoufflée, réalisant que je n'ai pas vu de bandage. Mais je n'ai pas vraiment eu le temps de regarder.

— Que se passe-t-il ? me demande-t-il, me faisant sursauter par surprise. Tu laisses tomber ?

— Ah non ! m'exclamé-je en riant, secouant la tête avant de poursuivre.

— Hmm, j'ai cru. Mais n'oublie pas que le chronomètre indique 636, 635, 634, Luciole. Ça arrive plus vite que tu ne le crois.

Tout en serrant les mâchoires, je reprends ma course, bien que mon corps commence à faiblir. Je me retrouve face à trois chemins. *Putain !*

Mon cœur cogne contre ma cage thoracique, et mes poumons semblent sur le point de rendre leur dernier souffle. Je me plie en avant, essayant de reprendre un peu de force.

Putain ! Que faire ? Droite, centre, gauche ? Lequel choisir ?

Le stress m'envahit alors que je balaie les options, l'angoisse et la pression me submergeant, me laissant dans une profonde confusion.

Je les examine tour à tour, consciente que, si je me trompe, je devrai revenir en arrière et tout recommencer. Une seconde erreur et je perdrais un temps précieux. *Ce type est vraiment un sadique !*

Je ferme les yeux, lève le bras et le dirige au hasard. Lorsque je les ouvrirai, je prendrai le chemin qu'il m'indique. La sueur dégouline le long de mon visage, ou peut-être est-ce la peinture mélangée à la terre qui s'écoule. Quoi qu'il en soit, je commence à ressentir la chaleur monter, alimentée par cette course contre la montre et l'adrénaline qui pulse dans mes veines.

Quand j'ouvre les yeux, je réalise que mon index désigne le chemin de droite. Sans hésiter, je fonce dans cette direction et cours sans m'arrêter, cherchant à repérer d'éventuels obstacles. Jusqu'à présent, je n'en ai rencontré qu'un seul, ce qui me semble bizarre compte tenu du chemin que j'ai parcouru. *Petit menteur !*

Chapitre quarante-neuf

Qui aurait cru qu'un jour, je me retrouverais à courir dans un labyrinthe pour prouver à un homme que nous ne sommes pas faits pour être ensemble ? Et que cet homme aurait l'audace d'ajouter un chronomètre, pour pimenter les choses, jouer avec mes nerfs et me pousser dans mes retranchements ? Si je ne réussis pas à sortir d'ici avant la fin du décompte, je serai à lui.

Franchement, jamais je n'aurais imaginé être dans une telle situation. Si on m'avait prédit cela, j'aurais ri aux éclats.

Je suis à bout de souffle, épuisée, mais je cours à toute vitesse dans ce maudit labyrinthe de maïs. Pour la période d'Halloween, c'est presque ironique d'absurdité. *Ce serait parfait comme attraction !*

Je bifurque à droite lorsqu'un projectile passe au-dessus de ma tête. Il ne me touche pas, mais je sens qu'il me frôle. En me retournant pour vérifier, mon cœur rate plusieurs battements en découvrant une hache plantée dans le sol à quelques pas de moi. *Quoi ?* Une sueur froide dégouline le long de mon dos.

— C'était de justesse, Luciole ! me lance-t-il à travers le haut-parleur juste au-dessus de ma tête.

J'incline la tête, abasourdie et surtout en colère.

— Tu es un putain de cinglé ! hurlé-je.

Mais il éclate de rire, et cela me donne encore plus la chair de poule.

— Tu crois vraiment qu'elle t'aurait touché ? Que je l'aurais laissé te blesser ? me demande-t-il, sa voix emplie d'étonnement. Je t'aime, Luciole ! Si tu meurs, ma vie n'aura plus de sens. C'est juste un jeu. Vois ça comme un Escape Game.

Je t'aime Luciole ? Qu'est-ce qui ne faut pas entendre, sérieusement.

— Tu dois vraiment te faire soigner !

— Alors, sois mon antidote, rétorque-t-il fièrement.

— Pour ça, tu peux toujours rêver ! je crache, une rage sourde grondant en moi.

Il rit avant de me dire que le décompte est à 220. Mon cœur bondit dans ma poitrine et la panique prend le dessus. C'est bientôt la fin, et je ne suis toujours pas sortie d'ici. *Merde, merde !*

Je reprends ma course, l'angoisse me submerge à l'idée de ne pas sortir avant la fin du décompte. Le temps a filé à une vitesse incroyable, laissant derrière lui une montée de pression insupportable. Je dois réussir, et lui foutre mon poing dans le visage, même si cela implique de frapper Geyden également.

Je me rappelle un instant qu'il souffre aussi. Qu'il a été kidnappé et a dû créer des alters pour supporter cette vie misérable, entouré de ces deux imbéciles de ravisseurs.

Michel-Ange mérite peut-être d'être frappé, mais pas Geyden.

Soudain, mes yeux s'écarquillent lorsque je vois la sortie apparaître au loin. Je ralentis ma cadence, scrutant les environs pour être sûre de ne pas me faire d'illusions. *Putain !*

Je ne trompe pas. L'adrénaline reprend alors le dessus et je me mets à sprinter de toutes mes forces. Une joie naît en moi, un sourire illumine mon visage ; je suis fière de moi, tandis que la victoire s'approche de plus en plus. *J'ai réussi ! J'ai réussi !*

Soudain, un bruit métallique se fait entendre, comme celui d'un portail en fer, et brusquement, la sortie s'efface sous les yeux. *Quoi ? Non, non !*

Je m'arrête net, évitant de justesse de me le prendre en pleine face. Cette porte n'est pas faite de chaume, elle est en fer de couleur verte.

Je recule, essoufflée et déconcertée, alors que les battements de mon cœur se répercutent dans mon crâne, rendant la réflexion difficile. Je scrute les alentours, perdue. Puis, une alarme résonne, semblable à un cri annonçant le début d'une guerre. Je suis recouverte par une lumière rouge vif, comme si la terre saignait pour moi.

Je comprends enfin que le compte à rebours est terminé. *Putain !*

— Enfoiré ! crié-je de toutes mes forces. Laisse-moi partir !

Mais il ne répond rien, laissant, comme seule réponse, l'alarme agresser mes tympans.

— Tu as triché ! J'étais sur le point de gagner ! Laisse-moi sortir, s'il te plaît !

À ma grande surprise, le même bruit métallique retentit, mais, cette fois, le portail s'ouvre, très lentement.

Je n'en reviens pas ; il me laisse vraiment partir ?

Je m'avance, passant dans l'embrasure, mais je suis saisie avec force, la peur me traversant, et je lâche un cri avant d'être poussée contre le portail, qui résonne dans un bruit sourd. Je lève les yeux et découvre une grande silhouette imposante.

Mon souffle se bloque lorsque je reconnais le visage de Geyden, même si les yeux qui me dévisagent ne sont pas les siens, mais ceux de Michel-Ange ; il a retiré son masque.

Je suis sur le point de lever le bras pour lui asséner une gifle, mais il intercepte mon mouvement avant que je puisse frapper.

— Laisse-moi partir ! vociféré-je, ma voix tremblante de désespoir. Tu ne te bats pas à la loyale ! Il y a tricherie !

— Avec moi, il y aura toujours de la triche, rétorque-t-il, arborant un sourire énigmatique qui me donne la nausée.

— Va mourir ! craché-je, tentant de le foudroyer du regard, comme si cela pouvait réellement l'atteindre.

— Tu me rends fou, tu m'obsèdes, dit-il en approchant son visage.

Sa main vient caresser ma joue. Je repousse son geste immédiatement.

— Tu me fais perdre tout contrôle...

— Tais-toi !

— Tu pensais vraiment que j'allais te laisser partir sans rien faire, Luciole ? Je ne peux pas imaginer ma vie sans toi.

— Tu vas devoir, répliqué-je froidement. Je ne veux pas de toi.

Mais il semble ignorer mes paroles, comme s'il était pris dans un monologue intérieur.

— Non, tant que je vivrai, jamais je ne te laisserai partir. Jamais. Tu m'entends ?

Je m'arrête de gesticuler et l'observe attentivement, une angoisse grandissante me serrant la poitrine. Je déglutis et mes mains commencent à trembler de peur. Discrètement, je plonge ma main dans ma poche et serre mon couteau suisse, qu'il n'a même pas remarqué.

— Pourquoi tu me fais ça ? demandé-je d'une voix étouffée par l'émotion.

— Parce que tu nous appartiens, Amber Johnson.

— Tu ne peux pas forcer quelqu'un à aimer, ça ne se fait pas !

— Pour te libérer de mon emprise, tu devras me tuer, souffle-t-il tandis que nos lèvres sont maintenant à quelques centimètres l'une de l'autre.

Je retiens mon souffle, un frisson de terreur parcourant mon corps. C'est comme s'il savait depuis le début et qu'il attendait ce moment précis. La peur m'envahit, mais, sans vraiment le vouloir, je sors mon couteau, appuyant sur le petit bouton qui fait sortir la lame de sa cachette.

— OK, lui dis-je, tremblante.

D'un mouvement rapide, je plante la lame dans son abdomen, retenant ma respiration alors qu'il sursaute. L'expression de surprise sur son visage est rapidement remplacée par la peur.

— Il faut toujours fouiller les poches des femmes, m'exclamé-je d'un ton déterminé.

Michel-Ange baisse la tête, puis recule, me regardant à nouveau avec une vulnérabilité troublante alors qu'il murmure :

— Luciole…

Je déglutis, mon cœur battant à tout rompre, puis je me mets à courir dans l'obscurité, perdue et désorientée. J'entends son gémissement de douleur, suivi de mon surnom hurlé dans l'air, résonnant en moi comme un écho d'angoisse. Je suis tiraillée, désireuse de retourner vers lui, mais je me force à fuir. Je dois quitter cet endroit, cette forêt… *Putain !*

Chapitre cinquante

Je vais faire une crise cardiaque !

Je cours à travers les arbres, perdue dans l'obscurité oppressante de la nuit, où la lune peine à percer les nuages lourds de pluie. Le vent frais s'engouffre à travers les branches, murmurant des secrets effrayants. Chaque pas est une torture. Je suis essoufflée, le cœur battant à tout rompre, à deux doigts de vomir.

Je grimace, le souvenir de mon couteau planté dans l'abdomen de ce pauvre Geyden me hante. Certes, à ce moment-là, ce n'était pas lui, mais c'est son corps. L'image de la chair qui se fend sous la lame me revient en mémoire, avec ses yeux écarquillés de surprise et ses traits déformés par l'incrédulité.

Chaque détail de ce souvenir m'écrase un peu plus : l'odeur métallique du sang, le frisson de l'adrénaline qui m'a traversé, rappelant à quel point la frontière entre l'amour et la haine est fragile. Dans ce labyrinthe de bois, où les ombres semblent se mouvoir, je me sens perdue, poursuivie à la fois par les souvenirs et par mes propres démons.

Je trébuche, ma tête heurtant une racine, et une douleur fulgurante envahit mon crâne. Une plainte s'échappe de mes lèvres alors que je serre la terre froide et humide entre mes doigts. Je reste là quelques secondes, submergée par l'angoisse, le souffle court, tentant de retrouver mes esprits avant de me forcer à me relever, la détermination m'animant.

Un frisson glacé me parcourt lorsque j'entends un craquement derrière moi. Mon corps se fige, je retiens mon souffle, les battements frénétiques de mes tempes résonnent dans mes oreilles. Le silence oppressant s'intensifie, et je rassemble tout mon courage pour me retourner brusquement, prête à affronter une silhouette. Mais il n'y a rien, hormis cette forêt qui m'enserre et me tourmente. *Oh mon Dieu !*

Déterminée, je reprends ma course. Il est impératif que je ne reste pas ici ; je dois m'échapper loin de lui.

Malgré le froid glacial de la nuit, une chaleur inexplicable monte en moi, un tourbillon de peur et d'adrénaline qui m'enveloppe, créant une tempête d'émotions écrasantes.

Mes pupilles s'écarquillent en apercevant une lumière scintillante au loin. Cela me fait ralentir, l'angoisse serrant mon ventre comme un étau, mais je fais un pas en avant, me forçant à avancer.

Une maison immense et luxueuse se dessine devant moi, ses contours s'éclaircissant sous le halo doré des lumières extérieures. Je presse le pas, impatiente d'avertir quiconque pourrait m'aider. Devrais-je appeler la police ? *Mon Dieu !*

Un sourire fend mes lèvres, chassant un instant ma peur, alors que la demeure se rapproche. Mais je m'arrête net en réalisant à qui elle appartient. Mon cœur s'emballe à cette révélation. *Non, pas lui !*

Je n'y suis venue que deux fois, mais je reconnais cette maison, même plongée sous le voile d'obscurité de la nuit. C'est celle de Geyden.

Il ne fait aucun doute que les Rodriguez sont riches. Au centre de l'allée, son imposant pick-up noir, un Ford F-150, brille sous la lumière, une véritable bête de route, à la fois intimidante et magnifique. Je frisonne à l'idée et de pouvoir m'enfuir. Priant pour qu'elle soit déverrouillée, je me précipite vers la voiture. Si la maison est éclairée, cela peut signifier qu'il y a des gens à l'intérieur. Peut-être ses parents, ou sa sœur... L'idée de les voir me plonge dans une angoisse profonde.

Arrivée devant la portière, je tire la poignée ; comme par magie, elle s'ouvre et un frisson de soulagement m'envahit. La liberté semble à portée de main, même si c'est la voiture de Geyden qui m'offre cette échappatoire.

Je grimpe à l'intérieur, mais ma joie s'évanouit instantanément en réalisant, avec effroi, qu'il n'y a pas de clés sur le contact. La panique s'insinue en moi, une boule d'angoisse se formant dans ma gorge. Je regarde l'intérieur de la voiture, mon rythme cardiaque se hâtant, ma frustration montant en flèche. En silence, je maudis la situation jusqu'à ce que je découvre finalement les clés, soigneusement dissimulées dans le pare-soleil, comme mon père avait l'habitude de le faire. *Dieu merci !*

En parlant de mes parents, ils prévoient de rentrer dans deux jours, et je sais qu'ils n'ont aucune idée de ce qui m'est arrivé. L'angoisse m'étreint à l'idée qu'à leur retour, ils découvriront la vérité, et cela ne sera pas la joie. Je ne pourrai pas leur cacher ça indéfiniment. La ville doit être au courant, non ? Même si Michel-Ange a prétendu avoir tout fait pour que cela reste discret, je doute sérieusement de l'efficacité de son plan.

Les émotions tourbillonnent en moi, un mélange de peur et de culpabilité. D'une main tremblante, je mets le contact et jette un regard déterminé devant moi, observant les phares de la voiture percer l'obscurité oppressante de la forêt dont je viens tout juste de sortir.

Soudain, un cri se bloque dans ma gorge. Une silhouette émerge des arbres, avançant lentement, légèrement courbée vers l'avant. Mon cœur s'emballe soudain en apercevant une main tenant son ventre. De là où je me trouve, je remarque qu'elle est tachée de rouge et recouverte de sang. Une vague de panique m'envahit, me glaçant sur place.

Pauvre Geyden.

Ce constat me brise, des larmes me montent aux yeux, et je me demande : est-ce Geyden ou David ?

Il se déplace, et lorsqu'il lève la tête, mon corps tressaille. C'est Michel-Ange ! Je le sais, car il porte à nouveau son masque. *Mon Dieu.*

Je démarre, et sans même m'en rendre compte, j'appuie sur l'accélérateur. Le rugissement du moteur résonne comme un animal en furie, brisant le silence de la nuit et tentant d'intimider mon adversaire. Mais cela ne fonctionne pas. Michel-Ange continue d'approcher, imperturbable.

Je relance l'accélérateur, mais rien. Je le presse encore et encore, désespérément, alors qu'il marche faiblement vers moi, ses yeux scrutant à travers le plastique de son masque. La crainte me submerge, une vague de terreur et de confusion m'enveloppe. Ce comportement ne semble pas le déstabiliser, et il n'a manifestement pas peur de moi. *Mon Dieu !*

— Tu es vraiment fou, Michel-Ange ! hurlé-je, serrant le volant entre mes mains, tremblant de tout mon être alors que l'effroi et la nervosité me rattrapent.

Soudain, un bip suivi d'un grésillement résonne autour de moi, semblant évoquer le bruit d'un micro qu'on vient d'allumer. Un souvenir remonte à ma mémoire : lorsque Geyden m'avait emmenée à l'hôpital, il m'avait confié avoir installé un dictaphone dans sa voiture, relié à un haut-parleur sur le toit.

Il m'avait expliqué qu'il suffisait d'appuyer sur le bouton où se trouve mon pouce et de parler. À présent, alors que je réalise l'ampleur de ses mots, une marée d'angoisse m'envahit. Je prends une profonde inspiration, une larme s'échappant sans prévenir pour ruisseler sur ma joue. En expirant, je sens la pression monter, et je comprends avec une certitude glaciale que le micro est bel et bien allumé.

— Arrête-toi, dis-je d'une voix nouée, presque suppliante, l'angoisse rendant mes mots tremblants.

J'avale ma salive, tentant de me ressaisir, et je m'éclaircis la gorge pour parler plus fermement cette fois-ci :

— Je t'ai dit de t'arrêter.

Mais ce malade ne m'écoute pas ; il avance encore.

— Si tu ne t'arrêtes pas, Michel-Ange...

Je cesse de parler, mordant ma lèvre, consciente des implications de ce que je m'apprête à lui dire.

— Je t'écraserai.

À ma grande surprise, il se fige, inclinant la tête sur le côté comme s'il contemplait une curiosité fascinante. D'un mouvement rapide, il plonge sa main non ensanglantée dans la poche de son blouson et en sort un objet noir qu'il place devant sa mâchoire.

— Fais-le.

Je sursaute et hurle, réalisant que sa voix s'échappe des haut-parleurs de la voiture. J'ai cru qu'il était juste à mes côtés !

Il éclate de rire, mais ce n'est pas le même son que d'habitude. Celui-ci est plus sombre et plus profond, il évoque une lourde menace. Une peur glaciale s'empare de moi, me serrant le cœur. Il y a quelque chose d'inquiétant et de troublant en lui, quelque chose qui me terrifie vraiment.

— Je te mets au défi de m'écraser, poursuit-il avec une pointe d'amusement malsain.

Je reste figée, enveloppée par la peur qui m'accable comme une vague gelée. Il remarque mon immobilité et range son appareil, mais dans un mouvement rapide, il sort mon couteau suisse.

Mes yeux s'écarquillent, l'adrénaline montant en flèche dans mes veines, enflant en moi une crainte inexplicable.

Sans réfléchir, j'enclenche la première vitesse et écrase l'accélérateur. Le Ford s'élance brutalement, un cri de surprise échappant de mes lèvres alors que je lâche la pédale pendant quelques secondes, ma poitrine se soulevant au rythme des palpitations dans ma cage thoracique.

Il réalise que je suis déterminée et, dans un élan instinctif, Michel-Ange abandonne mon couteau pour se retourner et courir dans l'autre sens.

Je ne le quitte pas des yeux en passant à la deuxième vitesse. Je le vois tourner à droite de manière brusque. Perturbée par ce changement inattendu, je freine violemment, laissant échapper un cri de rage qui résonne dans l'habitacle, mes émotions débordant sans contrôle.

Le signal sonore de la voiture retentit, me rappelant que je n'ai pas mis ma ceinture de sécurité, mais je me fiche de cela. J'appuie à nouveau sur l'accélérateur, le repérant un peu plus loin. À peine le temps de freiner et de faire demi-tour qu'il a déjà pris de l'avance.

À cet instant, je réalise que Geyden est bien entraîné ; il court avec agilité, tel un lapin fuyant le danger.

J'accélère, m'enfonçant dans le siège, mes mains serrées sur le volant, les yeux fixés sur sa silhouette qui s'éloigne. Un tourbillon de pensées envahit mon esprit tandis qu'une question me taraude : suis-je réellement capable de tuer un homme ? Non, je veux juste lui faire peur, le forcer à sortir définitivement de ma vie.

Puis, tout à coup, un cri désespéré s'échappe de mes lèvres alors que je réalise qu'il est tombé dans le vide, au bord d'une falaise. Mon cœur se serre d'angoisse. La voiture s'immobilise à quelques centimètres du bord de l'abîme, et je reste figée, tremblante. Une bile amère remonte dans mon œsophage, et je me mets à vomir sur le siège passager, submergée par une panique incontrôlable.

Je lutte pour respirer, un vertige horrifiant m'envahissant à l'idée que j'ai peut-être blessé Geyden. Une peur paralysante me saisit.

Je dois partir.

Je recule et je fais demi-tour, me dirigeant vers la route que nous avons frôlée quelques instants auparavant.

Non, non, non, non, non, non, non !

J'ai involontairement tué un homme ! Geyden ! *Mon Dieu !*

— Geyden ! Geyden ! Les mots se bousculent sur mes lèvres, tels des cris désespérés résonnant dans l'air, emplis d'une panique dévorante. La réalisation de cet acte atroce tinte dans ma tête, m'assourdissant. Mon cœur bat si fort que je crains qu'il n'explose, tandis que des larmes de frustration et de chagrin commencent à ruisseler sur mes joues.

Le monde autour de moi devient flou, et chaque pas est un combat acharné contre l'angoisse qui menace de me tirer vers le fond. Je ne peux plus penser clairement. Je dois fuir cette horreur.

Chapitre cinquante-et-un

Je suis glacée, mes vêtements sont complètement trempés. J'aurais tant souhaité remonter cette rue dans la voiture de Geyden, mais elle lui appartient. Mes empreintes sont partout, un souvenir indélébile de ma présence. J'ai dû me résoudre à la laisser là, de l'autre côté de Boston, tentant désespérément d'effacer ma trace avec les manches du pull. *Quelle erreur !*

J'ai mis de la peinture et de la terre partout, rendant la situation encore plus catastrophique. Je suis foutue, au bord du désespoir, persuadée que je finirai mes jours derrière les barreaux. *Qui croira que c'est Geyden le coupable ?* Personne.

Ses coéquipiers, savent-ils à quel point il est dangereux ? Je n'en suis pas certaine.

À Salem, personne ne semble se douter de sa véritable nature, alors à Boston, peuplée de 692 600 âmes, c'est forcément passé inaperçu. La famille Rodriguez est redoutée et dotée d'une grande influence ; personne n'ose chercher la petite bête avec eux. Ils jouissent d'un respect indéniable ici, tout comme à Salem.

Et puis, Annamaria, qui occupe un poste clé à la mairie de Boston, connaît un nombre incalculable de gens capables de faire taire quiconque en un instant, moi y compris. *Mon Dieu !* Pourquoi ai-je embrassé cet homme masqué ?

Si je n'avais pas cédé à cette impulsion, tout cela ne serait pas arrivé. En cet instant, je pourrais être tranquillement blottie dans mon lit, à rêver de la soirée d'Halloween qui approche à grands pas.

Mon cœur se serre à la pensée de Kate. Serait-elle encore en vie si je n'avais pas embrassé Michel-Ange ? Existe-t-il un lien entre ces événements tragiques ? Je n'ai même pas eu l'occasion d'aller voir ses parents, à cause de ce fou dans mon dos. Son enterrement est dans deux jours. Elle ne sera plus jamais là, avec nous.

Bien que ma relation avec Stécy soit tendue, elle reste ma meilleure amie. Pourtant, elle m'a trompée depuis le début en sachant que son frère était impliqué dans toute cette affaire. Enfin, en partie, car ce n'est pas lui qui a manipulé mes émotions, mais Michel-Ange.

Et j'ai tué son frère. Cette pensée résonne dans mon esprit comme un sinistre refrain. Au fond de moi, je suis certaine qu'elle ne me pardonnera jamais ; c'est une vérité accablante. Si elle était chez elle au moment des événements, elle doit déjà être au courant. La police doit être en route, et me voilà, piégée ici à errer sans but dans les rues.

Des larmes silencieuses glissent le long de mes joues, m'aveuglant. Je n'avais même pas conscience que ma tristesse s'échapperait ainsi, mais la douleur m'engloutit comme une vague implacable, me laissant envisager le pire.

En plus, je ne passe absolument pas inaperçue, vêtue de cette boue collante et de cette maudite peinture fluorescente verte qui me couvre des pieds à la tête. Peu importe à quel point j'essaie de me faire discrète dans cette ville, je ressens tous ces regards accrochés à moi. Ça fait déjà deux heures que je marche, et il m'a semblé que chaque pas était accompagné d'une multitude d'yeux scrutateurs. Est-ce que je suis devenue un symbole de curiosité ou de pitié ? J'aimerais seulement qu'ils me prennent pour une sans-abri, une âme perdue.

Je lève légèrement la tête pour constater que le ciel s'est teinté d'un gris clair, et les rayons du soleil semblent lutter pour percer l'obscurité qui règne encore. Il y a quelque chose de paradoxal dans cette lutte entre la clarté naissante et mes propres ténèbres intérieures.

Je suis sans portable, sans sac, dépouillée des essentiels, et l'argent que j'ai en ma possession — un unique billet de cinquante dollars trouvé dans la boîte à gants de Geyden — ne suffira même pas à me sauver.

L'idée de retourner chez moi, de faire face à cette réalité insupportable, est bien trop douloureuse. Je me sens tellement vulnérable, perdue dans cette ville qui m'était familière, mais qui m'apparaît désormais comme un labyrinthe menaçant. Mon cœur est une cage frémissant d'angoisse, chaque battement rappelant ce que j'ai laissé derrière moi. La solitude m'écrase, et elle se mêle à la peur, à cette paranoïa dévorante de ce qui pourrait suivre. Je suis une ombre errante, hantée par mes choix, enfermée dans un tourbillon de regrets.

Si la police découvre que j'ai tué l'un des leurs, il ne fait aucun doute qu'ils viendront frapper à ma porte. Cette pensée me soulève le cœur. L'horreur de ce qui s'est passé me rattrape avec une force insoutenable, plongeant mon esprit dans un abîme de désespoir quand je repense à lui, tombant dans le vide. Mon estomac se contracte, vide et noué, alors que la réalité s'impose à moi : j'ai peut-être ôté la vie à un être humain, à cet homme qui a occupé une place spéciale dans mon cœur depuis mes années d'adolescente.

Cet homme, enfant, a été marqué par un traumatisme si profond qu'il a développé un trouble dissociatif de l'identité. Et l'un de ses alters est devenu obsédé par moi. Une vague de désespoir m'envahit, m'arrachant des frissons incontrôlables. Les souvenirs de ses rires et de ses sourires se heurtent à cette sinistre réalité, laissant sur ma langue un goût âcre de regret. Je me sens piégée dans un cauchemar sans fin, incapable de m'éveiller, prisonnière de mes propres émotions de tourmentes.

J'inspire profondément et expire lentement en bifurquant sur l'avenue du Cèdre jusqu'à ce que j'aperçoive enfin l'hôtel que je cherchais. C'est l'endroit le plus abordable de Boston, et avec ce pauvre billet, je peux tout juste me le permettre. Je me dis que je pourrai prendre une douche dans l'une de ces chambres, m'allonger sur un lit et me reposer, même si j'ai des doutes quant à ma capacité à trouver le sommeil. Je dois être forte, je dois vraiment me persuader que je ne l'ai pas tué ; c'est lui qui a sauté.

Devant l'hôtel, je fais un tour d'horizon pour observer un monde qui continue sa course effrénée, indifférent à mon désespoir. Puis, poussant la poignée, je pénètre à l'intérieur, accueillant avec soulagement une vague de chaleur qui enveloppe mon corps, accompagnée d'une odeur tenace de renfermé et de moisissures. Je grimace en voyant l'hôtesse d'accueil redressée derrière son comptoir, le nez plongé dans son portable. Elle mastique un chewing-gum, et, quand elle me voit, elle lève les sourcils avant d'éclater de rire, me laissant sur les nerfs. Quel manque de professionnalisme !

Je m'approche d'elle, mal à l'aise, et lui demande une chambre.

Elle continue de ricaner, comme si ma détresse était une source de divertissement. Finalement, elle me tend une clé en me lançant un sourire condescendant et m'indique où trouver la chambre.

Je la paie, soulagée de constater que la chambre ne coûte que trente dollars. Avec le reste de mon argent, je pourrais me permettre un petit en-cas. Je me dirige vers le distributeur, qui se trouve à quelques pas du guichet, et envisage de prendre un soda pétillant et une barre de céréales. Ce sera bien suffisant, du moins pour apaiser cette envie de vomir.

Je monte les escaliers, observant la peinture grise qui s'écaille par endroits, tandis que la moquette est marquée par des taches éparpillées dans tous les coins. Je ne dois vraiment pas avoir choisi le meilleur endroit pour me cacher, mais je n'ai pas d'autre option. Je dois me laver, me réchauffer. Je vais laver mes vêtements à la main, car je n'ai pas assez d'argent pour utiliser une laverie.

Je suis le chemin indiqué et finis par me retrouver devant la chambre qui m'est assignée. J'insère la clé qui peine à tourner correctement la première fois, mais qui cède finalement, et je découvre une minuscule pièce où le lit occupe presque tout l'espace. Il est bien fait, avec des draps couleur taupe, ainsi qu'une serviette usée, pliée et déposée dessus. Juste en face, un bureau abrite un carnet sur lequel sont griffonnés le code Wi-Fi et les numéros d'urgence.

Je prends une profonde inspiration. La chambre n'est pas glaciale, ce qui me rassure ; le chauffage fonctionne. La petite fenêtre face à l'entrée est couverte d'un épais rideau blanc cassé, qui semble soit être très vieux, soit n'être jamais lavé.

Je me dirige vers la salle de bain, aussi petite que la chambre elle-même. Si j'étais enceinte, j'aurais des doutes quant à ma capacité à y entrer. Les murs et le sol sont entièrement revêtus de carrelage blanc, et elle possède une douche.

Je m'appuie contre le lavabo et scrute le miroir, découvrant le reflet de cette horrible femme rousse, sale et négligée, couverte de peinture, de terre et de brindilles. Je n'avais même pas remarqué que des morceaux de branches étaient accrochés dans ma chevelure. *Quelle honte !* Je comprends mieux maintenant pourquoi la réceptionniste a éclaté de rire. Je suis véritablement affreuse.

De surcroît, mes yeux bouffis à cause des larmes et de la nuit blanche que je viens de passer n'arrangent rien. Je retire immédiatement mes vêtements et me jette sous la douche, malgré l'eau qui met du temps à chauffer. Sur la pointe des pieds, tout mon corps crispé par le froid, j'attends avec impatience que l'eau devienne chaude, désireuse de nettoyer cette saleté qui me colle à la peau. Et Dieu merci, il y a du gel douche accroché aux parois de la douche. Je me savonne sans vergogne, fermant les yeux, chassant toute cette négativité que je vis.

Je dois ne plus rien penser… *Vide-toi l'esprit…*

Chapitre cinquante-deux

Enveloppée dans les draps, au chaud sous la lumière du jour qui commence enfin à percer cette nuit cauchemardesque, je fixe la télévision, que je n'avais pas remarquée à mon arrivée. Étant donné que ce n'est pas un hôtel de luxe, les chaînes sont limitées. La seule qui attire mon attention est une chaîne d'information. Je sens, au fond de moi, que je vais apprendre la mort de Geyden en direct. J'en suis persuadée. Un malaise sourd m'envahit ; je ne suis pas du tout prête à affronter cette nouvelle qui m'assassinerait, mais je me sens incapable de changer de chaîne.

Une vague de culpabilité m'envahit et j'aspire à appeler Lucie pour lui dire que tout va bien, pour l'informer que je me suis échappé. Mais je ne peux pas composer son numéro, car, d'une part, je ne le connais pas, et d'autre part, s'il n'est pas mort, il a sûrement envoyé des détectives à ses trousses, et son portable est probablement sur écoute. *Merde.* Puis, tout à coup, une idée germe en moi : et si j'appelais le café ? Vu l'heure, elle y est sûrement déjà, et il y a de grandes chances qu'il n'ait pas placé de mouchard sur le téléphone de mon travail.

Je me redresse, attrape fixe, et compose le numéro, le cœur battant, la main tremblante d'une émotion inexplicable. La tonalité résonne une fois, deux fois, alors que je retiens ma respiration, anxieuse. Puis, en entendant sa voix, mes yeux s'écarquillent et les larmes se mettent à couler le long de mes pommettes.

Je suis tellement bouleversée que je n'arrive pas à articuler un mot. Elle répète « allô ? » encore et encore, avant de finalement raccrocher. *Merde.* Avant de la rappeler, je m'essuie les larmes et prends une profonde inspiration. Quand elle décroche à nouveau, sa voix est empreinte de colère :

— Allô ?

— C'est moi, dis-je, ma voix nouée par l'émotion.

— Amber ? demande-t-elle, la tristesse l'envahissant brusquement.

— Oui, c'est moi.

— Oh mon Dieu ! s'écrie-t-elle. Tu vas bien ? Où es-tu ? Qui c'est ? enchaîne-t-elle, affolée. Comment te sens-tu ? J'ai tellement…

— Ça va, la coupé-je précipitamment. Ça va, je vais bien, il ne m'a rien fait et ne me fera rien, ne t'inquiète pas.

— Il t'a kidnappée !

J'ai la chance de savoir que le téléphone est à l'arrière, loin de la cuisine, car elle crie un peu trop fort, et cela pourrait attirer l'attention.

— Je te promets que tout ira bien. Mais s'il te plaît, arrête de crier.

Je l'entends inspirer profondément avant de s'éclaircir la voix, cherchant à retrouver son calme.

— J'ai eu peur, Amber. Nous n'avons pas ouvert aujourd'hui pour toi. Je suis là parce que je ne pouvais pas rester chez moi ; je fais le ménage et l'inventaire.

— Lucie… ça va, tout va bien.

Je m'efforce de la rassurer, même si ce n'est pas entièrement vrai. Je ne peux pas lui avouer que je l'ai tué, car, si je le fais, elle fera le lien avec Geyden lorsqu'on annoncera sa mort.

— C'est difficile à croire. Il t'a kidnappée, il est venu ici et t'a enlevée sous mes yeux. Je t'ai vue endormie sur son épaule, immobile comme un cadavre. J'ai cru qu'il t'avait tuée, je t'assure. Je hurlais de te laisser tranquille, mais il n'en a rien eu à faire. Il a poursuivi sa route comme si de rien n'était, Amber.

— Je sais, je sais, dis-je d'une voix tremblante.

— Mais où es-tu en ce moment ?

— À Boston, dans un hôtel miteux. Je me cache le temps que...

— Et tu me dis qu'il ne te fera rien ? s'écrie-t-elle, emplie d'inquiétude.

— Il veut jouer avec moi, il veut faire ressortir mes démons. C'est pour ça qu'il agit ainsi.

— Tu dois le faire interner.

Ou le tuer, ça revient au même.

— Attends, euh...

Elle se met à chuchoter, et mon cœur rate un battement.

— Il y a quelqu'un qui frappe comme un fou à la porte, m'informe-t-elle.

Je me redresse brusquement, retenant ma respiration, les yeux écarquillés d'angoisse.

— Je reviens, dit-elle.

Mais je n'ai pas le temps de lui dire de faire attention. J'entends ses pas s'éloigner, puis la porte s'ouvrir, suivie du carillon et de voix indistinctes. C'est bien trop loin pour que je puisse reconnaître qui c'est. Et si c'était Michel-Ange ? Elle ne sait pas que c'est le policier qui me harcèle. *Putain !*

Sortant du lit, je commence à arpenter la chambre, mes pensées s'embrouillant dans une tempête de frayeur. *Merde, merde, merde, merde !* L'angoisse m'étreint, un sentiment oppressant de désespoir qui me laisse sans souffle. Je veux la protéger, mais comment ?

J'essaie d'écouter attentivement tout ce qui se passe autour de Lucie, mais je ne perçois pas grand-chose. Et soudain, la cloche tinte à nouveau, et des pas se rapprochent, leur écho s'intensifiant peu à peu. Lucie inspire profondément avant de reprendre :

— Comment te dire ?

La tension perce mon ventre comme un poignard. Je me mords la lèvre, retenant mon souffle et me préparant à la nouvelle qu'elle va m'annoncer :

— C'était ta copine, la sœur de ce policier qui est venu prendre ma déposition hier soir.

Elle prend encore une grande inspiration.

— Elle m'a dit qu'il est...

Je déglutis, sentant une vague de terreur m'envahir. Je sais que le mot qui suit va me détruire à jamais. Mes yeux se remplissent de larmes et ma vision devient floue.

— Il a été retrouvé mort chez lui cette nuit. D'après ta copine, il conduisait et n'aurait pas vu le fossé ; il est tombé et serait mort sur le coup.

Ce frisson de vérité me transperce, et je m'effondre sous le poids des images de lui tombant dans le néant. Je me laisse glisser, perdue, sur le lit. Mes oreilles commencent à bourdonner, et un mal de tête insistant fait surface. C'est la fin... tout est fini.

— Amber ?

Elle répète mon nom, et j'entends l'inquiétude dans sa voix.

— Où es-tu ? Dois-je venir te voir ?

— À l'hôtel Mirage à Boston, lui dis-je, la voix tremblante. Mais Stécy ne t'a rien dit d'autre ?

— Elle est venue me voir pour savoir si je savais où tu étais, et elle m'a annoncé la mort de son frère. Ce qui me semble étrange, c'est qu'elle ne savait pas que tu avais été kidnappée hier soir. Pourtant, c'est son frère qui a pris la déposition. Soit il n'a pas eu le temps de le mentionner, soit... En même temps, il avait l'air tellement bouleversé par ta disparition. J'espère qu'il n'a pas sauté à cause de toi ?

Je relève les sourcils, surprise qu'elle évoque cette hypothèse. Stécy a menti, puisque c'est moi qui utilisais la voiture, et non Geyden. Et si Stécy a falsifié son décès, cela pourrait signifier qu'elle sait et qu'elle cherche à me protéger ? Non, cela ne peut pas être vrai. Il y a quelque chose de louche.

Merde, je ne sais plus comment penser. Je deviens folle, vraiment folle. Ce tourbillon d'émotions et de pensées sombres m'enferme, m'avalant peu à peu dans une obscurité d'où je ne peux pas m'échapper.

— Je vais venir te rejoindre. Mais avant, je veux que tu me dises à qui j'ai affaire.

— Laisse tomber, Lucie. Je te promets qu'il ne viendra plus m'embêter.

— Comment peux-tu en être si certaine ?

Trouver un mensonge à glisser à Lucie est un véritable casse-tête, mais je n'ai pas le choix. Je dois agir vite. Que puis-je dire ? Je commence à triturer mes doigts, cherchant désespérément une idée.

Après un instant de réflexion, une possibilité se dessine dans mon esprit.

— Écoute, je l'ai confronté, lui dis-je d'une voix tremblante. Nous avons eu une discussion… il s'est rendu compte que je savais ce qu'il avait fait, et je lui ai laissé entendre que j'avais des preuves. Je pense qu'il a compris qu'il ne peut plus me menacer sans se mettre en danger lui-même.

Je fais de mon mieux pour paraître convaincante, mais au fond de moi, une terreur sourde m'envahit.

— Qu'est-ce qu'il a fait ? me questionne-t-elle.

Eh merde !

— Je ne peux pas t'en parler.

— Donc, si je comprends bien, tu as découvert quelque chose qu'il a fait, et tu as des preuves. Tu lui as dit que, si jamais il ne te laisse pas tranquille, tu t'en servirais contre lui, c'est ça ?

— Oui, mentis-je avec un faux aplomb. C'est exactement ça. Et il m'a laissé partir.

— J'ai du mal à y croire. Ce qui est vraiment effrayant, c'est que tu te fais enlever et que le policier meurt la même nuit.

Mon cœur rate plusieurs battements et je retiens mon souffle. Mon mensonge est tombé à l'eau. De toute façon, je ne suis pas douée pour mentir ; cela me dégoûte. Je ne peux pas lui avouer qu'il s'est vidé de son sang à cause de moi, que je l'ai poignardé, que je l'ai poursuivi avec sa propre voiture et qu'il est tombé dans le ravin.

— Et si c'est ce dingue qui a tué Geyden ?

— Non, lorsque je suis sortie, j'ai vu où il m'avait emmenée, et ce n'était pas chez lui. Crois-moi, ils n'ont aucun lien. Je suis profondément triste d'apprendre la mort de Geyden, je te le jure, mais il n'y a pas de lien. Fais-moi confiance.

Le souffle de Lucie résonne dans le combiné. Elle reste silencieuse un instant avant de reprendre la parole, m'annonçant qu'elle va venir me voir. *Putain !* Elle me croit ! Ça a marché !

Elle me demande si j'ai besoin de quelque chose ; une offre que je ne peux pas refuser. Je lui demande de ramener mes vêtements que j'ai laissés dans mon casier, en lui disant que, pour l'instant, je préfère me cacher pendant quelques jours. Même si, à présent, je sais que je peux me déplacer sans craindre que Michel-Ange soit dans mon dos.

Je dois voir Stécy. Je suis pleinement consciente que c'est moi qui ai pris la vie de son frère, et il est crucial que je lui parle en face-à-face. J'ai besoin de lui expliquer, de m'excuser, de lui faire comprendre que c'était un accident, ce qui est en partie vrai.

J'ignore comment elle réagira. Je suis désolée pour la mort de son frère, mais je n'excuserai pas son comportement à mon égard. J'attends d'elle un semblant de compréhension et, peut-être, qu'elle me présente aussi ses excuses. De toute façon, nous devrions nous expliquer, parce que nous allons assister à l'enterrement de Kate et à celui de Geyden ; même si je ne sais pas quand cela aura lieu. C'est une épreuve que nous devrons affronter ensemble, malgré tout le poids de nos ressentiments.

Chapitre cinquante-trois

Dès que des coups résonnent, me signalant que Lucie est enfin arrivée, je n'hésite pas une seconde. Je sors du lit et me précipite pour lui ouvrir, sans même vérifier qui se cache derrière la porte, car au fond de moi, je ressens une étrange sensation de sécurité. Je ne me trompe pas : c'est bien elle, se tenant sur le seuil avec les cheveux complètement mouillés, signe qu'il pleut à l'extérieur.

Elle est vêtue de son grand manteau fétiche et porte trois sacs. L'un d'eux est un sac en plastique vert que je reconnais ; c'est le mien.

Les deux autres sont sales, provenant sans doute d'une boulangerie du coin.

J'ouvre la porte plus largement pour l'inviter à entrer, tandis qu'elle embrasse mon visage avec tendresse.

— J'ai tellement eu peur, m'avoue-t-elle en posant tous les sacs sur le petit bureau avant de m'enlacer brusquement, me serrant fort contre elle.

C'est à ce moment-là que je me mets à sangloter.

— J'ai vraiment eu peur, répète-t-elle. Quand je t'ai vu sur ses épaules, molle et inerte, les jambes et les bras ballants, j'ai cru qu'il t'avait tuée.

Moi aussi j'ai eu peur. Mais une partie de moi a aimé ça, et je me déteste pour cela.

— Je vais bien, soufflé-je, mais mes paroles semblent dérisoires face à la tempête d'émotions qui m'entoure.

À mes mots, elle recule légèrement sans retirer ses mains de mes bras, ses yeux emplis de larmes tracent des sillons sur son visage, une marque silencieuse de l'inquiétude qui l'a envahie. Dans ce moment fragile, je comprends à quel point notre lien est précieux et à quel point j'ai besoin d'elle.

Lucie est bien plus qu'une simple collègue de travail aujourd'hui ; c'est une amie précieuse que je me suis faite au fil de ces deux ans passés chez Lily & Coffee shop. À vrai dire, au départ, je n'aurais jamais pu imaginer que notre relation deviendrait aussi forte, car au début, je ne l'aimais pas vraiment, elle m'énervait plus qu'autre chose.

— Merci d'être là, lui dis-je en essuyant mes yeux. Merci.

— De rien, répond-elle, sa voix empreinte de chaleur. Sache que je ne partirai plus. Je veillerai sur toi chaque jour.

Je l'empoigne à nouveau dans mes bras, m'accrochant à elle comme à une bouée de sauvetage.

— J'ai ramené le petit déjeuner et deux cafés, dit-elle en reculant pour ouvrir les sacs qu'elle a apportés, dévoilant leur contenu. Bon, je pense qu'ils doivent être moins bons que ceux de notre travail, mais on va faire avec. Et voilà tes vêtements, car porter un peignoir usé, ça ne doit pas être très agréable, je suppose.

— Ça, c'est sûr, mais au moins j'ai lavé les vêtements que je portais.

Je n'ose lui dire qu'ils étaient recouverts de peinture et de terre. Et je ne dirai rien au sujet du labyrinthe de maïs en pleine nuit, à peine éclairé de lumières rouges. D'ailleurs, j'ai eu moins de mal à retirer cette substance verte cette fois-ci, et ça me semble étrange.

En repensant à cette soirée où Michel-Ange s'est tenu devant la porte de ma salle de bain, prêt à me donner une leçon pour être partie sans son accord, un frisson me parcourt. C'était Geyden qui m'embrassait, qui me touchait, qui m'offrait ce plaisir, mais, en réalité, ce n'était pas lui. Comment ai-je pu passer à côté de cette vérité ? J'ai pourtant eu de nombreuses occasions de le croiser, de le comprendre.

Est-ce que j'avais déjà rencontré Michel-Ange avant cette fameuse soirée chez Kate ? Sûrement, mais je ne l'avais pas remarqué. Je me souviens de mes 17 ans, lors d'une soirée chez les Rodriguez, et je repense au comportement de Geyden, qui avait déjà commencé à changer. Il était froid, affichant un regard noir, mais un sourire joyeux contrastait avec son attitude. Même s'il m'ignorait à l'époque, il se contentait de me saluer sans plus, tandis que je le voyais comme le grand frère séduisant, toujours entouré de femmes fascinées. Il avait cette aura magnétique qui attirait tous les regards, et il était impossible de ne pas le remarquer, mais je n'ai jamais vraiment su lire en lui les tourments qui se cachaient derrière ce charme inégalé.

Je me souviens d'un soir chez eux, lorsque Annamaria avait mis les choses au clair ; elle s'était emportée contre lui pour des raisons que je n'avais pas vraiment saisies à l'époque. Dans un accès de colère, il avait brisé des objets autour de lui et s'était battu avec son père, qui avait fini avec un œil au beurre noir et plusieurs blessures visibles. À ce moment-là, je ne voyais qu'un jeune homme en pleine tempête, réagissant avec passion et désespoir, ignorant la profondeur des conflits familiaux qui le déchiraient.

Aujourd'hui, alors que je me trouve dans la salle de bain de cet hôtel miteux, je me rends compte que tout était sous mon nez. J'aurais pu le voir bien avant qu'il n'était pas comme les autres. Je scrute le miroir terni, me réfléchissant, et je remarque des cernes sous mes yeux, qui remémorent ma nuit agitée.

Je me frotte les yeux, puis je tourne mon regard vers le peignoir que je porte, usé et fatigué, trouvé plié sous l'évier de l'hôtel. Son odeur de renfermé ne fait qu'accentuer l'envie de le retirer et de revêtir mes propres vêtements. Avec le recul, je me demande s'il a été lavé un jour.

D'un geste décidé, je l'enlève et je commence à sortir mes affaires. En faisant cela, un bracelet doré tombe au sol, et mon cœur se serre à la vue de cet objet égaré. J'avais complètement oublié qu'il était resté dans mon casier pendant si longtemps. C'était un cadeau qu'il m'avait offert pour mes 18 ans. Je ne me souviens même pas de l'avoir apporté au travail ; j'avais pensé l'avoir perdu à jamais.

Je me penche pour le ramasser et l'examine de plus près. Comment avait-il pu deviner que je le désirais ? C'était probablement sa sœur qui lui avait soufflé l'idée.

Je ferme les yeux et inspire profondément, tentant de chasser la tristesse qui monte en moi. Geyden n'est plus là. Il est mort. Cette pensée me frappe comme un coup de poing, me laissant un goût amer dans la bouche et une nausée qui s'installe dans mon estomac. L'absence de celui qui a marqué ma vie pèse lourdement sur mes épaules, et la réalité m'envahit, implacable.

Je suis en train d'enfiler mon pull par-dessus ma tête lorsque des coups retentissent à la porte de la salle de bain, suivis de la voix anxieuse de Lucie. Je perçois un malaise dans son ton :

— Amber, commence-t-elle. Il y a Stécy.

Écarquillant les yeux, je passe rapidement le vêtement sur mon corps tout en scrutant la porte fermée, me demandant comment elle a su où j'étais.

Sans attendre, je m'approche et l'ouvre, découvrant Lucie et Stécy devant moi. La présence de cette dernière me prend au dépourvu. Son visage ne laisse absolument rien transparaître sur la mort de son frère, mais il exprime une émotion que je n'arrive pas à définir. Je ne sens même pas de rage à mon égard, alors qu'elle sait pertinemment que tout cela est ma faute.

— Comment as-tu su où me trouver ? lui demandé-je, le cœur battant.

— J'avais juste à suivre Lucie. Je savais qu'elle saurait où tu étais.

— Et toi, tu savais qu'elle avait été kidnappée ? lâche Lucie brusquement, en posant un regard accusateur sur ma meilleure amie.

Cette dernière écarquille les yeux, perdue, passant son regard de Lucie à moi.

Mais cela ne fonctionne pas avec moi ; je suis convaincue qu'elle était au courant, surtout qu'elle a menti sur la façon dont est mort Geyden. C'est moi qui avais sa voiture, il n'a pas pu mourir avec en tombant de la falaise alors qu'il conduisait.

Je me mords l'intérieur de la joue pour me retenir de lui donner une gifle, surtout lorsqu'elle répond d'un ton hésitant. La colère gronde en moi, une tempête d'émotions qui me piège entre confusion et rage.

— Je... je n'étais pas au courant, mais...

— Tu sais qui c'est ? intervient Lucie, se tournant vers elle d'un coup, l'intensité de son regard l'écrasant. Ce malade qui la harcèle. J'imagine que tu étais au courant, non ?

— Euh... oui, oui, bafouille-t-elle en nous observant tour à tour.

Bien sûr qu'elle sait de qui il s'agit, après tout, elle joue un double jeu avec moi. En revoyant cette trahison, une envie de lui dire tout ce que j'ai sur le cœur me traverse l'esprit, mais je me retiens. Malgré la rancœur qui bouillonne en moi, je suis consciente qu'elle a aussi perdu son frère, tout comme je l'ai perdu aussi, et qu'elle souffre également.

— Mais comment as-tu réussi à t'échapper ? Et qui était ce type ? me demande-t-elle, une lueur d'inquiétude perlant dans sa voix.

Mon Dieu ! Stécy joue bien son rôle, pourtant, elle sait très bien que je suis au courant de la situation, surtout à la suite de mon message de la dernière fois. Mais devant Lucie, je ne veux pas régler mes conflits, je cherche simplement à éloigner Stécy de tout ça.

— Eh bien, cela reste un grand mystère, rétorque Lucie en me scrutant avec une sévérité dans le regard. Elle m'a dit qu'elle savait quelque chose à propos de lui, elle l'a menacé avec ça, et il l'a finalement laissé partir comme par magie. Cependant, son identité demeure un secret pour moi. Mon Dieu, comme j'aimerais la connaître ! Juste pour pouvoir le retrouver, le mettre derrière les barreaux, ou le tuer de mes propres mains.

À ce moment-là, elle n'a plus besoin de faire ça, c'est déjà le cas malheureusement. À l'évocation de sa mort, mon cœur se serre, une douleur sourde s'insinuant en moi. Pourquoi ? Parce que c'était Geyden ? Sûrement. Pas parce que Michel-Ange ne pourra plus me tourmenter comme il aimait tant le faire.

— Alors, pourquoi tu ne veux pas dire qui c'est ? poursuit-elle, se balançant d'une jambe à l'autre.

Je reconnais ce geste : elle est bien nerveuse. Je sais que Stécy s'inquiète que je balance son frère. Et je me demande si elle n'est pas venue ici exprès pour ça.

— Parce que c'est mon droit.

— Franchement, je ne comprends pas pourquoi tu protèges ce malade, bordel ! s'énerve Lucie. C'est dingue, Amber ! Cet homme devrait être derrière les barreaux à vie ! Imagine s'il fait à une autre ce qu'il t'a fait !

Je déglutis, le nœud dans ma gorge se resserrant.

— C'est comme… laisse tomber. Il ne reviendra pas de toute façon.

— D'accord, mais que se passera-t-il pour d'autres filles s'il agit de la même manière ?

Mon Dieu, elle ne lâche pas l'affaire ! Je dois changer de sujet, cela devient insupportable.

— Il ne le fera pas, dis-je, sentant mon cœur cogner de plus en plus fort contre ma cage thoracique. Comment ça va, depuis… le décès de ton frère ? demandé-je à Stécy, priant pour qu'on puisse enfin changer de sujet, même si cela me ramène inévitablement à son souvenir.

Je sens que les larmes menacent de débordement, prête à s'échapper dans un flot d'émotions.

— Très mal. Ma mère a tenté de mettre fin à ses jours, répond-elle froidement.

Ses mots lâchés sont comme une pluie d'acide qui me creuse de l'intérieur ; ça me fait très mal. *Mon Dieu !* Quelle horreur ! Je lutte contre le besoin de pleurer. *Mais putain !* Je suis la victime, et pourtant, je me sens coupable.

— Je...

— L'enterrement est demain.

— Aussi vite ? s'étonne Lucie.

Je suis tout aussi surprise par la précipitation des événements.

— Oui, ma mère ne voulait pas attendre. C'est pour ça que j'essaie de te trouver : tu ne répondais pas à ton portable et tu n'étais chez toi. Mais étant donné les circonstances... Bref. On va devoir enterrer deux personnes que nous aimions demain.

À cette évocation, mon ventre se tord à nouveau. Je tente de retenir ma respiration, mais c'est impossible. Je me sens mal, trop d'émotions m'accablent d'un coup. Je recule, me trouvant une excuse pour m'éclipser, et m'enferme dans la salle de bain, ne leur laissant pas le temps de m'arrêter.

Une fois seule, je sanglote en silence, bloquant mes cris contre ma paume pour souffrir en privé. C'est un cauchemar. Je ne pourrais pas le supporter. Je ne suis pas capable de faire face à cela. Me retrouver devant la tombe de Geyden, ce jeune homme qui n'a rien demandé, alors que je suis la meurtrière. Et être présente à celui de mon amie va être un pur calvaire.

Mon cœur se brise un peu plus à chaque pensée, et je me demande combien de temps je peux encore supporter cette douleur qui m'envahit.

— Amber, ça va aller, me rassure Stécy, derrière la porte close. Je te promets que tout ira bien.

Pourquoi me rassure-t-elle à tout prix ? C'est insensé. Elle sait très bien que c'est moi qui conduisais la voiture, que j'étais avec lui et que je suis la dernière personne à l'avoir vu vivant. Elle connaît la vérité, alors pourquoi agit-elle ainsi, en me montrant de la gentillesse ? J'ai tué son frère, elle devrait plutôt appeler la police pour me faire arrêter, essayer de me faire payer pour ce que j'ai fait. Peut-être que, demain, ce sera un piège... Non, c'est impossible. Elle ne ferait pas ça. Pourtant, elle m'a menti depuis le début en ce qui concerne Michel-Ange. Ce n'est pas possible. Elle ne peut pas faire ça, elle ne peut pas vouloir me protéger alors que la réalité est si sombre.

Je meurs d'envie de l'interroger sur les raisons pour lesquelles elle ne m'a rien dit au sujet du trouble dissociatif de l'identité de Geyden. J'aurais pu comprendre ce qu'il a traversé, ainsi que ce que sa famille a vécu. Cependant, tant que Lucie est présente, je me sens bloquée. Elle ne s'éloignera pas maintenant, et, malgré mon désir d'obtenir des réponses, je ne souhaite pas qu'elle parte. Cette curiosité me ronge et soulève tant de questions en moi.

Chapitre cinquante-quatre

— Chers familles, amis et êtres chers, prononce le prêtre Wilfrid. Nous nous réunissons aujourd'hui pour honorer la mémoire d'un homme qui a touché nos vies de manière indélébile. Nourri par l'amour et le soutien de ceux qui l'entouraient, il a su laisser une empreinte lumineuse dans nos cœurs.

En ce jour, la pluie qui tombe doucement sur ce sol réceptif semble pleurer avec nous, comme si même la nature partageait notre chagrin. Les ardeurs du vent ne sont que des murmures du jour qui se lève, nous rappelant que, même si nous traversons cette sombre tempête de douleur, il y a encore une lueur d'espoir.

L'envie de vomir est omniprésente, comme si mon estomac pesait une tonne. Je fixe, en me mordant l'intérieur de la joue, la tombe qui surplombe ce que sera son dernier repos. Tout mon corps tremble, non pas du froid, mais de l'angoisse que je ressens. Surtout que je meurs de chaud alors qu'il fait à peine 10 degrés.

— Cet homme, notre cher fils, frère et ami, était bien plus qu'un simple nom. Il constituait le lien qui nous rassemblait. Il a aimé profondément, n'hésitant pas à élever sa voix pour défendre la justice. Ses rires résonnaient autour de nous comme des étoiles filantes dans l'obscurité. Aujourd'hui, alors que nous déposons ce bouquet de lys, symbole de pureté et de dignité, prenons un moment pour nous remémorer toutes les fois où il a su illuminer nos vies.

Je lutte pour retenir mes larmes, mais c'est une bataille difficile, surtout en voyant Annamaria sangloter désespérément dans les bras de son mari.

— Pensons à Annamaria et Carlos, entourés de leur famille et de leurs amis, qui les soutiennent dans cette épreuve insupportable. Oui, il est parti, mais son esprit, sa chaleur et l'amour qu'il a partagé demeurent en chacun de nous.

Stécy me tient fermement la main, tremblant discrètement. Contrairement à ses parents, elle ne laisse rien transparaître, son regard est fixe sur le curé qui prononce ses paroles, ou, comme moi, elle observe son frère s'éloigner pour toujours.

— En ces temps de douleur, rappelons-nous que la vie est précieuse et vulnérable. Il est crucial de chérir chaque instant, de ne pas laisser passer les occasions d'amour et de soutien. Embrassons-nous, partageons nos souvenirs, et honorons notre cher ami en vivant pleinement, comme il l'aurait voulu.

Seigneur, pourquoi ai-je embrassé cet homme ce soir-là ? Si seulement je pouvais remonter le temps pour éviter cela, pour ne pas avoir laissé cette imprudence m'entraîner dans le tourbillon de cette tragédie. Mon cœur est lourd de culpabilité, et j'aimerais pouvoir crier que c'est moi qui l'ai mis dans ce cercueil, que tout cela est ma faute.

— Que l'amour et le souvenir de notre cher ami se renforcent en nous, et qu'il repose en paix, sachant qu'il a été profondément aimé. Amen.

— Amen, murmuré-je en écho avec les proches de Geyden.

Alors que je me perds dans mes pensées, je sursaute lorsque, regroupés, ses collègues en uniforme tirent avec leur arme en direction du ciel dans un geste solennel d'hommage. Le bruit des coups de feu résonne dans l'air frais, une cloche de souffrance qui fait vibrer le triste héritage de ceux qui portent la loi et l'ordre. Ce moment, à la fois poignant et entrecoupé de commodités, m'atteint en plein cœur, ajoutant une nouvelle couche de douleur à une perte déjà insupportable.

J'ai envie de m'éclipser le plus vite possible, mais je ne peux pas. Alors qu'il abaisse le cercueil, un son déchirant m'atteint : sa mère pleure, chaque sanglot résonnant comme un coup de poignard en plein cœur. Deux hommes avancent, distribuant des roses, et chaque personne qui s'élève pour s'approcher dépose une fleur sur le cercueil, un dernier hommage empreint de douleur.

Mon cœur cogne violemment, ne souhaitant qu'une chose : fuir ce moment, sortir de ce corps pour m'effondrer sur l'herbe entretenue sous mes talons. Je n'ose même pas poser les yeux sur Annamaria, tant je me sens mal. J'essaie de retirer ma main de celle de Stécy, mais elle agrippe fermement la mienne, se penchant vers moi, pleine de détermination :

— Non, tu n'as pas le droit de m'abandonner, souffle-t-elle.

À ces mots, mes yeux s'écarquillent, et je retiens ma respiration dans un malaise profond. Elle sait très bien ce que je ressens et elle semble vouloir me le faire payer. Je me demande : me poussera-t-elle dans le trou après la cérémonie pour que je repose aux côtés de Geyden ? Ou alors tous les policiers présents vont-ils m'attraper et me passer les menottes une fois que tout sera fini ?

— Tu dois dire au revoir à mon frère, continue-t-elle, la voix tremblante d'émotion. Je sais qu'il t'a fait vivre un véritable enfer ces dernières semaines, et je suis consciente de tout ce qu'il te faisait, de la douleur qu'il a causée. Je regrette de ne pas t'avoir révélé qui il était vraiment. Mais je ne pouvais pas le faire. À ce moment-là, je pensais qu'il ne te ferait pas de mal.

— Il m'en a fait, je rétorque, les yeux rivés sur le bois du cercueil, le cœur lourd. Il m'en a fait, Stécy. Il a joué avec mes émotions comme un enfant maladroit jouant à la poupée, les manipulant sans en mesurer les conséquences. J'aurais aimé que tu me préviennes, que tu me mettes en garde contre sa vraie nature.

— Amber, murmure-t-elle alors que j'arrive enfin à retirer ma main de la sienne, la chaleur de son contact me laissant un sentiment mêlé d'inconfort et de réconfort.

— Ce n'est pas toi que David jouait à piéger dans ce labyrinthe de maïs qu'il a construit pour des raisons que j'ignore, lui objecté-je, mes mots s'échappant avec plus d'intensité que je ne l'avais prévu. Il jouait à cache-cache avec un chronomètre, et lorsqu' il me trouvait, quelqu'un mourrait en mon nom. Je ne savais pas si ce n'étaient que des paroles en l'air, mais David faisait tout cela dans l'espoir que je tombe amoureuse de lui et de sa folie, persuadé qu'un lien se tisserait si je devenais comme lui, que c'était seulement comme ça que je pourrais l'aimer, en devenant aussi dérangée que lui.

Je me confie, tandis que Stécy m'observe dans un silence pesant qui m'irrite. Je réalise qu'elle ne dira rien. Et plus encore, un malaise m'envahit quand je comprends que, sans un mot, et comme si elle n'avait rien entendu de ce que je venais de dire, elle s'approche de la tombe, où deux hommes lui remettent chacun une rose.

Ensuite elle se retourne vers moi et me tend une fleur, m'invitant à la rejoindre et à la déposer sur le cercueil.

Hésitante, je reste figée un instant sous la pression des regards posés sur moi. L'envie de me faire discrète m'envahit, me chuchotant que, si je reste immobile, les questions vont se multiplier. Mais peut-être que je deviens paranoïaque et qu'ils ne pensent rien du tout.

Cependant, je ne peux plus reculer, je m'avance et laisse tomber la rose sur le cercueil.

— Dis-toi qu'il t'aimait à sa façon, murmure-t-elle près de mon oreille. On pourrait dire que tu t'es vengée, non ?

Vengée ? Donc, elle sait bien que c'est moi qui l'ai tué.

Je sens que je suis sur le point de sombrer, je vais m'évanouir. Je n'ose même pas croiser son regard. Elle a raison ; je me suis vengée, mais j'aurais tant souhaité qu'il ne soit pas mort. Stécy fait demi-tour, je me tourne pour l'observer, d'une démarche sûre d'elle, elle remonte l'allée, passant devant ses parents sans leur accorder un seul regard.

C'est à mon tour de remonter l'allée, mais avant, je m'arrête un instant, et je présente mes condoléances à Annamaria et à Carlos, en proie à une vague d'appréhension. Je n'ose pas les regarder dans leurs yeux cernés et emplis de tristesse. J'ai vu quelque part dans un magazine que, pour faire semblant de regarder quelqu'un dans les yeux, il faut fixer son nez. J'espère que ça marche et du plus profond de moi-même, je prie pour qu'ils ne sachent pas que je suis la meurtrière.

J'accélère pour la rejoindre, quittant la cérémonie de son frère pour emprunter une autre allée du cimetière, et je comprends qu'elle avance vers celle de notre amie Kate.

Soudain, je me stoppe, une douleur sourde me frappant : ce n'est pas encore fini. *Mon Dieu !*

Je vais faire un arrêt cardiaque, c'est certain. La simple pensée de devoir affronter l'enterrement de Kate me paralyse. Je ne tiendrai pas le coup, pas ici. Pas une deuxième fois.

En se retournant, Stécy me remarque et revient sur ses pas. À ce moment-là, je réalise à quel point ses yeux sont bouffis de larmes, témoins d'un chagrin qu'elle peine à masquer, son teint bronzé pâlit lui aussi.

— Tu sais, Amber, je suis désolée que David se soit jeté sur toi. Je le suis vraiment. Quand j'ai appris que tu l'avais embrassé, j'ai tout fait pour qu'il te laisse tranquille, mais je n'ai pas réussi à le convaincre. David était devenu obsédé, tu étais un défi à relever, m'annonce-t-elle en fuyant mon regard. Malgré les efforts de Geyden pour calmer son alter et l'empêcher d'agir, ça n'a pas marché. Je suis vraiment désolée pour tout ça.

Elle marque une pause et je l'observe à nouveau, des yeux lourds de compassion avant de continuer :

— Tu sais, moi aussi j'ai beaucoup souffert à cause de David et tu as eu de la chance de ne pas avoir rencontré l'autre, le troisième, celui qui n'a aucune notion du bien et du mal, celui qui ne sait que prendre plaisir à tuer et à torturer. Mon frère fait de son mieux pour l'empêcher de prendre le dessus, et parfois ça fonctionne, mais pas toujours. Il s'est déjà battu avec mon père, qui a même fini à l'hôpital. Tu étais présente ce soir-là, tu dormais chez nous.

Mon cœur cesse de battre, visualisant le souvenir. Ce n'était pas David, comme je l'ai pensé hier. Stécy se penche plus près, parlant lentement, comme si chaque mot était un précieux conseil.

— Si tu veux mon avis, Amber, quitte Salem. Pars d'ici et ne reviens jamais. Quand tes parents viendront, parle-leur avec sincérité. Voilà mon conseil.

Ses paroles résonnent comme une cloche d'alarme dans mon esprit, et au fond, je sais qu'elle a raison. La peur et la douleur s'entremêlent en moi, créant un mélange de tristesse et de détermination.

Elle fait volte-face, me laissant à nouveau seule avec mes inquiétudes.

Chapitre cinquante-cinq

J'essaie de me forcer à penser à autre chose, mais les yeux à peine clos, la tombe de Kate me hante. Deux jours qu'elle et Geyden reposent sous terre, deux jours où je n'ai réussi à dormir que quelques heures à peine.

Deux jours sans revoir personne, à l'exception de mes parents, qui sont rentrés hier après-midi. Et ils étaient en colère contre moi, furieux que je leur aie caché tout ça. Si seulement ils savaient que ce n'était pas seulement le décès de Kate que je taisais. Ils perdraient complètement la tête. Ils ignorent tout de Geyden et des démons qui l'entouraient. Je préfère garder le silence, tant que je le peux. Et par chance, ils ne savent rien non plus de mon enlèvement qui a eu lieu à mon travail. Mais jusqu'à quand ? Jusqu'à quand vais-je pouvoir dissimuler ces vérités, vivre dans cette ombre pesante d'un secret qui me consume de l'intérieur ? La peur de voir le regard de mes parents se transforment en incompréhension, en déception, m'oppresse chaque jour un peu plus.

De légers coups résonnent à la porte de ma chambre. Emmitouflée dans mes draps, je reste silencieuse. De toute façon, ma mère n'a pas besoin de mon autorisation pour entrer. Elle allume, provoquant une aigreur dans mes yeux, et je lâche un juron tout bas.

— Ta collègue de travail est venue te rendre visite, annonce-t-elle en marchant sur le parquet de la chambre. Tu devrais sortir, ça te ferait du bien. Il n'est plus temps de dormir, Amber, il est presque 10 h. De plus, il fait très beau dehors.

— Je n'en ai pas envie.

Le matelas s'affaisse alors qu'elle s'assoit près de moi et pose sa main sur ma hanche, effectuant des mouvements circulaires dans un geste affectueux.

— Mon bébé, tu ne peux pas rester enfermée ainsi pendant des jours. Tu dois…

— S'il te plaît, murmuré-je en fermant les yeux, une larme s'écoulant le long de ma joue pour s'immiscer dans mon coussin que je serre désespérément entre mes doigts. Laisse-moi tranquille. Dis à Lucie que je vais bien.

— Amber.

— S'il te plaît.

Je la sens se lever, puis elle éteint la lumière et quitte ma chambre, me laissant seule face à mon sort. Elle croit que je pleure simplement la mort de Kate et de Geyden, mais c'est bien plus que ça. Je me hais ; ma vie ne sera plus jamais comme avant.

Tout à coup, la porte s'ouvre brusquement, et je me retourne pour découvrir Lucie faisant irruption dans mon havre de solitude. Elle proteste en me répétant que je dois sortir de ce cocon qui commence à sentir mauvais. Sans hésiter, elle ouvre ma fenêtre et bouge mes volets en bois, laissant la lumière du jour et l'air frais envahir la pièce. Puis, se dirigeant vers moi, elle retire ma couette d'un coup.

— Tu vas sortir, que tu le veuilles ou non, chérie, déclare-t-elle avec détermination.

— Non, rétorqué-je en récupérant ma couverture et en me retournant, m'enfouissant dans mes draps.

— Ah ouais ? OK !

Elle tire à nouveau sur la couette, et enroule ses mains froides autour de mes chevilles pour me tirer hors du lit.

— Je ne te laisse pas d'autre choix, cocotte, rétorque-t-elle, essoufflée. Tu n'as pas d'alternative. Tu vas te laver parce que tu pues, ensuite tu vas t'habiller, et nous allons sortir toutes les deux pour boire un café et manger un petit quelque chose. Je ne connais pas Kate personnellement, mais je suis certaine qu'elle ne voudrait pas te voir comme ça.

— OK ! OK ! dis-je, résignée. Tu as gagné, je me lève, mais arrête de tirer mes jambes, s'il te plaît. Et en plus, tes mains sont gelées !

Son visage s'illumine à la pensée qu'elle a réussi à me faire bouger. Traînant des pieds, portant le poids de toute ma misère sur mes épaules, je me dirige vers ma salle de bain et m'enferme à la hâte.

Je me plante devant le miroir, scrutant cette jeune femme rousse que je ne reconnais plus. Je me sens différente, et c'est normal, n'importe qui serait bouleversé après avoir vécu tout cela, n'est-ce pas ? Je déglutis, puis je me force à me déshabiller pour me jeter sous la douche, malgré la réticence qui s'immisce en moi. L'eau, bien que froide au début, finit par m'envelopper, me laissant ainsi espérer qu'elle emportera avec elle un peu de ma souffrance.

Assise, là, une tasse de thé brûlant entre les doigts, à peine capable de réchauffer mes paumes moites, je scrute attentivement Lucie qui me raconte l'histoire du garçon rencontré la veille. Elle parle de ce moment où elle a accidentellement renversé ses sacs de cours, et comment il lui a proposé de boire un verre juste après, une offre qu'elle n'a pas pu refuser. Sa soirée s'est conclue dans le lit de cet Asher, et, à en croire son récit, elle est tombée sous son charme. J'espère de tout cœur que l'attirance soit partagée, car Lucie est une personne exceptionnelle, gentille, à l'écoute, toujours prête à rendre service. Elle dégage une aura magnifique, et c'est le genre de femme que tout le monde admire.

— Tu as passé une super soirée, lui dis-je avec un large sourire. Tu le revois ?

— Normalement, demain soir, on va dîner dans un restaurant avant d'aller voir un film d'horreur.

— Ça a l'air parfait !

Je ne peux m'empêcher d'éprouver un léger sentiment de jalousie en la voyant si heureuse, en train de fréquenter quelqu'un de normal. Je suis vraiment ravie pour elle. Je bois une autre gorgée de mon thé lorsque mon attention est attirée par un mouvement de l'autre côté de la route. Au loin, je reconnais la silhouette de Stécy, accompagnée d'un homme plus grand qu'elle, portant une capuche blanche. Ils marchent côte à côte d'un pas pressé. Je me demande avec quel garçon elle est, mais je me rends compte que ça ne me regarde plus, même si je ne peux m'empêcher de les observer jusqu'à ce que le mur du restaurant les fasse disparaître de ma vue. Elle me manque, mais je ne peux pas lui pardonner. Pas maintenant. Je ne l'ai même pas écoutée, je suis restée à Salem. Le sait-elle ?

— Ça va ? me demande Lucie, me ramenant à la réalité.

Je détourne le regard de la rue pour me concentrer sur elle. Je la vois avec la tête légèrement penchée sur le côté, m'observant avec curiosité.

— Oui, je t'écoute, dis-je, tentant de me ressaisir.

— Alors pourquoi tu n'as pas répondu si tu m'écoutais ?

— Oh ! Euh… qu'est-ce que tu m'as dit déjà ?

Elle éclate de rire, secouant doucement la tête avant de goûter à son latte macchiato caramel. D'habitude, j'aurais choisi la même chose, mais aujourd'hui, j'ai envie de changer, de m'éloigner un peu de mon ancienne vie. J'ai même envisagé de changer ma couleur de cheveux, mais j'ai peur de sauter le pas et de le regretter.

— Je te demandais si tu voulais qu'on aille faire quelques magasins, après ?

— Ah, pourquoi pas, oui !

Ça ne peut pas me faire de mal de sortir plutôt que de rester enfermée. Il n'y a même pas deux heures, je ne voulais pas quitter mon lit, mais maintenant, cette idée me fait du bien. Même si le fait de croiser

Stécy me brise le cœur, je dois me rendre à l'évidence : il est temps pour moi de changer.

Je commence à me demander si je ne devrais pas sérieusement envisager d'arrêter mes études, car la vérité, c'est que je n'éprouve plus vraiment d'intérêt pour cela. Les choix qui se dessinent devant moi me semblent radicalement différents de ce que j'avais imaginé, mais peut-être que c'est exactement ce dont j'ai besoin. Je sais déjà quelle serait la réaction de mes parents, mais après tout, c'est ma vie, et je ne peux pas rester dans une situation qui ne me convient plus. Stécy a peut-être raison : il serait peut-être sage de quitter Salem, de m'éloigner de tout cela, de Boston. Si je ne fais pas ce choix, je risque de finir enfermée dans une routine qui ne me ressemble pas, alors autant profiter de cette opportunité pour envisager une nouvelle vie ailleurs.

Cependant, tout cela demeure encore une simple idée, un rêve fugace que je n'ose pas concrétiser. Je n'ai pas le courage de quitter ma famille, et même si mon travail me satisfait, l'idée d'arrêter mes études me traverse l'esprit. Peut-être que ce serait effectivement la meilleure décision à prendre, mais l'hésitation me tenaille. Les liens que j'ai créés ici sont précieux, et le fait de tout laisser derrière moi me fait peur.

— Sinon, as-tu des nouvelles de ce mec ? me questionne-t-elle en prenant une gorgée de son latte. Celui qui te harcèle.

Mon cœur rate plusieurs battements avant de s'emballer, m'emplissant d'une sensation désagréable. Je me sens mal d'avoir à lui mentir, mais c'est la vérité : il ne m'embête plus, puisqu'il est sous terre.

— Non, je te l'ai dit. J'ai des preuves qui pourraient l'incriminer, donc il ne viendra plus me voir, dis-je, essayant d'afficher une assurance que je n'éprouve pas vraiment.

— D'accord, répond-elle.

Je sens dans sa voix qu'elle ne me croit pas vraiment. Et je la comprends ; moi-même, j'ai du mal à y croire. La lourdeur de ce mensonge pèse sur ma conscience, rendant la situation encore plus délicate. Les mots, bien qu'ils sortent de ma bouche, ne résonnent pas comme une vérité.

Lorsque je rentre chez moi, je trouve mes parents habillés comme pour le réveillon du 31 décembre : ma mère est vêtue d'une robe noire scintillante, tandis que mon père arbore son smoking fétiche.

— Vous êtes bien élégants ! Où allez-vous ? demandé-je en posant mes sacs sur le comptoir de la cuisine.

— Annamaria nous a invités à une fête qu'elle a organisée, et d'ailleurs, tu es aussi conviée, m'informe ma mère, le sourire aux lèvres.

— Non, sans moi, répliqué-je sur la défensive, bien que ce ne fût pas mon intention.

Je suis perplexe. Annamaria vient de perdre son fils, et elle organise une soirée si rapidement après ce drame ? Cela me laisse troublée.

— Annamaria ne te laisse pas le choix, ajoute mon père d'un ton autoritaire.

— Non, c'est hors de question. Vraiment, je ne veux pas, protesté-je, sentant la frustration sourdre en moi.

Je ne peux pas comprendre comment elle peut envisager de célébrer quoi que ce soit dans un moment aussi douloureux. L'idée seule de me mixer à une fête remplit de faux sourires et rires, alors que la tristesse de cette perte flotte dans l'air comme un nuage pesant, me semble insupportable.

— Non. Je ne viendrai pas, dis-je d'une voix tremblante.

Je ne comprends même pas pourquoi je réagis ainsi. Chacun gère le deuil à sa manière. Si elle préfère organiser des soirées pour se changer les idées, c'est son choix, mais cela ne me correspond pas du tout.

— Je ne veux plus croiser de Rodriguez pour l'instant, lui expliqué-je en me dirigeant vers le frigo pour prendre le jus de betterave et de carotte que ma mère a préparé avec soin ce matin. Je n'ai vraiment pas envie d'y aller.

— Je ne comprends pas, rétorque ma mère, son visage empreint de tristesse. Je sais que tu as perdu l'une de tes meilleures amies, mais il reste Stécy. Je suis certaine qu'elle a besoin de toi, tout comme toi, tu as besoin d'elle.

Malheureusement, aujourd'hui, ce n'est plus le cas. Je n'ai plus besoin d'elle. Et avec tout ce qu'elle a fait, je n'éprouve même plus l'envie de la voir.

— Peut-être, mais là, je ne veux pas venir.

— Oui, mais je suis sûre qu'elle a besoin de toi, insiste-t-elle, une lueur d'inquiétude dans les yeux.

Voyant que je reste silencieuse et que je cherche à fuir la cuisine, ainsi que cette conversation, ma mère finit par suggérer que je devrais me commander quelque chose qui me ferait plaisir, même une pizza. Je hoche la tête ; cela ne serait pas de refus. Je n'hésiterai pas à accepter une pizza garnie de jambon et d'ananas.

Je la remercie et leur souhaite une bonne soirée. En l'espace de quelques instants, ils quittent la maison, me laissant enfin seule, comme je l'ai tant désiré. Je suis soulagée qu'ils soient rentrés, mais ce soir, j'ai besoin de solitude, de me retirer dans ma bulle pour apaiser ce brouhaha intérieur qui me ronge et m'épuise.

Chapitre cinquante-six

Vêtue de mon pyjama à dessin de citrouille, j'essuie mes cheveux mouillés, puis je sors de la salle de bain et quitte ma chambre pour rejoindre la cuisine. Mon Uber, accompagné de ma pizza, ne devrait pas tarder à arriver, et il ne me faut qu'un bon verre de vin blanc en accompagnement pour parfaire la soirée.

Lorsque j'atteins la dernière marche de l'escalier, je m'arrête un instant, entourant mes cheveux de la serviette tout en continuant ce que je faisais, chantonnant à voix basse. Soudain, Pumpkin jaillit brusquement de la chambre de mes parents et se jette sur moi. Je l'avais complètement oublié ! Il avait été si discret que je n'avais pas pensé à lui.

— Tu es là ? lui demandé-je, comme s'il pouvait me répondre. Toi aussi, tu essaies de te cacher ?

Il me fixe, puis s'assoit, inclinant la tête d'un côté, puis de l'autre, tirant la langue tout en remuant la queue avec enthousiasme.

— Avais-tu peur de Michel-Ange, toi aussi ? Je pense que oui. Moi, il me terrifiait, mais en même temps…

Je m'arrête, réalisant la bêtise que je suis en train de dire en caressant son pelage doux.

D'un geste délicat, je pose mon index sur son museau avant de me redresser. Il me regarde intensément, puis retourne dans la chambre de mes parents, la queue entre les pattes, se cachant sous le lit. Je l'observe, perplexe, face à son changement d'humeur. On dit que les animaux ressentent ce que leurs humains ressentent, et il est probable qu'il comprenne tout ce qui se trame autour de nous.

Je retourne à la cuisine en bâillant, traînant des pieds. Soudain, posée sur l'îlot central, je tombe sur une boîte en carton rectangulaire, suffisamment grande pour contenir quelque chose d'important. Perdue dans mes pensées, je l'observe, m'interrogeant sur son origine. Est-ce qu'elle était là avant qu'ils ne partent pour la fête d'Annamaria ? Peut-être que je ne l'avais tout simplement pas remarquée.

Mais cette boîte m'intrigue. Je m'avance pour l'examiner de plus près, mais il n'y a pas d'étiquette avec l'adresse de notre maison, pas un nom, pas un prénom... Rien ! Seul un morceau de scotch ferme les deux extrémités du carton.

Je la prends en main et suis surprise par sa légèreté. En l'inclinant légèrement, je peux entendre un léger mouvement à l'intérieur, puis, soudain, quelque chose commence à vibrer de plus en plus fort. La peur m'envahit et je lâche la boîte sur l'îlot, retenant mon souffle alors que les battements de mon cœur accélèrent brusquement. C'est comme si je venais de déranger une énorme guêpe.

Je recule, car ces insectes-là, je ne peux vraiment pas les supporter, surtout que je suis allergique. La simple pensée de ce qui pourrait être enfermé à l'intérieur me couvre de frissons d'horreur, même si cela semble peu probable.

Les vibrations cessent lentement, et le silence revient, pesant. Ma curiosité, ce vilain défaut, me pousse à m'approcher du tiroir. J'en sors un cutter avant de me retourner, scrutant le carton avec une appréhension grandissante. Je suis vraiment idiote de faire cela ; ça doit sûrement appartenir à mes parents. Qu'est-ce qui me prend ? Ça pourrait même être un sex-toy pour ma mère. *Non, impossible !* Elle l'aurait caché dans sa chambre si c'était le cas.

Je m'approche encore, sortant la lame avec précaution, mes mains moites sur la boîte. Avec du recul, je me trouve vraiment ridicule. Et si mes parents regardaient les vidéos après et se moquaient de moi ?

Je me comporte comme une folle. En même temps, avec tout ce que j'ai vécu ces derniers jours, c'est normal, non ?

Je place la lame contre le scotch et d'un geste précis, je l'entaille, ouvrant le carton. Soudain, l'obscurité m'envahit et les vibrations, plus fortes maintenant que la boîte est ouverte, emplissent la cuisine. Des lumières jaunes s'élèvent dans les airs, dansant comme des étoiles en mouvement.

Je me mets à hurler, reculant et courant dans le couloir, me débattant, comme si tout cela venait se coincer dans mes cheveux.

Tout à coup, des bras m'entourent, j'écarquille les yeux en criant de plus belle, tentant de me débattre jusqu'à ce qu'une voix familière résonne dans l'obscurité.

— Eh bien, ma luciole, on n'aime pas ses sœurs ? dit une voix robotisée.

Il me lâche, me faisant tomber au sol dans un état de panique. Je recule en utilisant mes mains et mes pieds, ressentant une terreur croissante, car il fait bien trop sombre. Des bestioles passent devant mon visage, et je tente de les éloigner avec des gestes désespérés.

— Mais enfin ! Ce n'est pas ainsi que l'on traite ses congénères, ma jolie petite luciole, répond-il d'un ton sévère.

Soudain, des mains enveloppent mes chevilles et je suis tirée en arrière, perdant tout appui. Je glisse comme sur de la glace, hurlant à pleins poumons, essayant de me retourner, mais c'est impossible.

Puis, il s'arrête et se positionne sur moi. Je ne le vois pas, mais je le sens, son poids écrasant le mien. J'écarquille les yeux au point de craindre qu'ils ne quittent leur place. Je suis à bout de souffle, mon cœur tambourine dans ma poitrine.

— J'ai peur ! lâché-je enfin.

Une vague de frissons me parcourt lorsque son rire retentit.

— Je sais, et j'aime ça.

— Qui es-tu ? demandé-je, la voix noyée dans la peur.

— Qui je suis ? s'exclame-t-il, mi-vexé, mi-énervé. Qui je suis ?

— Michel-Ange est mort !

— Je suis son fantôme ! Bouh !

Ses mains se posent sur ma gorge, serrant doucement, répétant avec une nuance d'ironie :

— Qui je suis ?

— Tu...

— Tu pensais vraiment pouvoir me fuir, Luciole ? Surtout avec cette Lucie ?

Je suis si perdue que je ne comprends pas ses paroles.

— Tu es mort ! hurlé-je alors qu'une de ses mains serre toujours ma gorge, tandis que l'autre tient fermement mes poignées au-dessus de ma tête. J'étais à ton enterrement !

Il rit à nouveau, un rire austère, résonnant dans l'obscurité.

— Je sais, je t'ai vue pleurer pour moi. J'aimais ça. J'observais à travers mes lunettes de soleil, tandis que l'amour de ma vie pleurait notre mort.

— Tu es vraiment un malade mental !

— Je suis malade de toi, souffle-t-il, sa voix vibrante d'une sombre satisfaction.

— Lâche-moi ! crié-je, désespérée. Geyden n'aimerait pas ce que tu es en train de faire ! Pense à lui ! Tu m'as dit que vous êtes là pour lui. Pense...

— Ne t'inquiète pas pour lui, me coupe-t-il. Il aime aussi ce que je fais.

— Arrête de mentir ! craché-je en essayant de me débattre. Pumpkin ! Pumpkin !

— Il ne viendra pas, ton petit toutou qui ne fait même pas la taille d'une noisette par rapport à moi. Tu crois vraiment qu'il viendra à ta rescousse ? se moque-t-il en desserrant son étreinte autour de ma trachée.

Ensuite, il presse un tissu imbibé d'une odeur chimique contre ma bouche et mon nez. *Non, non, non ! Pas encore !* J'ai beau gesticuler de toutes mes forces, cette manœuvre est futile.

— Non, s'il te plaît, l'imploré-je bien que ma voix soit étouffée par le tissu et sa paume.

— Nous deux, c'est pour toujours. Personne n'a le droit de t'enlever à moi. Tu es mon joli petit insecte, le plus beau de tous.

Je tente de retenir ma respiration, mais, malgré mes efforts, cela ne dure pas longtemps. Je sens l'obscurité m'envahir, mes pensées se brouillent tandis que je tombe dans les vapes. Son murmure résonne à mes oreilles, presque apaisant, bien qu'angoissant :

— Fais de jolis rêves, nous allons aller dans un endroit extraordinaire, tu vas voir.

À cet instant, la puissance des ténèbres m'aspire, et je me sens glisser lentement dans un état de confusion et de calme, bercée par ses promesses troublantes.

⚜ ⚜ ⚜ ⚜ ⚜ ⚜ ⚜ ⚜ ⚜ ⚜ ⚜

— Duerme, duerme, pequeña luciérnaga, chantonne-t-il. Porque la luna ya ha salido. Las estrellas ya brillan, y el viento viene a mecerte. Duerme, duerme, mi pequeña, en tus sueños, ve a un pequeño. Un pajarito que ha cantado, una flor que nunca ha marcado. Los pequeños ángeles te protegen, mientras el sol se retira. Duerme tranquila, apaciguada, en tus sueños, todo es amado. *(Dors, dors, petite luciole, car la lune s'est déjà levée. Les étoiles brillent déjà, et le vent vient te bercer. Dors, dors, ma petite, dans tes rêves, vois un petit. Un petit oiseau qui a chanté, une fleur qui n'a jamais été marquée. Les petits anges te protègent, pendant que le soleil se retire. Dors tranquille, apaisée, dans tes rêves, tout est aimé.)*

Je me réveille d'un sommeil lourd, comme si j'avais été écrasée par un train à plusieurs reprises. À ma première grande inspiration, une odeur rance m'envahit et me fait grimacer.

J'ouvre plusieurs fois les yeux et réalise que d'énormes ampoules sont braquées sur moi, m'aveuglant. Je couvre mon visage de ma main pour atténuer cette lumière agressive. En me redressant, je suis accueillie par des bruits de ressorts métalliques, rappelant un souvenir des plus désagréables.

Mon souffle se bloque lorsque je lève les yeux et que je commence à comprendre où je me trouve. Je suis entourée de barres de fer verticales. *Mon Dieu !* Il m'a enfermée dans une cage.

Je scrute l'environnement, paniquée, lorsque j'entends soudain le bruit d'un métal frappant contre les barres de la cage derrière moi. Cela me fait sursauter ; je quitte le lit pour me tenir debout, la peur m'enserrant la gorge. C'est alors que je découvre Michel-Ange, ou quelqu'un ayant pris son apparence, frappant sans relâche avec une batte de baseball en fer. Le son résonne comme une alarme stridente qui me creuse la tête. Chaque coup se répercute contre mes os comme s'il frappait mes dents.

Il m'observe sans un mot tout en continuant de taper la cage. N'en pouvant plus, je me bouche les oreilles pour échapper à ce vacarme de plus en plus fort. Finalement, lorsque mes doigts ne suffisent plus à étouffer le bruit, je m'agenouille au sol en hurlant. À ce moment-là, il s'arrête, mais, dans ma tête, la sensation du métal frappant les barreaux résonne encore.

Mon Dieu !

— Pourquoi fais-tu ça ? demandé-je, la voix nouée par la peur et l'incompréhension.

— Tu comptes nous quitter ? répond-il en donnant à nouveau un coup sur la cage.

Je me penche et place mes mains sur mes oreilles pour atténuer le bruit insupportable qu'il crée.

— La vilaine petite bestiole ! Elle compte nous abandonner et partir vivre avec cette Lucie ! vocifère-t-il en s'arrêtant enfin.

Mon cœur rate plusieurs battements, et je me sens prise en flagrant délit. *Comment est-ce possible ? Comment ?*

— Hein, Luciole ! Tu crois que fuir est une solution ? poursuit-il, sa voix modifiée est comme un écho silencieux, mais empreint de rage.

— Comment le sais-tu ? demandé-je en levant lentement la tête pour l'observer.

Mon corps commence à trembler, pris entre le froid, la peur et l'appréhension.

— Je ne suis jamais loin.

Mon Dieu !

— Tu étais avec nous au restaurant ?

— Bingo ! s'exclame-t-il, levant les bras de manière théâtrale avant de cogner encore plus fort la cage.

Je hurle, le son agressant mes tympans, et je crains qu'ils ne finissent par céder sous la pression. C'est la pire punition qu'il a su m'infliger.

— Tu as joué les morts ! crié-je de toutes mes forces pour qu'il entende. Tu as joué les morts ! Je n'allais pas rester !

Je dois le caresser dans le sens du poil, lui faire entendre ce qu'il veut... Je me le répète une seconde fois. Il n'y a que comme ça que ça marche.

Il s'arrête, et un grand soulagement m'envahit lorsque le silence revient, ça fonctionne toujours. Je n'ose pas bouger ni croiser son regard, et je reste repliée sur moi-même alors que les semelles de ses chaussures effleurent le sol en béton. Je retiens mon souffle comprenant qu'il fait le tour, et je réalise que, maintenant il est derrière moi. Je tremble et pleure.

— Tu me fais peur, murmuré-je d'une voix étranglée.

— C'est ta punition, et tu n'as pas encore épuisé tes surprises, ma belle petite luciole adorée.

— S'il te plaît, soufflé-je d'une voix si basse que je suis sûre qu'il ne m'a pas entendue.

— Je ne te fais rien, je te punis comme on punirait un enfant qui n'a pas écouté. Tu n'as pas écouté, donc tu as besoin d'une belle correction.

— Michel-Ange...

Sa voix se teinte d'un rire sinistre.

— Je suis désolé, mon amour, mais tu dois apprendre qu'on ne nous quitte pas comme ça.

— Ne fais pas ça, ce n'est pas de cette façon que je tomberai amoureuse de toi, l'informé-je en tournant la tête pour l'observer.

— Tu m'aimeras demain, Luciole.

— Ne fais pas ça. Laisse-moi sortir d'ici.

Tout en secouant légèrement sa tête, il fait deux pas en avant, puis se penche à ma hauteur, inclinant la tête d'un côté, puis de l'autre, comme s'il cherchait à m'analyser. Puis, un rire s'échappe de ses lèvres avant qu'il ne réponde :

— As-tu oublié ? Dans chaque partie, il y a une échappatoire. À toi de la trouver, annonce-t-il en se redressant et en faisant demi-tour. À toi de jouer.

Lorsqu'il disparaît dans un couloir obscur, je me mets à suffoquer. La sensation de tournis m'envahit et mes oreilles commencent à bourdonner. Je vais m'évanouir.

Je m'effondre au sol, prenant quelques secondes pour essayer de me calmer.

Inspire, expire... Tout va bien. Tu vas sortir.

Dans chaque partie, il y a une échappatoire... Dans chaque partie, il y a une échappatoire...

Lentement, à bout de souffle, je tourne la tête pour examiner chaque détail de la cage, mais rien ne s'offre à moi.

Je ne vois rien, bon sang !

Puis, un souvenir me revient, sa voix résonne dans mon esprit : la clé. Il doit forcément y avoir une clé ici aussi.

Je me lève, scrute le lit puis rampe à quatre pattes vers lui. Je soulève le matelas, mais à part les lattes de fer, il n'y a rien. Je soulève le coussin, rien non plus. Mais je ne vais pas abandonner ! Je plonge ma main entre le coussin et la taie d'oreiller, mais toujours rien.

Debout, je tire sur le drap et le secoue frénétiquement, mais c'est la même conclusion : rien.

J'ai l'impression d'être au ralenti, comme si j'étais sous l'eau, ou dans un cauchemar duquel j'aimerais me réveiller.

Je dois me réveiller ! Je me pince le bras, la douleur ne m'éveille pas et je suis toujours coincée dans cette cage.

Je me mets à hurler dans la pièce, dans cette fichue cage. Je crie à m'en exploser les cordes vocales.

Désespérée, je m'assois sur le bord du lit, plonge la tête entre mes jambes, me basculant en arrière pour essayer de me calmer, mes mains serrant mes cheveux.

— Eh bien alors ! lance-t-il à travers un haut-parleur, me faisant sursauter de peur. On abandonne déjà, Luciole ? Tu n'es pas aussi coriace que je le pensais. Fais un effort, cherche.

— Connard ! répliqué-je en levant les doigts d'honneur vers une direction au hasard. Connard !

— J'aime quand tu m'insultes, tu sais que j'aime tout.

— Tu as aimé mon couteau dans ton ventre, n'est-ce pas ? lui as-séné-je avec colère.

Le silence retombe, pesant. Il ne dit rien.

— Tu as aimé ? Hein ? Je continue, la rage alimentant ma voix. Tu aimes ça, alors ? Quand je te l'ai enfoncé dans le bide, j'ai vu ton regard meurtri, mêlé de tristesse.

Bien qu'on puisse penser que j'ai du courage, ce n'est pas le cas. J'ai peur, mon cœur cogne contre ma poitrine comme s'il voulait fuir ce corps. Je tremble de froid, mais je refuse de me rabaisser devant lui.

— Sache que moi, j'ai aimé ça ! craché-je entre mes dents pour lui faire mal. J'ai kiffé ça ! Ouais ! C'était un putain de plaisir de trancher ton ventre ! La prochaine fois, ça sera ta gorge, enfoiré ! Ta gorge !

Discrètement, je mords l'intérieur de ma joue, sachant que les conséquences de mes mots pourraient être fatales. Le silence règne, mais une vague de frustration m'envahit soudainement.

— Tu es faible, David ! je poursuis, levant la tête vers le plafond où se trouve une autre lampe. Tu n'as pas de couilles. Tu sais seulement me faire peur ! Ce n'est pas comme ça que je tomberai amoureuse de toi, lâché-je avec un sarcasme amer.

En prononçant ces mots, je tourne sur moi-même, cherchant la caméra, mais je ne la vois nulle part. Je ne perçois même pas l'enceinte. L'angoisse se mêle à ma détermination, tandis que je réalise à quel point ce jeu pervers me confronte à mes plus grandes peurs. Je refuse de me laisser intimider, et même si je ne sais pas où il se cache, je sais que je dois continuer à me battre, à le défier.

— Alors ? Ça t'a plu que je te poignarde ?

Brusquement, la lumière s'éteint et je me retrouve plongée dans le noir complet. Un frisson glacé me parcourt. *Merde.* Je déglutis, mais le nœud dans ma gorge reste figé. Je réalise que j'agis comme une débile ; c'est lui qui a les commandes. Je ne peux pas m'amuser à le provoquer sans craindre des représailles. À cet instant, je sais que je vais m'en mordre les doigts.

L'angoisse grimpe en moi, et je prends conscience de l'emprise croissante de la situation. Lorsque le bruit d'une porte qui frotte contre le sol résonne, je suis saisie par la surprise et me mets immédiatement à genoux. Il a ouvert la cage, mais je n'en suis pas certaine, car l'obscurité m'entoure.

Je recule doucement et je ralentis ma respiration pour percevoir des bruits autour de moi, et quand j'entends ses pas, je ferme les yeux comme s'il pouvait disparaître.

Il se rapproche, son souffle se répercute contre le masque qu'il porte. Je n'avais jamais prêté attention à cela auparavant, mais maintenant, chaque détail compte.

Un cri s'échappe de mes lèvres lorsque sa main effleure mes cheveux d'une caresse. Je recule instinctivement, mais je ne peux pas fuir davantage. Il m'attrape à la taille et me soulève comme si je ne valais rien, me jetant violemment sur le lit. Mon corps rebondit, et le bruit des lattes en fer qui couinent résonne de manière terrifiante.

Soudain, il saisit mon poignet droit et le lève. Je tente de l'en empêcher, mais il attrape l'autre, me plaquant ainsi, les bras au-dessus de la tête, avant de s'installer au-dessus de moi.

Je hurle, l'implorant de s'arrêter, puis la lumière revient, révélant le visage de Geyden. Je sais que ce n'est pas lui, l'expression qu'il dégage trahit une autre réalité. Contrairement à ce que j'aurais pu penser quelques secondes plus tôt, il ne porte pas de masque, mais ses yeux sont maquillés de noir, faisant ressortir son bleu perçant. Ses cheveux tombent en avant, obscurcissant quelque peu son regard.

— Tu me fais mal, Michel-Ange, murmuré-je à peine.

Ses lèvres s'étirent en un sourire qui dévoile sa dentition parfaite. Il baisse alors la tête et vient effleurer mon oreille de son nez. Son souffle chaud chatouille ma peau, me provoquant un effet étrange, et il murmure d'une voix espiègle :

— Qui t'a dit que j'étais David ?

Je fronce les sourcils et il lève la tête pour observer ma réaction.

— Je ne comprends pas, lui dis-je en le regardant attentivement.

— Tu n'es pas si intelligente que ça alors. Réfléchis ! dit-il, sa voix devenue nettement plus grave.

— Ça ne me fait pas rire.

Il baisse la tête et frotte son nez contre le mien, le déplaçant de gauche à droite.

— C'est amusant de voir l'incompréhension sur ton visage.

Sans que je ne le voie venir, ses dents attrapent ma lèvre inférieure et la mordent violemment. J'écarquille les yeux en hurlant à cause de la douleur qu'il me fait subir, puis il s'arrête, relève la tête et je découvre que sa bouche est rouge vif.

Je suis à deux doigts de pleurer.

— Alors, qui je suis ? me demande-t-il en passant sa langue sur ses lèvres teintées de mon sang.

— Je… tu es l'autre ? Celui qui n'a pas de prénom ?

La douleur que la morsure engendre à ma lèvre commence à s'estomper, ou peut-être que je m'y suis habituée. Je peine à déglutir tant je suis crispée. C'est irréel à voir, ce n'est ni Geyden ni Michel-Ange qui se trouve devant moi, mais un autre alter des identités que le cerveau de ce petit garçon a créées pour fuir la réalité de ses bourreaux qui l'avaient kidnappé enfant.

— Appelle-moi plutôt le croque-mitaine, m'annonce-t-il le regard brillant et son sourire se tordant. Ravi de te rencontrer.

— Pourquoi ? demandé-je, effrayée.

— Parce que, quand on dit que le croque-mitaine se cache sous ton lit, ton corps se couvre de frissons, ton petit cœur se met à battre, et tu pourrais même te faire pipi dessus. C'est ça que je veux. Je veux que l'on me craigne. Et je vais jouer avec toi.

J'ai l'impression qu'il est pire que David. Je le trouve bien plus terrifiant.

— Je ne veux pas.

— Oh si, tu vas jouer !

Je n'ai pas le temps de répondre qu'il m'embrasse, alors que je retiens mon souffle.

Le baiser est glacial et tout aussi effrayant que lui. La peur s'insinue dans tout mon être, mais, malgré la crainte et la surprise j'appelle mes forces pour reculer mon visage et me libérer de ses lèvres.

— Lâche-moi, je ne…

Mais il ne me laisse pas le temps de finir ma phrase. D'un geste rapide, il relève son visage, les yeux pétillants d'une folie que je peine à comprendre, et pose immédiatement sa paume sur ma bouche.

— Ah, Amber, si seulement tu savais le pouvoir que ta peur me procure. La peur n'est qu'une porte d'entrée vers quelque chose de bien plus grand. Je compte me délecter de ton effroi.

Mon cœur s'emballe alors qu'il se rapproche à nouveau, tandis que je tremble avec l'envie d'échapper à cette spirale déloyale.

— Que comptes-tu faire ? murmuré-je contre sa main, mon esprit en proie à un tourbillon d'incertitude.

Il sourit, son expression se transformant en quelque chose de plus terrifiant. Il commence à parcourir mon bras du bout des doigts, offrant une caresse plus douloureuse que douce.

Puis, soudainement, une grimace de douleur déforme son visage, comme si une vague d'inconfort l'envahissait. Il scrute les environs, une lueur d'étonnement traversant son regard pendant un bref instant, avant de disparaître aussi vite qu'elle est venue. Il redirige alors son attention vers moi.

— Alors, Luciole, je vois que tu l'as rencontré. Qu'en penses-tu ?

— Ta gueule !

Il éclate de rire, un son presque méprisant, puis il attrape mon visage entre son index et son pouce, m'observant attentivement avant d'examiner mes lèvres. D'un geste délicat, il passe son pouce sur la zone où j'ai mal, le ramenant ensuite sous ses yeux, fronçant les sourcils.

— Il n'a pas osé faire ça ? souffle-t-il.

— Me mordre jusqu'au sang ? Si !

Ses yeux bleus se glacent, la rage montant en lui comme une tempête prête à éclater. J'ai un bras libre et je pourrais en profiter pour le frapper, mais la peur des représailles me paralyse.

— Il a interdiction de te faire ça… ce n'est pas normal.

Sa réaction accentue ma peur, car je ressens en lui la même émotion qui m'habite : une colère sourde mêlée d'inquiétude. Il a peur. Pourquoi a-t-il peur ? Je ne me sens plus du tout en sécurité.

Michel-Ange se redresse brusquement, quitte le lit, me tourne le dos et sort de l'énorme cage, refermant la porte à clé derrière lui. *Quoi ?*

Mon cœur s'emballe alors qu'un sentiment de solitude et de désespoir m'envahit. Je me lève brusquement, consciente de la gravité de la situation. Je l'implore de me laisser sortir, mes mains agrippant les barreaux avec désespoir, tirant de toutes mes forces, comme si ce geste pouvait le convaincre de changer d'avis.

Au milieu de la pièce, il se retourne lentement et croise mon regard. Son sourire habituel, froid et moqueur, est là.

— Échappatoire, murmure-t-il ⚜

Chapitre cinquante-six bis

💀 Michel-Ange 💀

Avec une fureur indescriptible, je claque la porte de la salle de bain, mon cœur battant à tout rompre, tandis que son rire résonne en moi comme un écho sinistre ; un rire qui semble appartenir à l'autre.

— Tu n'avais pas le droit de faire ça ! dis-je d'une voix glaciale, tremblante de colère.

Il ricane encore, un son dérangeant qui me fait frissonner. Qu'est-ce qui se passe ? Je n'entends même plus Geyden ; il n'est jamais bien loin, pourtant.

— Je ne te laisserai jamais reprendre ta place !

Son hilarité retentit dans ma tête, palpable et menaçante.

— Ne la touche pas ! hurlé-je, mes yeux se fixant sur mon reflet dans le miroir, un visage déformé par l'angoisse.

Mon regard scrute avec intensité les contours du visage de Geyden, les joues rougies. Je remarque qu'il s'est maquillé les yeux pendant qu'il prenait le contrôle. Dans un geste désespéré, j'ouvre le robinet et laisse l'eau couler. Je plante mes mains et viens frotter mes yeux, espérant effacer le noir, mais le résultat est désastreux ; au lieu de l'enlever, je l'étale.

Elle est vraiment délicieuse, ta petite chose. Elle a bon goût, se moque-t-il, sa folie résonnant dans ma tête.

— Ferme-la ! hurlé-je.

Je l'entends rire à nouveau. Je ne dois pas le laisser me déstabiliser. Je respire, retrouvant mon calme, puis je regarde le miroir, les yeux remplis de menaces sourdes.

— Je dois reprendre le jeu. Mais tu ne t'en tireras pas comme ça. 💀

Chapitre cinquante-sept

🍁 Amber 🍁

Cela fait cinq minutes, peut-être un peu plus, que je secoue toutes les barres métalliques pour me sortir de là. Mais rien n'y fait, pas une seule ne montre de la faiblesse. *Merde.*

Comment puis-je trouver son échappatoire ? Il n'y en a pas. *Putain !*

Essoufflée par mes efforts, je cherche quand même à passer à travers les barreaux, mais je n'y parviens pas ; l'espace est trop étroit.

Mais il y a bien une issue, il me l'a dit. Je ne pense pas qu'il me mentirait sur ça. Mais où est-elle ?

Je retourne secouer le lit et regarde même en dessous, mais rien. Ce n'est pas possible. *Réfléchis ! Réfléchis !*

Assise en tailleur contre le lit, face à moi, je vois la porte. Je l'examine plus attentivement et mon cœur rate plusieurs battements lorsque j'aperçois un trousseau de clés qui se balance doucement. *Non. Non. Non.* C'est impossible. Je rêve.

Les clés sont restées dans la serrure ? Aussi simple que ça ? Aussi facile que ça ? Mais cela signifie qu'il se moque de moi, non ? C'est l'échappatoire la plus ridicule qui soit. Cela veut dire que, depuis tout à l'heure, bien avant que je le provoque, elles étaient là, à ma portée ?

Lentement, je me lève et m'approche, glissant ma main entre les barreaux pour saisir le trousseau de clés entre mes doigts. Je les tourne, perplexe, puis de l'autre main, je prends la poignée et l'abaisse lentement. En retenant mon souffle, je réalise avec stupeur qu'elle s'ouvre.

Bordel, je suis sur le point de sortir.

Soudain, une alarme stridente retentit, me faisant sursauter. Son écho est suivi d'une voix.

— 100… 99… 98… 97…

Je reste là, abasourdie, mes pensées en désordre. Ma tête pivote lentement, et j'inspire profondément en scrutant la grande lumière qui se balance juste au-dessus de moi, projetant des ombres mouvantes sur les murs gris. L'anxiété s'insinue dans ma chair, renforcée par l'ambiance presque claustrophobe qui m'entoure.

Un cliquetis résonne devant moi, et je remarque une flèche verte peinte au sol, pointant dans la direction du couloir où il a disparu précédemment.

Avec précaution, les jambes tremblantes, j'avance, mon souffle court et saccadé. L'appréhension coule dans mes veines comme un poison, m'angoissant à l'idée de ce qui m'attend derrière cette obscurité. Et si c'était un piège ?

Une sueur froide me couvre le corps alors que je m'arrête à l'entrée du couloir plongé dans la pénombre. L'atmosphère me paralyse, et en cet instant, je doute de ma capacité à traverser ce seuil. Je n'y arriverai pas. Impossible.

— Je t'invite à continuer, Luciole, réplique Michel-Ange à travers les haut-parleurs. Vas-y, avance.

Pour une fois, je ne sursaute pas. Je m'habitue sans doute à tout ce qu'il me fait vivre depuis des semaines, à cette folie qui semble m'envelopper. Non, pas exactement, vu comment je réagis, je suis juste accommodée à sa voix.

En pinçant les lèvres, une petite douleur me traverse, me rappelant que, dans le corps de Geyden, il n'y a pas que Michel-Ange ; il y a aussi cet autre alter. Je déglutis, sentant mon cœur cogner contre ma cage thoracique. Et s'il revenait ? J'éprouve de la peur en pensant à Michel-Ange, mais pour lui, j'ai le sentiment d'aimer ça. En revanche, avec l'autre, je ne suis pas sûre d'apprécier ce qu'il compte faire de moi lorsqu'il parviendra à reprendre possession du corps de Geyden. Le combat qui se profile me terrifie, une lutte intérieure qui pourrait déferler comme une tempête, rendant chaque pas que je fais vers l'inconnu encore plus périlleux.

— Et si je fais ça ? poursuit-il.

Des lumières s'allument progressivement, révélant un long couloir aux tapisseries de velours rouge. J'y vois plusieurs portes ornées de lettres dorées. Les murs sont chargés de peintures d'hommes et de femmes qui semblent me fixer avec une intensité troublante, leurs regards me suivant dans ce silence oppressant. Ils sont tous assis, presque de profil, les mains jointes sur les genoux et la tête tournée dans la même direction, donnant l'illusion qu'ils dévisagent chaque personne qui emprunte ce long couloir.

— De qui sont ces œuvres ? le questionné-je en montrant les tableaux accrochés de chaque côté des portes.

Son rire fend le couloir, un son qui m'agace profondément.

— Ce ne sont pas des œuvres, mais les portraits des personnes qui ont échoué ici. Leur placement désigne l'endroit où ils sont morts.

J'écarquille les yeux, retenant mon souffle en réalisant l'horreur macabre qui imprègne cet endroit. J'essaie de déglutir, mais en vain ; une vague de nausée me prend au ventre. *Putain !*

— C'est génial… dis-je, bien que ce ne soit pas du tout ce que je ressens au fond de moi.

— Mais ne t'inquiète pas, ma petite luciole, toi, tu vas réussir à sortir d'ici, me rassure-t-il avec une note de vanité.

J'espère ! Mais, malgré son ton conciliant, l'angoisse se faufile en moi. Je me force à me concentrer sur mon environnement.

Au plafond, des moulures finement travaillées ajoutent une touche d'élégance au décor sinistre, tandis que des lustres illuminés diffusent une lueur vacillante. Ils semblent s'efforcer de donner un aspect plus accueillant à cet endroit lugubre, mais je ne parviens pas à comprendre pourquoi. Combien de personnes sont mortes ici sans que personne ne le sache ? *Mon Dieu !* J'ai la nausée, j'ai envie de hurler et de disparaître à la jamais. Mais, pour le moment je ne peux pas : je suis bloquée ici.

Comme demandé, je m'avance en croisant les bras, une boule d'angoisse nouée dans le ventre.

— Qu'est-ce que je dois faire ? demandé-je, scrutant les portes une à une.

J'y vois les lettres A, B, et C, et ainsi de suite qui se distinguent dans l'ombre.

— Trouver la sortie avant la fin du compte à rebours, comme dans un labyrinthe, répond-il d'une voix calme.

Sans avoir besoin de le voir, je sais que ses lèvres sont retroussées en un grand sourire machiavélique.

— Et j'imagine que, si je ne trouve pas, je reste prisonnière avec toi ? As-tu d'autres idées ? Parce que je sortirai avant.

Oh, mon Dieu, j'espère !

Son rire se propage dans l'atmosphère, un son glacial qui me donne la chair de poule, paradoxalement envoûtante. *Non !*

Pour me punir d'avoir laissé échapper de telles inepties, je me mords l'intérieur de la joue en regardant le portrait d'un homme d'un âge avancé qui se trouve devant moi. Il est mort à cet endroit-là, par ce fou qui est mon ombre. L'inconnu avait des cheveux poivre et sel, des yeux noisette, entourés de fines rides, et une barbe aux teintes similaires à sa chevelure, le tout accompagné d'une bouche fine. En l'observant attentivement, je me dis que cet homme dégageait quelque chose d'étrange ; lorsqu'on scrute ses pupilles de plus près, on le ressent indéniablement.

— Pourquoi aimes-tu tant jouer ?

— Parce que ça me distrait. J'adore observer mes proies s'interroger sur leurs vies, rétorque-t-il, la malice résonnant dans sa voix.

C'est vraiment un cinglé !

— Je ne pense pas à ma vie.

— Si, justement. Ta vie dépend des jeux que je crée, insiste-t-il.

— Je ne suis pas la première que tu essaies de faire tomber amoureuse, n'est-ce pas ?

Je suis surprise par ce sentiment qui me submerge à cette idée : de la jalousie ? C'est absurde ! Que m'arrive-t-il ? Je ne vais vraiment pas bien. Il tue des gens pour son propre plaisir ; qui peut aimer ce genre d'être ?

— Si, ma petite luciole. Tu es l'unique femme qui m'obsède autant.

Qui aurait cru que je puisse obséder un fou ? Personne.

L'angoisse m'envahit davantage en comprenant que cet homme pourrait tout faire avec moi et que Geyden ne peut rien y changer. Mon cœur se brise à cette pensée. Une vague de tristesse me submerge alors que j'aimerais pouvoir remonter le temps, être présente le jour de son enlèvement, pour le protéger et l'empêcher de développer ce trouble dissociatif de l'identité. Mais je n'étais même pas prévu dans les attentes de mes parents.

La voix du compte à rebours me fait réaliser que je traîne trop.

Il est temps pour moi de quitter cet endroit au plus vite. Je m'active à ouvrir la première porte, mais je découvre avec désillusion un mur de briques. *Génial*, ce n'est pas ici.

— À quoi servent les lettres ? demandé-je, frustrée.

— C'est juste pour le décor, répond-il avec un air désinvolte.

— C'est vraiment nul alors ! répliqué-je en continuant. Tu n'as pas autant d'imagination que ça, après tout.

En guise de réponse, il éclate de rire. La lutte pour ma survie s'intensifie alors que je m'apprête à ouvrir une nouvelle porte, la D ; malheureusement, je me heurte à nouveau à un mur de briques. Déterminée, je passe à la porte E, mais le résultat est le même. Là, la panique commence à gagner du terrain, car aucune ne semble montrer de sortie.

Le décompte atteint à présent 70 secondes, et la pression m'écrase ; il ne me reste pas beaucoup de temps. Le chrono est encore plus court que lorsque j'étais dans le labyrinthe. J'ouvre la porte F, mais le même mur me fait face. Ma frustration grandit alors que je réalise que je ne suis pas près de trouver cette maudite sortie.

Je poursuis mes efforts, ouvrant les portes les unes après les autres, mais le même mur se présente à moi.

Essoufflée et affolée, la peur me serre la gorge, rendant ma respiration difficile. À cet instant, la vérité s'impose avec clarté : je ne trouverai pas la sortie à temps. Le décompte atteint 30.

— Tic-tac, dit-il d'une voix amusée.

Je l'ignore, luttant contre des larmes qui commencent à brouiller ma vue. *Je suis fichue !*

— Enfoiré ! murmuré-je entre mes dents serrées.

Un cliquetis retentit soudainement. Je fronce les sourcils en scrutant autour de moi, puis je réalise que le couloir rétrécit. Il me faut plusieurs secondes pour saisir l'ampleur de la situation.

— Dépêche-toi avant de te faire écraser, ma petite luciole. Je ne souhaite pas te retrouver aplatie.

— Quoi ? murmuré-je en voyant les murs se rapprocher lentement, prêts à m'enfermer.

Je me rends compte de l'urgence de la situation et mon cœur s'emballe, pulsant contre mon crâne. Je reprends mes actions, de plus en plus rapidement.

— 23…

J'ouvre chaque porte une à une, mais j'obtiens toujours le même résultat. L'idée de couiner comme un bébé me traverse, alors que je réalise l'inéluctable : je vais finir en tapis. La peur de mourir écrasée dans ce jeu insensé me taraude l'esprit. Je me mets à hurler de rage, ce sentiment mêlé à la panique explosive qui m'envahit alors que je me jette sur la porte W, désespérée.

Les mouvements deviennent plus laborieux alors que l'espace se réduit. Je saisis la poignée de la porte et l'ouvre, mais, à cause du manque d'espace, elle ne s'ouvre que de quelques centimètres à peine. Mon souffle se coupe lorsque je réalise qu'il n'y a pas de mur de briques. Sans hésiter, je me faufile à travers l'ouverture, bien que passer soit difficile et que le crochet de la porte s'enfonce douloureusement dans mon abdomen. Je crie la douleur que la poignée me procure, c'est comme si elle me cisaillait le ventre. J'appelle toutes mes forces, et dès que j'arrive à me décoincer, je perds directement l'équilibre et tombe au sol, me rattrapant avec les paumes. *Putain !*

J'observe le sol en béton. *J'ai réussi ! J'ai réussi !*

Je me retourne sur le dos, haletante et désorientée, le cœur battant la chamade, essayant de retrouver un souffle régulier.

— Bravo, ma petite luciole, je te félicite.

— Tu es sérieux ? vociféré-je en levant les yeux vers le plafond, qui est décoré de miroirs bordés de fissures et me renvoyant une image déformée. Tu es vraiment fou !

À quoi servent ces miroirs ? Ai-je vraiment besoin de voir mon état là, maintenant ?

— Merci pour ce compliment, il me touche beaucoup, rétorque-t-il. Peu ont réussi à franchir cette étape, et je suis fier de toi.

Je déglutis avec difficulté, l'air se faisant rare dans mes poumons alors qu'un tiraillement au bas de mon ventre attire mon attention. Je me redresse sur un bras pour garder mon équilibre, tandis que ma main libre se dirige instinctivement vers la source de la douleur. J'écarquille les yeux en découvrant avec horreur que mon t-shirt est taché de sang. *Mon Dieu !*

En relevant l'ourlet, je découvre une petite entaille de quelques millimètres, pas très profonde, mais suffisamment pour me faire saigner. Je serre les mâchoires, une colère sourde grondant en moi. Pour finir, je n'aime pas du tout jouer avec lui.

— Je peux te jurer que, lorsque je sortirai d'ici, je t'enverrai en prison, lui crié-je, la rage pulsant à travers chaque mot.

— Jamais tu n'oseras. Tu m'aimes trop pour pouvoir le faire, répond-il avec une arrogance déconcertante.

Un rire sardonique menace d'échapper à mes lèvres, mais je me retiens. L'ombre de l'incertitude me paralyse ; je ne suis pas encore sortie d'ici, et je sais que, tant que je suis coincée dans son jeu, mes mots pourraient m'être fatals. Je ne peux pas lui accorder ce pouvoir, pas maintenant.

Je regarde autour de moi, évaluant mon environnement, désorientée, cherchant une voie de sortie, une échappatoire à son emprise.

Chapitre cinquante-huit

Je reprends finalement mes esprits quand, du coin de l'œil, je remarque des escaliers en briques menant à l'étage, juste à côté d'une deuxième porte en fer, dont les extrémités sont rouillées. Ce qui m'attire avant tout, c'est la possibilité de sortir d'ici. Je scrute rapidement les marches en me relevant, tandis que le compte à rebours atteint le seuil du chiffre 10.

Merde, merde ! J'ai perdu !

Je monte les escaliers aussi vite que possible, même si je sais au fond de moi que c'est fini : j'ai échoué et il a triomphé.

— 5…

Mon rythme cardiaque s'accélère de plus en plus. Retenant mon souffle, je découvre avec joie une porte en bois blanc. Je me précipite et pose ma main sur la poignée.

— 3…

Je la pousse avec un grand soulagement, heureuse de constater qu'elle n'est pas verrouillée, et je me précipite à l'intérieur d'une pièce pratiquement plongée dans l'obscurité, à peine éclairée par quelques bougies éparpillées ici et là. *Qu'est-ce que c'est que ça ?*

Essoufflée et le cœur battant, je scrute les environs à la recherche d'une issue, mais l'alarme retentit à nouveau, agressant mes oreilles déjà mises à rude épreuve. Je me bouche les tympans en avançant de quelques pas et découvre enfin des meubles de cuisine, quand un souvenir me parvient. *Merde* ! Je suis revenue à la case départ. Je suis chez lui. Chez Geyden.

Si j'ai bien compris, il n'a pas seulement installé un labyrinthe de maïs dans son jardin ; il a aussi construit des salles de tortures étranges dans son sous-sol ! Je me demande ce qui se cache derrière cette porte en fer, mais je ne perdrai pas de temps pour le découvrir.

Je fonce vers la porte d'entrée, retenant à nouveau mon souffle, anxieuse à l'idée de me retrouver enfermée, alors que le compte à rebours a touché à sa fin.

Lorsque je réalise que la porte est ouverte, un soupir de soulagement me délivre de la pression dans mes oreilles. Je ne pense pas deux fois, voyant que la cour est allumée, je devrais être méfiante, mais peu importe ; je veux sortir de cet endroit. Je me mets à courir, déçue de constater que, cette fois-ci, aucune voiture n'est garée.

Sans faire de bruit, je traverse son immense jardin, aussi bien entretenu que dans mes souvenirs, et je me rends compte que je m'oriente vers la forêt. Je pourrais facilement me perdre, mais cela m'est égal. Je préfère mourir parmi les arbres plutôt que de mourir entre ses bras.

Je m'enfonce dans les bois, les branches craquant sous le poids de mes converses, brisant le silence oppressant qui m'entoure.

Je ne cesse de courir avec la sensation que j'ai réussi à m'échapper, mais je sais que ce n'est qu'une impression ; il doit m'observer et prendre plaisir à me voir ainsi.

Bien que la pleine lune éclaire cette vaste forêt, je n'arrive pas à voir exactement où je mets les pieds et je trébuche sur une branche.

Putain !

C'est en me levant que je ressens une douleur aiguë envahir mon bras droit. Je serre les mâchoires pour étouffer un cri, retenant mon souffle en me penchant pour regarder.

J'écarquille les yeux en découvrant un morceau de branche enfoncé dans mon avant-bras, trouant mon haut de pyjama, entouré par mon sang qui s'écoule en plusieurs rivières. *Bordel* ! *Bordel* !

Par chance, elle s'est cassée lors de la chute, je n'aurai pas besoin de la couper pour l'extraire.

Je m'assois et sanglote comme une enfant.

Je n'en peux plus ! Je n'en peux plus !

Du bout des doigts, je saisis la branche et tire, mais la douleur est insupportable, et un hurlement reste coincé dans ma gorge.

— Ce n'est pas comme ça qu'on fait, ma belle luciole, dit-il dans mon dos.

Je sursaute, me retournant pour le scruter ; il se tient à deux pas de moi, avec le masque de David de Michel-Ange sur le visage. Je ne l'avais pas entendu arriver. Il m'observe, la tête inclinée sur le côté. Je hoquette et recule, tandis qu'il avance, s'abaisse à ma hauteur et attrape mon autre bras pour me maintenir immobile.

— On s'est blessé, mon petit insecte préféré !

— Tu es vraiment un malade ! craché-je en pleurant.

Mais il ignore mes paroles et continue d'examiner le morceau de bois enfoncé dans mon avant-bras, inspirant et expirant de manière dramatique, comme s'il était exaspéré par ma présence. Je me sens comme une petite fille qui a fait une bêtise, attendant que son parent fasse le ménage derrière elle.

— Luciole, Luciole, murmure-t-il avant de prendre une profonde inspiration, puis d'expirer à nouveau. Tu ne fais pas attention où tu mets les pieds ? J'aime que ce soit les autres qui se blessent, mais pas toi ! s'écrie-t-il en levant la tête.

Malgré le masque, je comprends qu'il me dévisage avec sévérité.

Il est en colère ? *Je rêve là ?*

— Je vais devoir interrompre le jeu pour pouvoir te soigner ; je ne veux pas que l'amour de ma vie meure dans les bois !

Je m'esclaffe, un rire profond qui me soulage.

— Qu'est-ce qui te fait rire, Luciole ? me demande-t-il d'une voix grave, me figeant sur place.

Avec peine, je déglutis, sentant mon cœur rater plusieurs battements, je le regarde.

— Qu'est-ce qui te fait rire ? répète-t-il.

— La situation est grotesque et...

Hum... non, *tais-toi*. Ne dis pas « toi ». Évitons de mettre ce malade plus en colère qu'il ne l'est déjà.

— Rien. J'avais juste besoin de rire, tu... tu sais, ce n'est pas facile... tes jeux.

Mais il ne dit rien, se contentant de hocher la tête avant de me soulever dans ses bras comme si je pesais moins que rien. Sans même m'en rendre compte, j'enroule mon bras non blessé autour de son cou, tandis que l'autre continue de me faire souffrir. Mon cœur s'arrête un instant lorsque je reconnais ce parfum, celui de Geyden. Cela signifie-t-il qu'il a réussi à prendre le dessus aujourd'hui ? Ou est-ce une ruse de la part de Michel-Ange pour me faire comprendre qu'ils ne font qu'un ? *Mon Dieu !*

— Je vais te soigner, et ensuite nous reprendrons là où nous nous sommes arrêtés, m'annonce-t-il, tandis que nous quittons les bois pour remonter le vaste jardin éclairé par la lune et quelques lumières.

Je lève la tête pour contempler le ciel dégagé, où aucun nuage ne vient gâcher le paysage.

Il me pose sur l'îlot central de sa cuisine, sort son portable, pianote sur l'écran et la lumière jaillit et éclaire enfin la pièce. Il retire le masque qu'il pose juste à côté de moi, tout en m'ordonnant de ne pas bouger, ce que je n'oserais pas faire. J'ai vraiment mal à mon bras, et s'il peut réussir à extraire ce machin sans douleur... ce qui est peu probable... *Oh mon Dieu !* Je vais m'évanouir, je ne supporte pas la douleur, elle me donne des vertiges.

— Tu ne bouges pas, d'accord ? répète-t-il en levant un sourcil comme signe d'approbation, de peur que je fuis.

En guise de réponse, je hoche la tête et l'observe faire le tour pour ouvrir un grand tiroir où il trouve plusieurs boîtes, vertes et noires, mais il prend la verte et referme le tiroir pour revenir se placer devant moi.

Bien qu'il soit assis à une bonne hauteur, il demeure toujours aussi imposant. Je regarde attentivement cet homme, un corps qui appartient à un autre. Un corps habité par quelqu'un qui ne devrait pas se trouver dedans. J'ai toujours du mal à m'en rendre compte, et pourtant, c'est bien là, devant moi.

— Je vais t'administrer un anesthésique pour endormir la zone, afin que tu ressentes le moins possible.

— D'accord, merci.

— Tu n'as pas à me remercier, dit-il en me dévisageant avec douceur. Tu sais, j'aimerais que tu comprennes, une bonne fois pour toutes, que je ne te veux aucun mal. Je ne souhaite qu'une chose : que tu nous aimes tels que nous sommes.

Il caresse ma joue doucement, et son pouce vient frôler la blessure sur ma lèvre. Sa mâchoire se contracte et ses yeux reflètent soudainement la rage, mais celle-ci s'estompe rapidement.

— Pourtant, tu me fais du mal en agissant ainsi, Michel-Ange.

Il ne répond rien et vient planter l'aiguille juste à côté de ma blessure. Je grimace en tournant la tête de l'autre côté le temps qu'il insère le produit. Cela me fait mal, mais la douleur est de courte durée, et il retire l'aiguille aussitôt.

Puis, sans un mot, il se détourne et quitte la cuisine, me laissant seule, face à cette boîte remplie de fioles et de deux seringues neuves.

Je les observe, une envie monstrueuse naissant en moi. Je ne sais pas ce que contiennent les petites bouteilles, mais, sur les étiquettes figurent des noms inconnus : Propofol, Thiopental, Sévoflurane, Lidocaïne, Bupivacaïne, Ropivacaïne, Fentanyl, Hydromorphone, Midazolam, Dexmédétomidine. Aucun de ces noms ne me dit quelque chose.

Soudain, un bruit sourd retentit au loin, me faisant sursauter. J'attrape la première fiole à mes côtés, sur laquelle est inscrit « Thiopental », et je plonge la seringue à l'intérieur, sans attendre, le cœur battant à tout rompre, retenant ma respiration. Et si cela ne fait rien ? Je jette un regard à la fiole qu'il a utilisée pour moi : Lidocaïne. Ce n'est pas le même nom, donc ça n'aura pas le même effet. Je prie pour qu'il s'endorme, pour que je puisse le confiner en bas, dans sa cage.

Une sueur froide me parcourt le dos lorsque j'entends ses pas se rapprocher. *Merde, merde !* Si je me rate, je suis dans de beaux draps... mais en même temps, je le suis déjà.

Reste calme, tu vas y arriver, il veut jouer, alors jouons.

Je cesse de respirer tandis que sa silhouette réapparaît. Un frisson de peur parcourt mon corps à l'idée de me rater.

Il reprend sa place et me demande si cela me convient de regarder ailleurs pendant qu'il retire le bout de bois planté dans mon bras, tellement engourdi que je ne le sens pratiquement plus. Sans hésitation, je dirige mon attention vers un autre point. Michel-Ange m'avertit qu'il va commencer et qu'il fera tout pour me soigner, en vérifiant s'il n'y a plus de fragments coincés dans ma chair, ce qui me donne la nausée. C'est certain, je n'aurais jamais pu être médecin.

— Respire tranquillement, me dit-il en me montrant comment faire. J'ai retiré le bois, maintenant je vais palper et vérifier si tu n'as rien d'autre, d'accord ?

— D'accord, acquiescé-je en serrant le poing de la main tenant la seringue. Je pourrais lui enfoncer dans le cou dès qu'il aura fini, non ? Je suis perdue. Il fait preuve de gentillesse, mais c'est sûrement une ruse. Non, je dois agir et l'enfermer en bas, le laissant mourir de faim. Mais Geyden, lui, n'y est pour rien. *Merde.*

Je prends une profonde inspiration, les yeux fermés, et c'est à ce moment-là que je sens des larmes couler le long de mes joues. Je pleure ? Si seulement je pouvais revenir en arrière et ne pas l'avoir embrassé. Je ne serais pas dans cette situation. J'ai tout perdu. Je ne parle plus à sa sœur, qui était ma meilleure amie. Elle me manque, mais pourrais-je pardonner à Stécy de ne m'avoir rien dit ? Je ne sais pas. Elle m'a trahie. Elle savait tout et n'a rien fait. Elle savait que c'était son frère. Certes, elle m'a assuré qu'il ne me ferait rien. Mais cela signifie que, lorsqu'il est venu chez moi et nous a enfermées lui et moi dans ma salle de bain, elle entendait. Elle ne dormait certainement pas. Elle jouait un rôle. Ce même soir où il m'a demandé de voler un couteau et de m'en servir contre lui, le soir où Kate est morte, elle ne me cherchait certainement pas. Le meurtrier de Kate n'a toujours pas été retrouvé. Et si c'était lui ? Non, il était avec moi. Non, pas tout à fait. Il a disparu après.

Je rouvre brusquement les yeux, le cœur battant dans ma poitrine. Je l'observe couvrir les points de suture d'un pansement blanc. Avec prudence, je retire le capuchon qui protège l'aiguille. Profitant de l'occasion, je lève mon bras et plante la seringue dans son cou, appuyant de toutes mes forces pour lui administrer le produit.

Ses yeux s'écarquillent tandis qu'il retire brutalement ma main. Je sursaute, descends de l'îlot, et recule, effrayée, tandis qu'il essaie d'évaluer la situation.

— Luciole, murmure-t-il en commençant à valser d'un pied à l'autre.

La panique m'envahit ; j'ai envie de hurler, mais je reste là, à l'observer perdre le contrôle de son corps à vue d'œil. Il s'accroche au plan de travail, faisant tomber la boîte contenant toutes les fioles et les seringues au sol avec fracas, puis s'écroule, disparaissant de ma vue dans un bruit lourd.

— Putain ! soufflé-je la paume de ma main contre ma bouche.

J'attends quelques secondes, les yeux écarquillés et la respiration haletante.

Puis, brusquement, je me précipite vers lui, mais je m'arrête net en le voyant allongé sur le sol, inerte. Mon cœur s'emballe, et je scrute son visage, cherchant à vérifier s'il est mort. *Mon Dieu !*

Je me penche doucement, restant vigilante au moindre mouvement qui pourrait annoncer une réaction. Mais il ne bouge pas.

Tremblante, je place deux doigts contre sa carotide et, par chance, je sens les battements de son cœur sous ma peau.

Un soupir de soulagement s'échappe de mes lèvres, et je m'effondre au sol, m'allongeant pour tenter de reprendre mes esprits. Qui aurait cru qu'un jour, j'aurais fait ça, endormir quelqu'un pour l'enfermer dans une cage ? Personne.

Je me redresse lentement, inspirant et expirant profondément. Mais avec un bras en moins, comment vais-je le descendre ? Je n'ai pas le choix : je dois continuer.

M'armant de courage, je saisis sa cheville et tire de toutes mes forces. Il est si lourd que mes mouvements sont très lents. *Merde !* Comment vais-je faire ? Je dois traverser les escaliers, le couloir aux multiples portes… et si ce couloir était toujours étroit ?

Si j'allais voir ?

Non, dans les films d'horreur, quand la victime détourne le regard pendant deux secondes, à son retour, le meurtrier a disparu, donc on va éviter ça.

Je tire encore et encore, mes muscles se tendant sous l'effort. Lorsque j'arrive enfin devant la porte, je l'ouvre, découvrant à nouveau des escaliers plongés dans l'obscurité. Un frisson me parcourt l'échine. *Bordel !*

En prenant une grande inspiration pour me donner du courage, je me positionne derrière lui. D'une seule main, je le déplace doucement, priant pour qu'il ne se blesse pas gravement quand je le déplace. Je m'assois et le pose contre l'embrasure de la porte, mes mains s'ancrant délicatement sur ses épaules alors que je fixe le vide de la cage d'escalier. Ce n'est pas une bonne idée. Et s'il se faisait mal en chutant ? Je dois trouver une autre solution pour le descendre.

Une idée émerge alors dans mon esprit : je pourrais le faire glisser à l'envers, tenant un de ses bras et le faisant dévaler les marches, une par une. Oui, c'est peut-être la meilleure option.

Je rassemble toutes mes forces, une détermination brûlante en moi. Après tout, je ne peux pas le laisser ici, et j'ai déjà trop investi dans cette folie pour faire marche arrière maintenant.

Chapitre cinquante-neuf

Ça doit faire plus de cinquante minutes que je suis assise, à l'observer, paisiblement endormi. *Dors bien, malade mental !*

De là où je suis, je peux voir sa cage thoracique se soulever et redescendre au rythme apaisant de sa respiration. Cet homme est d'une beauté saisissante. Il n'est vraiment pas normal que je continue à le trouver attirant malgré tout ce qu'il représente, et je réalise que je ne parviens à détourner les yeux de lui.

Ses cheveux noirs comme l'ébène tombent négligemment sur son front, lui donnant un air rebelle. Sa bouche pulpeuse et sa mâchoire carrée ornée d'une barbe soigneusement taillée révèlent un charme brut qui me trouble. Ses bras, musclés et puissants, témoignent d'un travail acharné, ou peut-être de l'effort nécessaire pour tuer et transporter tant de cadavres. À cette pensée, un frisson d'horreur me parcourt l'échine. *Mon Dieu...* Et, vu comme j'ai eu de la difficulté à le faire monter, je comprends maintenant pourquoi il est si musclé. Une personne endormie, qu'elle soit vivante ou non, pèse une tonne.

Je devrais me sentir en sécurité ; il est enfermé dans son propre piège, dans cette cage, et je n'ai pas laissé les clés comme lui l'a fait. Cependant, une partie de moi murmure que je ne le suis pas, que le danger rôde en dépit du fait qu'il soit sous scellé.

Mon regard se pose sur le masque à mes pieds. Il semble me fixer également ; à croire qu'il est conscient de ma présence. Une sensation dérangeante m'envahit, comme s'il me jugeait. Je secoue la tête, me reprochant d'accorder tant d'importance à un simple objet. Pourtant, je finis par le saisir et l'élever devant moi, scrutant chaque détail.

Mes doigts effleurent la surface du plastique, traçant un chemin du front jusqu'aux pommettes, où une fissure se dessine, révélant un morceau manquant. Je remonte jusqu'au nez de David, cette œuvre tragique façonnée par l'illustre Michel-Ange. Chaque imperfection raconte une histoire de coups encaissés, d'épreuves endurées. Je prends une profonde inspiration, sentant la réalité m'étreindre, puis j'expire lentement en fermant les yeux, essayant de repousser les pensées sombres qui m'assaillent.

Pourquoi lui ? Pourquoi moi ? Cette question me harcèle et m'emporte dans un tourbillon d'émotions, partagées entre la peur et la compassion, la curiosité et l'horreur. *Je le déteste...*

Juste après l'avoir enfermé dans cette cage, avec beaucoup de difficulté et bon nombre de pauses, j'en ai profité pour monter et fouiller toute sa maison. Malheureusement, je n'ai rien trouvé qui puisse m'éclairer sur la mort de Kate. Rien. Cet homme vit ici comme un fantôme, et je réalise à quel point je n'avais jamais prêté attention à ce désespoir avant. J'ai connu des maisons bien plus vivantes ; la sienne respire le vide.

Sa chambre est presque dépouillée : un lit double rudimentaire, deux tables de chevet en fer de chaque côté, et un tableau noir accroché au-dessus de sa tête de lit. À part ça, rien d'autre. Pas même une armoire pour ses vêtements. Geyden vit avec le strict minimum, comme s'il était un nomade, changeant de ville chaque jour.

Et ne parlons même pas de ses placards à nourriture : ils sont presque vides. Je suis déjà venue ici plusieurs fois, il avait même organisé une soirée. Chaque détail maintenant me semble étrangement sinistre.

Par chance, j'ai réussi à trouver quelque chose qui traînait dans son frigo, car, malgré tout ce qu'il me fait vivre, la faim et la soif me tenaillaient. Je me suis donc rassasié, mais ce n'était pas une victoire, seulement un répit momentané.

Mon cœur s'emballe lorsque je le vois bouger du coin de l'œil. Je retiens mon souffle, la peur m'envahissant telle une vague glaciale. Et s'il le prenait mal ? Non. Il est enfermé ; il ne peut pas sortir, et je ne suis certainement pas celle qui va le libérer. Il ne peut pas me punir.

Un mélange d'anxiété et de détermination se répand en moi, bourdonnant dans mes veines.

Il gesticule en gémissant, et sans réfléchir, je place son masque sur mon visage. Le contact du plastique qui me dissimule me donne une étrange sensation. Je n'arrive pas à mettre des mots sur ce que je ressens, mais un sentiment d'invincibilité m'envahit ; il me semble que ce morceau de plastique, d'apparence ridicule, peut me transformer en quelque chose de plus grand, de plus fort. Je me lève, tremblante malgré tout. *Reste calme*, je me répète d'une voix intérieure. Lui, il ne tremble pas lorsqu'il le porte ; tu ne dois rien laisser paraître.

J'avance d'un pas déterminé, puis je ramasse la batte au sol, celle qu'il a utilisée quelques heures plus tôt. Comme lui, je laisse le bois frotter le béton dans un bruit sinistre, résonnant tel un chant lugubre à travers la pièce ; qui, d'ailleurs, est bien plus vaste que je ne l'avais imaginée. J'aperçois une autre porte en fer rouillé au fond, mais celle-ci reste obstinément close.

Jamais je n'aurais pensé que cette belle demeure renfermait autant de secrets. Un véritable labyrinthe où se mêlent les échos d'un sous-sol rempli de pièges, y compris une cage conçue pour enfermer ses proies.

Un frisson de dégoût me parcourt l'échine. Combien de personnes sont venues ici ? Combien sont mortes ? *Mon Dieu...*

Sa plainte me ramène brusquement à la réalité. Geyden – ou Michel-Ange – passe une main sur son visage, expirant profondément avant de tourner la tête vers moi, grimaçant.

Mais je comprends rapidement que ce n'est pas Geyden. Le sourire déformé qui s'étire sur ses lèvres est le rictus de Michel-Ange, un prédateur à l'affût.

Je déglutis malgré ma bouche sèche. Une boule de terreur se forme dans ma gorge, comprimant mon cœur avec une telle intensité qu'il m'est difficile de respirer. Mon esprit s'éveille, conscient qu'une menace bien plus sombre se dessine dans l'ombre, prête à frapper à tout moment.

Lentement, il se redresse en riant, un éclat qui me glace le sang. Je fais de mon mieux pour ne pas laisser transparaître ma peur, conservant une posture droite et déterminée tout en marchant nonchalamment, la batte résonnant à chaque pas dans l'obscurité.

— Ma belle petite luciole, rétorque-t-il en peinant à se lever, les effets secondaires du produit que je lui ai administré visiblement encore bien présents.

Il balaie la pièce du regard, et un rictus malveillant s'élargit davantage. La tête inclinée sur le côté, Michel-Ange avance vers les barreaux qu'il saisit comme s'ils étaient des chaînes d'acier le reliant à sa folie.

— J'aime ça, déclare-t-il d'un ton joyeux. Tu commences à devenir comme moi, tu le sens ?

Prise au dépourvu, je m'arrête brusquement, ce qui le fait ricaner encore plus. Puis, il recule en tapant dans ses mains avec une énergie débordante avant de me regarder à nouveau, plongeant ses yeux brillants d'une lueur inquiétante dans les miens.

— Ne t'inquiète pas, je ne t'en veux pas de m'avoir endormi pour me confiner ici. Au contraire, c'était prévu. Je savais que tu le ferais. C'est pour ça que j'ai tout laissé à portée de main, ne souhaitant qu'une chose : que tu dépasses tes limites, que ces barrières s'effacent, pour que nous puissions être heureux ensemble.

— Non, soufflé-je, la voix tremblante. Tu ne le savais pas, tu mens.

Ses paroles résonnent dans mon esprit comme un écho lugubre. *Il ment !* Je ne me laisserais pas berner, non.

Il éclate de rire à nouveau, inclinant la tête vers le sol avant de la relever avec un sourire de vainqueur.

— Tu crois vraiment que j'aurais pu oublier des médicaments aussi puissants et te les laisser sous le nez ? dit-il avec mépris. Luciole, voyons, réfléchis. J'ai tout orchestré.

— Et être enfermé dans cette cage, tu l'as orchestré aussi ? demandé-je d'un ton neutre, bien que mon corps soit en pleine ébullition, bouillonnant d'adrénaline.

Une envie furieuse de hurler, de frapper cette cage, de l'attaquer monte en moi. L'angoisse et la rage s'entremêlent, créant une tempête intérieure menaçant de se déchaîner. L'incertitude de son plan m'étouffe, et je me sens terriblement piégée.

— Hum... ça, non, je ne l'avais pas vu venir, mais j'aime bien. Ça me plaît.

— Cinglé, craché-je en frappant la cage, le bruit sonnant comme une cloche mélancolique.

Mais il ne bouge pas d'un pouce, ne cligne même pas les yeux. *Quoi ?*

Je recommence, encore et encore, mais c'est toujours pareil. Puis, soudain, il fait un mouvement en arrière et se met à grimacer, comme si une douleur le transperçait. Le désarroi se lit sur son visage ; il balaie la pièce du regard avant de se focaliser sur moi, ses yeux s'écarquillant d'effroi.

— Amber ! Amber ! crie-t-il, me faisant reculer de deux pas, l'angoisse me nouant l'estomac. Sors d'ici !

— Quoi ?

— C'est Geyden ! hurle-t-il. C'est moi ! Sors d'ici ! Cours ! Cette cage a une sortie, Amber ! Je ne pourrai pas l'empêcher de switcher plus longtemps ! Cours !

Brusquement, je retire le masque et le laisse tomber au sol.

— Attends ! Attends ! Je ne comprends rien !

— C'est Geyden, là ! répète-t-il.

Je sens la peur se mêler à l'incrédulité dans ma poitrine.

— J'ai fermé à clé, tu…

— Non, non ! Il y a une trappe juste à côté du lit, je peux sortir !

— Je ne comprends pas ! répliqué-je, la terreur me submergeant. J'ai fouillé quand j'étais ici… Putain !

— Il y a toujours une échappatoire, Amber, dans tout ce qu'il crée ! Il aime jouer avec le cerveau de ses victimes. Tu es l'une d'elles ! Je t'en supplie ! Ou alors, va dans la cuisine ! Le tiroir à côté du frigo a un renfoncement caché ; il faut que tu vides le fond. Tu trouveras mes armes de service et une paire de menottes. Prends une arme et les menottes, et reviens, tu m'attacheras à la barre. Je ne pourrai plus m'échapper.

— Quoi ?

Voyant que je ne bouge pas, il élève la voix dans un désespoir palpable.

— Fais ce que je te dis, bordel ! Amber ! Va chercher les menottes et viens m'attacher, puis tu t'enfuis, et tu ne reviens jamais !

— Mais… tu vas mourir ?

— Il vaut mieux ça… murmure-t-il en baissant la tête. David fait trop de mal.

Cette révélation me transperce comme une flèche. Je sais que je dois agir. Je me précipite vers l'étage sans attendre, le cœur battant la chamade, l'esprit tourbillonnant d'adrénaline et d'inquiétude pour lui.

Tel qu'il me l'a suggéré, j'ouvre le tiroir et le vide, même si n'y a pas grand-chose à l'intérieur. En soulevant le fond, je reste sans voix en découvrant deux armes à feu et une paire de menottes accompagnée d'un trousseau de clés. Je reste figée pendant quelques secondes, hésitante, me demandant si c'est une bonne idée. Geyden n'y est pour rien, il doit bien exister une solution, non ? Des traitements, des alternatives ? Je ne sais pas.

Puis, j'attrape l'arme, la paire de menottes et les clés. Je me retourne, sursaute et pousse un cri de surprise lorsque je croise des yeux bleus à quelques centimètres de moi. Un courant électrique me traverse le corps, glaçant mes veines, quand il s'empare de l'arme que je tiens et la jette loin derrière lui, avant que j'aie pu réagir.

— Bouh ! souffle-t-il, un sourire sur le visage.

— Geyden ?

Son regard trahit une tristesse alors qu'il secoue la tête, puis il pose une main délicate sur mon visage, rapprochant ses lèvres des miennes.

— Il fait dodo, Luciole, m'annonce-t-il d'une voix douce et presque tendre. Nous ne sommes que tous les deux.

Je peine à déglutir ; ma gorge me pique tant elle est sèche ; une peur sourde se mêle à la confusion.

— Ça peut être une bonne idée, ça, dit-il en attrapant les menottes que je tiens encore, les brandissant devant mes yeux. Finalement, pourquoi ne pas les utiliser sur toi ?

— Michel-Ange, murmuré-je, réalisant l'horreur de la situation, le cœur tambourinant avec force contre ma poitrine.

— Tu sais combien j'aime mon surnom, répond-il, une lueur malicieuse dans ses yeux.

— Oui, ça, je le sais.

Un frisson d'appréhension parcourt mon échine alors que la tension dans l'air devient électrique, un avant-goût de l'angoisse qui s'annonce.

Soudain, il me retourne, et sans que j'aie le temps de réagir, il passe les menottes sur mon poignet gauche. Je crie, ma voix se brisant sous l'effet de la peur, et je donne un coup de pied dans une direction incertaine, juste assez bien visé pour me défaire de son emprise.

Je recule, haletante.

— Je ne t'aime pas, je ne t'aimerai jamais ! vociféré-je.

Chaque mot est une affirmation désespérée. Mais ses lèvres s'étirent en un rictus qui me glace.

— C'est ce que tu crois, mais tu m'aimes déjà, me répond-il en avançant vers moi, tel un prédateur.

— Non, je ne t'aime pas ! Comment peut-on aimer un alter ? Tu n'existes pas ! Tu n'es qu'une invention du cerveau d'un petit garçon traumatisé. Tu n'aurais jamais dû voir le jour, je te rappelle !

Mon cœur bat si fort que j'ai l'impression d'être au bord d'une crise cardiaque. J'y vais sans retenue, je le sais, mais d'un autre côté, ces mots me tirent en arrière, me pinçant le cœur, et cela m'énerve au plus haut point, car, au fond, je ne le pense pas vraiment. *Putain de merde !*

Michel-Ange m'observe en arquant un sourcil parfaitement dessiné, penchant la tête sur le côté, tel un chat aux aguets.

— Tu ne penses pas ce que tu dis, je le vois, Luciole.

Je déglutis, tentant de respirer calmement, mais en vain.

— Si, je te hais, tu me donnes envie de vomir. Celui que j'aime, c'est Geyden. Lui et lui seul, répliqué-je, me sentant au bord de l'évanouissement. Toi, c'est juste un jeu. Je voulais savoir qui était ce malade derrière ce masque, maintenant, je le sais, et ça ne me fait rien. Je ne veux pas de toi et personne ne voudra de toi !

Les mots que je lâche lui font mal, et c'est là que je sens une victoire fugace, car son sourire s'efface, laissant place à des traits durcis par la rage, un frisson d'inquiétude me traverse. Il m'avait promis qu'il ne me ferait jamais de mal, non ?

— C'est ton dernier mot ? demande-t-il, sa voix prenant une tonalité sombre.

— Oh oui ! crié-je avec ferveur. Tu me répugnes !

Pourquoi je fais ça ? Je ne sais pas du tout ! Mais je le fais.

— OK, dit-il, avant de me rattraper d'un coup, me faisant reculer sous l'emprise de ses mains qui saisissent mes épaules avec force.

Il m'observe quelques secondes, un calme menaçant enveloppant la pièce, puis il penche sa tête vers mon oreille et murmure :

— Alors, cours.

À ces mots, il me lâche et fait un pas en arrière, son regard noir comme les ténèbres me transperçant. Un frisson paralyse mes membres, tandis qu'un sentiment de terreur s'installe dans ma poitrine. Je réalise avec horreur que j'ai peut-être commis une erreur fatale, et que le prix à payer pourrait être exorbitant. J'inspire brusquement, m'apprêtant à traverser la cuisine, quand elle est plongée dans l'obscurité totale, me figeant sur place. *Non, non, non !*

— Luciole ! hurle-t-il dans mon dos, ce qui dresse les poils de mon cou.

Là, la peur m'envahit comme une onde glaciale. Je me retourne à peine lorsque je réalise qu'il déverse quelque chose sur moi. Surprise, je me raidis en inspirant profondément, reconnaissant l'odeur nauséabonde de sa peinture. *Merde !* J'ouvre les yeux plusieurs fois, paniquée, en reculant et en tentant d'essuyer la substance sur mes paupières.

— Maintenant, essaie de t'échapper, dit-il d'un ton goguenard. Ah ! Si je te retrouve, tu es fichue. Si je ne peux pas t'avoir, personne ne t'aura !

— Je...

— Cours ! gronde-t-il, sa voix résonnant tel un coup de tonnerre dans la pièce.

Mon cœur s'emballe, et je sursaute sous l'effet de son ordre. Je n'hésite pas une seconde de plus. Je me précipite, malgré le peu de visibilité qui m'est laissé.

— Cours très vite ! poursuit-il, son souffle chargé de menaces et de folie. Petit insecte ridicule ! Cours ou crève !

Chapitre soixante

Tout en jetant des coups d'œil anxieux par-dessus mon épaule, cherchant à le repérer, je finis par planter mes pieds dans un obstacle et tombe lourdement en avant. Sous l'effet de l'adrénaline, je me relève instantanément et je reprends ma course, ignorant la douleur qui devrait m'envahir. La blessure à mon bras devient presque indistincte. *Mon Dieu !*

Je traverse le jardin dans une course effrénée et m'enfonce à nouveau dans la forêt, éclairée par la pleine lune.

Mais cette fois, la sensation est différente. Autrefois, sans vraiment l'admettre, une étrange excitation parcourait mes veines à l'idée de plonger dans ce jeu tordu, même si, paradoxalement, une terreur sourde s'insinuait en moi. Mais en vérité, j'aimais ça. Mais là, c'est une peur viscérale qui m'étreint, intense et palpable, rappelant ce frisson que l'on ressent lorsque l'on sait que l'on est en danger. C'est le même type de peur qui s'empare de toi en regardant un film d'horreur, seule, en pleine nuit, où chaque ombre semble avoir pris vie.

En cet instant, mes émotions se heurtent, m'enveloppant d'un brouillard suffocant. Les mots qu'il a prononcés résonnent en moi, tels les échos d'une mélodie macabre :

Cours ou crève. Cours. Ou. Crève.

Ce regard, avec cette expression froide et sévère, pénètre mon âme. Je comprends alors que j'ai réveillé quelque chose de terriblement sombre en lui, une malveillance dont il a toujours cherché à me préserver, mais qui n'échappait pas aux autres victimes qu'il a emmenées ici pour les anéantir.

Un instant, j'ai cru que, si jamais il me faisait du mal, je serai invincible. Mais c'était une illusion cruelle. Cet homme, tel un prédateur affamé, veut ma mort. Il désire s'assurer que personne ne pourra jamais m'avoir. Et moi, comme une conne, je l'ai provoqué.

Mon Dieu ! Je vais mourir ! C'est certain !

Ma mère m'a toujours appris à réfléchir avant d'agir, à tourner sept fois ma langue dans ma bouche avant de parler. Mais elle n'a jamais été confrontée à un psychopathe comme amant. Comment aurait-elle réagi si Michel-Ange avait croisé son chemin, lui offrant son charme ténébreux et son dédain glacé ? Elle serait morte bien avant moi, ma mère est trop fleur bleue pour survivre à un tel homme. Je dis cela alors que je sens la mort s'approcher, et je ne sais même pas quelle date on est.

En fait, bien sûr que si, on est le 31 octobre, et ce soir, c'est Halloween. Je vais crever le jour d'Halloween ? Qui l'aurait cru ? Un frisson d'ironie me parcourt, mêlé à une peur viscérale. Halloween, c'est la nuit des costumes et des frissons, et, moi, je serai la véritable victime de ce psychopathe. *Putain de merde !* Non, je ne dois pas mourir...

Un grésillement résonne tout autour de moi, tel un haut-parleur qui s'active brusquement, suivi du rire sardonique qui éclate dans l'air, d'une sinistre mélodie.

— J'adore ta façon de courir, Luciole ! Elle me fascine vraiment ! Que dirais-tu de jouer à un autre jeu ?

Putain ! Cet homme est un véritable cinglé ! Mon souffle s'accélère, mon cœur martèle ma poitrine avec la force d'un tambour de guerre.

Sans relâche, je cours aussi vite que mes jambes peuvent me porter, tandis qu'il continue de converser, ses mots flottant dans l'atmosphère :

— Tu connais la chasse au trésor ? me demande-t-il d'un ton dé-
contracté, comme s'il s'adressait à un ami, prêt à partager un moment
joyeux.

Une pensée me traverse, il doit me suivre à travers des caméras
dissimulées, captant chacun de mes gestes, chaque instant de ma panique désespérée. Je me sens comme une proie, un lévrier effrayé
sous le phare implacable d'une voiture.

— Alors, commençons ! m'annonce-t-il, la voix pleine d'une excitation maligne.

Brusquement, je m'arrête, le souffle court, le corps penché en
avant, prête à l'envoyer chier, mais je me ravise, mon esprit me fait
me souvenir de ce qui est arrivé il y a quelques minutes. *Ne jette pas
de l'huile sur le feu.*

Je reprends donc ma course, alors qu'un point de côté se réveille,
me déchirant le ventre de la même façon que si une lame était enfon-
cée dans mon bide. *Putain !*

— Si tu veux, je peux t'aider à trouver ton trésor ? Avec un jeu de
chaud et froid ? continue-t-il, sa voix mielleuse débordant de malice.
Là, tu es froide, mais ça va vite devenir chaud !

Je n'écoute qu'à moitié, trop absorbée par le rythme effréné de
mes pas, suintant de sueur. L'idée de me retrouver à quatre pattes sur
le sol, embrochée par une branche, me terrorise. La pleine lune éclaircit mon chemin en réduisant les ombres à néant. L'instinct de survie
me pousse à fuir, à me libérer de cet enchevêtrement mortel.

— Hum… tiède ! Tu te rapproches !

Cette forêt a-t-elle seulement une fin ? Je l'espère ! Je tourne la
tête, jetant un coup d'œil sur ma droite, puis la gauche, mais rien. Il
ne m'a pas suivie. Je suis perdue dans cette incertitude. *Cours ou
crève…*

Je dois me débarrasser de lui. Ce sera lui ou moi, et à vrai dire, je
suis bien trop jeune pour finir ma vie dans les bras d'un malade
comme lui. Désolée pour Geyden, mais, tant que David est en vie, je
ne pourrai jamais espérer trouver la paix.

En vérifiant derrière moi pour m'assurer qu'il ne me suit pas, sa voix fend l'air avec le mot « brûlant », et, avant même que je puisse réagir, je trébuche sur quelque chose. Lorsque je tourne la tête, mon corps se fige, comme si une force invisible me clouait sur place.

Je cligne des paupières plusieurs fois, essayant d'assimiler ce que je vois, persuadée que mon esprit me joue des tours, alors que la panique s'emballe comme un orage grondant au loin.

— Surprise ! crie-t-il, sa voix résonnant à travers ses maudits haut-parleurs.

Sans attendre, je hurle à pleins poumons, reculant vivement de ce corps, le regard rivé sur ce qui se tient devant moi, inerte, avec une bouche et des yeux grands ouverts, figée dans une expression d'horreur et recouverte de peinture fluorescente. Lucie ! Mon amie, piégée dans ce tableau cauchemardesque.

La terreur m'envahit, telle une vague inextinguible, alors que je réalise que je ne suis pas seule dans ce jeu qu'il a créé. Elle… *non… impossible… non !*

Je me jette sur elle, mes mains cherchant frénétiquement à vérifier si c'est vraiment Lucie, si ce n'est pas une poupée. Malheureusement, je n'obtiens que la confirmation glaciale de mes pires craintes. Lucie est morte.

Un couteau est encore enfoncé dans son abdomen, et son visage est marqué de balafres horrifiantes. Je la secoue avec désespoir, la suppliant de se réveiller, de me dire que ce n'est qu'un faux couteau, que tout ceci n'est qu'une farce, qu'elle n'est pas morte. *Non !*

— Elle était un obstacle pour nous, Luciole, dit-il, proche de moi cette fois-ci.

Je sursaute, ma main se refermant instinctivement autour du couteau, sentant la chair de Lucie s'accrocher au manche, un vertige de nausée me soulevant l'estomac, alors que j'atterris sur mes fesses et recule, l'apercevant.

Je ne l'ai pas entendu arriver, cet enfoiré. À travers les arbres, il jaillit de la pénombre tel un monstre tout droit sorti de mes pires cauchemars. *Putain de merde !*

Je recule encore, tremblante. Je suis tiraillée entre le froid qui s'insinue en moi à cause de la peur, et la chaleur enivrante de la colère. *Je le hais !*

— Il est beau, mon cadeau, n'est-ce pas ? me demande-t-il d'un ton joyeux, presque satisfait. J'aurais préféré que tu le découvres après notre lune de miel, mais bon, tu as voulu jouer aussi, donc, c'est ta punition, en quelque sorte.

— Tu as tué Lucie, et tu pensais que ça me ferait plaisir ? finis-je par hurler, le dégoût et la rage m'étouffant. Tu es un putain de malade, David !

— Elle allait t'éloigner de moi ! s'énerve-t-il, ses bras s'agitant avec frénésie. Tu crois vraiment que je l'aurais laissé faire ? La laisser t'emmener loin de moi ? Non ! Jamais je ne l'aurais laissé faire !

— Tu es vraiment un malade ! Jamais je n'aurai été à toi ! Jamais ! vociféré-je en me relevant pour me donner plus de force. C'est toi qui as tué Kate ?

J'attends sa réponse, cherchant désespérément à déterrer la vérité au milieu des ruines de son esprit déséquilibré. Mais il secoue la tête, balayant mes mots d'un geste méprisant.

— Si, c'est toi !

— Non.

— Si ! Putain !

— Non, tu te trompes, ce n'est pas moi, mais tu connais très bien la personne qui l'a fait, annonce-t-il, feignant une fausse empathie. Elle aussi a fait tout ça pour nous, Luciole, pour que personne ne nous sépare.

— Quoi ?

— Nous sommes inséparables, ma belle petite luciole, continue-t-il, avançant vers moi.

413

J'ai du mal à déglutir ; mes yeux se brouillent sous l'assaut des larmes qui inondent mon visage. Mais je dois agir, cela doit se faire maintenant. J'attends, le cœur au ralenti, ma respiration bloquée comme si mes poumons m'abandonnaient. Je fais une mini crise cardiaque à chacun des pas qu'il fait.

Je ne dois pas échouer, pas pour moi, mais pour Lucie, pour Kate, pour ceux qui l'ont subi, et pour lui, Geyden, qui vit avec ce monstre en lui, ce poison qui le gangrène. Un vertige m'envahit, je sens que le sol menace de se dérober sous mes pieds.

Je n'ai même pas la certitude qu'il a remarqué que j'ai récupéré le couteau qu'il a laissé dans le corps de mon amie, mais je sais que je ne peux pas laisser passer ma chance. La bile me monte à la gorge alors que quelques centimètres nous séparent. Dans la lumière vacillante, je scrute les yeux de Michel-Ange, empreints de folie et masquant ceux de Geyden. Je me prépare à lever le bras, tandis que son visage s'adoucit et qu'il s'avance encore vers moi. Dans un sourire, il répète :

— Nous sommes inséparables, ma belle petite luciole.

Désolée Geyden... Sans attendre, je plante alors la lame dans son biceps, l'acier s'enfonçant péniblement dans sa chair. Alors qu'il inspire bruyamment, je retire le couteau, abaisse mon bras et je recommence, le plongeant dans sa chair avec une facilité presque macabre.

Au moment où je l'extrais à nouveau, Michel-Ange laisse échapper une plainte, tandis qu'il s'effondre devant moi, tel un château de cartes, sa force s'évaporant.

— Cours ou crève, sale monstre ! répliqué-je. Mais, désolée pour toi, tu vas surtout crever !

Je lève le bras pour prendre de l'élan et je lui enfonce la lame, mais il interpose sa main, recevant le coup en plein dans sa paume. Je retire immédiatement la lame pour la replonger dans son corps, tandis qu'il gémit de douleur en s'écroulant au sol.

— Tu as tué mon amie, connard ! hurlé-je.

Je ne m'arrête pas, contrôlée par une rage dévorante. Son sang éclabousse mon visage, l'odeur du fer se mêlant à celle de sa peinture de merde. La violence monte en moi comme une tempête furieuse.

Et lorsque l'ampleur de mes actes me frappe enfin, je recule, les yeux écarquillés de terreur. La bile se coince dans ma gorge, puis je me plie en avant et vomis tout le contenu de mon estomac, ce que j'avais pu avaler quelques minutes auparavant. *Putain !*

Un craquement de bois se fait entendre dans mon dos. Surprise, je me retourne, mais je n'ai pas le temps de comprendre ce qui se passe ; une silhouette se jette sur moi, et un coup sec frappe ma tête, me plongeant dans l'obscurité... ✿

Chapitre soixante-et-un

Le soir de la mort de Kate

*****

Je n'ai que quelques minutes pour faire taire cette bouche avant qu'Amber ne revienne de sa petite escapade avec mes frères. La colère bouillonne en moi, prête à exploser. Elle veut me menacer ? Nous allons voir qui va réellement avoir peur ce soir. Je frappe rapidement à sa porte, mon cœur battant plus fort à chaque seconde qui passe. Je prends le masque pour Halloween, dissimulé au fond de mon sac à main, et je le mets sur mon visage. Je n'aime pas trop ce plastique, il me dégoûte presque, mais j'ai envie de lui régler son compte, de jouer avec elle, comme David m'a appris à faire pendant toutes ces années.

La porte s'ouvre, elle affiche un sourire éclatant, mais il s'efface aussi vite qu'il est apparu. Je ne lui laisse pas le temps de réagir ; ma brochette à viande s'enfonce brutalement dans son ventre. *Hmm.*

Kate vacille en arrière, la main sur le ventre, les yeux écarquillés, empreints d'une surprise menaçante et d'une peur palpable. La première fois que j'ai pris une vie, je ne me souviens pas que cela ait été aussi savoureux. À l'époque, c'était horrifiant ; J'ai mis du temps à me remettre de cette expérience, hantée par des cauchemars incessants, incapable de manger. Mes parents m'ont envoyée chez un psy, mais rien n'a changé. Cependant, David était présent, même si Geyden ne comprenait pas vraiment ce qui se tramait. Je suis persuadée qu'il se doutait qu'il était la cause de tout cela, mais il ne m'en a pas parlé.

Je ne sais pas s'ils savent quand les autres prennent le relais ; je n'ai jamais osé demander. Pourtant, je crois, non, je sais qu'ils communiquent dans sa tête. C'est Geyden qui m'en avait parlé lorsqu'il était plus jeune.

Mais revenons à la jolie salope qui s'élance à travers son salon faiblement éclairé. Je ne sais pas comment elle a pu le savoir, mais je vais bientôt le découvrir. Dire qu'elle avait la grippe était une excuse parfaite pour éviter de me voir, sauf que me voilà, prête à la tuer.

Kate trébuche en avant, rendant mon approche plus simple. J'attrape ses cheveux et tire sa tête en arrière, un sourire sauvage se dessine sur mes lèvres. Elle hurle si fort que je dois lui donner un coup pour la faire taire ; sinon, elle risque d'attirer l'attention des voisins. Cela fonctionne, car elle se met à couiner à présent, et j'adore ça. J'aime qu'elle chouine ; c'est mignon. Ce doux son me réchauffe le cœur, une mélodie mélancolique danse dans l'air, résonnant comme une douce symphonie de domination.

Sans un mot, elle se retourne pour me faire face, et j'en profite pour retirer mon masque de citrouille, toujours mon rictus sur la bouche, alors que je m'installe à califourchon sur mon amie, plaçant ma brochette à hauteur de son abdomen.

— Alors, comment as-tu pu penser me trahir ? demandé-je d'une voix sombre. Et comment l'as-tu compris ?

— De... de quoi ? bégaye-t-elle, son corps étant secoué de spasmes proches du vomissement.

Je la fixe intensément, ne laissant aucune place au doute, pendant que la tension monte en moi.

— Arrête de faire ça, Kate. Je sais que tu es au courant pour Mélissa. Je veux juste savoir comment tu l'as découvert.

Ses larmes commencent à ruisseler le long de son visage. Dans d'autres circonstances, un sentiment de pitié aurait dû s'emparer de moi, car c'est mon amie. Mais là, j'explose de rire, un son cruel et dérangeant qui la fait tressaillir.

— Parle, dis-je en approchant mon arme près de son œil droit, le sourire figé sur mes lèvres.

Mon amie suffoque, prise dans un tourbillon de terreur, avant que des mots incompréhensibles ne parviennent à franchir ses lèvres. Dans un geste désespéré, je la frappe pour qu'elle se ressaisisse.

— La dernière… fois, quand on était chez toi avec Amber… j'ai… j'ai trouvé le bracelet de Mélissa dans une boîte, cachée dans ta commode, avec plusieurs objets étranges.

Oh, ma boîte à souvenirs. Je garde toujours quelque chose de mes victimes.

— Comment tu peux savoir que c'est à elle ? rigolé-je.

— Parce que je l'ai reconnu, murmure-t-elle d'une voix si éteinte que j'ai peine à entendre. J'ai fait le rapprochement.

— Juste avec un bracelet ?

Elle fait un mouvement de tête négatif, et déglutit avec difficulté avant d'inspirer profondément.

— Mélissa m'avait dit qu'elle voulait coucher avec Geyden… Quand j'ai vu son bracelet, il m'est revenu à l'esprit qu'elle m'avait confié tes menaces de mort si elle tentait quoi que ce soit.

— Hmm, ce n'est pas exactement pour ça, mais en partie.

La vérité, c'est que je devais prouver ma loyauté envers David, même si, paradoxalement, le meurtre était un délice inavoué.

L'écho des cris de mes victimes, déformant leur visage en expressions de douleur, me hante encore, me procurant une sensation d'adrénaline qui fait monter en moi des frissons divins.

Sans attendre davantage, j'enfonce ma brochette dans son ventre, un mouvement précis, calculé. Ensuite, avec une force impitoyable, je l'étrangle, bloquant ses avant-bras avec mes genoux.

Je me penche vers elle, ma bouche frôlant la sienne. Ses yeux se révulsent, une peur sauvage illuminant son visage devenu rouge et bouffi. Elle lutte, désespérée, mais je suis bien plus forte qu'elle. Son corps faiblit sous ma prise, et à cet instant, je réalise à quel point j'éprouve une sombre jouissance en voyant la souffrance qui l'anime.

Je m'abaisse à son oreille avant qu'elle ne cesse de vivre, une ultime douceur dans un moment tragique, et lui murmure :

— Maintenant, tu vas pourrir entre la terre et les insectes. C'est vraiment dommage, je t'aimais, Kate. Mais on ne me trahit pas.

C'est en me relevant, un poids léger comme une plume dans la poitrine, que je réalise qu'elle a rendu son dernier souffle. Ses yeux, grands ouverts et globuleux, sont figés dans un mélange de peur et de désespoir, tandis qu'un filet de sang commence à ruisseler de son nez, ajoutant une touche sinistre à son apparence paisible.

Dans un geste instinctif, je retire immédiatement mes mains, avant de caresser sa joue d'une tendresse illusoire, presque irréelle.

Puis, mon index s'immerge dans la mare de sang que ma broche à viande a causée, et, avec une précision ressemblant presque à un rituelle, je dessine sur sa peau une croix du Christ. Je cherche à la bénir avant qu'elle ne rejoigne définitivement les morts.

Oui, David m'a dit de trouver un truc, un signe, ma manière de tuer, comme une marque de fabrique. Lui, avec ses peintures fluo qui recouvrent ses victimes, et moi, j'ai choisi d'utiliser leur sang, un don tragique qu'elles m'offrent à chaque coup. Un acte à la fois beau et horrible. J'ai fait de même sur Mélissa.

— Tu vas tant me manquer, lui dis-je en prenant une minute de silence pour sa mort.

Je me redresse lentement, un sentiment étrange d'apaisement m'envahit alors que j'admire ma Kate, son sang brillant sous la faible lumière. La scène devant moi se déploie dans toute sa cruauté, une sombre étreinte, comme le dirait David, où la vie et la mort se mêlent de manière troublante.

Je me suis souvent demandé comment un cerveau pouvait engendrer d'autres âmes dans un même corps, chacune avec sa personnalité, sa façon de penser, d'agir. L'autre, celle que Geyden essaie de cacher malgré lui, a réussi à prendre le dessus à plusieurs reprises, savourant des plaisirs que j'évite de repenser. Je les aime tous les trois tels qu'ils sont et, d'une certaine manière, ils partagent cet amour réciproque.

La sonnerie de mon portable me fait sursauter, brisant ce moment morbide. Je comprends alors que je ne suis pas vraiment calme face à ce que je viens de faire. Je prends une profonde inspiration, cherchant à me ressaisir, et j'attrape mon téléphone. C'est David qui m'informe qu'il a presque terminé avec Amber et que je dois me grouiller de revenir. *Merde !* L'urgence se réinstalle, une pression insidieuse m'envahit alors que je réalise que je n'ai pas une minute à perdre. Je dois effacer les traces et me préparer à retrouver Amber.

Un frisson d'excitation me traverse à l'idée qu'elle nous rejoigne. J'ai hâte qu'elle comprenne notre monde tordu, qu'elle plonge dans notre folie, qu'elle devienne aussi cinglée que David et moi. C'est un jeu dangereux, mais je sais qu'elle a en elle cette étincelle de curiosité déviante. David l'aura déjà préparée, jouant avec ses émotions et ses pensées, l'attirant lentement vers notre obscurité.

Tout en me dirigeant vers la cuisine pour récupérer des produits ménagers, je jette un coup d'œil à Kate, allongée là, figée dans une mort tragique. Elle ne sera plus qu'un souvenir, une ombre flottante qui m'accompagnera. Mais Amber, c'est différent. Elle a ce charme irrésistible, cette innocence qui saura se transformer en quelque chose de plus sombre, quelque chose que David et moi pourrons façonner à notre guise.

Une sombre étreinte nous attend…

****

Chapitre soixante-deux

🍁 Amber 🍁

Un bip résonne, synchronisé avec le rythme de mon cœur. Lentement, j'ouvre les yeux, comme si l'on m'avait shooté à l'héroïne. Je me sens lourde, affaiblie, et ma tête tourne légèrement.

Je réalise enfin que je suis allongée dans un lit, les draps empestant l'odeur antiseptique typique des hôpitaux. D'un mouvement hésitant, j'essaie de cligner des yeux, insistant pour que ma vue s'habitue à la lumière artificielle qui, si je comprends bien, se trouve au-dessus de moi.

En tournant la tête à droite, je découvre que je suis reliée à la machine en question qui prend mon pouls. Où je suis ?

Lorsque je lève mon bras gauche pour passer ma main sur mon visage, quelque chose bloque mon geste ; je plisse les yeux en voyant que j'ai une perfusion. Je ne saisis pas là ?

Je tente de me redresser, mais une douleur insupportable se répand dans mon crâne, me faisant gémir de douleur. C'est à ce moment précis que j'entends une voix familière s'élever dans la pièce, celle de ma mère.

— Amber chérie ! s'exclame-t-elle, sa voix nouée par le chagrin. Mon cœur !

J'ouvre un peu plus les paupières vers elle et la découvre en train de marcher vers moi.

— Ma chérie, comment tu te sens ? me questionne-t-elle, entourant mon visage de ses doigts glacés.

Les larmes remplissent ses yeux fatigués, et je remarque qu'elle a beaucoup pleuré et peu dormi.

— Qu'est-ce qui se passe ? Où...

C'est alors que mon cerveau s'active, me renvoyant tous mes derniers souvenirs, ce qui m'affole brusquement. La panique s'installe chez ma mère, qui essaie de me calmer, me disant avec surprise qu'ils ne sont plus là.

— Qui ça ? lui demandé-je, essayant de me détendre malgré l'angoisse qui grimpe en moi.

— Les Rodriguez. Ils sont partis. Disparus. Nous avons porté plainte contre Geyden et sa famille, même si ses collègues nous ont reçus avec mépris. Eux aussi ont eu du mal à admettre la situation, malgré les preuves trouvées lorsqu'ils ont perquisitionné son domicile. Tout comme nous, ils peinent à accepter que c'était un faux enterrement. C'est fou !

— Mais comment avez-vous compris qu'il n'était pas mort et que c'était...

— Stécy nous a téléphoné juste avant de disparaître avec ses parents. Elle a expliqué tout ce qui était en train de t'arriver ! s'énerve-t-elle.

Je peux la comprendre. Annamaria était une amie pour ma mère, et je sais à quel point il est douloureux de découvrir que quelqu'un en qui l'on a confiance nous ment depuis quelque temps. Peut-être qu'Annamaria l'a appris en même temps que mes parents ?

— Bref, poursuit ma mère en inspirant profondément, elle nous a informés où te trouver exactement. Quand ton père et la police t'ont découvert inerte dans cette forêt, nous avons trouvé un mot disant que tout était fini et que, maintenant, il ne pourrait plus jamais te faire de mal.

À nouveau, je suffoque, et les battements de mon cœur s'accélèrent. Ma peur glaçante m'étrangle la gorge alors que je regarde autour de moi, tentant de digérer ces révélations. La réalité de ce que j'ai vécu commence à s'installer.

— Ils ont fouillé la maison de Geyden, découvrant un sous-sol macabre, un tombeau rempli de cadavres d'hommes et de femmes portés disparus. Quelle horreur ! Même si la police refuse de croire que ce soit leur collègue qui a fait tout ça, malgré toutes les preuves. Ils semblent encore dans le déni. En tous cas, j'ai cette impression persistante.

La nausée m'étreint l'estomac en imaginant que je n'étais pas loin de ces cadavres. *Mon Dieu !*

— D'ailleurs, ils étaient tous couverts de peinture verte. Les pauvres… Cette histoire fait la une des journaux. Tu sais… toutes les chaînes d'infos en parlent.

Je peine à avaler ma salive, réalisant que je n'étais pas seule, qu'il tuait les gens après les avoir attrapés. Mais moi, alors ?

— Dire que j'avais confiance en lui alors qu'il était le coupable depuis le début. Il venait chez nous tranquillement, alors que ce cinglé…

— Pas vraiment, murmuré-je en fuyant son regard, triturant mes doigts nerveusement. Ce n'était pas vraiment lui, maman.

— Je ne comprends pas pourquoi tu ne nous as rien… elle s'arrête soudainement, laissant un silence pesant pendant quelques secondes avant de reprendre. Comment ça ? me demande-t-elle, replaçant une mèche de cheveux derrière mon oreille.

— Il souffre d'une maladie, un trouble dissociatif de l'identité. Ce n'était pas vraiment lui… répété-je, les mots accrochant ma gorge.

— Qu'est-ce que tu me racontes là ? s'énerve-t-elle, la confusion et l'inquiétude se mêlant sur son visage.

— C'est la vérité, ce n'était pas Geyden, c'était David…

— Attends ! Attends ! me coupe-t-elle froidement. Tu te fous de moi, là, Amber ?

— Non, c'est la vérité.

— Mais tu ne t'es pas dit qu'il se foutait de toi, qu'il a inventé ça pour jouer avec toi ? Voyons !

Son visage se crispe, ses mâchoires se serrent si fort que je pourrais presque entendre ses dents grincer ; si le silence qui nous entoure n'était pas brisé par le bip incessant de la machine, qui augmente de volume en suivant le rythme de mon cœur affolé.

— Je sais que tu ne me crois pas, mais c'est la vérité.

Indignée, elle se pince l'arête du nez, soufflant de frustration, avant de se mettre à hurler si fort qu'elle me fait sursauter. Les échos de sa colère résonnent dans la pièce stérile, me coupant le souffle.

— Mon Dieu ! Amber ? Tu réalises ça ? Et tu le crois ?

— Oui, j'ai vu comment il changeait de comportement.

— Il a surtout voulu jouer à *Split* !

— Je te… laisse tomber. De toute façon, je l'ai poignardé. Il doit être mort pour de bon à l'heure qu'il est, et c'était mérité.

Ses yeux s'écarquillent de stupeur, elle me dévisage comme si elle ne reconnaissait plus sa fille. Oui, mère, j'ai changé. Il m'a transformée, ça, je ne peux pas le nier…

Lorsque je repense à la mort de Lucie, une rage fulgurante me brûle les veines, et des larmes jaillissent de mes yeux, se transformant rapidement en sanglots.

Ce qui me glace, c'est que je n'ai pas pu sauver Lucie. Je me tourne vers elle et lui demande s'il n'y avait pas Lucie avec moi. Elle répond que non, que j'étais seule. Je lui dis qu'elle est morte et qu'il faut prévenir sa famille au plus vite. Mais où est son cadavre ? Qui m'a assommée ? Qui était là ? Est-ce cette personne qui a retiré le corps de Lucie et celui de Geyden ?

— On m'a assommée quand j'ai poignardé David.

— Geyden ! me corrige-t-elle. C'est Geyden, Amber.

Au même moment, quelqu'un frappe à la porte. Dieu merci, continuer de convaincre ma mère qu'il souffrait de cette maladie, c'est comme parler avec un chat. Ça ne sert à rien.

Elle finit par autoriser l'entrée, et deux policiers pénètrent dans la chambre. Mon cœur bondit dans ma poitrine, me rappelant l'image de lui, portant le même uniforme. *Oh mon Dieu.*

Je scrute les visages des policiers alors que je lutte pour trouver ma voix, un des policiers s'avance. Son regard, implacable et déterminé, me fait chavirer, me rappelant que je ne suis peut-être pas sortie d'affaire. Les souvenirs de cette nuit atroce me reviennent en flots, et je sais que la vérité, aussi étrange et terrible qu'elle ait pu l'être, doit éclater au grand jour.

— Bonsoir, mademoiselle Johnson. Je me présente, adjudant Mac-Dovan. Je suis ici pour comprendre ce qui s'est passé. 🍁

Chapitre soixante-trois

Présentateur télé

« Bonsoir à tous. Ce soir, nous plongeons dans une des affaires les plus dérangeantes que le Maine n'ait jamais connues : celle du policier Geyden Rodriguez, accusé de meurtres terrifiants, qui, selon les dires, seraient attribués à un trouble dissociatif de l'identité. Ce trouble étant bien plus complexe que nous ne pouvons l'imaginer, nous entrerons dans une réalité qui nous dépasse en essayant d'être le plus juste possible dans nos propos.

Les enquêteurs ont découvert que la plupart des victimes de Geyden étaient retrouvées couvertes de peinture verte fluorescente. Ce choix macabre semble signer son acte, une manière pour lui de marquer ses proies. Ce qui est encore plus troublant, ce sont les « terrains de jeu » qu'il a construit : des lieux où il a orchestré un véritable cauchemar, pour ses victimes, laissées à leurs souffrances.

Un élément crucial de cette affaire provient du témoignage d'Amber Johnson, une de ses victimes, et probablement la seule à s'en être sortie, qui a eu le courage de parler après son réveil à l'hôpital, suite à son enlèvement par Geyden Rodriguez. Son récit est à la fois glaçant et révélateur. Selon Mademoiselle Johnson, elle n'a pas seulement rencontré Geyden ; elle a également été confrontée à une entité bien plus terrifiante. Elle décrit un alter nommé David, qu'elle identifie comme le véritable tueur, celui qui a pris possession de Geyden lors des actes les plus gorgés d'atrocités. Ce David, créé par l'esprit tourmenté de Geyden, est celui qui a orchestré chaque détail de ses crimes.

Mademoiselle Amber Johnson révèle avoir été plongée dans le même jeu pervers que les victimes de Geyden, se retrouvant elle aussi recouverte de cette même peinture fluorescente, afin qu'il puisse la repérer dans l'obscurité, tout comme le reste de ses proies. Elle décrit cette expérience avec un mélange de peur et de soulagement. Amber Johnson a confié avoir dû poignarder son ravisseur à plusieurs reprises, et, selon elle, il serait mort à l'heure actuelle. Malheureusement nous n'avons pas de corps à ce jour, et toute la famille Rodriguez est introuvable.

Ce soir, nous nous engageons à explorer les profondeurs de cette tragédie, à la recherche de la vérité, tout en donnant une voix au silence des victimes. Les Rodriguez ont disparu, mais leur histoire continue de hanter Salem et Boston, ainsi que les villes voisines. »

Épilogue

Deux ans plus tard

⚜ Amber ⚜

🎵 *La la la, la la la la...* 🎵

Je sursaute, perdue entre la réalité et un rêve qui semble s'étirer à l'infini. Le son d'une mélodie intrusive résonne dans l'obscurité totale. Mon cœur, affolé, bat la chamade dans ma maigre poitrine. Terrifiée, je me redresse dans mon lit et me penche sur le côté, cherchant à tâtons l'interrupteur de ma lampe de chevet pour illuminer ma chambre. Mais je n'y parviens pas. *Merde !* Je me déplace, tandis que cette mélodie continue, me glaçant le sang. Lorsque je finis enfin par sentir l'interrupteur, je n'attends pas une seconde de plus et l'actionne. Instantanément, la lampe éclaire la pièce, me procurant un léger sentiment de sécurité, même si cela ne correspond pas vraiment à ce que je ressens au fond de moi.

Je scrute ma chambre du regard, mais rien. Pas un seul objet qui ne m'appartienne et d'où pourrait provenir cette satanée chanson.

Toujours assise sur mon lit, légèrement pétrifiée, j'essaie de contrôler les battements précipités de mon cœur et dresse l'oreille pour déterminer l'origine de ce bruit. Mais alors que je me concentre, elle cesse, laissant place à un silence pesant, où ne retentit plus que le bruit de mon cœur qui poursuit ses battements dans tout mon corps. *C'est quoi ce bordel ?*

Je n'ai rien pour me défendre si quelqu'un s'est amusé à entrer chez moi par effraction. Je me mords l'intérieur de la joue, regrettant de ne pas y avoir pensé plus tôt.

Bon, je vais devoir me lever et chercher ce machin partout.

Serrant la couette entre mes doigts, je puise tout le courage nécessaire pour m'extraire de mon lit, inspirant profondément. Je soulève la couette, glisse mes jambes hors du lit et les pose au sol. Mais un mauvais pressentiment me traverse, et je les relève aussitôt, reculant sur le matelas, comme si un monstre pouvait surgir de sous le lit pour attraper mes chevilles, comme il le faisait, lui.

Mon cœur se serre à l'évocation de Michel-Ange. Ça fait bien longtemps que je n'ai pas pensé à lui.

Je secoue la tête pour chasser cette pensée, cherchant à me concentrer sur l'instant présent. Je me mets à quatre pattes, la tête inclinée vers le sol, mes bras appuyés contre le rebord. Lentement, très lentement, je tends le cou pour regarder sous mon lit, le souffle bloqué dans ma gorge, les yeux à moitié ouverts.

Mon rythme cardiaque s'accélère, et un frisson électrique me parcourt lorsque je remarque un petit objet. Je plisse les yeux pour mieux distinguer ce truc, fronce les sourcils, puis les écarquille en réalisant qu'il s'agit d'une poupée.

Je me redresse brutalement, paniquée, me mettant en position de défense, prête à envoyer un coup de poing à quiconque se trouverait à mes côtés. Mais ce n'est que le vide. Il n'y a personne. Du moins, pas dans la chambre. Car il est clair que quelqu'un est venu ici et a déposé cet objet ici... ❦

À suivre...

NOTE DE L'AUTEUR

Il est nécessaire de préciser que cette histoire est une **fiction**. Le trouble dissociatif de l'identité est une maladie mentale complexe, mais la psychopathie n'en est pas un symptôme. Il est important qu'aucun amalgame ne soit fait à la suite de votre lecture. Je souhaite également qu'aucune personne atteinte de ce trouble se sente agressée par le récit. Geyden est un personnage de fiction, ainsi que ses alters. Un psychopathe n'est pas forcément atteint de TDI, et quelqu'un atteint de TDI n'est pas forcément un psychopathe.